Himalaya

Menschen und Mythen

Herausgegeben von
Alice Grünfelder

Unionsverlag
Zürich

Die Originalausgabe erschien 2002
im Unionsverlag.

Der Verlag dankt der Eidgenössischen Direktion
für Entwicklung und Zusammenarbeit DEZA
und der Schweizer Gesellschaft für internationale
Zusammenarbeit HELVETAS
(www.helvetas.ch) für die Unterstützung.

DIREKTION
FÜR ENTWICKLUNG
UND ZUSAMMENARBEIT
DEZA

helvetas

Im Internet
Aktuelle Informationen,
Dokumente, Materialien
www.unionsverlag.com

Unionsverlag Taschenbuch 280

Rieterstrasse 18, CH-8027 Zürich
Telefon 0041 (0)1 281 14 00, Fax 0041 (0)1 281 14 40
mail@unionsverlag.ch

Umschlagkonzept: Heinz Unternährer, Zürich
Umschlagfoto: Mark Oatney / The Image Bank
Druck und Bindung: Clausen & Bosse, Leck
ISBN 3-293-20280-2

Die äußeren Zahlen geben die aktuelle Auflage
und deren Erscheinungsjahr an:
1 2 3 4 5 - 07 06 05 04

Inhalt

Kanak Mani Dixit

Welchen Himalaya hätten Sie gern?

Willkommen im Himalaya! Merkwürdige Dinge geschehen hier, denn dies ist das Land der Mystik, dem Himmel nah und doch so irdisch. Wer auf einem Hügel am Rand des Kathmandu-Tals steht, kann die Erdkrümmung als 450 Kilometer lange Schneekurve sehen, die sich vom Gipfel des Kangchendzönga im Osten bis zum Dhaulagiri im Westen windet. Wer aus dem Space-Shuttle zum Himalaya hinabsieht, entdeckt einen gekrümmten Tausendfüßler, der aus den Steppen Zentralasiens nach Süden rutscht.

Dies ist der gewaltigste Gebirgszug des Globus, bewohnt von 40 Millionen Menschen. Geografie, Klima und Geschichte haben hier so viele unterschiedliche Kulturen entstehen lassen wie in kaum einer anderen Region dieser Welt.

Doch der Himalaya hat ein Imageproblem. Es ist ein Problem, das sich andere Drittweltregionen wünschten: die Verklärung bis zur Unkenntlichkeit. Der Westen mythologisiert den Himalaya, um dort sein »Shangri-La« bewahren zu können, jenes Land, in dem nicht Materialismus und Konsumdenken vorherrschen, sondern Spiritualität das Handeln der Menschen lenkt.

Natürlich ist das ein Trugbild. Von den Balti im Karakorum bis zu den Naga im äußersten Osten treibt die Völker des Himalaya ein ähnliches Erwerbsstreben voran wie den Rest der Menschheit. Der einzige Unterschied: Sie sind spät dran. Die geografische und historische Isolation verhinderte lange

Zeit ihren Anschluss an die moderne Warenwelt. Doch sobald das Angebot da ist, entsteht die Nachfrage.

Ein alltägliches Beispiel mag für zahllose stehen: Als 1994 erstmals Hubschrauber in der oberen Everest-Region landeten, was tat da, im Bergdorf Thame, das weibliche Oberhaupt einer Großfamilie? Die Frau benachrichtigte sogleich ihren Sohn in Kathmandu, dass er einen Sack Kunstdünger hinauffliegen lassen sollte.

Doch derlei Ereignisse werden ausgespart von jenen, die den Rohstoff liefern für den Mythos Shangri-La: von Schriftstellern, Bergsteigern, Reiseagenturen. Und von Filmemachern wie Bernardo Bertolucci. Dessen Film *Little Buddha,* gedreht 1993, illustriert den Hang zur Verzuckerung. Um Siddhartha Gautamas Wandel vom verwöhnten Prinzen zum asketischen Guru darzustellen, nimmt uns der Regisseur des *Letzten Tangos in Paris* mit zu den imposanten Klöstern Bhutans und den Reisterrassen im Kathmandu-Tal. Doch von der Region, in der Buddha tatsächlich gelebt und gepredigt hat, dem staubigen Tiefland im indischen Bihar, sehen wir fast nichts.

All dies hat plausible Gründe. Wer zu den Galapagosinseln reist, ist an Naturgeschichte interessiert. Ans Mittelmeer zieht die Touristen die Lust auf Strand und Sonne, nach Kenia fahren sie wegen der Safaris. Am Himalaya reizen sie vornehmlich zwei Dinge: die majestätischen Berge und die tibetisch-buddhistische Kultur. Und weil beides zusammenhängt – viele Bergvölker verehren die Gipfel als Götterthrone –, weil hier Mensch und Natur in vermeintlicher Eintracht leben und weil zudem der Westen diese Welt Ende der Sechzigerjahre »entdeckte«, zu einer Zeit, als sich bei den wohlhabenden Nationen die ersten Sättigungsgefühle einstellten und sie sich auf die Suche nach spirituellen Gegenentwürfen begaben –, weil also all dies so ist, lebt Shangri-La noch heute. Die Gralsburg des

Glaubens, erfunden von dem Romanschriftsteller James Hilton vor rund sechzig Jahren, liegt hoch oben im wolkenumwölbten Himalaya.

Die Hartnäckigkeit des Mythos erstaunt insbesondere jene Völker, die in den mittleren Lagen des Himalaya leben, größtenteils Hindus. Mit Verwirrung und Enttäuschung verfolgen sie, wie die Touristen ohne weiteren Seitenblick zu den Hochtälern aufsteigen. Ausgerechnet diese abweisenden Regionen, von den Bewohnern der grünen Mittelgebirge lange Zeit verachtet als Heimat rückständiger Völker aus Tibet, stehen bei den reichen Ausländern im Mittelpunkt des Interesses. Wie seltsam.

Bis heute veröffentlicht die Tageszeitung *The Rising Nepal* regelmäßig Leserbriefe, in denen Dorfbewohner von einem wundervollen See oder Wald berichten, der sich als Touristenattraktion vermarkten ließe – wenn nur die Regierung sich endlich entschließen könnte, dort ein Hotel oder Ähnliches zu bauen. Niemand hat sich die Mühe gemacht, den braven Dorfbewohnern zu erläutern, was die Besucher aus dem Westen tatsächlich reizt.

Besucher reizt die Exotik der Gebirgswelt, und das ist weder verwerflich noch verwunderlich. Erstaunlich ist nur, mit welcher Bereitwilligkeit sie dabei allerlei spiritistischen Unsinn über unsere Heimat akzeptieren. Eines der meistverkauften Himalaya-Bücher weltweit ist *Auf der Spur des Schneeleoparden* von Peter Matthiessen. Doch das Buch tut nur so, als nehme es den Leser mit auf einen Treck durch Dolpo, tatsächlich zerrt es ihn auf eine Expedition durch das angstzerfressene Unterbewusstsein des Autors. *Stones of Silence* von dem Zoologen George Schaller, der Matthiessen durch Dolpo begleitete, hat sich weitaus schlechter verkauft: Schaller schreibt über Wildbestand und Artenschwund.

Haben Sie schon einmal von Mustang gehört? Von jener nepalesischen Grenzregion, die wie ein Daumen nach Tibet hineinragt und erst 1992 für Touristen geöffnet wurde? Das entlegene Hochtal besitzt alles, was ein Besucherherz erfreuen könnte: ein kleines, tibetisch sprechendes Volk namens Loba, einen Raja, der eine Art König ist, eine archaische, mauerbewehrte Stadt, viele uralte Klöster, von keinen Roten Garden aus Beijing verwüstet. Mustang ist tibetischer als Tibet selber.

Die Faszination ist real – und reicht dennoch manchen nicht aus. Ein Team des japanischen Fernsehsenders *NHK*, das einen Dokumentarfilm über Mustang drehte, bezahlte nepalesische Polizisten dafür, drohend auf den Lehmdächern der Hauptstadt zu stehen, die Gewehre im Anschlag – so, als wagte sich das Team in ein schwer bewachtes Fort. Die Kontrolle der Passierscheine, normalerweise nur belanglose Routine, präsentierte der Film später mit einer Dramatik, als werde jeder Besucher ohne die richtigen Stempel sofort aufgehängt. Ein Filmteam des US-Senders *Discovery* wiederum ließ 1993 in seinem Dokumentarfilm einen buddhistischen Mönch das »heimatliche« Mustang erklären. Der Mönch stammte jedoch aus Indien und war vom Team in Kathmandu engagiert worden. Auf dem Festival der Bergfilme im kanadischen Banff errang der Streifen 1994 den ersten Preis.

Was unsereins mit grimmigem Lachen erfüllt, wenn wir solche Geschichten hören, ist das Wissen, dass der Himalaya und insbesondere Mustang solches Aufbauschen gar nicht nötig haben. Denn das »abgeschiedene Königreich«, als das Mustang dem staunenden Ausland immer wieder präsentiert wird, birgt ein Geheimnis, das noch kein Film enttarnt hat.

Jedes Jahr, wenn kurz nach Abzug der Touristen der Winter naht, brechen die meisten Männer Mustangs nach Süden auf. Sie tragen Kräuter und Ammonitsteine zu den Märkten der nepalesischen Stadt Pokhara und finanzieren mit einem Teil ihrer Erlöse eine Zugreise nach Jullundur, einer Industriestadt im indischen Punjab. Dort erwerben sie riesige Ballen von Pullovern aus Acryl. Anschließend durchreisen sie Indien Richtung Osten und verkaufen die Pullover an den Straßen. Sie sind klug, die Loba, sie wissen, wie begehrt »echte tibetische Wollwaren« sind. Sie wissen auch, wo sie während ihrer einträchtigen Überwinterung in wärmeren Zonen am günstigsten unterkommen: in Auffangstationen der indischen Regierung für tibetische Flüchtlinge.

Die Loba ziehen nur bis Indien. Ihre Nachbarn in Nepal, die Manangpa aus dem abgelegenen Manang-Tal, pendeln als Handelsreisende bis nach Bangkok und Hongkong – ehe sie im Frühjahr zurückkehren zu ihren Yaks auf den Hochweiden.

Die Loba und die Manangpa finden sich in beiden Welten zurecht. Die Anpassungsfähigkeit, mit der sie Jahrhunderte der Entwicklung regelmäßig vor- und zurückspringen, ist unglaublich. Gibt es irgendein Volk in Europa, das Ähnliches vermag?

Dies ist das Exotischste an Mustang – ohne dass es jene Faszination verringert, die Mustangs Klöster und Berge ausstrahlen. Beides gehört zusammen, beides ist real, jede Verklärung unnötig. Und das gilt für den gesamten Himalaya-Raum. Wer ihn unvoreingenommen durchwandert, wer davon ausgeht, dass der Menschen Wünsche und Sorgen hier grundsätzlich nicht anders sind als in den Provinzen Europas, der wird eine Wirklichkeit entdecken, die vielfältiger und aufregender ist als der matte Glanz von Shangri-La.

Umso erstaunlicher bleibt der unaufhörliche Nachschub an Mythen und Märchen, der aus dem Himalaya schwappt, gewiss mehr als aus irgendeiner anderen Reiseregion. Obwohl seit Jahrtausenden Pilger, gerüstet nur mit ihrem Glauben, ohne größeres Aufsehen wochenlang über Schneepässe wandern, fühlt sich heute jeder zweite Trecker, der einige Zeit in

5000 Meter Höhe marschiert ist, auf seltsame Weise gedrängt, über diese Extremerfahrung ein Buch zu schreiben oder zumindest einen dramatischen Bericht.

Nun, es ist wohl ungerecht oder zumindest illusorisch, von jedem Besucher zu erwarten, sich der Faszination von Klischees entziehen zu können. Touristen sind hier, um Urlaub zu machen. Und es ist eben weitaus fesselnder, Buddhas Augen auf dem gewaltigen Stupa von Bodnath zu betrachten als das, was diese Augen erblicken: die zementgrauen Häuserblocks von Kathmandu, die täglich weiter in das fruchtbare Tal wuchern.

Vier weit verbreitete Irrtümer möchte ich aber aufklären. Zunächst die Bedeutung des Begriffs »Sherpa«. Als die Briten vor siebzig Jahren begannen, zum Everest hinaufzusteigen, engagierten sie als Träger Männer vom Volk der Sherpa, einer aus Tibet in die nepalesische Khumbu-Region eingewanderten Volksgruppe. Heute wird »Sherpa« oft mit »Träger« gleichgesetzt. Tatsächlich kann ein Sherpa genauso gut Lehrer oder Mönch sein. In der Helambu-Region leben Sherpas, die eher verhungern würden, als die Lasten Fremder zu tragen. Anderen Volksgruppen in Nepal hingegen gefällt es durchaus, für »Sherpa« gehalten zu werden, weil ihnen dann höhere Löhne winken.

Die »Gurkha« wiederum gelten als Inbegriff eines furchtlosen, kriegerischen Volkes. Tatsächlich existiert kein Volk dieses Namens. Es gibt vielmehr ein Städtchen in Nepal namens Gorkha, von dem aus die Shah-Dynastie, eingewandert aus Rajasthan, vor zwei Jahrhunderten gewaltsam die umliegenden Fürstentümer zum heutigen Nepal einte.

Die »Gurkha«, berühmt geworden im Dienst der britischen Armee, entstammen meist den Volksgruppen der Gurung, Rai, Limbu und Magar. Und ihre Furchtlosigkeit ist so begrenzt wie bei allen Soldaten dieser Welt: Ein nepalesischer Historiker stieß kürzlich in Archiven aus der britisch-indischen Kolonialzeit auf Briefe von »Gurkha«, verfasst an den Fronten des Ersten Weltkriegs. Vom Terror der Schlacht schrieben die Männer, vom Schmerz der Wunden, von der Angst um die Angehörigen zu Hause. Keiner dieser Briefe ist jemals nach Nepal weitergeleitet worden.

Manche Klischees funktionieren andersherum, sie denunzieren. So wird das Balti-Volk im pakistanischen Karakorum in der Reiseliteratur häufig als unhöflich und geldgierig beschrieben. Ein kanadischer Soziologe, der nach den Ursachen für dieses Bild forschte, stieß auf einen profanen Umstand: Die Balti kennen sich aus in Tarifverhandlungen. Früher als andere Bergvölker hatten sie Geschäfte mit den britischen Kolonialherren gemacht, weshalb ein Balti-Träger bis heute weiß, wie lange er das Gepäck des weißen Sahib liegen zu lassen hat, bis er den Lohn erhält, von dem er meint, dass er ihm zustände. Kein Wunder, dass sein Ruf so schlecht ist.

Schließlich Bhutan: Das unabhängige Königreich gilt als Hort unverfälschten Buddhismus, als friedliches Land mit üppiger Natur und atemberaubenden Klosterburgen. So gut wie keine Reisebroschüre erwähnt, was Anfang der Neunzigerjahre im Süden des Landes geschehen ist: Über 100000 Lhotshampa, nepalstämmige Einwohner, wurden von der Regierung aus Bhutan vertrieben. Auch ein Shangri-La kann Leichen im Keller haben.

Es ist wohl an der Zeit, darauf hinzuweisen, dass auch im Himalaya viele Menschen von einem Shangri-La träumen. Hier heißt es nur anders: »Amri-Ka«, das gelobte Land USA, das jedem eine Chance gebe, unabhängig von Kaste oder Klasse. Von all den nepalesischen Schülern, die seit 1984 die jährlichen Sommercamps der YMCA in den USA besuchen, sind nur zwanzig Prozent zurückgekehrt. Als der Raja von Mustang 1995 zum ersten Mal in die Vereinigten Staaten reiste, besuchte er Disneyland. Und daheim in den Bergdörfern wächst mit jedem Fernseher, der MTV empfangen kann, der Wunsch nach einem leichteren Leben, nach dem Glanz moderner Waren oder wenigstens nach einem Anschluss an das Straßennetz.

Es ist ungemein spannend, zu beobachten, was geschieht, wenn im Himalaya diese beiden Versionen von Shangri-La aufeinander treffen. Wenn ein Hausbesitzer sein altes, reich verziertes Holzhaus abreißen will zu Gunsten eines pflegeleichten Zementbaus – und ein Ausländer ihn zu überzeugen versucht, wie falsch das sei.

Ortsfremde erkennen häufig eher, wie bewahrenswert das Selbstverständliche ist. Die westliche Faszination am Himalaya hat uns deshalb unzählige Entwicklungsexperten und Privatpersonen beschert, die sich dem Erhalt traditioneller Kultur widmen. Kaum ein Tal ohne ein »Projekt«. Zu den bekanntesten Erfolgen zählt die einstige Königsstadt Bhaktapur bei Kathmandu. Die deutsche Regierung initiierte deren Restaurierung – nachdem die Bonner Experten zunächst große Schwierigkeiten hatten, die Bewohner davon zu überzeugen, wie sehr sich das Vorhaben touristisch und damit finanziell auszahlen würde.

Auch in Zukunft werden Reiseveranstalter den Himalaya vor allem als Stätte der Mystik und der Exotik verkaufen. Es ist wohl das Beste, wenn wir dies als Standortvorteil betrachten und dafür sorgen, dass der Gewinn gerecht verteilt wird.

Sie aber sollten skeptisch sein, wenn Sie wieder von einem »neu entdeckten Shangri-La« lesen. Denn so begann die Irreführung, als 1956 die ersten Pauschaltouristen nach Nepal reisten. In den frühen Achtzigerjahren war Ladakh an der

Reihe, dann kamen Tibet und Bhutan. Zurzeit warten Sikkim, Arunachal Pradesh und die Randzonen von Tibet darauf, »entdeckt« zu werden.

Jede Neuentdeckung wurde begleitet von Meldungen, das bisherige Shangri-La sei nun zerstört. Auch das geschah mit Nepal, als es hieß, die Mittelgebirge würden entwaldet und die Sherpa ihre Kultur an den Tourismus verlieren. Ende der Siebzigerjahre prophezeite die Weltbank, dass Nepal »im Jahre 2000 keine Wälder mehr besitzt«.

Die Nachricht »Shangri-La erholt sich« kommt dagegen nie in die Schlagzeilen. Doch genau das geschieht in weiten Teilen des Himalaya. Es ist die Modernisierung selbst, es sind neue Straßen und Telefonleitungen, die vielen Menschen erlauben, nun rascher als bisher gefährliche Aspekte des Wandels zu erkennen. Bauern und Umweltschutzgruppen schließen sich zusammen, die Stimmen der Provinz dringen vernehmlicher in die Hauptstädte. So hat die nepalesische Regierung im letzten Jahrzehnt viele der verstaatlichten Wälder zur nachhaltigen Bewirtschaftung an Dorfgemeinschaften zurückgegeben. Inzwischen deuten Satellitenaufnahmen der NASA darauf hin, dass sich erodierte Hänge im zentralen Himalaya wieder begrünen.

Es gibt kein Shangri-La im Himalaya. Was es gibt, ist eine einmalige Vielfalt an Kulturen und prachtvollen Landschaften. Einige erleichtern unser Leben, andere erschweren es. Wer ohne nostalgisch verklärten Blick kommt, der wird beide Seiten entdecken.

Weltberg

Schöpfungsmythos der Naxi

Die neun Schöpfer des Himmels und die sieben Schöpferinnen der Erde kamen überein, dass der Himmel, da er noch wackelte, gestützt werden müsse. Im Osten errichteten sie einen weißen Koncha-Pfosten, um den Himmel zu stützen, im Süden einen türkisfarbenen, im Westen einen schwarzen aus Karneol, im Norden einen goldenen und in der Mitte einen aus Eisen. Dieser war zu kurz, und so füllten sie den Rest mit blauem Dunst.

Daraufhin beschlossen sie, den Weltberg Kailash zu bauen. Diejenigen, die Wissen und Fähigkeit besaßen, schafften schwarze Erde herbei, Felsen, Silber, Gold, Jade, Korallen und Muscheln und schütteten diese auf allen vier Seiten im Quadrat auf. Sie riefen den Tiger und den Leoparden herbei, den Schneelöwen, den goldenen Elefanten und einen Giganten, um den Weltberg zu bewachen.

Nun hatte er Wächter, doch brauchte er noch eine Hülle. Weißer Tau stieg herab und wurde zu Eis. Auf die Seiten legten sich drei Lagen schwarzer Erde, auf der Gras und Artemisia wuchsen. Diesen folgten drei Pinien, drei Fichten und drei Wacholderbäume, drei hohe Klippen und drei schwarze Hügel. Sie alle umgaben den Berg und stützten den Himmel ab, sodass dieser sich nicht mehr bewegte. Sein Fuß berührte die Erde, seine Spitze den Himmel. Nun war der Berg abgestützt.

Was er noch brauchte, war Macht. Viele Götter gaben ihm Macht. Der erste Vogel, der die Spitze des Weltbergs besuchte, war die Bachstelze. Sie wollte von ihrem weißen Gefieder erzählen, doch da sie eine schwarze Kehle besaß, konnte sie es nicht. Als Nächstes kam die Krähe, die von ihrem schwarzen Kleid erzählen wollte, doch da sie unter ihren Schwanzfedern weiße besaß, konnte sie es nicht. Als Nächstes kam der weiße Schmetterling, der von seiner weißen Farbe erzählen wollte, doch da er während der drei Wintermonate geboren war, blies ein scharfer Wind ihn über die Hänge hinweg, sodass er es nicht konnte. Daraufhin kam die schwarze Ameise zur Welt; sie wollte von ihren schwarzen Anfängen berichten, doch da sie in den drei Sommermonaten geboren war, konnte sie es nicht. Sie wurde vom Monsunregen fortgeschwemmt.

Sie alle beanspruchten die Macht, über die Erde zu herrschen, doch sie konnten es nicht. Darum musste der Mensch noch geboren werden, der im Schatten des Weltbergs leben und die Erde beherrschen sollte.

Der Wettstreit am Berg Kang Tise zwischen Milarepa und Naro Bönchung

Als der Jetsün Milarepa dereinst mit einer größeren Zahl seiner Schüler auf dem Weg zum Schneeberg Tise war, kamen die örtlichen Gottheiten vom Tise und vom See Mapam mit großem Gefolge herbei, um sie zu begrüßen. Sie verbeugten sich vor Milarepa und brachten ihm im großen Rahmen Opfer dar. Sie hießen ihn herzlich willkommen und erklärten ihm die lokalen Einsiedeleien, alles Orte, die sowohl hinsichtlich der Geschichte als auch der Legende von großer Bedeutung waren. Sie schworen überdies, seine Anhänger zu beschützen, und kehrten dann in ihre Wohnstätten zurück.

Als Milarepa und seine Schüler die Ufer des heiligen Sees Mapam Tso erreichten, kam zu ihnen ein Bön-Priester mit dem Namen Naro Bönchung. Da dieser Mann schon viel von Milarepa gehört und außerdem vernommen hatte, dass dieser zum Berg Tise kam, ging er mit seinen Geschwistern zum Mapam Tso, um den Jetsün und seine Schüler zu treffen. Der Bönpo tat so, als ob er nicht wüsste, wer sie waren, und fragte daher: »Woher seid ihr gekommen, und wohin wollt ihr wohl gehen?«

»Wir gehen zum Schneeberg Tise, um dort zu meditieren«, war Milarepas Antwort, »eine Einsiedelei dort ist unser Ziel.«

»Wer bist du, wie ist dein Name?«, fragte Naro Bönchung erneut.

»Milarepa ist mein Name.«

»Oh! In diesem Fall«, erwiderte der Bön-Priester, »bist du gerade wie Mapam Tso: von großem Ruf in weit entfernten Gegenden, aber wenn man zu ihm gelangt, findet man ihn nicht gar so großartig, wie es berichtet wurde. Der See mag ja vielleicht ziemlich einzigartig sein, aber er und die ihn umgebenden Berge werden alle von uns, den Anhängern des Bön, beherrscht. Wenn ihr hier bleiben wollt, dann müsst ihr unseren Lehren folgen!«

Milarepa antwortete ihm: »Dieser Berg wurde von Buddha selbst als ein Ort der Bewahrer unserer Lehre bestimmt. Und gerade auch für mich ist er von besonderer Bedeutung, da mir mein Lehrer Marpa davon berichtet hatte. Ihr Anhänger des Bön seid in der Tat glücklich zu nennen. Wenn ihr jedoch zukünftig hier bleiben möchtet, so sollt ihr den Lehren meiner Religion folgen; wenn nicht, dann tut ihr gut daran, woanders hinzugehen.«

»Mir scheint, du hast eine zwiespältige Persönlichkeit«, forderte Naro Bönchung den Jetsün heraus. »Von weit her hatte ich von deiner Größe gehört, doch nun, da ich dich vor mir sehe, kommst du mir klein und unbedeutend vor. Wenn du wirklich die bemerkenswerte Person bist, für die dich die Leute halten, dann solltest du einen Wettstreit mit mir wohl nicht scheuen. Dann werden wir sehen, wessen Wunderkräfte größer sind. Der Sieger soll dann hier bleiben und als der legitime Besitzer dieses Ortes gelten, und der Verlierer möge von hier verschwinden.«

Mit diesen Worten setzte sich der Bön-Priester rittlings über den Mapam Tso und sang Schmähworte über Milarepa. Dieser aber setzte sich selbst auf den See, und ohne seinen Körper zu vergrößern oder den See zu verkleinern, schien er ihn vollständig zu bedecken. Auch er sang, doch milde endete er mit den Worten: »Und wenn ihr, Bönpos und Häretiker, nun dem Dharma folgt, dann werdet auch ihr bald davon profitieren; wenn nicht, solltet ihr davonziehen und woanders hingehen, weil meine Macht größer ist als eure. Seht genau hin, und betrachtet, was ich vermag!«

Und so vollführte Milarepa ein anderes Wunder, indem er den ganzen See auf seine Fingerspitze nahm, ohne den Lebewesen darin den geringsten Schaden zuzufügen. Naro Bönchung erkannte den Sieg des Jetsün an, rang ihm jedoch einen weiteren Wettstreit ab. Er begann, den Berg Tise von rechts nach links zu umrunden, während Milarepa und seine Schüler im Uhrzeigersinn um ihn herumgingen. An einem großen Felsen im nordöstlichen Tal des Tise trafen sie aufeinander, und der Bön-Priester sprach zum Jetsün: »Es ist gut, dass du den Berg durch Umwandlung verehrst, nun aber solltest du ihn in der Art von uns Bön umwandeln.« Er griff Milarepa bei der Hand und versuchte ihn in seine Richtung zu ziehen, was ihm jedoch nicht gelang. »Ich werde gewiss nicht deinem falschen Weg folgen! Es schickt sich besser«, sprach der Jetsün, »wenn du mir folgst und ihn in der buddhistischen Weise umwandelst.« Und er ergriff den Bön-Priester und zog ihn in seine Richtung. Sie zerrten auf dem Felsen hin und her und hinterließen dadurch viele ihrer Fußspuren, bis Milarepa mit seiner größeren Zauberkraft über Naro Bönchung obsiegte.

Nach einem weiteren Wettstreit, in dem der Bönpo einen riesigen Felsen hochhob, Milarepa aber den Felsen samt dem Bön-Priester, zog sich der Jetsün in eine Höhle auf der Westseite des Burgentals zurück, Naro Bönchung in eine auf der Ostseite. Milarepa streckte seine Beine bis zur gegenüberliegenden Seite aus, bis zum Eingang der Höhle, in der sein Gegner saß und den er aufforderte, es ihm gleichzutun. Als dem Bönpo dies trotz verzweifelten Bemühens nicht gelang, lachten alle nichtmenschlichen Zuschauer recht herzlich über ihn.

Obschon Naro Bönchung ein wenig beschämt und verlegen war, schrie er: »Und ich möchte noch weiterkämpfen!«, und begann wieder, den Tise gegen den Uhrzeigersinn zu umwandeln. Milarepa kam ihm andersherum entgegen, sodass sie sich diesmal auf der Südseite des heiligen Berges begegneten. Als es zu regnen begann, brauchten sie eine Unterkunft gegen die schlechte Witterung. Zuerst wollten sie ein Dach gegen den Regen bauen. Milarepa spaltete einen Stein, der Bönpo sollte ihn als Dach einsetzen, doch seine Kräfte reichten nicht dafür aus. So hob Milarepa ihn selbst – mit nur einer Hand – in die Höhe und hinterließ dabei die Abdrücke seiner Hände, seiner Füße und seines Kopfes – die noch bis heute an der Decke der Höhle in Zutrulpuk zu sehen sind.

Die letzte Entscheidung sollte ein Rennen zum Gipfel des Kang Tise am Tag des Vollmondes bringen. »Wer den Gipfel des Tise als Erster erreicht«, so sprach Naro Bönchung, »der wird als der wahre Wirt des Berges anerkannt werden. Dies wird auch, ohne jeglichen Zweifel, entscheiden, wer von uns wirklich die höchste Meisterschaft erlangt hat.« Dem stimmte Milarepa zu: »Bestens, gemäß deinem Wunsch wollen wir verfahren. Doch wie bedauerlich ist es, dass ihr Bön-Priester von eurem bisschen innerer mystischer Erfahrung glaubt, es sei die äußerste Vollendung! Um diese zu erlangen, müsst ihr die Natur des eigenen Verstandes erfassen, und dafür müsst ihr den Lehren meiner Schule folgen und ihnen gemäß meditieren.«

»Was für einen Unterschied gibt es denn zwischen deinem und meinem Verstand?«, fiel ihm Naro Bönchung ins Wort. »Ist der deine gut und meiner schlecht? Was für einen Unterschied gibt es zwischen Bön und Buddhismus? Obschon deine und meine Praktiken einander gleichen, magst du in der Kunst der täuschenden Magie wohl mehr bewandert sein. So weit scheinst du mir überlegen zu sein. Wie auch immer – der Wettlauf zum Gipfel des Tise wird die Angelegenheit ein für alle Mal regeln.«

Daraufhin schärfte Naro Bönchung seine Sinne, um fleißig und ohne Zerstreuung seinen Gott anzubeten, während Milarepa weitermachte wie bisher. Als der fünfzehnte Tag des Monats – der Tag des Vollmondes – anbrach, kleidete sich der Bön-Priester sehr früh am Morgen mit einem grünen Mantel, spielte auf einem seiner Bön-Instrumente und schwang sich auf seine Schamanentrommel, um durch die Lüfte zum Gipfel des Tise zu fliegen. Als das die Schüler Milarepas sahen, war der Jetsün noch in tiefem Schlaf versunken. Daher weckte Rechungpa den Meister: »Lieber Jetsün, wach auf! Obwohl es noch so früh am Morgen ist, fliegt Naro Bönchung bereits auf seiner Trommel zum Gipfel des Tise! Er ist schon fast auf halber Höhe angelangt!« Milarepa lag noch da, als ob nichts geschehen wäre, und meinte schließlich gemächlich: »Ist unser Bön-Freund schon dort angekommen?« Und als all seine Schüler ihn drängten, machte er eine Geste in Richtung des Bönpo: »Nun, so seht!« Als die Schüler wieder zu Naro Bönchung hinschauten, sahen sie, dass jener trotz aller Anstrengung, am Berg höher zu steigen, doch nichts anderes tat, als den Berg auf immer der gleichen Höhe zu umrunden.

Als der Tag anbrach und die Sonne aufging, schnippte Milarepa mit seinen Fingern, schlüpfte in einen Mantel, mit dem er sich wie mit Flügeln in die Lüfte schwang, und ritt auf den ersten morgendlichen Sonnenstrahlen, welche die Spitze des Kang Tise erreichten, in Sekundenschnelle zum Gipfel des Berges, wo er die Schutzgottheiten des heiligen Tise schaute und sich ob seines Sieges freute. In der Zwischenzeit hatte der Bön-Priester den Berggrat erreicht. Als er Milarepa bequem dort oben auf dem Gipfel sitzen sah, stolz und mitleidig auf ihn herabblickend, war er sprachlos und so überrascht, dass er seine Trommel fallen ließ und hinabstürzte. Die Trommel prallte auf der Südseite des Tise gegen die Felsen, wo noch heute die davon herrührenden tiefen Einschnitte sichtbar sind.

Die Bön-Religion war vom neuen Buddhismus besiegt. Doch Milarepa erlaubte in einer Geste des Mitgefühls den Anhängern der Bön-Lehre weiterhin, den heiligen Berg auf ihre Art zu umwandeln, und gewährte ihnen die Bitte, an einem Ort zu bleiben, von dem sie den Berg Tise noch sehen könnten. Daher ergriff der Jetsün eine Hand voll Schnee und warf diesen auf einen Berg im Osten: Den Bönri, »Bön-Berg«, überließ er ihnen, den Berg Bönri zwischen Barkha und Huore, damit sie einen Platz hatten, von dem aus sie den Tise erblicken können. Dies war die Geschichte, wie der große Jetsün Milarepa den Bön-Priester Naro Bönchung am Berg Kang Tise unterwarf.

Tochter der Berge

Eines Tages entdeckte Himalaya, der König der Felsen, dass seine Frau Menaka schwanger war. Voller Freude vollzog er eine Reihe von Ritualen, um sich des Wohlergehens seines Kindes zu versichern, und nach zehn Monaten gebar ihm Menaka eine wunderschöne Tochter.

Alle, die sie anschauten, fühlten Freude im Herzen, denn sie war wie eine warme Sonne. Himalaya war glücklich und rief die bedeutendsten Weisen und Astrologen zu sich, um dem Kind einen Namen zu geben. »O König der Felsen, wir nennen sie Parbati, Tochter der Berge«, sagten sie, »und du bist in der Tat vom Glück gesegnet, denn sie wird einen großen Herrn zum Mann nehmen und viele böse Wesen zerstören.« Nach der feierlichen Namensverleihung wurde ein Festmahl gegeben, dann verteilte Himalaya Reichtümer an die Seher und verabschiedete sich.

Die Jahre vergingen, und Parbati wuchs heran wie ein aufgehender Mond. Mit jedem Tag schien sie schöner und schöner zu werden, und die Kunde darüber verbreitete sich weit und breit. Als sie zur Frau gereift war, ging der Seher Narad zu Lord Bishnu.

»O Herr«, hob er an, »es ist an der Zeit, dass Ihr an Heirat denkt. Ich kenne eine junge Frau, die Euren Ruhm noch mehren kann. Wenn Ihr es mir erlaubt, werde ich für Euch um ihre Hand anhalten.«

Lord Bishnu war skeptisch, als er erfuhr, dass Narad von Parbati sprach. Er war sich nicht sicher, ob Himalaya ihm seine liebreizende Tochter geben würde.

»Darüber solltet Ihr Euch keine Gedanken machen, ich werde mit ihm sprechen«, entgegnete Narad und machte sich auf den Weg zu Himalayas Palast.

Er trat vor den König der Felsen und seine Gemahlin und schlug ihnen vor, ihre Tochter Lord Bishnu zur Frau zu geben. Der Gedanke gefiel Himalaya und Menaka, und so stimmten sie zu.

Fröhlich kam der Weise zum Palast von Lord Bishnu und verkündete die gute Nachricht. Der Zeitpunkt der Eheschließung wurde bestimmt, und Himalaya und Menaka trafen die Vorbereitungen für Parbatis Hochzeit. Sie waren glücklich und glaubten, Parbati würde sich über die Überraschung freuen. Ohne sie wissen zu lassen, was geschah, richteten sie Kleider in vielen Farben für sie her, sammelten frische, duftende Blumen, bereiteten Früchte, Fleisch und Süßigkeiten für das Fest zu, bestellten Musikanten und legten im kühlen Schatten Sitze für die Gäste aus.

Sobald alles bereit war, wurden Einladungen an die Weisen, Götter, Schlangen und viele andere Wesen gesandt.

Am Morgen des Hochzeitstages gab Menaka ihrer Tochter Parbati farbenprächtige Kleider und glitzernde Steine. Sie riet ihr, sich gut zu kleiden, da dies ein besonderer Tag sei. Parbati machten diese Geschenke überglücklich, und sie sah noch schöner aus als sonst.

In der Zwischenzeit traf Lord Bishnu in Himalayas Palast ein. Auch er war besser gekleidet als gewöhnlich; alle Versammelten dachten, er sei wirklich ein gut aussehender Bräutigam. Menaka schickte Parbatis Freundinnen ins Haus, damit sie ihr Gesellschaft leisteten, und alle freuten sie sich auf das prunkvolle Fest.

Nun erst erfuhren die Freundinnen, dass Parbati noch immer nicht wusste, was draußen vor sich ging und weshalb ihr Haus geschmückt und Essen und Blumen vorbereitet worden waren. Sie begannen deshalb, Parbati zu necken, und sagten wie im Spaß, sie solle mit Lord Bishnu vermählt werden.

Parbati erschrak zutiefst. Alle Freude, die sie gespürt hatte, war mit einem Mal verflogen; sie fühlte sich gekränkt und verzweifelt. Seit den Tagen ihrer Kindheit hatte sie den Geschichten um Lord Shiva gelauscht und war in ihn verliebt. Mochte Lord Bishnu noch so reich und schön und bedeutend sein, sie wollte weder ihn noch irgendjemanden sonst zum Mann. Ihren Freundinnen sagte sie, sie wünsche diese Vermählung nicht, weil sie ihr mehr Kummer als Freude bereiten werde. Die Freundinnen dachten zuerst, Parbati meine es nicht ernst, doch als sie erkannten, dass sie sehr wohl die Wahrheit sagte, wurden sie traurig.

»Wenn du wirklich nicht willst, dann ist es nicht klug, hier zu bleiben«, sagten sie. »Wir werden dich an einen Ort bringen, wo dich niemand findet.«

Zusammen mit ihren Freundinnen verließ Parbati heimlich Himalayas Palast. Sie gingen an einen Fluss im Wald, wo die Mädchen sie allein in einem Versteck zurückließen. Indessen rückte die Stunde der Eheschließung heran. Himalaya bat Menaka, ihre Tochter aus dem Haus zu holen, und erst jetzt bemerkten sie, dass Parbati verschwunden war. Von Angst und Sorge erfüllt, begannen Menaka, Himalaya und die Gäste, die Braut zu suchen. Doch auch nach langem Suchen konnte niemand sie finden. Die Weisen wurden des Wartens müde; sie meinten, es müsse ein neuer Tag für die Hochzeit bestimmt werden, und gingen. Daraufhin machten sich auch die Gäste einer nach dem anderen auf den Heimweg.

Parbati war noch immer allein im Wald und fragte sich, was sie tun solle. Vielleicht, so dachte sie, würde eine Meditation für Lord Shiva ihr helfen, ihn für sich zu gewinnen. Doch zwei Raksas, die sie nicht kannten, hatten sie entdeckt. Da sie liebreizend und allein war, begannen sie, die junge Frau zu belästigen. Parbati war bereits enttäuscht und unglücklich über die Geschehnisse dieses Tages, und die Annäherungsversuche der Raksas verwandelten ihre Verstimmung in schäumende Wut. Sie wandte sich gegen die beiden, und noch ehe diese die Gefahr erkannten, tötete Parbati sie. Als sie wieder zur Ruhe gekommen war, formte sie aus Lehm ein Bildnis von Lord Shiva und versank davor in eine tiefe Meditation.

»O Herr, seit meiner Kindheit schon liebe ich Euch, und ich habe immer gehofft, dass Ihr eines Tages mein Gemahl werdet. Mein Vater aber will mich mit Lord Bishnu vermählen, und weil ich das nicht möchte, bin ich in diesen Wald geflohen. Bitte beschützt mich, und erfüllt mir meinen Wunsch«, betete sie.

Nach der Meditation fühlte sich Parbati um vieles wohler. Jetzt dachte sie auch an ihre Eltern, kehrte nach Hause zurück und erkannte, dass Lord Bishnu ihr helfen konnte, wenn er wollte. Menaka und Himalaya waren erleichtert und froh, als sie ihre Tochter wiedersahen; sie hatten sich sehr um sie gesorgt. Nachdem sie sich versichert hatten, dass ihr nichts zugestoßen war, fragten sie Parbati, wo sie gewesen sei, und sie berichtete ihnen, was geschehen war. Danach eröffnete sie ihnen auch ihren Wunsch, mit Lord Shiva vermählt zu werden. Himalaya und Menaka zeigten Verständnis und rieten Parbati, Lord Bishnu um Rat zu fragen.

Um Lord Bishnu zu erfreuen, brachte Parbati ihm Blumen, Früchte und Gebete dar und fastete in seinem Namen. Besänftigt erschien Lord Bishnu vor ihr und sagte: »Jetzt bin ich es zufrieden. Sag mir nun, was du von mir willst.«

»Ich möchte Lord Shiva heiraten und seine Frau werden«, bat Parbati. »Bitte helft mir.«

Lord Bishnu dachte nach. »Ich sage dir, wie du ein einfaches, aber wirkungsvolles Opfer darbieten kannst«, begann er dann. »Lies mit Beginn des Vollmonds im Januar laut die

Swasthani-Schriften. Lausche jeden Abend bis zum nächsten Vollmond den Geschichten von Lord Shiva. Am Tag des Vollmonds nimm Reis, Gerste, Sesamsamen und Blumen, und richte sie in 108 kleinen Schalen an. Schreibe das Wort ›om‹ auf den Boden, und opfere Zinnober, Früchte, Blumen, helles Tuch, Parfüm und die vorbereiteten Schalen der Swasthani.

Die Swasthani verfügt über große Macht. Liest man sie, können unerfüllbare Wünsche gewährt werden. Acht Muttergöttinnen umgeben die Swasthani, und sie besitzt das dritte Auge des Wissens. Wenn du deine Gebete beendet hast, kannst du die Blumen und die Opfergaben deinem Ehemann geben. Da du keinen Mann hast, kannst du sie auch deinem Sohn geben. Da du auch keinen Sohn hast, kannst du sie dem Sohn einer Freundin geben. Wenn deine Freundinnen keine Kinder haben, kannst du sie dem Fluss opfern und einen Wunsch äußern. Ich hoffe, du wirst bekommen, was du dir erwünschst.«

Parbati dankte Lord Bishnu für seinen Edelmut, und seinem Rat folgend nahm sie am Tag des Vollmonds im Januar ein Bad, legte frische Kleider an und begann, die Swasthani-Schriften zu lesen.

Als Indra, der König der Devas, der Himmelwesen, erfuhr, was sich in Himalayas Palast zutrug, sagte er zu seinem Volk, es sei die Zeit gekommen, um Tarakasur zu zerstören. Es gab jedoch ein Hindernis. Da Lord Shiva meditierte, würde er Parbatis Gebeten keine Beachtung schenken.

»Er muss Verlangen spüren. Er muss die Freuden und das Glück des Lebens wollen«, sagte Indra zu den Devas.

Sie stimmten überein, dass jemand Lord Shiva aus seiner Meditation holen müsse. Und sie alle glaubten, dass nur Kam Dev, ein Meister lustvoller Gefühle, den Herrn ablenken könne.

»Ohne Lord Shivas bewusstes Bemühen kann diese Heirat nicht stattfinden«, sagte Indra zu Kam Dev. »Lass ihn deshalb die Kraft der Lust spüren, und bringe ihn von der Meditation ab.«

Kam Dev suchte den meditierenden Lord Shiva auf und erweckte in ihm Gefühle der Lust. Doch Lord Shiva ärgerte sich. Er blickte auf, um den Grund für seinen Groll herauszufinden, und sah Kam Dev.

Als Lord Shiva erkannte, dass seine Meditation vorsätzlich gestört worden war, wurde er wütend. Sein großer Zorn ließ ein plötzliches Feuer aus seinem dritten Auge hervorbrechen, das Kam Dev zu Asche verbrannte. Dessen Gemahlin Rati weinte sehr vor Lord Shiva. Als dieser sah, dass Kam Dev unschuldig war, versprach er Rati, sie würde in einem künftigen Leben wieder mit Kam Dev zusammenkommen.

Sobald sie gegangen war, beschloss Lord Shiva, dass die Zeit der Trauer vorüber sei. Die Anliegen der Schöpfung kamen ihm wieder zu Bewusstsein. Er erfuhr auch von der Verehrung, die Parbati ihm entgegenbrachte, und machte sich auf, sie zu treffen.

Um ihr Herz zu ergründen, legte er feine Gewänder und Schmuck an und verkleidete sich als Indra Dev. Dann begab er sich an den Ort, wo sie betete, und sah, wie sie die Opfergaben zubereitete. Als Parbati ihn erblickte, hielt sie ihn für Indra und fragte, weshalb er zu ihr gekommen sei.

»Ich freue mich sehr über deine Liebe und Hingabe für Lord Shiva«, erwiderte dieser. »Aber ich verstehe nicht, weshalb du das alles für ihn tust. Du weißt doch, dass mit ihm auszukommen schwer ist. Er kleidet sich in ein Tigerfell, nimmt als Mantel eine Elefantenhaut, reitet auf einem alten Bullen und umgibt sich mit abscheulichen Geistern. Als Waffe genügt ihm ein Dreizack, und wenn er Musik hören will, schlägt er einfach auf eine Damaru. Sein Hals, seine Handgelenke und

Knöchel sind von Schlangen bedeckt, und er nimmt ungesunde Nahrung und gefährliche Kräuter zu sich.

Willst du ihn also wirklich heiraten? Du bist schön und verdienst ein besseres Leben. Ich glaube nicht, dass du und Shiva zueinander passt. Warum heiratest du nicht mich? Ich bin ein König der Devas, und Amarawati hat alle schönsten Dinge dieser Welten.«

Parbati schickte sich an, ihn zu strafen. »Ihr wagt es, sogar während meines Gebetes, mit dem ich Lord Shiva als Gemahl gewinnen möchte, schlecht über ihn zu sprechen? Böse seid Ihr!«, ereiferte sie sich.

Nun gab sich Lord Shiva aus Furcht zu erkennen. »O Parbati, ich bin nicht Indra, ich wollte nur sichergehen, dass du mich wirklich willst; deshalb habe ich mich als Indra verkleidet«, erklärte er.

Parbati verneigte sich vor ihm, und dann gingen sie zusammen zu Himalaya, der ihnen die Erlaubnis gab, die Ehe zu schließen. Himalaya und Menaka freuten sich, dass Parbati nun glücklich sein würde. Der Tag der Hochzeit nahte. Lord Brahma war der Priester, Lord Shiva erschien feierlich und stattlich, und Parbati sah aus wie die liebenswürdigste Frau aller Welten. Ein großes Fest wurde gegeben, und alle freuten sich. Aber als der Zeitpunkt der Hochzeit kam, kannte niemand Lord Shivas Herkunft. Er wusste nicht, wer seine Eltern waren und wo er seine Wurzeln hatte. Doch der kluge Lord Bishnu warf ein, solche Einzelheiten seien unnötig, und drängte, mit der Zeremonie fortzufahren, bevor die Seher Einwände erheben konnten.

Lange Zeit waren Lord Shiva und Parbati glücklich zusammen. Doch eines Tages wurde Lord Shiva unruhig. Er wollte die Orte aufsuchen, die er bereits kannte, und neue Gebiete bereisen. Da er wusste, dass Parbati ihn nur ungern gehen lassen würde, machte er sich auf den Weg, ohne ihr ein Wort zu sagen.

Parbati suchte lange nach Lord Shiva, konnte ihn aber nirgends finden. Deshalb verwandelte sie sich in eine Kirati-Jägerin, ging in den Wald und baute sich eine Unterkunft.

Nachdem Lord Shiva zahlreiche Orte aufgesucht hatte, kam er in einen Wald und beschloss, ein Kirati-Jäger zu werden – für den, der zu jagen verstand, gab es Fleisch in Hülle und Fülle. Sein Weg führte ihn schließlich in die Slesmantak-Wälder, wo Parbati sich eine Hütte gebaut hatte.

Am Abend sah er Parbati, doch er erkannte sie nicht, weil sie ganz anders war, als er sie in Erinnerung hatte. Sie sah begehrenswert aus und erweckte seine Wollust.

»O schöne Frau, bist du eine Tochter der Devas, der Raksas oder der Schlangen?«, fragte er sie. »Ich glaube nicht, dass es eine Frau gibt, die so schön ist wie du. Weshalb kamst du in diesen Furcht erregenden Wald, hattest du denn keine Angst, als du allein warst?«

Aber Parbati hatte Lord Shiva bereits erkannt. Sie starrte ihn zornig an und sagte nur: »O Kirat, ich lebe schon seit vielen Jahren hier. Ich bin Jägerin und habe keine Angst vor wilden Tieren.«

Die Dunkelheit brach herein. »Du bist allein, und ich bin es auch. So lass uns doch zusammen hier bleiben«, schlug Lord Shiva vor.

Parbati war verstimmt. »Dieser Wald ist einsam, niemand kommt nach Einbruch der Dunkelheit hierher. Da ihr Männer euch nicht im Zaum halten könnt, musst du dir einen anderen Ort zum Bleiben suchen.«

»Sei unbesorgt«, versicherte Lord Shiva. »Ich berühre keine fremde Frau.«

Da es inzwischen dunkel geworden war, war Parbati damit einverstanden, ihn dieses eine Mal hier übernachten zu lassen.

Am nächsten Tag ging Lord Shiva zur Jagd und kam am Abend wieder zurück. Tage vergingen, doch er machte keinerlei Anstalten zu gehen. Eines Tages stieg Parbati auf einen Baum, um Früchte zu pflücken.

»Wo bist du gewesen?«, fragte Lord Shiva sie. »Ich habe lange Zeit nach dir gesucht.«

Von unten konnte er ihre Blöße sehen, und obwohl sie sagte, sie pflücke Früchte, konnte Lord Shiva nicht mehr an sich halten und griff nach ihr. Nun, da sie seine Absicht erkannte, sagte Parbati: »O Kirat, ich habe versprochen, mich niemand anderem hinzugeben als Lord Shiva. Wenn du diese meine Worte nicht beherzigst, werde ich mich töten.«

Lord Shiva fühlte sich geschmeichelt. »O Kirati-Frau, ich bin Shiva. Ich war im Wald unterwegs und traf dich«, gab er sich zu erkennen.

»Dann lasst uns ehrlich zueinander sein«, erwiderte Parbati. »Lasst uns zu meinen Eltern gehen, und dann heiratet Ihr mich. Sie wohnen nicht weit von hier.«

Noch am selben Tag machten sie sich auf den Weg zu Parbatis Eltern. Weiter und weiter schritten sie voran, und die Berge kamen immer näher. Da erkannte Lord Shiva, dass er auf den Himalaya zuwanderte und die Frau an seiner Seite Parbati war. Voller Scham verließ er sie und ging zurück in die Wälder. Auch Parbati ging wieder nach Gaurighat am Bagmati-Fluss und blieb dort, bis Lord Shiva zurückkam und sie um Vergebung bat. Dann gingen sie zu Himalayas Palast und blieben viele Monate dort, ehe sie nach Hause zurückkehrten.

Karma Ura

Der Himmel und die Mühlsteine

Tawla ging schnell bergan, er lief fast durch das dichte Unterholz des Bergwaldes. Dass er erst vierzehn Jahre alt war, merkte man gar nicht, so geschwind kam er voran. Sein Atem ging ruhig; Brust und Schultern blieben entspannt, während sich sein kräftiger Körper vor dem sattgrünen Hintergrund des Tals voranbewegte. Die anderen, eine Gruppe Studenten auf Treckingtour in den Bergen, keuchten, obwohl sie älter waren als er. Immer wieder fuhren sie sich mit den Händen durch die verschwitzten, modisch geschnittenen Haare, und jedes Mal, wenn sie an einem Felsvorsprung vorbeikamen, setzten sie ihre Rucksäcke kurz ab. Tawla brauchte solche Ruhepausen nicht, er konnte den Berg mühelos erklimmen. Die Schuhe trug er dabei auf dem Rücken und zog sie immer nur dann an, wenn sie sich einem Dorf näherten, damit er ein wenig ordentlicher aussah.

Der starke Nachmittagswind würde erst Stunden später aufkommen. Im Wald war kein Geräusch, keine Bewegung auszumachen, nur die Gruppe störte die absolute Stille. Bis zum Ziel, Tawlas Dorf, waren es noch zwei Tage. Tawla war der Führer der Gruppe auf den Gebirgspfaden, wenngleich er eigentlich nur ein Hirtenjunge aus seinem kleinen, gerade dreihundert Einwohner zählenden Ort war. Dreizehn seiner vierzehn Jahre hatte er in diesem Dorf, in dieser Bergregion verbracht. Das letzte Mal war er weg gewesen, als er elf war. Er hatte seinen Vater begleitet, der beim Straßenbau gearbeitet hatte. Da Tawla fast sein ganzes Leben lang hier in diesen Bergen zugebracht hatte, kannte er alle Geschichten aus der Umgebung.

Als er begann, den anderen die Geschichte über sein Dorf zu erzählen, klang seine Stimme in der Stille des Waldes lauter, als sie eigentlich war. Ihm war, als höre er seinen eigenen Großvater, den Vater seiner Mutter, der hundertvier Jahre alt geworden war und ihm eines Abends diese Geschichte erzählt hatte.

»Vor langer Zeit einmal suchte ein loderndes Feuer die Welt heim und richtete große Zerstörung an. Das Feuer brach aus, nachdem am Himmel neun Sonnen erschienen waren. Ja, keine zwei, sondern neun Sonnen für neun Tage! Die Sterne, die weit weg waren, kamen an diesen Tagen der Erde so nahe wie die Sonne. Zuerst blendete der grelle Schein, dann wurde alles durch die Hitze versengt. Und schließlich brannte es ringsumher und glühte. Das Feuer verzehrte alles. Von Baumkronen, Berggipfeln und Flussbetten stiegen Rauchwolken auf. Die Erde verwandelte sich in eine Wüste aus Asche und erstorbener Glut. Der Rauch war so dicht und schwarz, dass man die Hand nicht mehr vor den Augen sehen konnte.

Nach neun Tagen der Feuersbrunst schlug das Wetter erneut um. Es folgte eine Überschwemmung, die ebenfalls neun Tage andauerte. Neun Tage lang regnete es ununterbrochen. Die Regentropfen waren tausendmal größer und schwerer als normale Tropfen, die wir mit der Nasenspitze auffangen können. Sie waren so groß wie das Joch auf dem Nacken der Ochsen. Weil sie größer waren, fielen sie schneller zur Erde. Und weil sie schneller zur Erde fielen, prasselten sie auf den Boden wie tausende hoher Wasserfälle.

Die Seen traten über ihre Ufer, und Täler wurden unter Wasser gesetzt. Alles wurde vom Regen überflutet. Die aufgelockerten Erdmassen setzten sich in Bewegung, und es kam überall zu gewaltigen Erdrutschen.

Viele Pflanzen und Tiere wurden während dieser achtzehn Tage dauernden Feuersbrunst und Überflutung vernichtet, doch manche Bäume überstanden die Katastrophe. Die wichtigsten waren der Pfirsichbaum, die Eiche und der Mangobaum. Von den Sträuchern überlebten der Wermut und eine Kiserma.

Der Himmel wurde auf die Stämme von zwei der ältesten Baumarten aufgestützt: auf die Eiche und die Amla; sie waren die höchsten Bäume des Waldes. Deshalb war der Himmel in der Tat nicht sehr hoch, er lag ja nur auf den Bäumen auf. Auch von den Menschen hatten nur wenige die Katastrophe überlebt, und von den zwei überlebenden Brüdern Takza und Dungza will ich euch erzählen.«

Tawla ließ eine kurze Stille eintreten, bevor er fortfuhr: »Dungza fand einen großen, ausgehöhlten Eichenstamm und schlüpfte hinein. ›Bruder Takza, wenn du draußen bleibst, wirst du nicht mehr lange leben. Es ist kalt da draußen. Du musst zu mir in den Baumstamm kommen‹, drängte Dungza. Doch da die Flut den Wasserstand in die Höhe trieb, hielt Takza den Eichenstamm nicht für sicher, auch wenn es darin warm war. Die Brüder beurteilten das Risiko zu ertrinken und jenes zu erfrieren unterschiedlich. Wer das bessere Urteil fällte, der würde am Leben bleiben. In der Nähe standen Pfirsichbäume; dorthin ging Takza und schlug Dungzas Aufforderung aus. Er kletterte auf einen der Bäume und blieb oben in der Krone sitzen. Es war ihm lieber, dort oben zu sitzen, als ins Wasser zu fallen und zu ertrinken.

Dungza legte einen flachen Stein über die Öffnung des ausgehöhlten Stammes und versiegelte sie mit Schlamm, damit der Regen nicht eindringen konnte. Der im Wasser stehende Teil des hohlen Stammes war zwar dicht, doch wenn die Flut noch lange weiter ansteigen würde, was dann? Nervös wartete Dungza auf das, was noch kommen würde. Am fünften Tag hörte er plötzlich seinen Bruder um Hilfe rufen. Als er hinausschaute, sah er, dass es nicht etwa der steigende Wasserpegel war, der Takzas Leben bedrohte. Es war die Kälte in der Baumkrone dort oben, die ihm gefährlich wurde.

›Lass mich zu dir in den Baumstamm kommen!‹, flehte Takza ihn an. Seine Stimme bebte, und er zitterte am ganzen Körper. Dungza kam aus dem Baumstamm heraus. ›Klettere langsam herunter, rutsch ja nicht aus‹, ermahnte Dungza seinen Bruder und erinnerte ihn noch daran, dass seine Hände von der Kälte taub sein könnten. Dann half er ihm, in den Eichenstamm zu kriechen. Für zwei war darin nur wenig Platz, einer konnte es gerade aushalten. Takza machte es sich in dem Stamm bequem, schloss sich ein und ließ Dungza draußen in der Kälte stehen. Er hatte seinen Bruder überlistet, damit dieser seinen sicheren Platz aufgab, und obwohl für beide gerade noch Raum genug gewesen wäre, ließ Takza ihn nicht herein.

Die Lage wurde immer bedrohlicher: Der Wasserstand stieg stetig an, sodass Dungza in den höchsten Wipfel des Pfirsichbaums klettern musste, wo der Wind heulte und der Sturm ihn schüttelte. Es war so kalt, dass er die Götter anflehte, ihn zu retten. Und wegen seines dringenden Bittens wurde ihm gerade in dem Augenblick, in dem er beinah vom Baum gefallen wäre, die Fähigkeit verliehen, in den Himmel zu fliegen.

Takza war während des sintflutartigen Regenfalls in dem Eichenstamm eingeschlossen und hatte nichts zu essen. Als das Unwetter eines Morgens endlich nachließ, bohrte er ein kleines Loch in den Stamm und blickte hinaus. Das Wasser begann schließlich zu sinken. Der Himmel hellte sich auf, und Licht breitete sich aus. Nun sah er, dass in den Regenfluten einige Berghänge abgerutscht waren. Ängstlich kroch er aus dem Stamm heraus, und erst jetzt bemerkte er, wie ruhig es war. Es herrschte eine geradezu betäubende Stille. Keine menschliche Stimme, kein einziger Ruf eines Tieres, nirgends das Zwitschern eines Vogels. Fast alles Leben um ihn herum war ausgelöscht. Takza hatte zwar überlebt, blieb aber allein zurück.

Nun musste er etwas zu essen finden. Furchtsam streifte er durch die ganze Gegend. Schließlich stieß er auf einen Vogel, der in der Sprache des Mön-Clans Trimola heißt und auf einem Kiserma-Strauch saß. Takzas erster Gedanke war, sich an den Vogel heranzupirschen und ihn zu töten. Dazu fertigte er aus dem Holz des Wermuts einen Bogen an und einen Pfeil. Dann schoss er den Vogel, rupfte ihn und nahm ihn aus.

Aus den Eingeweiden des Tieres fielen drei rote Reiskörner. ›Diese Körner kann ich in die Erde stecken‹, dachte Takza. Aber wo konnte er sie einpflanzen? Für drei Körner brauchte er kein großes Feld, daher wählte er ein kleines Fleckchen Erde, das ein Dschungelhuhn ein wenig aufgekratzt hatte. Zuerst wollte er einfach nur mehr Samenkörner gewinnen, was ihm schon bald gelang. Den neuen Samen pflanzte er dann auf einem Stück Land, das einem schlafenden Muntjak gehörte. Auch dies erwies sich als günstig, und er wagte sich an ein noch größeres Stück Land, das einem schlafenden Rothirsch gehörte. Danach rodete er Wald, um für den Anbau jener Reissorte Platz zu schaffen, die heute noch von den Mön-Leuten angebaut wird.«

Tawla wurde nicht müde, die Vorzüge dieser Reissorte immer und immer wieder zu loben.

»Es handelte sich um den rotkörnigen Hochlandreis, den wir ›ray mon zangaar‹ nennen und der nicht bewässert werden muss. Er kann auch viel früher gepflanzt werden als der weiße Reis, und wir haben dadurch eine bessere Ernte.

Takza baute schließlich nicht nur den roten Reis an, sondern ging auch weiterhin regelmäßig zur Jagd. Er lebte von der Jagd und vom Reis. Und jeden Abend kehrte er nach der Jagd zu seiner Hütte zurück, die er genau neben dem Reisfeld errichtet hatte.«

Nun hob Tawla die Stimme an, und alle hörten ihm gespannt zu.

»Eines Abends nach der Jagd bemerkte Takza, dass die Sträucher am Feldrand in Brand gesteckt worden waren. Weit und breit war aber keine einzige Menschenseele zu sehen. Wer hatte das Feuer gelegt? War er in Gefahr? Versuchte jemand, seinen Hof niederzubrennen? Woher kamen die Feinde? Er schlief die ganze Nacht nicht, weil er ununterbrochen nach einer Antwort auf diese Fragen suchte. Als er am nächsten Abend nach Hause kam, stellte er fest, dass noch mehr Land verbrannt und gar ein Saatbeet angelegt worden war. Wieder verbrachte er die ganze Nacht damit, sich über einen möglichen Feind Gedanken zu machen. Erinnerungen daran, dass er einst beinahe verbrannt und ertrunken wäre, begannen ihn zu quälen. Ihm fiel auch wieder ein, wie er seinen Bruder aus dessen Unterschlupf gelockt und dann seinem Schicksal überlassen hatte. Hatte Dungza etwa doch überlebt und war nun gekommen, um sich zu rächen? Bald war Takza überzeugt, dass Dungza ihm gefolgt war und jede seiner Bewegungen beobachtete.

Es galt nun, Dungzas Pläne aufzudecken. Früh am nächsten Morgen versteckte er sich und beobachtete das Feld. Kurz vor Mittag brummte und dröhnte es am Himmel, und nach einiger Zeit konnte man es deutlicher hören: Es war das Rauschen schwerer Flügelschläge, das näher kam und lauter wurde. Takza blickte zum blauen Himmel auf, der immer noch auf den Baumkronen ruhte. Über dem Himmel bewegte sich etwas, doch er konnte es nicht erkennen. ›Der Augenblick des Kampfes mit Dungza steht bevor‹, dachte Takza und malte sich aus, wie schwere Waffen auf ihn niedergehen würden. Er lief zu einem umgestürzten Baumstamm und verbarg sich angsterfüllt darunter.

Der Himmel öffnete sich an hundert Stellen. Takza presste sich noch fester unter den Baumstamm und hielt schützend die Arme über den Kopf. Mit angehaltenem Atem wartete er darauf, dass nun etwas auf die Erde niederfallen würde. Da der Himmel ja nicht hoch war, hätte es schon längst auf der Erde aufprallen müssen. Doch noch immer war nichts zu sehen, aber das Tosen nahm zu. Takza blickte auf. Was er sah, übertraf seine schlimmsten Befürchtungen. Ein Heer geflügelter Lebewesen schwebte und flatterte in der Luft und ließ sich langsam auf die Erde nieder. Sie drehten und wandten sich hin und her, bevor sie ihre Flügel zusammenfalteten, und landeten dicht nebeneinander auf dem gerodeten Feld. Takza saß da wie versteinert.

Nach kurzer Zeit wimmelte es überall von diesen geflügelten Wesen, die sich emsig an die Arbeit machten: Sie rodeten das Gebüsch und verbrannten es, legten Beete an und streuten Samen aus. Bis in den späten Nachmittag hinein beobachtete Takza, wie sie fleißig arbeiteten. Dann dachte er darüber nach, wie er sie vertreiben könnte, und dabei wurde er zusehends kühner. In seinem Versteck wartete er den besten Augenblick ab, um sie zu überraschen. Kurz vor Sonnenuntergang ging er dann mit einem Stock in der Hand auf die geflügelten Wesen los. Sobald sie ihn sahen, sprangen sie hoch und flogen auf. Alle bis auf eine Frau flüchteten; ihre Flügel verfingen sich in den Ästen eines Baums, und sie konnte sich nicht mehr daraus befreien. Einige der Flügelwesen umflatterten sie aufgeregt, andere beobachteten sie durch den Himmelsschleier. Sie saß in der Falle. Als die Dunkelheit hereinbrach, verschwanden die Geflügelten und ließen sie allein zurück.

Die Frau weinte und bat Takza, sie gehen zu lassen. Doch Takza war ein Jäger, er war auf Beute aus. Er schleifte sie zu seiner Hütte, nahm ihr die Flügel ab und versteckte sie. Die Frau fügte sich in das Leben in ihrer neuen Umgebung, und in den folgenden Tagen fragte er sie über alles aus, was sie über ihre Heimat und ihre Abstammung wusste. Nach einiger Zeit wurden sie ein Paar, und im Verlauf von drei Jahren bekamen sie Kinder, einen Sohn und eine Tochter.

Tagsüber ging Takza oft zur Jagd, während sie Nesseltuch webte und sich um die Kinder kümmerte. Sie buk Pfannkuchen aus Mais- und Buchweizenmehl, aber meistens musste die Familie Hunger leiden. Unaufhörlich setzten die Kinder ihrer Mutter zu; ja sie ärgerten sie so sehr, dass die Mutter sie eines Tages mit dem Webzeug schlug. Die Kinder weinten und liefen gekränkt auf und davon. Den ganzen Tag wanderten sie im nahen Wald umher. Doch als sie bei einer Höhle die versteckten Flügel ihrer Mutter fanden, rannten sie aufgeregt nach Hause und überreichten sie ihr. Sie wussten natürlich nicht, dass sie damit ihrer Mutter einen Teil ihrer selbst zurückgegeben hatten. Ein schöneres Geschenk hätten sie ihr nicht machen können.

Der linke Flügel war zwar etwas beschädigt, doch es gelang der Frau, ihn wieder zu flicken. Dann befestigte sie beide Flügel an ihren Seiten, und noch ehe ihr Mann am Abend nach Hause kam, flog sie davon. Keiner wusste, ob sie jemals wieder zurückkehren würde.

Die Kinder erzählten ihrem Vater, wie die Mutter davongeflogen war. Viele Tage nach ihrem Weggang beschloss er, nach ihr zu suchen und sich ins Land der geflügelten Wesen zu begeben. Da er aber keine Flügel besaß und sich nicht einfach in die Lüfte erheben konnte, musste er einen anderen Weg dorthin finden. Seinen Kindern sagte er, dass er vielleicht den Kampf um die Mutter verliere. Deshalb sollten sie sorgsam auf sein Rufen achten. Wenn sie Takza vor Schmerz schreien hörten, könne das bedeuten, dass er getötet werde. In diesem Falle sollten sie ihn begraben. Er erinnerte seine Kinder auch noch daran, sich um den Hof zu kümmern und das Tal, in dem sie wohnten, zu beschützen. Im Morgengrauen machte er sich schließlich auf zu seiner verschwundenen Frau. Den Weg zum Land der geflügelten Leute fand er, indem er den höchsten Gipfel der Region bestieg, den Berg Jow Dhurshing, der bis hinauf in den Himmel reicht.«

Tawla unterbrach seine Erzählung und zeigte den Studenten den Gipfel, der das Tal überragte.

»Neun Tage vergingen mit Grübeln und Warten. Und als die Sonne am neunten Tag unterging, hörten die Kinder plötzlich einen schauerlichen, durchdringenden Schmerzensschrei. Dann fiel der Leichnam ihres Vaters vom Himmel, er war bestialisch in Stücke zerhackt worden.

Die Mön-Leute können sich bis heute nicht darüber einig werden, weshalb an Takza so grausam Rache geübt wurde: wegen der Frau, die er sich gewaltsam nahm, oder weil er seinem Bruder Dungza so übel mitgespielt hatte?

Die beiden Kinder jedenfalls waren zutiefst betrübt. Aus ihrem Kummer wuchs das Verlangen nach Vergeltung: Sie wollten entweder Wiedergutmachung oder Rache. Also reisten Bruder und Schwester ins Land der geflügelten Wesen, auch sie nahmen den Weg über den höchsten Gipfel in den Himmel. Doch dort angekommen, verweigerte man ihnen jegliche Wiedergutmachung für den Tod ihres Vaters. Stattdessen gab man ihnen zu verstehen, ihr Vater habe sein Leben verloren, weil er ihre Mutter als Gefangene gehalten hatte. Die Kinder wurden als Gäste im Land der geflügelten Leute indes willkommen geheißen. Nach einem angenehmen Aufenthalt kehrten sie mit Geschenken der geflügelten Wesen nach Hause zurück: Sie bekamen einen Jagdhund, ein Paar

Mühlsteine, um Korn zu mahlen, eine Sichel, einen Dolch und eine Kette.

So überhäuft mit den vielen Gaben, war für die Kinder die Heimreise nicht einfach. Mit den Geschenken auf dem Rücken mussten sie auf ihrem Weg durch den Wald oft anhalten und sich ausruhen. Auch kamen sie nur schwer voran, denn immer wieder war der Pfad vom Dickicht überwuchert. Dabei verfing sich die Kette, die sie bekommen hatten, in den Schlingpflanzen und zerriss. Die Schwester war vom ständigen Hauen und Schneiden bald erschöpft. Als sie eine riesige Schlingpflanze mit ihrem Dolch durchtrennte, war es ausgerechnet das Seil, das den Himmel mit der Erde verbunden hatte. Da nun nichts mehr den Himmel hielt, stieg er bis zu der unendlichen Höhe auf, die er heute innehat, wo er sich weit oben über den Wäldern wölbt.

Aber nicht nur das Tragen der zerrissenen Kette wurde ihnen zu mühsam, auch die beiden Mühlsteine waren zu schwer, um sie auf dem sich schier endlos dahinziehenden Waldweg zu schleppen. So ließen sie die Steine den Berg hinabrollen, und diese rollten mehrere Tage lang, so tief ging es hinunter. Schließlich blieben sie am Fuß eines hohen Berges an einem Flusslauf liegen. So hoch war der Berg, dass die Mühlsteine tagelang den Abhang hinunterrollten«, wiederholte Tawla und fügte dann noch hinzu: »Deshalb stehen Wassermühlen immer an einem Fluss oder einem Bach – weil dort die Steine zum Stillstand kamen.

Mit ihrem Jagdhund und den ihnen verbliebenen Geschenken zogen Bruder und Schwester durchs Land. Sie trafen andere Wanderer, die sich ihnen anschlossen, und ließen sich schließlich bei den Mön nieder, da, wo heute mein Dorf liegt«, schloss Tawla seine Erzählung.

Kanak Mani Dixit

Als Pilgerfrosch in Muktinath

Mit großen Sprüngen erreichte Bhaktaprasad schließlich das Dorf Kagbeni, das ein recht merkwürdiger Ort war. Bei seiner Ankunft bemerkte der Frosch, dass überall Kabel und elektrische Leitungen hingen. Aber als die Nacht hereinbrach, sah man nicht ein einziges elektrisches Licht in Kagbeni. Das Dorf lag genauso dunkel da wie jedes andere der tausenden von Dörfern in Nepal.

»Ich frage mich, woran das liegt«, dachte der Frosch. Und wie um genau diese Frage zu beantworten, ließ ihn das Schicksal in die Hände von Dzo Dzopa fallen, dem gesprächigsten Rindvieh südlich der Mongolei.

Dzo war aus der Verbindung zwischen einem Hochlandyak und einer Tieflandkuh entstanden. Sie lebte in einem Stall am Weg, und ganz offensichtlich bestand ihre Lebensaufgabe darin, Vorüberkommende zu sich zu locken und sich mit ihnen zu unterhalten. Sie hatte genau beobachtet, wie Bhaktaprasad das Dorf betrat.

»Du wunderst dich also«, fragte sie ihn, »weshalb wir in Kagbeni zwar elektrische Leitungen, aber kein Licht haben? Nur immer herein mit dir!«

Ein wenig unsicher, ob er das Richtige tat, betrat Bhaktaprasad den Stall.

»Setz dich hin, und ich erzähle dir alles«, sagte Dzo. Der Frosch nahm Platz, und ohne eine Sekunde zu verlieren, begann Dzo zu reden: »Es war einmal, da kamen ein paar Ingenieure – Menschen, du verstehst – von Kathmandu hierher und versprachen uns Elektrizität. Sie sagten, sie würden den starken Wind in diesem Tale nutzen, um Windräder anzutreiben und so Strom für ganz Kagbeni zu erzeugen. Unglücklicherweise unterschätzten die Ingenieure die Kraft der hiesigen Winde, und die Windräder wurden noch am selben Tage, an dem man sie in Betrieb genommen hatte, davongeblasen.«

»Und darum habt ihr hier überall Stromleitungen, aber keinen Saft drin!«, warf Bhaktaprasad ein. »Oh, wie dumm die Menschen doch sind!«

»Ja, ja, das wissen wir«, sagte Dzo und fügte hinzu: »Wir beide haben uns noch nicht vorgestellt.«

»Ich bin ein Frosch ...«

»Das sehe ich«, schnitt Dzo ihm das Wort ab.

»Angehöriger der Art *Rana tigrina* ...«

»Oh, einer von denen.«

»Wohnsitz in Kathmandu. Reiseziel unbekannt.«

»Gut. Und ich bin Dzo Dzopa. Mischling. Kreuzung zweier Linien. Hybride. Halb Yak, halb Tieflandkuh. In uns soll sich die Zähigkeit des Hochlandbewohners mit der Produktivität des Tieflandbewohners vereinen.«

»Erzähl mir was über Yaks!«, bat Bhaktaprasad, dem dieses Mischwesen zu gefallen begann. Es war so wohltuend selbstbewusst.

»Man nennt sie auch die ›Kamele des Himalaya‹. Aber wenn du mich fragst, dann sollte eher das Kamel ›Yak der Wüste‹ genannt werden.«

»Weiter, weiter«, trieb der Frosch Dzo an, ihre Erklärung fortzusetzen.

»Nun, Yaks haben ein dickes Fell und leben auf den höchsten Weiden der schneebedeckten Berge. Sie werden von den Yakhirten nur im Winter heruntergeholt, wenn es im Tiefland kühl ist. Und wie Maultiere sind Yaks Arbeitstiere. Sie sind sehr nützlich, ob tot oder lebendig. Denn aus ihrem Haar webt man Stoff, die Milch kann zum steinharten Chhurpi-Käse verarbeitet werden, der unter den Nahrungsmitteln den Rekord als die am längsten kaubare Substanz auf Erden hält. Und das Fleisch wird gegessen«, sagte Dzo Dzopa abschließend und verzog das Gesicht.

»Und was tust *du,* Dzo?«

»Ich? Ich tue so wenig wie möglich«, gluckste sie. »Meine Besitzerin in der Touristenherberge will Milch, aber ich gebe ihr so wenig, wie ich kann. Ich faulenze eben gerne. Dzo Dzopa hat landauf und landab sowohl Maultiere als auch Yaks zum Freund, aber bleibt selbst lieber zu Hause.« Dzo dachte eine Weile nach, dann fügte sie hinzu: »Ich biete Reisenden gute Unterhaltung und Beratung. Darum glaube ich, dass ich schon meinen Platz hier habe.«

An Tagen, an denen Dzo besonders träge war, weigerte sie sich sogar, auf die Weiden oberhalb von Kagbeni hinaufzutrotten. Sie lehnte sich stattdessen aus dem Stallfenster und bediente sich selbst an den Bündeln von Gras und Stroh, die die Dorfleute von den Feldern in den Ort trugen. Und während Dzo all das erzählte, kaute und kaute sie so unablässig, dass Bhaktaprasad entschied, es könne sich nicht bloß um das übliche Wiederkäuen wie bei allen Rindern handeln.

»Sag mal, Dzo, was hast du da im Mund?«

Und mit einem verschmitzten Blitzen in den Augen erwiderte Dzo: »Chhurpi-Käse!«

Auf ihrem Lauschposten am Pfad hielt Dzo ihre Antennen auf Tratsch und Reisenachrichten eingestellt: wann aufgrund schlechten Wetters ein Flug nach Jomsom gestrichen wurde; wo ein Erdrutsch eine Fußgängerbrücke weggerissen hatte; und was der König in Kathmandu auf seiner jährlichen Rede vor der Parlamentsversammlung gesagt hatte.

Bhaktaprasad befolgte Dzo Dzopas Rat und blieb einen weiteren Tag in Kagbeni.

»Von hier aus liegt ein steiler Anstieg vor dir«, hatte sie ihn gewarnt. »Frösche aus dem Tiefland sind anfällig für die so genannte Höhenkrankheit, deren Symptome auch zerebrale und pulmonale Ödeme umfassen.« Dzo räusperte sich und fügte ein bisschen verlegen hinzu: »Zumindest hat das die Direktorin der Himalaya-Bergrettungsgesellschaft gesagt, als sie letztes Jahr hier in Kagbeni einen Workshop abhielt.«

Bhaktaprasad hatte den Verdacht, dass die Sache mit der Höhenkrankheit vor allem Dzo Dzopas Trick war, ihn noch ein wenig länger in Kagbeni zu halten, damit sie weiter mit ihm reden konnte.

An diesem Abend beriet Dzo den Frosch bei seinen Reiseplänen: »Wir sind hier im Unteren Mustang. Das daumenförmige Gebiet auf der Karte, das aus der Mitte Nepals oben herausragt, ist das Obere Mustang. Es ist auch als das Land Lo bekannt, das nur wenige gesehen haben. Ich schlage vor, dass du zunächst den Tempel von Muktinath besuchst, dir dort deinen Segen holst und dann nach Norden weiterreist.«

Bhaktaprasad brauchte einen ganzen Tag, um den steil ansteigenden Weg nach Muktinath zu bewältigen. Als er Muktinath endlich erreichte, war es schon dunkel, und so hopste er zu einer verlassenen Unterkunft am Weg hinüber, um dort die Nacht zu verbringen. Am nächsten Tag würde er genug Zeit haben, den Ort zu erkunden.

Als der Morgen kam, sah Bhaktaprasad, dass Muktinath am Fuße eines gewaltigen Berges lag, der östlich davon aufragte. Das bedeutete, dass die Strahlen der Sonne die Siedlung erst gegen Mittag erreichen würden. Die Gegend jedoch, die im Schatten des Berges lag, wurde von dem Sonnenlicht erhellt, das die Hügelseite am anderen Ende des Tales reflektierte. Der Frosch sah sich um und stellte fest, dass Muktinath an einer Stelle lag, wo aus einer Quelle an der Bergseite Wasser entsprang. Die unmittelbare Umgebung war grün und einladend, mit schattigen Pappeln und dem Klang plätschernden Wassers. Der Tempel selbst hatte die Form einer Pagode mit zweifachem Dach. Aber ansonsten war die Landschaft karg und öde.

Doch als Bhaktaprasad den Tempel sah, fühlte er sich ein bisschen wie zu Hause, denn ganz ähnlich sahen auch die dicht an dicht stehenden Tempel in Kathmandu aus.

Muktinath war ein Pilgerort. Er war von solcher Heiligkeit, dass ihn von überall her große und kleine Geschöpfe aufsuchten, um zu beten und zu meditieren und um Loslösung von weltlichen Belangen zu erreichen. Auf der einen Seite des Tempels gab es 108 Wasserspeier, die an Brunnensteinen in Form eines Rinderkopfes angebracht waren. Eine sonderbare Gestaltung, die Bhaktaprasad 108-mal an Dzo erinnerte.

An dem Becken, in das sich das Wasser ergoss, traf Bhaktaprasad Tiere aus dem Osten, Westen, Norden und Süden, die alle auf Pilgerschaft hier waren. Da war ein älteres Paar, ein männlicher und ein weiblicher Gelbschwanz-Glanzfasan aus dem Jumla-Distrikt im Westen. Eine große Schakalfamilie war von Parasi, einem Distrikt des Terai, der an Chitwan grenzte, hierher gekommen. Eine Schildkröte, deren Sprache niemand verstand, gestikulierte, um den anderen klar zu machen, dass sie drei Jahre lang gekrochen war, um aus dem Süden Indiens hierher zu gelangen.

Das Fasanenpaar aus Jumla fasste Zuneigung zu dem jungen Bhaktaprasad und führte ihn durch den Tempel, der Gott Shiva geweiht war. An ihn grenzte ein Gebäude an, dessen Inneres fast ganz dunkel war. Bhaktaprasad sah eine Flamme, die über einer Felsenöffnung brannte. Sie war von klarem Blau und stammte von natürlichen Gasen, die hier aus den

Tiefen der Erde entwichen. Das Geräusch fließenden Wassers ließ vermuten, dass es irgendwo unter ihren Füßen eine Quelle gab.

Der Mönch, der die Flamme bewachte, schaute auf Bhaktaprasad hinunter.

»Muktinath ist ein Ort von großer Bedeutung. Feuer und Wasser treffen hier aufeinander«, flüsterte er. Der Mönch erklärte ihm, dass Muktinath alle Betenden willkommen hieß, die tibetischen Buddhisten aus dem Norden, die Hindus aus dem Süden, ebenso wie diejenigen, die die Natur als Gottheit verehrten, und sogar Besucher, die überhaupt nicht religiös waren.

»Dieser Ort hat eine besondere Macht. Energie aus den Tiefen der Erde steigt hier auf, um uns zu begegnen und uns daran zu erinnern, respektvoll mit unserer Erde umzugehen.«

In der Dunkelheit des Tempelheiligsten, die tanzende blaue Flamme vor Augen, fühlte Bhaktaprasad eine Woge des Verstehens über sich kommen: dass man nämlich die Erde und alles, was zu ihr gehörte, respektieren musste. Erst durch das eigensinnige Vorhaben, sein Land erkunden zu wollen, war er bis nach Muktinath gelangt, und in diesem Raum, im Schein der Flamme, begriff er, dass er das Richtige getan hatte.

Nachdem das Fasanenpaar seine Gebete vor der Flamme gesprochen hatte, begab sich Bhaktaprasad mit ihm wieder nach draußen ins helle Licht. Der Frosch beschloss, seinen Weg fortzusetzen, und lehnte die Einladung des alten Paares, mit ihm nach Jumla zu kommen, höflich ab.

In der Nähe des Tempels entdeckte Bhaktaprasad ein Schild, auf dem »Tourist Information« stand, und betrat das Gebäude. Eine Dame hinter dem Schalter blickte zu ihm herab und fragte, ob sie helfen könne. Der Frosch fragte nach möglichen Routen, um seine Reise fortzusetzen.

»Nun«, antwortete sie, »Sie könnten entweder zurück nach

Kagbeni gehen oder in den Norden nach Lo Manthang, der Hauptstadt des Oberen Mustang. Oder Sie nehmen die östliche Route und übersteigen den hohen Thorung-La-Pass.« Dieser Pass, sagte sie, verbinde den Mustang-Distrikt auf dieser Seite mit dem Manang-Distrikt auf der anderen. Dorthin gäbe es einen steilen Weg, doch keine Siedlungen weit und breit. Sie habe bisher noch von keinem Frosch gehört, der den Thorung-La überquert habe. »Wenn man im Hochgebirge zu schnell aufsteigt, erhält der Körper nicht mehr genug Sauerstoff zum Atmen. Darum werden Frösche krank, genau wie andere Tieflandbewohner auch, und können sogar sterben«, sagte die Dame hinter dem Informationsschalter.

Bhaktaprasad hatte nicht die Absicht, so jung zu sterben. Tatsächlich hatte er eigentlich überhaupt nicht die Absicht zu sterben. Also beschloss er, Dzo Dzopas Vorschlag zu befolgen und Lo Manthang zu besuchen.

Kunzang Choden

Yaks, Yakhirten und der Yeti

Meine Eltern besaßen wie schon ihre Vorfahren zwei Yakherden. Die weibliche Herde lieferte uns sahnige Milch, Käse, Jogurt und Takepa, den trockenen Hartkäse; die andere Herde bestand nur aus männlichen Tieren, die hauptsächlich zur Arbeit herangezogen wurden. Diese zähen Kreaturen transportierten Salz von Tibet nach Bhutan und brachten auf dem Rückweg Reis aus Kurtoi mit, wo wir einige Felder besaßen. Nach dem Einmarsch der Chinesen in Tibet wurden die alten Handelswege jedoch geschlossen; jetzt trugen die Yaks nur mehr zwei- oder dreimal im Jahr den Reis über den 4100 Meter hohen Rodong-La-Pass von den subtropischen Regionen Kurtois ins klimatisch gemäßigte Bumthang. In den übrigen Monaten des Jahres blieben die Tiere auf den hohen Bergweiden, sodass wir sie kaum je zu Gesicht bekamen. Über beinahe drei Generationen hatten ein gewisser Mimi Kaydola und seine beiden Söhne, Shanty und Khandola, die männliche Yakherde unserer Familie versorgt. Als ich alt genug war, um mich an Dinge erinnern zu können, war nur noch Mimi Khandola am Leben, der unsere Herde nach wie vor hütete. Ich erinnere mich gut an ihn. Er war bereits ein alter Mann mit ergrauten Haaren und grauen Bartsträhnen im Gesicht, die sich unordentlich und widerspenstig über seine Wangen und sein Kinn kringelten. Die Kinder im Dorf waren von ihm fasziniert, denn für sie war Mimi Khandola gleichbedeutend mit den Yaks, und die Yaks lebten in einer Region, die er »die Welt des Migoi« nannte. Wenn er uns besuchte, ließen wir sofort alles stehen und liegen, beobachteten die langsam voranschreitende Prozession der großen Tiere und sangen dazu »Yakyey, Yakyey!« oder »Yaks, Yaks!« wie ein einsilbiges Mantra. Mimi Khandola schlenderte neben seinen Tieren einher, rief ein jedes beim Namen und schnalzte laut mit der Zunge, um ihnen die Richtung zu weisen.

Zum Leben brauchte Khandola nicht viel. Früher bekamen die Hirten statt eines Lohns eine monatliche Ration, die Phok genannt wurde, und dazu Kleidung. Mimi Khandola erhielt seinen Phok allerdings nur selten zur rechten Zeit; für gewöhnlich holte er ihn ein paar Monate früher oder später ab – meine Mutter richtete sich dabei immer ganz nach ihm. Wenn die Yaks zu uns herunterkamen, erhielt jedes Tier seine Salzration. Dazu wurde ein Horn mit etwa dreihundert Gramm Salz gefüllt, dann hielt einer den Kopf des Yaks fest, und ein zweiter stopfte ihm den Inhalt des Horns ins Maul. Man sagte uns, die Tiere würden das Salz brauchen. Sie schüttelten dann den zotteligen Kopf, aus ihren Mundwinkeln tropfte ein Gemisch aus Speichel und Salz, und silbrige Fäden hingen ihnen vom Kinn herab, doch sie spuckten das Salz nie aus. Manchmal mussten sie niesen, wobei sie dann sehr zur Freude der Kinder kräftig salzigen Speichel versprühten.

Nachdem die Yaks ihre Salzration erhalten hatten, suchten sie sich einen schattigen Platz im Hof unseres Guts, wo sie sich ermattet und keuchend hinlegten, denn sie konnten die Hitze in den Tälern nur schlecht ertragen. Und während Mimi Khandolas Vorräte hergerichtet wurden, drängten wir Kinder uns um den alten Mann und baten ihn, uns Geschichten von seinem Leben in der Wildnis zu erzählen. Besonders interessierten wir uns für alles, was mit dem Yeti zu tun hatte, über den Khandola sprach wie über einen Gefährten. Wenn wir ihn fragten, ob es den Migoi, so nennen wir den Yeti, wirklich gebe, setzte er ein so sanftes wie rätselhaftes Lächeln auf und fragte nur: »Den Migoi?« Wie um sich zu vergewissern, wiederholte er immer erst einen Teil einer Frage, die man ihm stellte. »Natürlich! Das ist mein Kamerad, ich lebe doch in der Welt des Migoi.«

»Aber hast du nicht Angst vor ihm?«

»Angst? Warum sollte ich Angst vor ihm haben? Ich tue ihm nichts, also tut er mir auch nichts.« Wir glaubten zwar in unserer kindlichen Unschuld, dass Mimi Khandola uns die Wahrheit sagte, doch die Erwachsenen lachten immer nur ängstlich und sagten: »Ah, Mimi Khandola, lügst du uns an, oder sprichst du wirklich die Wahrheit?«

Mimi Khandola sprach vom Migoi stets wie von einem ganz normalen Yak oder einer Bergweide. Vor dem Tiger etwa hatte er sehr viel mehr Angst und auch Ehrfurcht. Bei seinem letzten Besuch im Dorf erzählte er uns von einem Geschehen, das ihn offensichtlich sehr beeindruckt hatte. Ein Migoi war anscheinend eines gewaltsamen Todes gestorben. Das hatte Khandola sehr mitgenommen; er machte einen verwirrten Eindruck auf uns, und merkwürdigerweise starb er bald danach selbst. Wie sich herausstellte, war der Tod des Migoi mehr als nur eine Art Vorbote seines eigenen Todes gewesen. So wie er gelebt hatte, starb er auch – allein in der Wildnis, inmitten der großartigen Schönheit der Berge, und nur mit den Yaks als stummen Zeugen seines Todes.

Ein paar Männer des Dorfes erklärten sich bereit, Mimi Khandolas Leichnam von den Sommerweiden herunterzuholen und zum Einäscherungsplatz in der Nähe des Dorfes zu bringen. Nach dem Phowa-Ritual für die Verwandlung seines Bewusstseins zur Zeit des Todes führte der Dorfastrologe das Ro-stid-thama durch, die Berechnungen und Weissagungen für den Leichnam. Dabei stellte sich heraus, dass die Bergdämonen Mimi Khandolas Lebenskraft im Verlauf eines ungewöhnlich schrecklichen Erlebnisses aus ihm herausgezogen hatten. Alle waren sich sicher, dass es sich dabei nur um den Überfall der Wildhunde auf den Migoi gehandelt haben konnte. Bei den Totenritualen für einen Menschen wird dieser nicht durch seinen Namen repräsentiert, sondern durch sein Geburtsjahr, also zum Beispiel durch den Zwölfjahreszyklus, in dem jedem Jahr ein Tier zugeschrieben wird. Mimi Khandola war im Jahr des Affen geboren worden. Der Astrologe erklärte, dass das, was Mimi Khandola als den Tod des Migoi – der einem großen Affen ähneln soll – erlebte, sehr wahrscheinlich eine Vision seines eigenen Todes gewesen war. Er hatte also seinen Tod mehrere Tage vor dem eigentlichen Sterben vorausgesehen.

Es war mitten im Sommer, erzählte uns Mimi Khandola, und er hatte seine Yaks auf eine der höchsten und entlegensten Weiden geführt. Die Tiere litten unter der drückenden Hitze; auf Weiden in kühlerer Höhe hingegen fühlten sie sich immer wohl. Der Umzug auf das höher gelegene Weideland war langsam, aber reibungslos vonstatten gegangen; die Tiere hatten sich recht gut an den Weg gehalten, und so waren sie bereits am frühen Nachmittag an ihrem Ziel angekommen. Mimi Khandola lud seine Habe ab, die zwei Yaks getragen hatten, und legte alles unter einen Felsvorsprung, unter dem er die nächsten Tage lagern wollte. Die Tiere verteilten sich bald auf den Weiden, und Mimi Khandola setzte sich in den Schatten des Felsens und kochte Tee. Nachdem er einige Tassen getrunken hatte, in die er etwas Kaphe gestreut hatte, das sättigende, geröstete Gerstenmehl, lehnte er sich an einen Yaksattel und schlief ein Weilchen.

Als er aufwachte, ging gerade die Sonne unter; ein kühler Wind war aufgekommen. Da es bald dunkel sein würde – in den Bergen bricht die Nacht sehr rasch herein –, sammelte er herumliegendes Holz und trug es zu seinem Schlafplatz. In der Nähe stand ein Bambuswald; er schnitt ein ganzes Bündel Bambusstangen und zog sie zu seinem Lagerplatz – Bambus ist in der Wildnis immer gut zu gebrauchen. Doch während er Bambus schnitt und hin- und herlief, fiel ihm auf, dass sich viele der Yaks zusammengedrängt hatten und nervös und unruhig zu sein schienen. Ängstlich reckten sie die Köpfe hoch und blickten in die Ferne. Bis er das Feuer angezündet und einen Haufen Steine für seine Schleuder gesammelt hatte, waren einige der Tiere bereits in Panik geraten; die anderen drängten sich so eng es ging zusammen, als spürten sie eine unbekannte Gefahr.

Mimi Khandola saß am Feuer, beobachtete die Tiere und versuchte, sich auf das Spinnen der Wolle zu konzentrieren, was ihn gewöhnlich beruhigte. Er rollte den Griff seiner Spindel am Oberschenkel entlang, ließ sie dann sich drehen und dabei die Wolle laufen, die er wie einen Armreif am linken Handgelenk trug. Aber plötzlich stoben die Yaks in alle Richtungen auseinander. Mimi Khandola stand auf, um nachzusehen, was passiert war. Kleine, rötlich gelbe Tiere hetzten hinter den fliehenden Yaks her – Wildhunde, diese widerlichen, gefürchteten Räuber! Sie versetzten ihn sofort in einen Zustand höchster Wachsamkeit, und eine plötzliche Panik erfasste ihn. Wild durcheinander und mit angstvoll erhobenen Schwänzen rannten die Yaks vor den Hunden davon. Mimi Khandola zählte mindestens zwölf der wilden Jäger, die wie ein erfahrenes Team zusammenarbeiteten und sich ein Opfer aussuchten.

Schon bald hatten sie den alten Dawala (das heißt Mond; dieser tiefschwarze Yak hatte auf der Stirn einen weißen Kreis) eingekesselt. Die Wildhunde waren schlau genug, immer die schwächsten oder ältesten Tiere auszuwählen. In einem Kreis knurrender, zähnefletschender Angreifer kämpfte der alte Yak um sein Leben. Doch die Überzahl und die unglaubliche Wendigkeit seiner Feinde brachten ihn vollkommen durcheinander. Die Wildhunde taktierten und arbeiteten bestens zusammen. Während einige ihr Opfer von vorne ablenkten, schlugen die anderen von hinten immer wieder zu – die bevorzugte Angriffstaktik der Meute. Ein paar der Hunde kratzten sogar Erde auf und schleuderten sie dem Yak ins Gesicht, als wollten sie ihn blenden. Dann sprangen mindestens zwei Wildhunde Dawala an und gruben ihre Zähne tief in seinen Nacken. Hilflos brüllte der Yak im Todeskampf, doch nun rissen ihm die anderen Tiere bereits die Eingeweide heraus; er fiel keuchend in sich zusammen wie ein Ballon, aus dem die Luft entwichen ist, und ging mit einem dumpfen Aufschlag zu Boden. In dem lauten Durcheinander von fliehenden Yaks, knurrenden Hunden und dem keuchenden Opfer ging das scharfe Zischen von Mimi Khandolas Schleuder unbemerkt unter. Nun machten sich die Räuber voller Heißhunger über ihre Beute her; knurrend und kläffend rissen sie in wilder Hast den Körper des Yaks in Stücke. Mimi Khandola zielte wieder und wieder und schleuderte durch die Nacht einen Stein nach dem anderen auf die Räuber. Ab und zu war ein lautes Knacken des Bambus im Feuer zu hören und über allem Mimi Khandolas Stimme, der aus voller Kehle schrie. Schließlich, nachdem sie den größten Teil ihrer Beute verschlungen hatten, zerstreuten sich die Wildhunde zögerlich. Von dem riesigen Yak aber war kaum etwas übrig geblieben.

Mimi Khandola blieb die ganze Nacht wach, und seine Yaks standen dicht gedrängt zusammen. Immer wieder nahm er die Schleuder zur Hand und sandte ein scharfes Zischen durch die Nacht, und ab und zu legte er ein Stück Bambus nach, der laut krachend in den Flammen zerbarst.

In den nächsten Tagen hütete Mimi Khandola die Tiere besonders umsichtig. Er hoffte, dass diese räudigen elenden

Kreaturen endgültig verschwunden waren. Aber trotzdem beschloss er, die Yaks bald wieder auf eine andere Weide zu bringen.

Der Platz unter dem überhängenden Felsen war kaum groß genug für Mimi Khandola, um sich hinzulegen. Er schlief eingeengt zwischen dem Felsen und den Yaksätteln, die er parallel zur Felswand aufgereiht hatte, und normalerweise schlief er sehr gut. Er hatte soeben nach den Tieren gesehen, seine übliche Mahlzeit verzehrt und wollte gerade unter seine Decken aus Yakhaar schlüpfen, als er das einsame Heulen eines Wildhundes vernahm. Es wurde von einem zweiten, ebenso traurig klingenden Heulen erwidert, das aber aus noch weiterer Ferne zu kommen schien. »Ach, diese ekligen Wildhunde«, brummte Mimi Khandola vor sich hin und stand auf, um noch ein paar Steine für seine Schleuder zu sammeln. Es war bereits dunkel, sodass er die Steine kaum sehen konnte; er tastete mehr nach ihnen. Und er spürte, dass auch die Yaks auf der Hut waren. Die meisten von ihnen lagen zwar am Boden, doch sie starrten ängstlich in die Dunkelheit, und einige waren aufgestanden und bereit zur Flucht. Mimi Khandola ging zu ihnen, schnalzte mit der Zunge und streichelte sie beruhigend. Danach herrschte lange Zeit absolute Stille. Und plötzlich brach der Vollmond durch die Wolken und tauchte alles in silbernes Licht.

»Heute ist Vollmond. Kein Wunder also, dass die Hunde den Mond anheulen«, dachte Mimi Khandola erleichtert und setzte sich wieder unter seine Decken. Doch schlafen konnte er nicht mehr. Während er die mondbeschienene Landschaft betrachtete, hörte er einen herzzerreißenden Laut, der niemals von einem Wildhund herrühren konnte. Er lauschte angespannt und hatte das Gefühl, dass sich der Laut näherte. Dann waren erneut die Hunde zu hören. Sie jaulten und kläfften wie zuvor, als sie den alten Yak angegriffen hatten.

Vielleicht hatte Mimi Khandola nicht richtig gezählt; vielleicht fehlte eines der Tiere und fiel nun den wilden Räubern zum Opfer. Ohnmächtig saß er da und horchte auf die wilden Laute, und dabei schwirrten ihm Zahlen im Kopf herum. Vielleicht hatte er nur drei-mal-fünfzehn-und-drei gezählt anstatt drei-mal-fünfzehn-und-vier? (Die meisten Bhutaner zählen in Zwanziger-Einheiten, doch Mimi Khandola kannte nur die Zahlen bis fünfzehn.) Es war ein Stöhnen und Knurren zu hören, das nicht von den Wildhunden stammen konnte, aber mit Sicherheit auch nicht von einem Yak. Was mochten die Jäger diese Nacht erbeutet haben?

Neugierig geworden, stand Mimi Khandola auf und ging auf die Geräusche zu, doch sie waren weiter entfernt, als er vermutet hatte. Er lief die ganze Weide ab und watete durch den Bach, und immer noch schienen sie von weit her zu kommen. Er streifte durch Büsche, stand auf einmal auf einem Felsgrat, und plötzlich waren die Schreie so nahe, dass er sogar spüren konnte, wie der Boden vibrierte. Er bekam Angst und wollte nicht mehr weiter, er wollte nach seinem Messer im Gürtel greifen – es war nicht da. Er hatte sogar vergessen, sein Messer einzustecken. Mit seiner Schleuder konnte er hier nichts ausrichten. Unschlüssig stand er da und lauschte in die Nacht hinein. Aber wenn es wirklich einer seiner Yaks war, dann war es jetzt ohnehin zu spät. Er machte kehrt und wollte zu seinem Lager zurückkehren, als er ein verzweifeltes Klagen hörte – es klang wie ein menschlicher Schrei, wenngleich entsetzlich und wild. Es war ein gequälter, schmerzerfüllter, herzzerreißender Schrei nach Hilfe. Dann meinte er, ein lang gezogenes Stöhnen und einen dumpfen Aufprall zu hören – kein Zweifel, die Wildhunde hatten ihre Beute zur Strecke gebracht.

Mimi Khandola saß in seiner Höhle und lauschte den Geräuschen, die mindestens noch zwei, vielleicht auch drei Tosanyoun – das ist die Zeit, um eine Mahlzeit einzunehmen – andauerten. Doch allmählich ließen sie nach und erstarben schließlich ganz. Mit angehaltenem Atem wartete er, doch nun war nur noch das vertraute, ab und zu aufklingende Bimmeln der Glocken zu hören, die manche der Yaks um den Hals hängen hatten. Er legte sich gar nicht erst richtig zum Schlafen nieder, lehnte sich nur gegen den Fels und fiel dennoch in einen unruhigen Schlummer.

Als Mimi Khandola am Morgen erwachte, schien bereits die Sonne zwischen den Baumwipfeln hervor. Die meisten Tiere aus seiner Herde hatten sich schon auf der Weide zerstreut und grasten friedlich. Sein ganzer Körper war steif und schmerzte, als habe er selbst gekämpft. Er stand auf und streckte die starren Glieder, dann holte er Wasser aus dem Bach und setzte den Teekessel auf. Als er darauf wartete, dass das Wasser heiß wurde, dachte er an die vergangene Nacht und fragte sich erneut, was die Wildhunde wohl getötet hatten. Der heiße Tee schmeckte und tat ihm gut.

Irgendetwas zog ihn zum Schauplatz des nächtlichen Kampfes. Der Ort war noch ein Stück weiter weg als die Stelle, wo er in der Nacht gestanden hatte. Aus einiger Entfernung konnte er sehen, dass die Pflanzen dort niedergetreten und arg zertrampelt waren; auf der frischen Erde waren die Spuren unzähliger Pfoten zu sehen. Er ging noch ein Stückchen weiter, und nun roch er, wie der Geruch des Todes schwer in der Luft hing. Er blickte umher; nirgends sah er Blut, doch überall lagen große Knochen, die die Hunde vollkommen abgenagt hatten, verstreut herum wie Treibholz nach einer Überschwemmung. Diese Gebeine waren riesig, größer als jeder Knochen eines Yaks. Er erkannte einen Oberschenkel, der mindestens so lang war wie fünf oder sechs Spannen einer gespreizten Hand, wenn nicht länger. Wirbel, so groß wie Kinderköpfe, lagen im niedergetretenen Gras, zerbrochen und auseinander gerissen. »Was könnte das sein?«, fragte er sich immer wieder, bis ihm schließlich bewusst wurde, dass diese Knochen nur einem Geschöpf gehören konnten: dem Migoi. Traurigkeit befiel ihn; er spürte, wie er erschauerte, während er verloren und hilflos inmitten des schrecklichen Gemetzels stand.

Noch einmal dachte Mimi Khandola daran, wie die Wildhunde den Yak überfallen hatten, und nun erst wurde ihm bewusst, dass es dieses riesige Geschöpf gewesen war, das vor Schmerzen geheult und nach Hilfe gerufen hatte, bevor es den hungrigen Räubern erlegen war. Er beschloss, noch am selben Tag weiterzuziehen.

Kunzang Choden

Auf den Spuren des Migoi

Die Bhutaner töten nach Möglichkeit keine Lebewesen; einige gehen sogar so weit, keine Felder zu bearbeiten, nur weil sie dadurch unweigerlich zahllose Insekten und Würmer umbringen würden. Doch jede Regel hat ihre Ausnahmen, so auch hier: Jäger gehören beispielsweise, wenngleich sie verachtet werden, durchaus zur bhutanischen Gesellschaft. Unsere Märchen und Sagen und sogar die Namthars, unsere Legenden, wissen vieles über die Abenteuer und Heldentaten der Jäger Bhutans zu berichten.

Thimyung Shawa liegt im Hochland von Kurtoi, wo Reis, das bevorzugte Hauptnahrungsmittel der Bhutaner, nicht wächst. Der Boden ist schlecht, das Land rau, und nur wenige Getreidesorten wie Weizen, Gerste und Buchweizen gedeihen hier. Deshalb müssen viele Männer zur Jagd gehen, um so zum Unterhalt ihrer Familien beizutragen. Aber noch mehr als das Fleisch der Tiere schätzten die Jäger früher den Beutel des Moschustiers. Die Männchen dieses recht unscheinbar aussehenden, graubraunen Hirsches, der in Bhutan Lawa genannt wird, scheiden ein Sekret aus, das mit Gold aufgewogen wird. Der Moschus ist eine sehr stark riechende, rotbraune Substanz aus einer Drüse in der Nähe des Nabels. In der bhutanischen Sprache heißt er Lhatsi, und man sagt, er sei für unzählige Dinge zu gebrauchen; aber vor allem soll er ein wahres Allheilmittel sein. Moschus ist ein wichtiger Bestandteil vieler Erzeugnisse vom einfachen Räucherstäbchen bis zu

Mitteln für ein langes Leben und zur Steigerung der Manneskraft sowie eine schmerzstillende Medizin und ein Gegengift bei Schlangenbissen.

Eine Gruppe von Männern, die sich als »die Jäger von Shawa« einen Ruf gemacht hatten, ging regelmäßig auf die Jagd nach dem Moschustier. Sein Fleisch stellte sicher, dass ihre Familien gut zu essen hatten, und den Moschus tauschten sie bei Händlern ein, die auf die Märkte in Tibet und Indien zogen. Diese Jäger stellten ihre Fallen in den Wäldern auf. Sie benutzten Schnüre aus Nesselfasern, die so stark waren wie heutige Nylonseile. Gewöhnlich legten sie mehrere Fallen an den Wechseln der Tiere aus, die sie am Kot und an den Hufspuren leicht ausfindig machen konnten. Doch die Jagd und die Landwirtschaft forderten ihren Tribut; in der Nähe menschlicher Siedlungen wurden viele Wälder abgeholzt, und das Wild hatte sich in die Berge zurückgezogen. Bei jeder neuen Jagd entfernten sich die Männer immer weiter von ihren Dörfern; inzwischen waren sie oft tagelang fort. Die Jäger teilten sich ihre Reviere und tauschten sich auch gerne untereinander aus, doch sie hatten sich durch einen Eid verpflichtet, ihr Tun und Handeln vor allen anderen geheim zu halten.

Schon seit einiger Zeit ereignete sich nämlich etwas sehr Seltsames. Immer wieder wurden sämtliche Fallen untauglich gemacht oder sogar zerstört, und es war nie ein Tier darin. Dass aber eines gefangen worden war, konnte man an den Hufspuren erkennen, und manchmal fanden sich sogar Haare oder etwas Blut an der Falle selbst. Je öfter sich dies wiederholte, desto ratloser wurden die Männer. Sie begannen, sich gegenseitig zu verdächtigen, und einer glaubte vom anderen, er habe ihm seine Jagdbeute gestohlen. So wurde die früher ausgelassene, stets zu einem Scherz bereite Gruppe immer schweigsamer. Eine spürbare Spannung kam auf, weil die Jäger kaum mehr miteinander sprachen; wie eine Gruppe lebender Toter streiften sie durch den Wald und gingen lustlos ihren Aufgaben nach.

Doch eines Tages hallte der Wald auf einmal von den aufgeregten Stimmen der Männer wider: Im Schnee in der Nähe der Fallen hatten sie eigenartige, riesige Fußspuren entdeckt. Sie waren völlig anders als die Hufspuren des Schalenwilds oder die Pfotenabdrücke anderer Tiere. Die Jäger maßen sie aus – sie waren etwa so lang wie der Unterarm eines groß gewachsenen Mannes! Als sie weiterforschten, bekamen sie es jedoch mit der Angst zu tun, und von plötzlicher Panik ergriffen, kehrten sie sofort um. Ihr Jägerinstinkt sagte ihnen, dass diese gigantischen Fußabdrücke von keinem anderen Wesen stammen konnten als von dem geheimnisvollen Migoi.

Chaynga-la war der jüngste der Jäger, aber er war stark und tapfer. Diese Entdeckung hatte seine Abenteuerlust nur noch gereizt; nun lachte er verwegen auf und weigerte sich, mit den anderen zurückzugehen. Er wollte diesen Spuren folgen und sehen, ob sie ihn tatsächlich zu einem Yeti führen würden. Den Bitten und Warnungen seiner Freunde zum Trotz machte er sich auf; er band die verbliebenen Vorräte zu einem Bündel zusammen und gürtete sein Schwert, das so scharf war wie ein Rasiermesser. Ohne einen einzigen Blick auf seine Freunde zu werfen, marschierte er los. In seinen Gedanken sah er sich bereits als der Held, der einen Migoi getötet hatte und dafür von allen bewundert wurde; und vielleicht würde sogar Lhazom, die Dorfschöne, die ihn so oft zurückgewiesen hatte, dann endlich ihre Haltung ändern. Seine Freunde jedoch waren traurig, als sie dem kampflustigen jungen Mann zusahen, der so töricht seinem sicheren Tod entgegenging.

Drei Tage lang folgte Chaynga-la den Fußabdrücken bergan. Der Weg war nicht steil, denn das Wesen hatte einen sanften Anstieg gewählt. Im frischen, weichen Schnee waren seine

Spuren mühelos zu erkennen. Sie führten durch Wälder aus Kiefern, Rhododendren, Lärchen und dichten Bambusgehölzen bis zu einem Ausläufer und zu einer kleinen Schlucht. Der Bach darin war zu einer dicken Eisschicht erstarrt. Chaynga-la blickte die Schlucht hinauf nach Norden, wo eine in Schnee und Eis gehüllte Bergkette sich scharf vor dem Horizont abzeichnete. Er hatte den Eindruck, beobachtet zu werden, und das unheimliche Gefühl, dass irgendetwas oder irgendjemand ganz in seiner Nähe war. Während er dastand und nachdachte, was er tun sollte, fiel ihm plötzlich auf, dass sich das Bambusdickicht auf der anderen Seite der Schlucht bewegte und laut raschelte. Nun war dieser junge Mann kein Feigling; er wollte sich dem Gegner von Angesicht zu Angesicht stellen, doch es war unmöglich, über das blanke Eis auf die andere Seite zu gelangen. Gerade als er überlegte, bis ganz auf den Grund der Schlucht hinabzusteigen, wo der Bambus so dicht an den Ufern des Baches stand, dass er sich an den Ästen über das Eis hätte hangeln können, ließ ihn ein leises Grollen innehalten. Der Anblick, der sich dem tapferen Jäger bot, war so erschreckend, dass er unwillkürlich einen Entsetzensschrei ausstieß. Da stand es, dieses seltsame Geschöpf, hoch aufgerichtet, das blutrote Maul weit aufgerissen und voller entsetzlicher Reißzähne. Es schien erregt zu sein – mit den Armen fuchtelte es über dem Kopf und knurrte und brummte dabei wild. Der Jäger erstarrte, doch er beobachtete fasziniert jede Bewegung der Kreatur. Und dann teilte sich krachend das Bambusgestrüpp, und ein zweiter Migoi kam zum Vorschein.

Von der gegenüberliegenden Seite der Schlucht starrten die beiden Wesen lauernd auf den jungen Jäger und stießen dabei immer wieder Furcht erregende Laute aus. Der eine Migoi schien etwas im Schilde zu führen, denn er gebärdete sich recht kämpferisch. Auch Chaynga-la machte sich kampfbereit. Mit seinem Dolch hackte er schnell ein paar Kerben in das Eis, um nicht auszurutschen, und wartete dann ab. In der Tat stürzte schon im nächsten Augenblick die eine der beiden Kreaturen mit einem donnernden Schrei durch die Schlucht auf ihn zu. Sie strömte einen scharfen Geruch aus, als sie sich näherte, doch einige Schritte vor ihrem Ziel glitt sie auf dem Eis aus und rutschte ab bis vor das Bambusdickicht. Stöhnend und heulend vor Zorn klammerte sie sich an dem Gebüsch fest und zog sich schließlich durch das Wasser unterhalb der Eisschicht. Dann richtete sie sich vor Chaynga auf wie ein riesiger Bär. Der hatte sein Schwert gezogen und hielt es vor sich, doch er konnte die Kreatur mit der Spitze seiner Waffe noch nicht erreichen. Rasch hackte er noch eine Kerbe ins Eis und ging dann erneut in Stellung.

Wieder versuchte der Migoi, sich auf den Jäger zu werfen, und wieder verfehlte er sein Ziel um nur wenige Zentimeter. Chaynga-la stand erwartungsvoll da, das Schwert fest im Griff und bereit zuzuschlagen. Mit einem entsetzlichen Brüllen stürzte sich das Tier noch einmal auf ihn, und nun schwang der Jäger schnell wie der Blitz und mit aller Kraft sein messerscharfes Schwert. Es traf den Migoi mitten im Sprung; in zwei Teile zertrennt und eine breite Blutspur hinterlassend, glitt er auf dem Eis bis ans Ende der Schlucht. Den Jäger hatte die Wucht seines eigenen Streichs auf den Rücken geworfen; das blutverschmierte Schwert hielt er gebannt über sich.

Keine Freudenrufe erschollen und keine Glückwünsche wurden laut, als er so im Schnee lag und zum Himmel hinaufstarrte; er hörte nur ein lautes Klingen in den Ohren, und ihm war schwindlig. Der Boden schien zu beben, und der Himmel drückte Chaynga-la auf die Erde nieder. Obwohl es kalt war und ein eisiger Wind blies, war er schweißgebadet. Aber auf einmal vernahm er ein so lautes und jämmerliches Klagen, dass er sich erschaudernd aufrichtete. Die andere

Kreatur krabbelte und rutschte auf allen vieren auf ihren toten Gefährten zu; dann hielt sie einige Augenblicke unsicher inne, um schließlich die letzten Schritte auf den abgetrennten Oberkörper zuzugehen und ihn zärtlich aufzuheben. Sie schlang die Arme um den Torso, redete ihm tröstend und liebkosend zu und warf zwischendurch immer wieder ungläubige und traurige Blicke auf den Jäger.

Die Dorfbewohner glaubten Chaynga-la kein Wort. »Das kannst du doch alles nur geträumt haben«, scherzten sie. »Ein Migoi ist doch ein Lhaende, man kann ihn gar nicht wirklich töten oder fangen!«

Er fühlte sich gedemütigt und elend, vor allem als Lhazom ihn auch noch vor allen anderen Leuten auslachte und ihn mit dem Ruf »Migoi semi«, der Migoi-Mörder, neckte. Er fand das unerträglich. Deshalb erklärte er sich sogleich einverstanden, als einer der älteren Jäger vorschlug: »Führe mich und die beiden hier zum Ort dieses Kampfes; dort muss es ja irgendeinen Beweis dafür geben, der diesem Gespött ein Ende bereitet.«

Obwohl Neuschnee gefallen war, konnte man die Fußspuren noch erkennen; allerdings waren sie nicht mehr so deutlich, und man hätte sie auch für die Fährten anderer Tiere halten können. Nach drei Tagen hatten sie die Schlucht erreicht. Alles war totenstill; kein Vogel, kein Tier wagte sich aus seinem Versteck. Es war unheimlich. Jedes Blätterrascheln, jeder Zweig, der unter ihren Sohlen knackte, ließ die Männer zusammenfahren und angespannt die Gegend absuchen. Selbst der eigene Atem schien diese unendliche Stille zu stören.

Sie mussten nicht lange suchen. Am Rand des Eises konnten sie verschwommen drei teilweise vom Schnee zugewehte Haufen ausmachen. Die Männer kletterten zu der Stelle hinab. In der Kälte waren die toten Kreaturen hart gefroren. Der eine

Migoi saß leicht vornübergebeugt auf dem Eis, sodass sein Gesicht das seines Gefährten berührte, dessen Oberkörper jedoch abgetrennt war. Der Unterleib lag ein Stückchen entfernt, ausgestreckt und verdreht durch die letzten unwillkürlichen Zuckungen, die dem Schwertstreich gefolgt waren. Der sitzende Migoi hatte den abgetrennten Oberkörper seines Gefährten nicht mehr losgelassen; er hielt ihn immer noch liebevoll umklammert und hatte sich nicht mehr von der Stelle bewegt. So war er in der eisigen Kälte erfroren. Im Gesicht des im Kampf Getöteten meinten die Männer einen Ausdruck ungläubigen Entsetzens zu erkennen; die Miene seines Gefährten hingegen spiegelte Trauer und Leid. Sie mochten ein Paar gewesen sein, vielleicht auch eine Mutter und ihr Kind; auf jeden Fall war der Anblick erschütternd. Die Männer bemühten sich, ihre Gefühle zu verbergen. »Ya lama«, dieser Ausdruck höchster Überraschung war die einzige Bemerkung, zu der sie sich hinreißen ließen. Falls sie Angst hatten, gaben sie ihre Gefühle nicht durch ihr Verhalten preis – darin waren sie geübt.

Sie hatten alles gesehen, was es zu sehen gab, und beeilten sich, den Heimweg anzutreten. Unterwegs plauderten sie über Alltäglichkeiten und wollten dabei die schlimmen Bilder aus ihren Gedanken verbannen, doch tief in ihrem Inneren kreiste alles um die beiden riesigen Wesen, die so gedemütigt zu Grunde gegangen waren. Als sie endlich in der Ferne ihr Dorf sahen, waren sie sehr erleichtert und mussten sich geradezu zwingen, nicht loszulaufen, denn sie hatten beinahe das Gefühl, verfolgt zu werden. Erst als sie die Schwellen ihrer Häuser überschritten hatten, fiel die Anspannung von ihnen ab.

Als der verwegene Chaynga-la sein Haus erreichte, durchfuhr ihn noch einmal das Grauen der letzten Tage, und er rief furchtsam erschaudernd: »A zai!«

Bhutaner glauben, dass die Menschen in jeder Angst einflößenden Situation von feindseligen oder missgünstigen Geistern heimgesucht werden können. Diese Geister sind indes machtlos, solange die Menschen ihre Furcht nicht offen zeigen. Der unheimliche Tod der beiden Migoi hatte aber allen außerordentliche Furcht eingeflößt und sicherlich viele böse Geister herbeigerufen. Und Chaynga-la hatte den Geistern in dem Augenblick seine Verletzlichkeit gezeigt, als er unbedacht diesen Angstschrei von sich gab. Nur einen Schritt vom Schutz der Goi Lhamo, der Schutzgöttin der Tür, entfernt, hatte er seine Furcht gezeigt und damit etwas ausgesprochen, was man nicht aussprechen durfte. Denn erst wenn man die Schwelle einer Behausung überschritten hat, beschützt die Schutzgottheit die Menschen darin. So aber nahmen die bösen Geister, die Chaynga verfolgt hatten, ihm seine Lebenskraft, nur einen Schritt von der rettenden Schwelle seines Hauses entfernt. Wenige Tage nachdem er sein Abenteuer mit dem Migoi überstanden hatte, starb er.

Kunzang Choden

Nicht einmal ein Leichnam zum Einäschern

Jeden Abend, wenn die Mädchen mit ihren Tieren und einem Bündel Feuerholz nach Hause kamen, standen die Burschen des Dorfes herum und witzelten: »Wo habt ihr denn dieses Rabennest gefunden?«, oder: »Wie viele Rabennester habt ihr denn heute wieder gestohlen?« Mit den »Rabennestern« waren die kleinen, unbrauchbaren Zweige gemeint, mit denen diese Vögel ihre Nester bauen. Die Mädchen waren die Sticheleien und das Gespött schon lange leid, doch sie hatten längst erkannt, dass es zwecklos war, mit Worten darauf zu reagieren. Sie konnten den lästigen Jungen nur beikommen, wenn sie ihnen zeigten, dass die Mädchen genauso stark waren und ebenso große und schwere Lasten Feuerholz tragen konnten wie die Burschen.

Eines Abends, als die Jungen wieder einmal laut über sie herzogen, gingen die Mädchen einfach still mit einem geheimnisvollen, leisen Lächeln nach Hause, um nur ja nicht ihren Plan zu verraten. Die Jungen zerstreuten sich daraufhin verärgert und enttäuscht zugleich, denn die Neckereien waren bloß ein Vorwand, um mit den Mädchen reden zu können; diese unbeholfenen Burschen wussten nicht, wie sie anders mit ihnen ins Gespräch kommen konnten. Phurba Lhamo und Pem Doikar, die sicherlich schönsten Mädchen im Dorf, wussten genau, dass die Jungen auch dann noch einen Grund finden würden, sie zu necken, wenn sie die schwersten Holzklötze nach Hause schleppten.

Am nächsten Tag, sobald die Kühe gemolken waren, machten sich Phurba Lhamo und Pem Doikar mit den Tieren zu den Weiden auf. Die Mädchen trugen um den Kopf zu Ringen geflochtene Schnüre und Halsketten aus bunten Perlen, und heimliche Erregung hatte ihre Gesichter gerötet. Hinten im Gürtel steckten die großen, Gila genannten Sicheln; die groben Tücher, mit denen sie ihre Kleidung vor schmutzigen Ästen und dem schweren Holz schützen wollten, das sie abends auf dem Rücken nach Hause tragen mussten, hatten sie sich über den Arm gelegt. Phurba Lhamo hatte außerdem einen langen, schlanken Weidenast dabei, mit dem sie die Tiere zusammenhielt, und Pem Doikar spann im Gehen mit ihrer Fallspindel. Es war den beiden nichts Ungewöhnliches anzumerken – nur einem besonders aufmerksamen Beobachter wäre vielleicht ein kleiner Unterschied aufgefallen: Die Mädchen schlenderten nicht gemächlich wie sonst, sondern sie schritten beherzt und zielstrebig aus.

Sie trieben ihre Tiere an den anderen Hirten vorbei, die den Mädchen neugierig nachschauten, und riefen ihnen zu, dass es weiter oben am Berg mehr und besseres Gras gebe, jedenfalls glaubten sie das. Sobald sie den Wald erreichten, ließen sie die Kühe frei laufen und gingen sofort los, um nach den dicksten Ästen zu suchen und sie auf einer Lichtung zu sammeln. Dort wollten sie die Äste so teilen, dass sie sie bündeln und auf dem Rücken ins Dorf tragen konnten. Als sie diese Arbeit beendet hatten, wurde es auch schon Zeit, das Vieh wieder nach Hause zu treiben, denn sie waren ja weiter vom Dorf entfernt als die anderen Hirten und würden für den Rückweg länger brauchen.

»Ich helfe dir zuerst, dein Bündel aufzuladen, und dann hilfst du mir mit meinem«, schlug Pem Doikar ihrer Freundin vor.

Phurba Lhamo legte das grobe Tuch auf ihren Rücken, ging in die Hocke und lehnte sich gegen ihre Ladung Feuerholz. Vorsichtig schlüpfte sie mit den Armen durch die Tragschlaufen aus dem Seil, mit dem das Holz auch zusammengebunden war, und begann, sie gleich lang zu ziehen; dazu sagte sie immer wieder: »Warte, warte, noch einen Augenblick, gleich bin ich so weit.«

Pem Doikar war plötzlich nervös geworden. Die Hände zu ihrer Freundin hin ausgestreckt, stand sie da und fragte ungeduldig: »Wie lange muss ich denn noch warten, bis ich dir auf die Beine helfen kann? Kannst du dich nicht ein wenig beeilen?«

»Sieh doch, das Seil ist irgendwie durcheinander geraten; wenn ich mich beeilen soll, dann musst du mir zuerst helfen, es zu entwirren.«

Gereizt seufzte Pem Doikar auf und bückte sich, um ihrer Freundin zu helfen, doch plötzlich wurde sie hochgerissen. Phurba Lhamo blickte auf, und ein schier endloser Schrei des Entsetzens löste sich von ihren Lippen – ihre Freundin wurde von einem riesigen Ungeheuer weggetragen, einem Wesen, das auf zwei Beinen lief! Sie sah, wie Pem Doikar sich wehrte, mit den Armen um sich schlug und wild ruderte wie eine Ertrinkende. Doch Phurba konnte nichts tun; hilflos an ihre Ladung Feuerholz gefesselt, musste sie mit anhören und mit ansehen, wie die Hilferufe ihrer Freundin immer leiser wurden, wie sich ihr Mund öffnete und schloss, bis sie im dichten Wald verschwunden war.

»Bist du sicher, dass es kein Bär war?«

»Welche Farbe hatte dieses Tier?«

»Hat es sich in Pem Doikar verbissen, als es sie wegschleifte? Denke genau nach, erzähle uns alle Einzelheiten, und lass nichts aus!«

Obwohl das Erlebnis entsetzlich gewesen war, schien sich Phurba Lhamo an jedes Detail erinnern zu können, und sie beantwortete alle Fragen sorgfältig und geduldig. »Ich bin mir sicher, dass es kein Bär war. Ich habe schon viele Bären gesehen. Dieses Wesen war nicht einmal schwarz; es war graubraun. Und es hat sie nicht gebissen oder weggeschleift. Es hat sie auf den Armen getragen, so wie wir kleine Kinder tragen«, erklärte sie und demonstrierte, was sie meinte.

Die Leute waren schockiert und konnten es nicht glauben. »Was könnte das für eine Kreatur gewesen sein?«, fragten sie, doch niemand wusste eine Antwort.

Alle Männer des Dorfes machten sich auf, um nach dem verschwundenen Mädchen zu suchen. Rasch machten sie Fackeln aus alten Dachschindeln und gingen auf den Berg, den die Mädchen am Morgen erstiegen hatten. Beunruhigt beobachteten die zurückgebliebenen Dorfbewohner, wie sich die Lichter der Fackeln über den ganzen gegenüberliegenden Hang bewegten. Es wurde ein langes und banges Warten. Pem Doikars Mutter brach immer wieder in ein unbeherrschtes Schluchzen aus, und Phurba Lhamo, die bei ihr saß und versuchte, sie zu beruhigen, musste ebenfalls immer wieder weinen. Dann kamen einer nach dem anderen die Männer zurück, die Fackeln abgebrannt, die Gesichter müde und besorgt. Sie hatten das Mädchen nicht gefunden. Obwohl Pem Doikars Schicksal immer noch ungewiss war, breitete sich im ganzen Dorf eine gedrückte Stimmung aus. Ein jeder schien ans Feuer geduckt und sprach mit gedämpfter Stimme, als wären bereits alle in Trauer. Gleich bei Tagesanbruch organisierte Pem Doikars Vater einen weiteren Suchtrupp, und am Abend kamen die Männer mit der Sichel und der Spindel des Mädchens nach Hause. Sie hatten nach ihr gerufen, bis sie heiser waren. Tröstlich sei nur, sagten sie, dass sie keine Anzeichen von Gewalt oder Blutspuren gefunden hätten. Und obwohl niemand eine plausible Erklärung dafür hatte, was mit dem Mädchen geschehen sein könnte, gingen im ganzen Dorf Vermutungen und Gerüchte um.

»Sie ist den Berggeistern in die Hände gefallen. Sie hat das Menschenreich verlassen und die Welt des Lhaende betreten«, verkündete der Astrologe, nachdem er das Weissagungsbuch konsultiert hatte.

Die Jahre vergingen rasch, doch der Vorfall blieb unvergessen, und immer wenn Pem Doikars Mutter über das geheimnisvolle Verschwinden ihrer Tochter sprach, klagte sie: »Aie, meine Pem Doikar, wenn sie doch noch am Leben ist, so haben wir keinen Beweis dafür, und wenn sie tot ist, können wir nicht einmal ihren Leichnam einäschern. Was ist das nur für ein Schicksal!«

Das Schicksal war in der Tat unergründlich. Die Menschen in Pem Doikars Dorf wussten nichts davon, dass viele Jahre später in einem anderen Dorf, viele Täler von Pem Doikars Heimatort entfernt, eine seltsame Fremde auftauchte. Sie war nicht jung. Ihr Haar war lang und ungepflegt und ihr Körper in Felle von wilden Tieren gekleidet, die nur grob zusammengeheftet waren, aber sie trug eine Kette aus bunten Perlen um den Hals. Das Gesicht war dunkel und hager, die Arme und Beine voller Risse und Narben, und sie sah wild, aber auch furchtsam aus. Sie hielt die Hände unter das Kinn und trat ängstlich zurück, wenn man sich ihr näherte, und was sie sagte, konnte niemand verstehen. Die Bewohner des Dorfes standen um diese Frau herum und redeten und gestikulierten aufgeregt, die Kinder lachten sie aus und hänselten sie, sogar die Hunde wurden halb verrückt und bellten, als wären sie außer sich. Doch die scheue, seltsame Fremde erweichte sofort die alten Herzen von Mimi Tashi und Aei Lhamo; sie drängten sich durch die Menge hindurch, nahmen die Frau sanft bei den Händen und führten sie zu ihrem Haus am Ende des Dorfes.

Nach vielen Monaten der Geduld und liebenden Fürsorge hatte die fremde Frau wieder zu sprechen gelernt und war nun in der Lage, ihre Geschichte zu erzählen. Sie konnte sich erinnern, wie sie geschrien und um Hilfe gerufen hatte, als sie von dem Migoi entführt wurde. Nach einiger Zeit musste sie jedoch ohnmächtig geworden sein, denn als sie das Bewusstsein wiedererlangte, befand sie sich in einer Höhle, und die seltsame Kreatur saß neben ihr und starrte sie neugierig an. Sie erinnerte sich, dass sie vor Angst und Verwirrung heulte und schrie, bis sie erneut ohnmächtig wurde. Dies hatte sich wohl über mehrere Tage wiederholt, denn darüber, was damals wirklich mit ihr geschah, wusste sie nur sehr wenig zu berichten. Die Tage verstrichen, und die Kreatur saß offenbar die ganze Zeit bei ihr und wich nur von ihrer Seite, um ihr verschiedenes Wild zu bringen, das sie neben ihr niederlegte. Während das Wesen auf der Jagd war, hätte sie zwar weglaufen können, doch sie war dazu einfach zu ausgehungert und schwach. Vor dem vielen Fleisch, das sich in unterschiedlichen Stadien der Fäulnis und Verwesung in der Höhle angesammelt hatte, ekelte sie sich anfangs, schließlich erkannte sie aber, dass sie essen musste, wenn sie nicht sterben wollte. So überlebte sie, weil sie das Fleisch aß und sich mit den Fellen der erbeuteten Tiere bekleidete. Die Pflanzen in der Umgebung waren ihr unbekannt, deshalb wagte sie nicht, sie zu essen, obwohl sie das viele Fleisch schon bald widerwärtig fand. Nach einiger Zeit lernte sie, das Fleisch mit scharfen Steinen und Holzspänen in Streifen zu schneiden und zu trocknen, bevor sie es verzehrte; das war ihre einzige Abwechslung. Die Kreatur saß fast ständig bei ihr, beobachtete sie und wurde zornig, wenn sie Anstalten machte wegzulaufen oder dergleichen auch nur andeutete. Jedes Mal, wenn sie sich ein wenig weiter von der Höhle entfernte, als das Wesen es für angebracht hielt, packte es sie vorsichtig und trug sie wieder zurück. Pem Doikar war seine Gefangene. Und so ergab sie sich im Lauf der Zeit in dieser tiefen Wildnis voller unbekannter Gefahren in ihr Schicksal und wandte sich dem einzigen vertrauten Wesen zu, das in dieser Welt für sie existierte – dieser riesigen, grässlichen Kreatur, die aber auf die ihr eigene Art freundlich und fürsorglich zu ihr war.

Pem Doikar verfolgte den Wechsel der Jahreszeiten und wusste deshalb, dass inzwischen schon viele Jahre vergangen waren. Sie hatte keine Ahnung, wo sie sich befand oder wie weit die nächsten menschlichen Ansiedlungen entfernt waren. Wohin sie sich auch wandte, überall waren nur dichter Wald und endlose Berge. Viele Jahre lang sehnte sie sich danach, eine menschliche Stimme zu hören oder das Gesicht eines Menschen zu sehen, doch sie konnte nicht einmal das Gebell der Hunde in den entlegensten Hirtenlagern hören; sie musste sich also in der einsamsten und abgelegensten Wildnis befinden. Manchmal fragte sie sich, ob sie nicht in Wirklichkeit gestorben sei und nur ihr Geist an diese Kreatur gefesselt war, doch wenn sie diesem Gedanken nachging, stellte sie jedes Mal wieder fest, dass sie noch einen Schatten besaß und ihre Füße Abdrücke hinterließen, wenn sie durch einen Bach gegangen war; Geister aber werfen keinen Schatten und hinterlassen auch keine Fußspuren, das wusste sie. Doch sie wusste auch, dass sie für die Welt der Menschen verloren und deshalb so gut wie tot war.

Im Verlauf weiterer Jahre lernte sie, die Kreatur als ihren Gefährten zu akzeptieren, und so wurde ihr ein Kind geboren. Das Baby war menschenähnlicher als der Vater, und sie verspürte von Anfang an eine starke Verbundenheit mit diesem hilflosen und so seltsam aussehenden Geschöpf, das wild an ihren Brüsten sog. Und so nährte und pflegte sie es, so gut sie konnte. Das Kind gab ihr ein wenig von der menschlichen Gesellschaft, nach der es sie so sehr verlangte, und dafür war sie unendlich dankbar. Aber dennoch weinte sie immer noch oft vor Sehnsucht nach Menschen; selbst nach all diesen Jahren konnte sie nie aufhören, Pläne zu schmieden, wie sie ihrem Bewacher entkommen könnte. Dieser Gedanke an Flucht war zu ihrem Lebenssinn und ihrer größten Herausforderung geworden; vielleicht hielt sie nur das überhaupt noch am Leben.

Es war Winter und bitterkalt, es schneite unaufhörlich, und der Schnee türmte sich überall hoch auf. Deshalb trug die Kreatur eines Tages sie und das Kind in eine andere Gegend, wo es ein wenig wärmer war und nicht so viel Schnee lag. Pem Doikar vermutete sofort, dass sie hier menschlichen Siedlungen näher waren, und damit flammte auch ihre Hoffnung auf eine Flucht erneut in ihrem Herzen auf. Sie wurde unruhig und aufgeregt, doch musste sie sich beherrschen, denn ihr Gefährte hatte schon vor langem gelernt, ihre Gefühle zu erahnen. Sie verbarg ihre Aufregung, so gut sie konnte, und daraufhin verlor auch ihr Gefährte seine Nervosität wieder und zeigte keine Angst mehr, wenn sie sich für kurze Zeit von der Höhle entfernte. Tage- und nächtelang dachte sie fieberhaft darüber nach, ob sie ihr Kind mitnehmen sollte oder nicht, und entschied sich schließlich schweren Herzens, lieber alleine zu fliehen. Denn falls ihr die Flucht misslingen würde, könnte ihr Kind wilden Tieren zum Opfer fallen; und selbst wenn sie mit ihm ein Dorf erreichte, würden die Menschen dieses sonderbare, nur beinahe menschliche Geschöpf womöglich nicht akzeptieren – in der Wildnis bei seinem Vater würde es vielleicht doch ein besseres Schicksal haben.

Eines Tages ging sie wie gewöhnlich in den Wald, und als sie sich ein gutes Stück von dem Migoi entfernt hatte, rannte sie los, so schnell ihre Füße sie zu tragen vermochten. Sie folgte dem Geräusch des Flusses und kam bald in eine tiefe, enge Schlucht, in der ein kleiner Baum über das reißende Wasser gelegt war – ein erstes Zeichen, dass es hier in nicht allzu weiter Ferne Menschen geben musste! Ermutigt kämpfte sie sich voran; indem sie sich an den Ästen des liegenden Stamms festhielt, überquerte sie rasch den Fluss und schob dann mit aller Kraft das nur knapp auf dem Ufer aufliegende obere Ende des Baumes hinein. Die Strömung erfasste die Baumkrone, und langsam fiel der Stamm in das schäumende Wasser und wurde fortgerissen. Als sie ans andere Ufer zurückblickte, stand dort wild gestikulierend der Migoi, der das Kind hoch in die Luft hielt – sogar über das donnernde Rauschen des Wassers hinweg konnte sie die seltsamen, ihr so vertraut gewordenen Laute hören, die er ausstieß. Pem Doikar wusste, dass es ihm trotz seiner übermenschlichen Kraft niemals gelingen würde, den reißenden, eiskalten Fluss zu überqueren. Sie fühlte sich in Sicherheit, deshalb stand sie nur still da und blickte zu ihrem Kind und seinem Vater hinüber. Ein Anflug von Trauer erfasste ihr Herz, und sie wusste, dass sie nun rasch fortgehen musste, wenn sie nicht von ihren Gefühlen überwältigt werden und ihre Flucht bereuen wollte. Als sie sich zum Gehen wandte, heulte die Kreatur so laut und jammervoll auf, dass Pem Doikar unwillkürlich stehen blieb und sich noch einmal umdrehte. Und was sie nun sah, war so entsetzlich, dass es ihr alle Sinne raubte: Der Vater zerriss das Kind in zwei Teile und warf ihr die eine Hälfte zu. Dann kauerte er nieder, hielt die andere Hälfte sanft im Arm und wiegte sie liebevoll. Mit seinem wilden und naturhaften Instinkt hatte er offenbar entschieden, dass Eltern sich die Verantwortung für ihr Kind teilen mussten, und deshalb so gehandelt.

Wenige Monate nachdem Pem Doikar ihre außergewöhnliche Geschichte erzählt hatte, starb sie – besser gesagt, sie welkte dahin, ohne dass ein besonderer Grund für ihren Tod ersichtlich wurde. Trotz ihrer Rückkehr in die menschliche Gesellschaft und obwohl sie wieder zu sprechen und sich menschlich zu verhalten gelernt hatte, war sie nicht mehr glücklich geworden. Ihr Blick war leer, und sie erweckte immer den Eindruck, als sei sie verwirrt und in steter Trauer befangen. Vielleicht bedauerte sie den grausamen Tod ihres Kindes so sehr, oder sie trauerte, weil sie einen zwar entsetzlichen, aber auf seine Weise dennoch mitfühlenden Gefährten verlassen hatte. Mimi Tashi und Aei Lhamo, das alte Ehepaar, das sie aufgenommen hatte, führten alle für ihre Einäscherung notwendigen Rituale durch; so verlor wenigstens die Klage von Pem Doikars Mutter, es gebe »nicht einmal einen Leichnam zum Einäschern«, ihre Gültigkeit.

Ma Yuan
Himalaya-Ballade

Eine Hand voll Familien, die dem Stamm der Lhopa angehören, wohnt in dem kleinen Ort Lingda. Das Dorf selbst ist wunderschön gelegen am nördlichen Rand des Himalaya inmitten üppiger Wälder. Die geografisch exakte Lage Lingdas beträgt 29° nördlicher Breite und 94° östlicher Länge.

1

Mehr als einen halben Tag hatten wir von Maenling nach Lingda mit dem Pferd gebraucht. Immer wenn die Sonne zum Vorschein kam, glänzten und blinkten die Schweißperlen auf meinem Rappen, der ganz in Schweiß gebadet war. Wir folgten zunächst dem südlichen Ufer des Yarlung-Flusses, das sich immer mehr verflachte und in eine Sandbank auslief, und diese wiederum ging irgendwann über in leuchtend grüne Getreidefelder. In der Junisonne erstrahlten die Berge und Täler in duftendem Grün, die frühen Morgen waren zwar noch immer etwas kühl, doch diese Kühle war angenehm erfrischend, und ein leiser Wind wehte. Ich ritt mit meinem Pferd voraus. Als ich die Zügel etwas anzog, verfiel mein Pferd vom Galopp in Trab, und ich drehte meinen Kopf um. Der Schimmel meines tibetischen Führers holte auf.

»Hab dich noch gar nicht nach deinem Namen gefragt.«

»Norbu.«

»Aha, Norbu-la«, nickte ich bestätigend.

»Bin vierundfünfzig«, meinte er noch, obwohl ich ihn gar nicht nach seinem Alter gefragt hatte. Der Weg war nicht besonders breit, zwei Pferde konnten gerade nebeneinanderher gehen. Linker Hand schlängelte sich ein Bergrücken dahin, auf dem hier und da ein paar Bäume standen, und über den Baumwipfeln zog ein Adler seine Kreise durch die Lüfte.

»Da vorne ist es dann«, sagte Norbu.

»Heißt das, wir sind bald dort?«

»Da vorne ist jedenfalls der Fluss.«

Als wir am Flussufer anlangten, schlug ich vor, eine Rast einzulegen. Dieser Fluss hatte sich durch eine südlich gelegene Schlucht seinen Lauf gesucht und würde weiter unten in den Yarlung münden. In diesem engen Tal war die Vegetation ziemlich üppig, die schroffen Wände waren dicht bestanden mit dunkelgrünem Nadelwald. Ein schneebedeckter Gipfel am Horizont glänzte in der Sonne und blendete meine Augen. Über den Fluss führte eine einfache hölzerne Brücke aus zusammengebundenen unbeschlagenen Baumstämmen, die einen stabilen Eindruck auf mich machte. Unser Weg gabelte sich am Fluss, und eine Abzweigung führte noch tiefer hinein in das stille Tal.

Wir stiegen ab und setzten uns neben dem Weg ins Gras. Ich öffnete zwei Konservendosen mit eingelegten Pfirsichen. Die Pferde grasten in der Nähe, die Zügel hatten sich lose um ihre Hufe gewickelt und schleiften am Boden.

Mit einem Blick auf die Pferde meinte Norbu: »Die gehorchen gut und laufen nicht weg.«

»Wann warst du das letzte Mal in Lingda?«, fragte ich ihn.

»Vor über vierzig Jahren. Da war ich noch ein Kind. Mein Vater und ich waren hier in diesem Tal auf Jagd gegangen.«

»Was konnte man hier denn jagen?«

»Alles Mögliche, Tiger, Leoparden.«

»Schneeleoparden?«, fragte ich neugierig.

»Auch Schneeleoparden. Und gelb gesprenkelte Panter. Und Bären.«

»Jetzt sind sie wohl alle ausgestorben.«

»Aber nein. Wenn man in diesem Tal weitergeht, kommt man nach vier Tagen an den Fuß eines Berges, und wenn man den schneebedeckten Gipfel überwunden hat, ist man in Indien.«

»Nach Indien ist es aber noch ein weiter Weg.« Ich kramte meine Landkarte hervor und zeigte es ihm: »Schau, erst hier kommt Indien, da liegen mehrere hundert Kilometer dazwischen.«

Norbu wiederholte stur: »In vier Tagen ist man jedenfalls dort. Mein Vater war in Indien.«

Erst nach einer Weile sprach er weiter. »Inder halten bei sich zu Hause Pfauen, eine Familie in Indien hat gerade so viele Pfauen wie ihr Chinesen Hühner.«

»Wir halten Hühner wegen ihrer Eier«, warf ich ein.

Die Pferde grasten ruhig, und wir unterhielten uns über alles Mögliche, als in der Nähe plötzlich ein Schuss fiel. Ich hatte gerade noch gesehen, wie der Rappe erschrocken und ihm ein Schauer über sein Fell gelaufen war. Norbu war blitzschnell auf den Beinen und hob geschwind seine Flinte auf, die neben ihm am Boden gelegen hatte. Auf dem Pfad, der sich im Tal verlor, tauchte ein kleinwüchsiger Jäger auf. Er hielt die Augen gesenkt, die ganz auf sein Gewehr fixiert waren, und blies in den Gewehrlauf hinein, aus dem eine kleine Wolke aus Pulverrauch aufstieg. Er warf keinen einzigen Blick in unsere Richtung, hatte offenbar noch gar nicht entdeckt, dass ganz in seiner Nähe Leute waren. Der Abstand zwischen uns betrug nur mehr knapp dreißig Meter.

Norbu stand reglos da.

Der kleine Jäger ging an uns vorüber, als ob weit und breit kein Mensch wäre. Norbu setzte sich wieder hin. Der Jäger schlug den Weg ein, auf dem wir gekommen waren, und war schon bald nicht mehr zu sehen. Merkwürdig hatte er sich gekleidet: Er trug eine Fellmütze, in einen schweren, schwarzen Filzstoff hatte er für seinen Kopf ein Loch geschnitten und ihn einfach über die Schultern geworfen, und um seine Hüfte hatte er den mit weißen Muscheln verzierten breiten Ledergürtel fest zusammengezogen. Zwei Jagdmesser baumelten daran herab, ein kleineres und ein längeres; die Messerscheiden waren ganz aus Holz, die Griffe mit blank polierten Ringen aus Kupfer verziert.

»So sind sie. Hast du sein Gesicht gesehen, so sehen sie alle aus«, sagte Norbu.

»Ich hab nur Augen für seine Messer gehabt.«

»Sie sind alle so. Wenn man sie trifft, sagen sie kein einziges Wort, als ob sie dich gar nicht gesehen hätten. Selbst wenn sie Leuten begegnen, die sie kennen, grüßen sie die nicht.«

»Hab gehört, dass die Lhopa ausgezeichnete Jäger sind.«

Plötzlich verstummte Norbu, und wir brachen wieder auf. Wir nahmen den Weg, der tiefer in das Tal hineinführte und nach einer Weile bergauf ging. Im Wasser des reißenden Flusses zu unserer Rechten, der jedoch nicht sehr tief und ganz klar war, schimmerte jeder einzelne Kieselstein in allen Farben.

Nun mussten wir den Hang hinaufklettern, und die Pferde kamen nur ganz langsam voran. Norbu ging voraus, irgendetwas schien ihn zu bedrücken, denn er hielt den Kopf gesenkt und hüllte sich in Schweigen. Ich pfiff eine alte Melodie, *Auf, über den Westpass.* Als wir einen dichten Kiefernwald betraten, wurde der Weg ein wenig breiter, und ich trieb mein Pferd an, damit ich auf dieselbe Höhe kam mit Norbu.

»Mein Vater war ein ganzer Kerl. Südlich der Sela-Berge kannten ihn alle Jäger. Er war siebzehn Jahre älter als ich.«

»Und was ist mit deiner Mutter?«, fragte ich ihn.

»Sie starb bei meiner Geburt. Mein Vater ging oft ganz alleine in die Berge und ließ mich zurück, mit ein paar Streifen getrocknetem Yakfleisch und Chura.«

Nach einer Weile fuhr er fort. »Ich höre noch heute, wie mein Vater ihre Schönheit gerühmt hatte. Meine Mutter wurde von meinem Vater entführt, einfach von den Nomaden geraubt, sie hatte wohl geschrien und laut geheult und ihm sogar die Fingerkuppe seines rechten Zeigefingers abgebissen. Als mein Vater später dann wieder auf Jagd ging, blieb ihm nichts anderes übrig, als mit dem Mittelfinger den Hahn durchzuziehen.«

Norbu zeigte auf den Weg, der sich vor unseren Augen erstreckte: »Hier durch dieses Tal war er oft gegangen. Das letzte Mal hatten wir auch diesen Weg genommen.«

»Konnte er sich mit ihnen verständigen?«

»Wer? Mein Vater?«

Ich nickte.

»Sie sprechen ein wenig Tibetisch, und mein Vater konnte ihre Sprache … wahrscheinlich schon. Ich glaube wenigstens, dass er sie konnte.« Norbu sprach zögerlich, er schien ziemlich unsicher zu sein. Erst später begriff ich, warum er zauderte. Und mir fiel auf, dass er nie von den Lhopa sprach, sondern immer nur von »ihnen«.

Mittags erreichten wir Lingda, ein kleines Dorf mit ein paar vereinzelt stehenden Hütten. Zunächst wirkte es wie eine Lichtung mitten im dichten Wald. Doch in der Nähe der Häuser ragten gewaltige Baumstümpfe aus der Erde, um die sich der Weg herumschlängelte.

Ich war mir nicht sicher, ob wir eine der Hütten betreten sollten, im Dorf jedenfalls war keine Menschenseele zu sehen.

»Die Männer sind alle in den Bergen zur Jagd und auf ihren gerodeten Feldern.«

»Die haben Felder?«

»Sie pflanzen Gerste und Paprika an. Ohne Paprika können die gar nicht leben.«

Wir gingen durchs Dorf. Ihre Häuser waren sehr niedrig, die Wände lediglich aus zusammengebundenen Baumstämmen errichtet. Ich musste an Kriegsfestungen denken, nur dass die Baumstämme hier um einiges dicker und nicht mit einer Axt behauen oder begradigt worden waren. Schließlich waren wir am Ende des Dorfes angelangt.

In der Tat war diese Lichtung gewaltig, ich schätze, fünf, sechs Fußballfelder hätte man hier anlegen können. Und weiter unten toste der Fluss. Obwohl die Sonne in diesem Moment zum Vorschein kam, wirkte der Ort düster. Hier musste einst ein riesiges Feuer gewütet haben, denn an den Baumstümpfen waren noch Brandspuren zu sehen. Manche ragten vier, fünf Meter hoch in den Himmel, andere neigten sich dem Boden entgegen und waren völlig verkohlt. Zwischen den Baumstämmen sah man einen ausgetretenen Pfad. Das war der Weg, den die Dorfbewohner gehen mussten, wenn sie in die Berge wollten.

Wir sahen uns nach einem passenden Platz um, weil wir uns ein wenig ausruhen wollten.

»Norbu, war das Feuer von selbst ausgebrochen?«

»Dann hätte es sicherlich nicht nur hier gebrannt, dann wäre der ganze Berg in Flammen gestanden.«

»Dann haben sie selbst Feuer gelegt?«

»Ja. Sie legen immer ein Feuer um ihr Dorf herum, damit die Bären nicht ungehindert ins Dorf kommen können. Die großen Tiere betreten niemals verbrannte Erde, nur die kleineren, die Rehe und Füchse kümmert das nicht weiter.«

»Da kommt einer den Berg herunter.«

Wir beobachteten, wie der Mann langsam näher kam. Er war genauso gekleidet wie der Jäger, dem wir unterwegs begegnet waren, nur hatte der kein Gewehr, und von seiner Schulter hing ein Bogen. Im Köcher staken bloß noch eine Hand voll Pfeile, deren Enden Adlerfedern schmückten. Der Alte war klein, schritt aber trotz seines Alters kraftvoll aus. Er sah und sah uns doch nicht, obwohl wir direkt neben dem Weg saßen. Als er an uns vorüberging, bemerkte ich die drei fetten Schneehühner auf seinem Rücken.

2

Der kleine Norbu war wütend auf seinen Vater. Dieser hatte ihm ein Gewehr versprochen, wenn sie wieder zurück wären. Das war für ihn natürlich ziemlich aufregend. Aber wenn er ihm ein Gewehr schenken würde, warum nicht gleich jetzt? Wollten sie denn nicht in den Bergen auf Jagd gehen? Doch er wagte es nicht, dem Vater gegenüber seiner Wut freien Lauf zu lassen.

Sein Vater ritt zielstrebig und vergnügt voraus. Lustlos folgte der kleine Norbu seinem Vater nach Lingda. Schließlich hielten sie vor einer Hütte. Sein Vater stieg vom Pferd, drückte Norbu die Zügel in die Hand und hieß ihn draußen warten. Sein Vater war sehr groß, und er musste sich bücken, als er durch die niedrige Tür trat.

In der Hütte gellte ein Freudenschrei auf. Norbu hörte, dass es eine Frau war, die sich da freute. Er verstand zwar nicht, was sie sagte, aber so konnte nur jemand rufen, der überglücklich war. Sie plapperte wild drauflos und brach dann in ein glucksendes Lachen aus. Irgendwie fühlte sich der kleine Norbu durch dieses Lachen merkwürdig berührt. Später dann stöhnte sie, ein ganz eigenartiges, abgehacktes Stöhnen, doch er wusste nicht, ob es von Schmerzen herrührte. Norbu spürte, wie sein Herz klopfte, aber er wollte den Grund für dieses

Stöhnen nicht herausfinden. Er wandte sich ab und zog das Pferd von der Hütte fort. Da hörte er ihren hellen, spitzen Schrei, durchdrungen von unendlicher Lust. Schnell ging er fort, sein Innerstes befand sich in wildem Aufruhr.

Eine halbe Stunde später zwängte sich sein Vater durch die kleine Tür nach draußen, und die Frau folgte ihm auf den Fersen. Sie war sehr schön und von hohem Wuchs. Als sich sein Vater umdrehte, stellte sie sich auf die Zehenspitzen, warf sich um seinen Hals und biss ihn ins Kinn. Mit seinen beiden Händen packte er ihren Hintern und zog sie an sich. Genau in diesem Augenblick hörte Norbu jemanden kommen. Ein kleiner Mann in Jägerkleidung. Norbu sah noch, wie die Frau blass wurde und schnell ihre Arme fallen ließ. Sein Vater hatte den Kopf gewendet, seine Hände ruhten aber nach wie vor auf ihren Pobacken. Da erst ließ er sie los, ging achtlos an diesem Jäger vorüber und streifte im Vorübergehen noch seine Schultern. Hochmütig wirkte er, als wolle er den Jäger zu einem Kampf herausfordern, den Blick in die Ferne, auf die Berge, gerichtet. Norbu ging ihm nach, zog die Pferde hinter sich her und drehte sich noch einmal um. Der Jäger erwiderte seinen Blick nicht, schaute auch die Frau nicht an, die wie erstarrt bei der Tür stand, und ging geradewegs in die Hütte hinein. Aus der Frau schien jegliches Leben gewichen, sie sah nur noch dumpf Norbus Vater nach, der allmählich in der Ferne verschwand.

Norbu holte seinen Vater mit schnellen Schritten ein. Gemeinsam gingen sie über das gerodete Land und schließlich hinein in den dichten Wald.

Zwei Tage später schoss Norbus Vater einen Hirsch mit einem riesigen Geweih. Wie wild schlug das Tier mit dem Geweih um sich, dass es nur so krachte, als es auf die Bäume aufprallte. Kurz bevor der Hirsch starb, schoss blutroter Schaum aus seinem Maul. Schließlich legte sich das Tier erschöpft hin, schloss anmutig seine glasklaren, perlgleichen Augen und starb würdevoll und in Ruhe. Norbu war innerlich ganz aufgewühlt, als er diesen Todeskampf beobachtete, immerhin waren sie fast einen ganzen Tag den Spuren dieses Hirsches gefolgt. Aber letzten Endes gab es vor dem Gewehrlauf seines Vaters für den Hirsch kein Erbarmen. Merkwürdig war nur, dass er von diesem Augenblick an für seinen Vater nichts mehr empfand. Er konnte die Augen des Hirsches kurz vor dessen Tod einfach nicht mehr vergessen, denn einen Moment lang hatten innige Zärtlichkeit und tiefste Zufriedenheit in ihnen gelegen.

Von Zeit zu Zeit zuckte sein rechtes Augenlid, eine innere Unruhe hatte ihn gepackt. Auf einmal sah er überall Gefahren, hinter jedem Baum lauerten Gespenster. Doch kein einziger Laut war zu vernehmen, kein Grund zur Sorge also. Warum aber war er nur so unruhig?

Sein Vater hatte dem Hirsch flink das Fell abgezogen, es mithilfe von Zweigen auf den Ast einer Fichte gehievt und dort ein wenig ausgebreitet, damit es in der Sonne trocknete. Derweil stand Norbu unter dem Baum, wischte vom Jagdmesser seines Vaters die Blutspritzer und schnitzte in den Baumstamm das Gesicht eines Mädchens. Als sein Vater vom Baum herunterkletterte, die abgeschälte Baumrinde am Boden liegen sah und das Mädchen im Stamm, stieß er ein seltsames Lachen aus.

Vater und Sohn sammelten schließlich Reisig. Norbu wartete, bis sie sich hinsetzten, die Fichtenzweige Feuer fingen und das Hirschfleisch über dem Feuer briet. Zögernd erzählte Norbu dann seinem Vater, dass er ein ungutes Gefühl habe, als ob irgendetwas geschehen würde.

»Was soll denn schon passieren? Solange ich bei dir bin, brauchst du keine Angst zu haben.«

Norbu wusste nicht, wovor er Angst hatte. Dieser eine Satz hatte ihm aber ein wenig von seiner Furcht genommen.

In der zweiten Nacht, in der sie im Wald übernachteten, schneite es. Alles war nun von einer dicken Schneeschicht bedeckt.

Solange sein Vater bei ihm war, hatte er nun wirklich keinen Grund zur Sorge.

Am nächsten Morgen war der Himmel klar und tiefblau. Als er die Augen öffnete, schnarchte sein Vater noch immer. Er wollte ihn nicht wecken und setzte sich still auf. Da wurde ihm auf einmal bewusst, dass ihn seine Vorahnung nicht getrogen hatte. Er schaute ihn an; vor dem reinen Weiß des Schnees sah sein weißes Fell schmutzig grau aus, und nur wegen der schwarzen Flecken, die so groß waren wie Münzen, war er ihm überhaupt aufgefallen. Wie eine Riesenkatze sah er aus, war ganz still und friedlich und hatte dennoch etwas Wachsames an sich. Nicht mehr als dreißig Schritte stand er von ihnen entfernt und schaute sie keineswegs böswillig an.

Vielleicht lag es daran, dass sein Anblick den Menschen stets verzaubert, jedenfalls verspürte Norbu keinerlei Furcht. Im Gegenteil, er wurde ungewöhnlich still und ruhig, stieß nur mit seinen Zehenspitzen seinen Vater ganz vorsichtig an. Dessen Schnarchen setzte kurz aus, und der Vater murmelte im Traum irgendetwas vor sich hin. Doch Norbu stupste ihn immer wieder, ließ ihm keine Ruhe, bis er endlich wach war.

Norbu wagte es nicht, den Mund zu öffnen, sondern wies seinem Vater lediglich mit seinen Augen die Richtung. Sein Vater verstand sogleich und drehte sich ganz langsam um, bis er dem Schneeleoparden ins Gesicht sah.

Erst jetzt ließ Norbus Aufmerksamkeit nach. Da sein Vater den Schneeleoparden entdeckt hatte und schon mit ihm fertig werden würde, hatte Norbu sein Interesse an ihm verloren. Ringsherum waren im Schnee überall die Abdrücke des Leoparden zu sehen, einige waren nicht einmal dreißig Zentimeter von ihrer Schlafstätte entfernt. Offenbar hatte er versucht, sich so dicht wie möglich an sie heranzuschleichen. Doch merkwürdigerweise hatte er den Hirsch, den sie gestern Abend zerlegt hatten, nicht angerührt, jedenfalls fehlte kein einziges Stück.

Sein Vater hatte sich nicht gerührt und starrte dem Leoparden unverwandt in die Augen. Norbu erblickte das Gewehr, das an einem Baum herabbaumelte, in drei Schritt Entfernung. Es hing am Jagdmesser, das noch immer tief im Baumstamm steckte. Wie konnte sein Vater nur an das Gewehr gelangen? Norbu fiel nichts ein. Seine Stimme versagte, er brachte es nicht mehr fertig, aufzustehen, denn jeder Ton, die leiseste Bewegung hätten den Schneeleoparden zum Angriff reizen können.

Er ließ seinen Blick schweifen. Als er den kleinen Jäger entdeckte, der hinter dem Baum seinen Bogen spannte, fand er nichts Außergewöhnliches dabei. Der Schneeleopard befand sich genau zwischen ihnen, bloß sah das Tier nur Norbu und seinen Vater, der wiederum hatte lediglich Augen für den Leoparden, genau wie der kleine Jäger. Norbu als Einziger beobachtete den kleinen Mann. Der Schneeleopard hatte den Jäger noch nicht entdeckt und erst recht nicht ahnen können, dass im nächsten Augenblick ein Pfeil seinen Körper durchbohren würde.

Die Situation spitzte sich zu. Sein Vater hatte den Jäger gar nicht gesehen, der ihnen offenbar gefolgt war. Erst jetzt wurde Norbu klar, was ihn ständig in Unruhe versetzt hatte. Welch unglückselige Vorahnung!

Norbu sah auf einmal alles ganz deutlich vor sich: Der Zeige- und der Mittelfinger an der rechten Hand des Jägers spannten vorsichtig den Bogen, und der Pfeil pfiff leise, als er den zu einem Halbrund angespannten Bogen verließ. Im selben Augenblick ertönte ein Himmel und Erde erschütternder Schrei – der Schneeleopard, zwischen die Augenbrauen getroffen, stürzte sich noch im selben Augenblick ebenso geschwind wie ein Pfeil auf den Jäger, der den Bogen gespannt hatte.

Sein Vater sprang blitzschnell dazwischen, und gerade als das Tier seine Pranke in die Schulter des Jägers schlagen wollte, schlug Norbus Vater dem Leoparden das linke Auge aus. Der Augapfel, vermengt mit blutigem Brei, sprang sogleich heraus. Der Leopard aber fiel auf seine rechte Seite, rührte sich nicht mehr und starb auf der Stelle.

3

Norbu war ans Ende seiner Geschichte gelangt. »Das habe ich bisher noch keinem erzählt.«

Obwohl sich das Ganze vor mehr als vierzig Jahren zugetragen hatte, hatte er jedes Detail ziemlich lebendig und naturgetreu geschildert. Selbst wenn er keinem anderen je davon erzählt hatte, musste er sich diese Szene wohl unzählige Male immer wieder in Erinnerung gerufen haben.

Ich schlug vor, wieder ins Dorf zurückzukehren und die Pferde hinter uns hergehen zu lassen. Die Hütten in dem Dorf sahen eine aus wie die andere mit ihren Wänden aus unbehauenen Baumstämmen. Und als hätte man rechteckige Löcher in die Wände geschlagen, klafften die niedrigen Türen auf. Vor jeder Hütte war ein kleiner Hof angelegt, dünne und lange Stangen steckten darum herum im Boden und sollten wohl eine Umzäunung andeuten.

Vor einem solchen Haus blieben wir stehen. Im Hof selbst waren drei Dzos angebunden, eines davon war ein Kalb mit weichem, flaumigem Fell. Der ganze Hof versank im Schlamm, so lange waren die Rinder hin und her getrottet und hatten die Erde unter ihren Hufen zermalmt. Rechts vor der Tür lag ein großer, schwarzer Hund, der sich erhob, als er uns erblickte. Er bellte nicht und sprang auch nicht auf uns zu, doch er schaute finster und böse drein. Ich erschrak. Der Hund war so groß und stämmig wie ein kleiner Esel. Sein Fell glänzte schwarz, und damit sah er noch kräftiger aus, noch gefährlicher und schneller. Wenn er nicht an einem Strick aus Rindersehnen festgebunden gewesen wäre, hätte er sich schon längst auf uns gestürzt – ein Furcht erregender Köter.

Wir hatten eine Weile auf einer Hand voll Gerstenkörner herumgekaut und nun eine ganz ausgetrocknete Kehle davon bekommen. Zu gerne wären wir in dieses Haus hineingegangen und hätten um gesüßten Tee oder Buttertee gebeten. Mir war aufgefallen, dass der Strick so kurz war, dass der Hund gar nicht bis zur Tür gelangen konnte. Norbu und ich banden unsere Pferde draußen an und schritten durch den Hof. Dieser kluge Hund unternahm nicht einmal den Versuch, uns einzuschüchtern, er bellte nicht und bleckte auch nicht die Zähne. Er stand auf seinem angestammten Platz und rührte sich nicht, als wir die Hütte betraten.

Zuerst sah ich überhaupt nichts, weil wir vom grellen Sonnenlicht draußen plötzlich in diesen dunklen Raum eingetreten waren. Überhaupt war es, als wären wir plötzlich in die totale Finsternis geraten. Nach etwa einer halben Minute hatten sich meine Augen an die Dunkelheit gewöhnt, und ich konnte im Lichtstrahl, der hinter uns durch die Tür ins Innere drang, den Raum ungefähr ausmachen. Da erst sah ich, dass es noch eine andere Lichtquelle gab, denn im Dach war eine kleine Öffnung, und genau darunter befand sich eine Feuerstelle aus vier Steinen. Durch die Öffnung konnte also der Rauch abziehen. Zwischen den Steinen lag noch etwas Holzkohle, die dunkel glimmte, und eine dünne Rauchsäule wand sich nach oben durch den Abzug. Der Lichtstrahl, der zur Tür hereinkam, durchbrach die Säule und schien durch sie hindurch, was den ganzen Raum in eine mysteriöse, undurchdringliche Atmosphäre tauchte.

Ich tastete mich vorwärts und hockte mich neben dem Alten nieder. Er saß auf dem Boden und war damit beschäftigt, drei Schneehühner mit Lehm einzuschmieren. Es schien mir etwas übertrieben, wie er sich da ganz auf seine Arbeit konzentrierte und nicht ein einziges Mal den Kopf hob, um mich anzuschauen. Er hatte eine flache Nase und eingefallene Wangen, sein gedrungenes Gesicht war von Falten zerfurcht, und seine Haare waren fast ganz weiß. Mir fiel auf, dass sein rechter Zeigefinger verstümmelt war, doch mit den verbliebenen vier Fingern hantierte er erstaunlich geschickt.

Ich weiß nicht, wann Norbu hinausgegangen war, ich vermute, dass ich wohl über eine halbe Stunde so neben dem Alten gesessen habe. Endlich hatte der alte Jäger die Schneehühner vollständig mit Lehm beschmiert, stand auf und trug sie in eine dunkle Ecke. Erst da bemerkte ich noch einen Menschen in dem finsteren Winkel, eine alte Frau. Sie war völlig ausgemergelt, ihr runzliges Gesicht ganz schwarz, und ihre Kleider waren zerschlissen. Als der Alte die Schneehühner vor sie hinlegte, zuckte das Weiß in ihren Augen kurz auf, und mein Herz tat einen gewaltigen Sprung. Ohne ein Wort zu verlieren, drehte sich der Alte wieder um und ging zur Tür hinaus.

Ich zögerte, folgte ihm aber schließlich doch nicht.

Die Alte zitterte, als sie sich erhob, und taumelte hinüber zur Feuerstelle. Sie war groß, hager und bebte am ganzen Körper. Ich dachte, sie würde gleich hinfallen. Sie hob einige Zweige auf, legte sie auf die noch glühende Holzkohle und bückte sich dann, um in die Glut zu blasen. Ich stand ihr genau gegenüber. Mit jedem ihrer Atemzüge stob ein Funken auf, und bevor er wieder erlosch, fiel für einen kurzen Augenblick ein Feuerschein auf ihr Furcht erregendes Gesicht. Das

Schreckliche daran waren die Narben, die sich von beiden Mundwinkeln über das ganze Gesicht bis hin zu den Ohren zogen. Dadurch sah sie aus, als weine und lache sie gleichzeitig. Aus ihren stumpfen Augen war jegliche Lebenskraft gewichen. Ich harrte an meinem Platz aus, holte aus meiner Tasche ein Feuerzeug hervor, zündete die trockenen Nadelzweige an, die neben der Feuerstelle lagen, und schob sie unter ihre Äste. Die ersten Flammen züngelten knisternd hoch.

Erst da riss ich mich von ihrem Anblick los, denn ich konnte dieses Gesicht nicht mehr länger ertragen. Sie aber beachtete mich gar nicht weiter, sodass ich mich ganz ungestört ein wenig umsehen konnte. In der dunklen Ecke, in der sie gerade noch gesessen hatte, lag ein Steinmörser mit einem Stößel, der so dick war wie ihr Handgelenk. Sie hatte offensichtlich gerade Chili gemahlen, und zwar schon eine ganze Menge, ich schätzte den Haufen auf ganze fünf Kilo. Doch nachdem wir eingetreten waren, hatte sie den Mörser nicht mehr zur Hand genommen, sonst hätte ich sie früher bemerken müssen, da bin ich mir sicher.

Ich sah auch, dass in einer Holzschale, aus der sie gegessen hatte, Chili war, halb voll war die Schale und feuerrot, ein Holzlöffel steckte sogar noch drin. Als würde sie den Chili trocken essen! Natürlich gab es auch Tsampa und Fleisch. Und in einer Ecke stand ein altes Rohr, in dem sie Butter und Tee zum Buttertee stampften.

Seltsam, inzwischen hatte ich meinen Durst völlig vergessen und auch, dass ich eigentlich um Tee bitten wollte. Noch merkwürdiger aber war, dass mir erst jetzt wieder einfiel, dass ich ja eigentlich nur deswegen hereingekommen war, nun aber gar keinen Durst mehr verspürte und auch nichts mehr trinken wollte.

Über dem Feuer röstete die Alte die Schneehühner, der Lehm knisterte leise, und weißer Dampf quoll aus den Hühnern heraus, der sich mit dem Rauch vermengte und durch das Loch im Dach hinauszog. Ich merkte, wie mir das Wasser im Mund zusammenlief. Plötzlich schoss mir ein Gedanke durch den Kopf, und schnell verließ ich die Hütte.

In der gleißenden Sonne fiel es mir schwer, die Augen zu öffnen. Von Norbu und dem Alten war nichts zu sehen. Wenn mich jedoch nicht alles täuschte, steckten die beiden zusammen. Ich ging in Richtung Süden den Weg entlang, den wir gekommen waren, durchquerte noch einmal das Dorf und gelangte auf Terrassenfelder, die von dicht nebeneinander stehenden, unbehauenen Pfählen umgeben waren. Die Äste der kleinen Bäumchen, die als Pfähle in den Boden geschlagen worden waren, hatten sich ineinander verhakt, wodurch die Abgrenzung wie ein dichtmaschiger Zaun wirkte. Hier waren fast alle Bäume schon gefällt worden, nur wenige gewaltige Baumstümpfe ragten einige Meter hoch in die Luft und waren oben glatt abgesägt. Zuerst wollte mir kein Grund dafür einfallen, wieso man diese riesigen, kahlen Stämme hatte stehen lassen. Doch als ich sie genauer betrachtete, schienen diese dicken Pfähle das ganze Gebiet in mehrere Parzellen zu teilen. Ich trat näher und sah mittendrin sogar einige Felder, auf denen Gerste und Paprika wuchsen. Und da erblickte ich Norbu.

Er stand wie erstarrt neben dem Zaun. Ich erriet sogleich, dass dieses Feld dem alten Jäger, der die Schneehühner erlegt hatte, gehören musste. Und ich hatte Recht. Denn innerhalb der Umzäunung sah ich, wie der Alte Paprikasetzlinge pflanzte und sich erneut ganz in seine Arbeit vertiefte.

Norbu hatte mich entdeckt und kam zu mir herüber. Ich hatte keine Ahnung, ob ich die beiden bei etwas gestört hatte.

Wir sprachen kein Wort, gingen innen an der Umzäunung entlang, bis sich eine Öffnung auftat, und stiegen in Richtung Osten den Berg hoch. Wir waren schon sehr weit gegangen, tief unter uns konnten wir den Alten auf seinem Feld sehen, als sich Norbu hinsetzte und die Geschichte von seinem Vater wieder aufnahm.

4

Der Leopard war also tot.

Sein Vater und der Jäger hatten kein einziges Wort miteinander gewechselt und den anderen auch keines Blickes gewürdigt. Das Ganze war von Anfang an recht verworren: Zuerst war der Jäger ihnen beiden auf den Berg gefolgt, der Grund dafür lag auf der Hand. Als der Leopard Norbu und seinen Vater belauerte, hatte der Jäger sein Leben riskiert und das Unglück auf sich gelenkt. Und schließlich nahm alles eine überraschende Wendung, als Norbus Vater den Jäger rettete.

Doch auch danach zeigten sich die beiden lediglich die kalte Schulter.

Norbus Vater sammelte das Hirschfleisch ein und packte es auf den Pferderücken, nahm das immer noch am Messergriff baumelnde Gewehr und hängte es sich um, zog das Messer aus dem Baumstamm und steckte es wieder in die Scheide. Dem Leoparden schenkte er keinen Blick mehr, rief auch Norbu nicht zu sich, sondern ging alleine los, zog sein Pferd hinter sich her und ließ diesen verfluchten Ort hinter sich. Offenbar war es für ihn ausgemacht, dass der Schneeleopard als Jagdtrophäe dem Lhopa-Jäger gehörte.

Norbu wusste genau, dass er seinem Vater eigentlich folgen sollte, doch etwas bedrückte ihn. Ihn beschlich das Gefühl, dass das längst noch nicht alles war. Denn als sein Vater die ganzen Sachen zusammengepackt hatte, stand der Jäger mit gesenktem Kopf und hängenden Armen etwas abseits. Nun zog er in aller Ruhe aus seinem Köcher einen Pfeil und spannte den Bogen.

Der kleine Norbu stieß einen gellenden Schrei aus: »Vater!«

Doch sein Vater drehte nicht einmal den Kopf um, als ob er den Schrei seines Sohnes gar nicht vernommen hätte, der ihm beinah die Stimmbänder zerfetzte. Der Bogen war gespannt, und schon im nächsten Augenblick hing die Saite wieder schlaff zwischen den Bogenenden. Norbu sah nicht nach seinem Vater, sondern verbiss sich wie ein toll gewordener Hund in die Hand des Jägers. Mit einer kraftvollen Drehbewegung aus den Ellenbogen heraus schüttelte der Jäger den kleinen Norbu ab, wandte sich um und machte sich an den Abstieg.

Ohne es mit eigenen Augen gesehen zu haben, wusste Norbu, dass sein Vater tot war. Er war vornüber in den Schnee gefallen, das Gesicht zur Seite gedreht, und noch im Tode sah er hochmütig aus. Der Schnee unter seinem Mund verfärbte sich vom blutigen Speichel dunkelrot, und fächerartig breiteten sich die Blutstropfen wie zu einer Blume aus.

In jenem Augenblick, erinnerte sich Norbu jetzt, war es in ihm ganz leer, er konnte an nichts denken. Damals war er noch zu jung, alleine hätte er den Leichnam seines Vaters nicht zurückschaffen können. Deshalb zog er seinen Vater am Oberschenkel rückwärts den Berg hinauf. Gleich war er aus dem dichten Wald heraus, dann wuchsen da bloß noch Büsche, und schließlich erreichte er weiter oben die Schneegrenze. Er wollte seinen Vater ein Stückchen weiter hinaufziehen, doch das andere Bein verfing sich immer wieder in den Sträuchern, und auch die beiden Hände blieben ständig irgendwo hängen. Dies alles strengte den zwölfjährigen Norbu ungemein an. Hätte er seinen Vater lediglich am Schopf gepackt und den Berg hinaufgezogen, wäre es für ihn viel einfacher gewesen, denn Beine und Arme hätten sich ihren Weg von selbst gebahnt, doch dazu fehlte ihm der Mut. Er konnte die kleinen dunkelroten Blüten nicht vergessen, die blutig aus dem Mund seines Vaters getropft waren.

Weil sein Vater ein riesiger Kerl war, musste sich Norbu beim Aufstieg unzählige Male ausruhen. Oft wollte er aufgeben, aber immer wieder befreite er Arme und Beine aus den Büschen, doch wagte es nie, dabei seinem Vater ins Gesicht zu schauen.

Einen ganzen Tag brauchte er, um den Leichnam ein paar hundert Meter den Berg hinaufzuziehen. Er erinnerte sich, dass der Abend schon dämmerte, als er nicht mehr weiterkonnte. Zum Gipfel war es zwar noch sehr weit, doch er war hier bereits in einer Region angelangt, wo der Schnee auch im Sommer nicht schmolz. Von unten sah der Gipfel aus, als läge er in ewigem Eis, und Norbu befand sich mit seinem Vater auf dem Gletscher unterhalb des Gipfels.

Norbu hatte keine Ahnung, wo das Jagdgewehr geblieben war. Das Jagdmesser hatte er jedenfalls noch, das reichte. Er kniete sich auf das Eis nieder, hielt den Griff mit beiden Händen fest und kratzte das Eis auf. Nur verschwommen nahm er den Jäger wahr, der die ganze Zeit etwas weiter unten stehen geblieben war. Doch er hatte keine Zeit, an den Mörder seines Vaters zu denken. Mit der ganzen ihm noch verbliebenen Kraft schabte er, seine Arme arbeiteten mechanisch das Eis unter ihm weg, die ganze Nacht hindurch. Und ihm war, als ob auch der Jäger die ganze Nacht über dort unten ausgeharrt hätte.

Als der Morgen graute, hatte er eine Kuhle ausgegraben. Doch war ihm keine Kraft mehr geblieben um sich zu erheben. Das Eis unter seinen Knien war von seiner Körperwärme geschmolzen, sodass er einen knappen halben Meter eingesunken war. Er hatte ein offenes Grab aus dem Eis geschaufelt, das gerade groß genug war, damit sein riesiger Vater darin schlafen konnte. Er kniete noch immer und verstreute eine Hand voll

Eissplitter nach der anderen über dem Gesicht seines Vaters und über den ganzen Leichnam, bis er vollständig mit Eis bedeckt war.

Aus dem Gletscher ragte nun ein kleiner, weißer Grabhügel auf.

5

Norbu hielt inne. Und ich forderte ihn nicht dazu auf, weiterzuerzählen. Ich wusste nicht, worauf ich eigentlich wartete. Doch während er gesprochen hatte, war sein Blick unverwandt auf den Alten gerichtet gewesen, der da auf dem Feld arbeitete, das war mir immerhin aufgefallen.

»Die haben so einen stabilen Zaun errichtet, weil sie Bären und Wildschweine fürchten. Und hier gibt es auch wirklich ziemlich viele Wildschweine und Kragenbären.«

Ich unterbrach ihn. »Ist er jener Lhopa-Jäger?«

Norbu sagte zwar nichts, doch er nickte stumm.

Ich dachte lange nach, und schließlich ging mir ein Licht auf. »Du hast mir nicht die Wahrheit gesagt.«

Verblüfft wandte sich Norbu mir zu.

»Dein Vater war gar nicht gestorben.«

Damit hatte ich ihn völlig überrascht.

Mir schien sein Erstaunen gespielt. »Der Jäger da ist nämlich dein Vater.«

Mit seiner Reaktion auf meine Worte hatte ich nicht gerechnet, denn er lächelte nur.

»Ich habe jedenfalls gesehen, dass sein rechter Zeigefinger fehlt. Und du hast doch erzählt, dass deine Mutter ihn abgebissen hatte und dass er später mit dem Mittelfinger den Hahn am Gewehr zog, wenn er auf Jagd ging.«

Er grinste noch immer.

»Ich versteh nur nicht, wieso dich dein Vater zurückgelassen und sich schließlich bei den Lhopa niedergelassen hat. Doch was ich mit Bestimmtheit weiß, ist, dass du deinen Vater nicht mehr liebst, im Gegenteil, du hasst ihn. Deshalb sagst du, er sei gestorben, und damit ist dir vielleicht ein wenig leichter ums Herz. Und vielleicht ist auch die Frau da in der Hütte deine Mutter, glaube ich jedenfalls, die ist genauso wenig tot wie dein Vater. Und vielleicht ist sie der Grund, weshalb du ihn so hasst? Hat deine Mutter deinen Vater verletzt? Jedenfalls hat irgendjemand deiner Mutter die Mundwinkel aufgeschnitten, war das dein Vater oder ein anderer Mann? Keine Ahnung, aber ich bin mir sicher, dass du nicht die ganze Wahrheit gesagt hast.«

Er öffnete ein paarmal den Mund und schloss ihn wieder. Ich sah ihm an, dass ich ihn getroffen hatte. Er sagte nichts, weil ihm keine Rechtfertigung einfiel.

Der Alte arbeitete noch immer auf dem Feld, die ganze Szenerie schien wie erstarrt zu sein. In meinem Kopf arbeitete es wie wild. Ich musste mir irgendetwas einfallen lassen. Ja, richtig, da war es.

»Hör zu, wir gehen jetzt zusammen da runter. Dieses Mal tust du, was ich dir sage, ich werde alles regeln.«

Norbu lachte bitter auf und schüttelte nur den Kopf. »Ich werde dir das Ende der Geschichte erzählen, einverstanden?«

6

Du hattest dann beschrieben, wie du ihm den Finger abgebissen hattest, als dich der kleine Jäger abgeschüttelt hatte. Sein rechter Zeigefinger war in deinem Mund zurückgeblieben.

Sieben Tage später bist du mit dem jüngeren Bruder deines Vaters, der ein Gewehr mitgenommen hatte, nach Lingda zurückgekehrt. Ihm hast du dann diese Hütte gezeigt. Er war nicht da, aber die hoch gewachsene Frau brachte schon da kein Wort mehr hervor. Ihre Mundwinkel waren aufgeschlitzt, die Wunden noch nicht geschlossen. Sie hielt die Hand vor ihren Mund und zeigte euch die Richtung. Sie deutete geradewegs auf den Berg hinauf, dort, wo du deinen Vater begraben hattest. Du wusstest nicht, wer ihr diese Wunde zugefügt und warum er sie so schrecklich zugerichtet hatte.

Rache war dir allerdings damals nicht so wichtig. Du wolltest lediglich den Leichnam deines Vaters zum Fluss hinunterschaffen und ihn im Fluss bestatten, damit die Fische die Seele deines Vaters mit ins weite Meer nehmen würden. Dein Vater ist mit dem Wasser des Yarlung-Flusses groß geworden, und du wolltest ihn wieder dem Yarlung zurückgeben. Denn der Fluss war aller Menschen Mutter.

Die Pferde hattet ihr im Wald festgebunden, zu Fuß seid ihr den Berg hinaufgeklettert. Als ihr, ohne auch nur ein einziges Mal auszuruhen, an die Stelle gekommen seid, wo du deinem Vater das Grab aus dem Eis geschaufelt hattest, bist du vor Schreck erstarrt.

Das Grab im Gletscher war leer, die blanke Mulde funkelte und strahlte. Dein Onkel hatte als Erster die Geier wahrgenommen, die über dem Gipfel ihre Kreise zogen. Aber deine Augen waren noch schärfer: Du entdecktest den Lhopa-Jäger, der auf der Erde kniete und sich mit gesenktem Kopf an etwas zu schaffen machte.

Wie verrückt seid ihr den Berg hochgerannt bis ganz hinauf auf den Gipfel. Beim Rennen hoben und senkten sich eure Brustkörbe und pfiffen wie Blasebälge. Doch da konntet ihr auf einmal nicht mehr weiter, denn die Geier flogen hier in einem dichten Schwarm umher und drängten sich um etwas herum.

Er hatte deinem Vater schon alle Kleider ausgezogen, sein massiger Körper lag nackt auf dem Eis. Es war dir nicht peinlich, sein Glied selbst im Tod männlich in den Himmel aufragen zu sehen. Mit einem Messer schnitt der Jäger deinem Vater eine pechschwarze Strähne ab und drückte sie mit einem Eisblock nieder. Dann packte er dessen Glied und trennte es mit einem Ruck ab. Mit seiner erhobenen linken Hand lockte er die Geier an, und gleich drei stürzten herbei, stritten sich um das Stück und rissen es sich gegenseitig immer wieder aus dem Schnabel, während sie sofort wieder in die Lüfte schossen. Deine Augen waren tränenverschwommen, doch in Wirklichkeit hast du nicht geweint. Auch an jenem Tag und in jener Nacht, als dein Vater gestorben und du ihn den Berg hinaufgezerrt hattest, hattest du keine einzige Träne vergossen.

Das Messer wurde geschickt gehandhabt, der Jäger schnitt mal hier, mal da ein Stück ab, die Geier fraßen alles schnell auf, sodass von deinem Vater schon bald nur noch weiße Knochen übrig blieben. Der Jäger zermalmte die Knochen nicht, vielleicht weil er keinen so schweren Gegenstand zur Hand hatte, mit dem man Knochen hätte zermalmen können, oder vielleicht wollte er es einfach so haben.

All die Jahre wolltest du hierher auf den Berg zurückkehren, und nicht nur einmal hast du davon geträumt, hierher zu kommen. Die nackten, weißen Knochen hatten inzwischen dieselbe Farbe wie das Eis, das Skelett war mit dem ewigen Gletschereis eins geworden und bildete nun den höchsten Punkt auf dem Berg.

Damals hattest du den Onkel neben dir völlig vergessen, der gekommen war, um Rache zu nehmen. Du tratest vor den Lhopa-Jäger hin und knietest dich ihm gegenüber nieder.

Er hielt den Kopf noch immer gesenkt, tiefer hätte er ihn gar nicht halten können.

Du bliebst auf den Knien sitzen und wartetest, dass er seinen Kopf hob. Denn in dem Augenblick, in dem er den Kopf gehoben hätte, hättest du ihn »Vater« gerufen.

Doch er ließ noch immer seinen Kopf hängen und blieb still auf seinen Knien.

In diesen vierzig Jahren warst du kein einziges Mal zurückgekehrt, weil er in jenem Moment den Kopf nicht gehoben hatte und du ihn nicht Vater nennen konntest.

Du hattest indes nicht etwa deine Meinung geändert, dachtest auch nicht an den Onkel, der neben dir gestanden hatte und irgendwann einmal weggegangen war, ohne dass du es bemerkt hattest. Aber als er dir das Gesicht dann schließlich zugewandt hatte, warst du zu Tode erschrocken: Aus den Augen des Jägers tropfte Blut.

7

»Sag nur«, fragte mich Norbu, »dass du gar nicht bemerkt hast, dass er blind ist?«

Jin Zhiguo

Die ewigen Berge

I

Im Herd aus Lehmziegeln erstarb das Feuer ganz langsam. Das im Feuerschein rötlich schimmernde Gesicht des schlafenden Hirten verschmolz geheimnisvoll mit der Dunkelheit. Süßer Duft von frischer Milch erfüllte das ganze Zelt, und in der Stille dieser Nacht war der Geruch überwältigend.

»Hast du das gehört? Mir ist, als ob da draußen eine Stimme spräche ...«

Das war nun schon das dritte Mal, dass Qiongda aus dem Schlaf hochgeschreckt war und diese Frage gestellt hatte. Er und Qiongda lagen Kopf an Kopf dicht beieinander unter einem tibetischen Wollteppich. Eine ganze Weile lang antwortete er nicht und tat, als ob er schliefe. Dann aber sagte er plötzlich mit einem Ton, dem nicht die leiseste Spur von Schläfrigkeit anzumerken war: »Ich hab überhaupt nichts gehört. Du bist vielleicht ein komischer Kauz.«

»Ich? Ich wollte doch nur wissen, was du eigentlich die ganze Zeit treibst«, rechtfertigte sich Qiongda.

Schweigen.

Wind kam auf. Die Böen vom Berg her strichen rauschend und schwer über die Bäume. Um ein Feuer lagerten Pilger, deren leise gemurmelte Mantras der Wind ins Zelt trug.

»Draußen ist es sehr kalt, wie halten die das nur aus?« Er rückte näher an Qiongda heran.

»Sie achten einfach nicht darauf. Bist doch nicht so übel, wie ich dachte.«

»Gehen wir morgen mit ihnen zusammen auf den Berg?«

»Natürlich, das ist viel besser für uns. Schlaf jetzt. Was starrst du so an die Zeltdecke?«

Die Augen gerade nach oben gerichtet, sah er durch ein Loch im Zelttuch gerade noch einen hell funkelnden Stern leuchten.

2

Sie waren spät aufgestanden. Draußen schien die Sonne bereits auf den Aschehaufen, den die Pilger zurückgelassen hatten. Ringsum ragten die Berge hell und dunkel im Spiel von Licht und Schatten empor, der Mensch schien in ein Meer aus Bergen einzutauchen, und die goldenen Bergspitzen erschienen wie Gischtkronen auf Wellen.

Sie tranken den Buttertee aus, den der Hirte für sie warm gemacht hatte, packten ihre Sachen zusammen und machten sich auf den Weg.

Als Qiongda sich seine Jagdkleidung aus imitiertem Hirschleder überzog, fiel sein Blick auf dessen Brustkorb – von Qiongdas Hals baumelte an einer roten Schnur ein kleines Stoffsäckchen aus grünlich schimmerndem Stoff.

»Was ist da drin?«

»Die Segenswünsche meiner Geliebten.«

»Wie lange habt ihr euch schon nicht mehr gesehen?«

»Fünf, nein, sechs Jahre.«

»Du warst nur vier Jahre auf der Universität?«

»Ja, und in Lhasa war ich zuvor noch zwei Jahre lang auf der Mittelschule.«

»Und da hattest du schon eine Freundin? Warst du dafür nicht noch ein wenig klein?«

»Sie war ja auch noch jung, und sie konnte wunderschöne Liebeslieder singen«, schwärmte Qiongda.

»Wenn sie tanzte?«

»Nein, dazu hatte sie nicht den Mut, man hätte sie auslachen können.«

»Dann hat sie heimlich nur für dich gesungen?«

»Ja, jeden Tag musste sie Wasser holen, und der Bach floss direkt an unserem Haus vorüber.«

»Ist ja interessant. Aber warum hat sie dir ausgerechnet dieses Ding da geschenkt und nicht etwas anderes?«

»Noch ein Wort, und ich werde wütend. In Shanghai haben sie mich damit so oft aufgezogen und immer so dumm dahergeredet, bis ich vor lauter Wut kochte.«

»Es gibt eben Dinge, die sehen einfach zu komisch aus.«

»Du kapierst überhaupt nichts, und in meinen Augen bist auch du komisch. Auf, komischer Kauz.«

Nachdem sie einige Schritte gegangen waren, schien Qiongda plötzlich etwas eingefallen zu sein, denn er blieb stehen, kramte aus seinem Rucksack ein Kleidungsstück hervor, ging wieder zurück und schob die Zeltplane auseinander. »Lass uns dem Hirten für seine Gastfreundschaft danken.«

Auf dem nur schwer auszumachenden Pfad den Berg hinauf lagen trockene Zweige, die manchmal unter den Schritten laut und hell knackten. Auf der einen Seite des Weges erstreckte sich ein dichter Hochwald, auf der anderen rauschte verborgen ein Bächlein zwischen glänzenden Felsen.

Sie waren schon schweißgebadet, als sie die Pilger erblickten, die dort weiter vorne wankten und humpelten.

»Die kommen ja nicht sonderlich schnell voran. Siehst du, wie viele es genau sind?«, fragte Qiongda und rückte seinen Rucksack zurecht.

»Fünf … sechs … acht Leute.« Er kniff die Augen zusammen, hatte die Hände in die Hüfte gestemmt und zählte.

»Neun sind es, darunter fünf Frauen, und an der Spitze geht auch eine Frau.«

»Du hast aber gute Augen, Qiongda. Doch so genau hättest du ja nicht gerade hinschauen müssen.«

»Halt den Mund, los, weiter.«

»Lass uns ein wenig ausruhen, ich kann mich kaum mehr bewegen.«

»Was?« Ein wenig überrascht blickte Qiongda auf ihn herab. Schamröte stieg ihm ins Gesicht. Der von der Sonne getrocknete Schweiß hinterließ auf seiner Haut rissige Spuren.

»Nun gut, hab wohl einfach Pech gehabt, gib mir deinen Rucksack.«

»Nicht nötig. Wie kommt es, dass es hier so still ist, als wäre die ganze Erde in ihren Urzustand zurückgesunken?«, fragte er Qiongda.

»Hast du denn diese Stimme nicht gehört?«

Erst bei diesen Worten fiel ihm der sonderbare Glanz in Qiongdas Augen auf.

»Nein, ich würde jetzt sowieso lieber Musik hören.«

»Geht mir auch so. Einmal hab ich in Shanghai die symphonische Skizze *La Mer* von Claude Debussy gehört.«

»*La Mer*, das höre ich auch sehr gerne.«

»Warum?«

»Die Farben und die Transparenz der Melodie verändern sich ebenso wie das Meer unentwegt, und man bekommt Lust, das Meer nachzuzeichnen.«

»Wie würdest du es malen?«

»Überall blutrotes Meer und ein Wind, der wie ein Eroberer seine Triumphgesänge hinausbrüllt.«

»Ist ja fürchterlich. Ich male mir keine solche Szene aus. Mich hat es nur ein wenig gejuckt.«

»Was?«

»Gerade als die Instrumente zu spielen begannen, spürte ich plötzlich so ein Kitzeln im Hals. Ich wollte husten und konnte mich nur mit Mühe und Not beherrschen. Als das Stück zu Ende war und der Applaus laut ausbrach, wurde ich endlich dieses Kratzen in meinem Hals los.«

»Soll das witzig sein?«

»Pass auf, sonst schlag ich dir die Zähne ein. Zieh dir lieber deine Schnürsenkel gut zu, denn schau nur, wie weit die anderen schon gekommen sind.«

Der Wald lichtete sich ein wenig, und vor ihnen erhob sich eine kleine Anhöhe, auf der Kiefern standen. Auf dem Pfad lagen bloß noch verwitterte Kieselsteine. Außer den schwarzfeuchten Spuren, die von den Pilgern auf den Steinen hinterlassen worden waren, sah man weit und breit keinerlei Anzeichen menschlicher Lebewesen. Und wie auch immer der Pfad beschaffen war, die Pilger da vorne gingen einfach nur ruhig und bedächtig weiter. Die Sonne stand am blauen Himmel, ringsumher stapelten sich wuchtige und kahle Bergketten aufeinander, und die ganze Welt konnte mit einem Blick umfasst werden.

Einer der Pilger drehte ab und zu den Kopf, um nach den beiden zu sehen, die doch so ganz anders waren als sie selbst.

»Qiongda, hattest du nicht gesagt, hinter dem Berg liegt dein Dorf?«

»Ja, dort lebt noch meine Mutter und …«

»Und auch deine kleine Freundin.«

»Die ist nun erwachsen. Sie beobachtet mich von weitem und kommt ganz bestimmt nicht nahe heran.«

»Das kann ich verstehen. Und die dort?«

»Wer?«

»Die Leute da vorne. Wer wartet auf sie?«

»Das Himmelreich.«

»Das ist doch ein Witz.«

»Witz? Du verstehst einfach gar nichts.« Qiongda verstummte. »Und wer wartet auf dich?«

»Der Berg.«

»Dir fällt auch immer was ein.«

»Wir sollten die einholen. Jetzt seh ich es deutlich, ganz vorne geht eine Frau.«

»Wenn wir die einholen wollen, werden wir ganz schön ins Schwitzen geraten, lass deinen Blick lieber nicht in so weite Ferne schweifen.«

Selbst wenn sie ein wenig schneller gegangen wären, so hätten sie doch nur einen Fuß vor den anderen setzen können. Und da sie sich beeilen wollten, wurden sie in Wirklichkeit immer langsamer. Als ob die Pilger ihre Gedanken erraten hätten, hielten sie an und setzten sich neben den Weg. Einige Frauen lösten sich aus der Gruppe und suchten Brennholz, und ein Mann legte drei Steine so hin, dass man einen Teekessel darauf stellen konnte.

Als die beiden keuchend und ganz außer Atem bei den Pilgern ankamen, beäugten sie sich schweigend.

Der Mann, der den Tee zubereitete, verzog seine Lippen zu einem Lächeln und sagte etwas.

Qiongda trat näher zu ihm heran, setzte sich neben den Mann auf die Erde, holte aus seinem Rucksack etwas zu essen heraus und legte es vor sich hin. Als er in den Tsampabeutel des Mannes langte, sagte er beiläufig: »Er fragt uns, ob wir Han-Chinesen seien.«

»Was soll das heißen?«

»Er sagt, die Chinesen würden heute nur noch mit dem Jeep herumfahren. Seit 1959 ist hier kein einziger Chinese mehr entlanggegangen.«

»Woher weiß er das?«

»Frag ihn doch.«

Qiongda vertiefte sich nun in ein Gespräch mit dem Pilger.

Er setzte sich derweil auf einen Stein, der von der Sonne ganz heiß war, blinzelte in den Rauch, der zwischen den Steinen aufstieg, und wartete, bis das Wasser im Kessel kochte.

Ein ungefähr zehn Jahre altes Mädchen stellte sich vor ihn hin. Seine glänzenden Augen schienen ihm etwas sagen zu wollen, es streckte seine offenen Hände aus und spreizte die Finger.

Unsicher schaute er zu Qiongda hinüber.

»Es bittet dich darum, etwas Essbares aus deiner Tasche zu holen.«

»Ich habe aber überhaupt keine Lust, irgendetwas zu essen.«

»Auch wenn du nichts essen willst, nimm was raus.« Er fand Qiongda übertrieben nett zu den Leuten.

Der Mann, der den Tee kochte, schien weder etwas gesehen noch gehört zu haben, er konzentrierte sich ganz darauf, Teeblätter in den Kessel zu werfen, und auch die anderen gingen ungerührt ihrer Beschäftigung nach. Eine Frau stillte ihr Kind und streckte gleichzeitig den Kopf hoch, als wolle sie den Weg, der vor ihnen lag, ausspähen. Einige Mädchen kämmten sich mit ihren Händen gegenseitig die Haare, und die Älteren hielten ihre Augen geschlossen und beteten mit runzligen Lippen ihre Mantras.

Er schaute zu Qiongda hinüber, starrte das Mädchen an, das sich da vor ihn hingestellt hatte, und auf einmal schien ihm, er verstünde alles. Doch schon im nächsten Augenblick wieder war ihm, als hätte er nichts begriffen. Das Mädchen bettelte ihn ganz offensichtlich nicht um etwas an, es verhielt sich ganz natürlich und wollte ihn anscheinend nur dazu anhalten, etwas zu tun, was für es ganz selbstverständlich war. Der graublaue Himmel über ihm, die erbarmungslose Sonne, die starren Gebirgsketten, selbst Qiongdas Augen, das Verhalten des Mädchens und diese schweigsamen Menschen –

plötzlich stimmte ihn all das innerlich unruhig. Irgendetwas schien ihn von den Menschen hier zu trennen, und er war sich nicht einmal darüber im Klaren, ob er sich deswegen einsam fühlen sollte, jedenfalls bedrückte es ihn. Verwirrt nahm er alles aus dem Rucksack heraus und breitete es auf der Erde aus.

Ganz unschuldig lachte das Mädchen auf und rannte zurück zu den Frauen.

Der Tee war inzwischen fertig.

Das Mädchen nahm die Emailtasse, die vor ihm stand, und stellte sie wieder mit dunklem Tee gefüllt vor ihn hin.

Der Mann, der den Tee gekocht hatte, reichte ihm einen Streifen getrocknetes Yakfleisch.

Die stillende Mutter zog schwer keuchend eine lederne Tasche hinter sich her und reichte ihm zwei Stückchen getrockneten Käse.

Lachend trank Qiongda seinen Tee, zufrieden leckte er sich mit der Zunge die Lippen. Doch ihm war, als läge in Qiongdas Augen ein leiser Spott verborgen.

Keiner hatte etwas gerufen, und er hatte auch niemanden gesehen, der irgendein Zeichen zum Aufbruch gegeben hätte, doch alle Pilger reckten sich auf einmal gleichzeitig und packten ihre Sachen zusammen. Kein einziges Wort richteten sie an die beiden, als ob sie gar nicht existieren würden. Die Sachen, die sie aus ihren Taschen geholt und vor sich ausgebreitet hatten, lagen immer noch unberührt da.

»Sollten wir nicht auch aufbrechen?«, fragte er Qiongda träge.

»Lass uns gehen. Je länger man sich ausruht, desto schwächer und lustloser wird man.«

Qiongda schüttete den Rest des Tees in die Asche, und eine Rauchsäule stieg zischend auf.

3

Die Berge waren nun sanft gerundet. Jetzt konnte man nach Belieben ausschreiten, denn der Weg bereitete keine Schwierigkeiten mehr, verlor jedoch dadurch auch seinen Reiz. Kleine Bergketten staffelten sich dicht hintereinander; hatte man eine erklommen, schob sich bereits die nächste ins Blickfeld, und vor einem tauchten erneut unendlich viele Berge auf. Diese trügerischen Verheißungen schmälerten die Energie und die Lebenskraft des Wanderers zunehmend, und von Mal zu Mal stieg die Anspannung. Schon mehr als einmal hatte sich jeder für sich die Frage gestellt, ob da vorne endlich der Gipfel sein würde. Hatte man schließlich eine Bergkette überwunden, war es gar nicht so einfach, sich die Enttäuschung nicht anmerken zu lassen. Da half nur, die Zähne zusammenzubeißen und ganz tief im Inneren einen Fluch auszusprechen, der niemals das Tageslicht erblicken würde. Und erneut galt es, den Körper in Bewegung zu setzen und die Gedanken frei zu machen, um sich wieder an den nächsten Aufstieg zu wagen. Nur bewegten sich die Beine von Mal zu Mal schwerfälliger, und der Rücken krümmte sich immer mehr.

»Verdammter Mist, wo ist er denn …« Qiongda konnte nicht mehr länger an sich halten und fluchte, als sie wieder einmal auf einer öden Bergkuppe standen und sich vor ihnen abermals eine Anhöhe erhob, die sich in nichts von der unterschied, die sie gerade erklommen hatten. Der Rucksack hing Qiongda schief am Rücken, irgendwann hatte er sein Hemd aufgeknöpft, und der Kragen hing ihm bis über die Schultern.

»Offensichtlich bist du … diesen Weg … noch nie zuvor gegangen.« Er keuchte schrecklich, seine Lippen waren schon blau angelaufen.

»Nein, nie.« Qiongda schnappte nach Luft. »Als ich klein

war, habe ich den Erwachsenen zugeschaut, wenn sie aufgebrochen sind. So gerne wäre ich damals mit ihnen auf den Berg gestiegen, doch meine Mutter hat mich nie mitgenommen. Deshalb bin ich auch noch nie diesen Weg gegangen.«

»Ja aber wie bist du dann von hier weggekommen?«

»Am Dorf fließt ein Fluss vorüber, hab einfach ein Yaklederboot benutzt.«

»Wie hoch ist dieser Berg eigentlich?«

»Ach, wer weiß das schon. Das ist jedenfalls der Pilgerweg. Von unserem Dorf aus kann man den weißen Gipfel sehen, und einer hat dort oben einmal Schneelotos gepflückt.«

»Aber warum bekommen wir ihn nie zu Gesicht?«

»Wir werden ihn bald sehen. Schau mal, die Frau geht immer noch an der Spitze der Pilger … als ob sie den Weg kennen würde.«

»Und außerdem scheinen sie bei weitem nicht so erschöpft zu sein wie wir.«

»Ja, natürlich. Aber als Pema Dorjie den Chomolungma bestieg, hat ihm sicherlich eine Fee geholfen.«

»Na, so wie du aussiehst, hilft dir nicht einmal eine Fee mehr weiter.«

»Und wenn man dann noch dich als Gefährten hat …«

»Wir werdens ja sehen.«

»Gut, warten wir ab. Hab gehört, dass ein Amerikaner die sechs höchsten Gipfel der Welt bezwungen hat. Wirklich nicht schlecht, der Kerl.«

»Das war ein Norweger, und außerdem hat er nur fünf geschafft. Zurzeit bereitet er sich auf den sechsten vor.«

»Warum suchst du eigentlich die ganze Zeit Streit mit mir?«

»Man sagt doch, dass man oberhalb von dreitausend Metern bei jeden weiteren tausend Metern zunehmend verwirrter wird.«

»Sprichst du von mir?«

»Mir gehts ja genauso.«

»Dann troll dich vom Berg, dort kannst du dich dann ausruhen.«

Auf einmal gab es ein Gerangel, das sich jedoch ganz schnell kraftlos auflöste, aber jeder hielt den anderen noch fest im Griff, und die Kieselsteine unter den Füßen knirschten.

Eine riesige Hand packte die Köpfe der beiden und zog sie vorsichtig voneinander weg. Der Pilger, der den Tee gekocht hatte, stand vor ihnen. Unter seinen zerzausten Stirnfransen tropfte der Schweiß, und mitleidig sah er sie aus seinem zerfurchten Gesicht an.

»Was mischst du dich ein?«, keuchten die beiden fast im selben Atemzug und schauten ihn wutentbrannt an.

Das Mitleid verschwand aus dem Gesicht des Mannes, nur noch müde sah er die beiden an, brummte etwas vor sich hin und wandte sich zum Gehen.

»Was hat er gesagt?«, fragte er fassungslos Qiongda.

»Er sagte: ›Die Götter des Berges mögen keine Leichen.‹«

4

Das Blau des Himmels verblasste nach und nach, und alles, was der Sonne nahe war, gleißte in hellem Licht. In dieser unheilvollen Einöde wellten sich die graubraunen Bergrücken auf und ab. Dazwischen hangelte sich eine vereinzelte Wolke an den Felsvorsprüngen entlang, als ob sie die Bergketten miteinander verbinden wolle. Still schauten sich die Berge an mit einem leeren und dennoch geheimnisvollen Blick. Gleichzeitig gelingt es ihnen, mit ihrem unerschütterlichen Dasein den Menschen in seinem tiefsten Innern zu berühren und seine Wahrnehmung zu beeinflussen. Diese Faszination entsteht seit Urzeiten immer wieder aufs Neue.

Die beiden hatten sich an eine Böschung gelehnt und bereits eine ganze Weile ausgeruht, bevor sie sich an den Abstieg machten.

»Hei, ich weiß noch immer nicht, wie du heißt. Warum eigentlich bist du hergekommen, um auf diesen Berg zu steigen?«, fragte Qiongda.

»Hast du nicht eben was von einem Amerikaner erzählt, der die sechs höchsten Gipfel der Welt erklommen hat?«

»Willst du mich auf den Arm nehmen?«

»Nein, überhaupt nicht.«

»Was hat das dann mit dem zu tun?«

»Bergsteigen eben.«

»Du siehst aber nicht gerade nach so einem kerngesunden und munteren Bergsteiger aus.«

»Findest du?«

»Das sieht man.«

»Stimmt, gleich auf den ersten Blick.«

»Bist du gekommen, um Schneelotos zu pflücken? Pass nur auf, dass du von diesem Ausflug wieder heil zurückkehrst.«

»Lass das, was du da redest, ist langweiliges Zeug.«

»Sag nicht ›langweilig‹, sobald ich das Wort nur höre, werden meine Beine ganz schlaff.«

»Das geht aber nicht, wir müssen die einholen, sonst verlaufen wir uns.«

»Kein Grund zur Sorge, die Frau da vorn an der Spitze sehe ich noch.«

Sie gingen schneller. Die Sonne warf ihre Schatten auf die ausgebleichten Kiesel vor ihnen.

»Mir ist, als würde mich jemand an meinen Füßen festhalten.« Qiongda verlangsamte seine Schritte.

»Und wieder auf einen Berg.«

»Warum bloß sieht man nie diesen Gipfel?«

»Manche Dinge spürt man eben nur.«

»Ich hoffe, dass dies nun die letzte Bergkuppe ist und mir noch ein wenig Kraft bleibt, um auf den Hauptgipfel zu steigen, dann ist alles gut.«

»Das wünsche ich mir auch.«

»Und zu Hause werde ich dann drei Tage lang im Bett liegen …«

»Hättest du dann nicht das Gefühl, ersticken zu müssen und dich zu langweilen?«, fragte er.

»Keine Angst. Meine Mutter würde unaufhörlich reden, und dann ist da noch …«

»… deine Freundin, die Lieder singt«, unterbrach er Qiongda.

»Hab dir doch gesagt, dass sie mittlerweile erwachsen ist und vor mir nicht mehr ihren Mund aufmachen würde. Sie würde mich ein wenig beiseite ziehen und mich anschauen, mich einfach nur anschauen, wenn du verstehst, was ich meine.«

»Versteh ich nicht.«

»Bist eben ein Dummkopf.«

»Pass auf deine Zunge auf. Langsam wird es kalt.«

»Tatsächlich, auch kein einziger Schweißtropfen mehr.«

»Knöpf dir besser dein Hemd zu.«

»Das kleine Mädchen kann offenbar nicht mehr weitergehen.«

»Der Mann trägt es auf dem Rücken … kann uns der eigentlich noch Ärger bereiten?«

»Wie kommst du denn darauf? Der kann keiner Fliege etwas zu Leide tun, ich kenne sie alle.«

»Und bist noch stolz darauf. Kannst sie womöglich noch ganz gut leiden.«

»Hm, ja, ich bewundere sie. Doch da gibt es auch etwas, was mich an ihnen stört.«

»Was denn?«

»Weiß nicht. Manches lässt sich eben nicht so einfach in Worte fassen.«

»Ist dir eigentlich die wahre Aufgabe eines ›Führers‹ klar?«

»Auch ein Führer weiß nicht immer, was um ihn herum alles vor sich geht. Es gibt da eine Redensart: ›Egal, wie hell das Licht leuchtet, auch die Helligkeit hat ihre Grenzen.‹«

»Du hättest wirklich nicht studieren sollen, und wenn, dann gleich noch einmal vier Jahre.«

»Belehr mich nicht immer. Du bist auch nicht besser als ich.«

»Leider. Schau, sie halten an. Wollen sie wieder Tee kochen?«

»Nein, ich glaube, die warten auf uns.«

Die Pilger standen schweigend in einer von Eis und Schnee ausgewaschenen Mulde. Sie starrten nach oben, und keiner schenkte den beiden Männern Beachtung, als sie sich ihnen stampfend und schnaufend näherten.

»Ah! Der Pass! Bald sind wir da.«

Qiongdas Ausruf verlor sich in der kargen Landschaft. Aller Augen waren auf den Pass da vor ihnen gerichtet. Dort lag ein Haufen mit Manisteinen, und darauf steckten Gebetsfahnen. Die bunten Tücher flatterten wild im kalten Wind.

Jenseits des Passes ragte still und erhaben ein Berg empor. Sein Gipfel war voller Schnee.

5

Ihm war, als ob ihm seine Füße nicht mehr gehören würden. Hätte man ihm gesagt, er müsse bloß noch ein wenig weiter, dann hätte er ganz mechanisch einen Fuß vor den anderen gesetzt. Qiongda, die Pilger und auch er gingen vornübergebeugt, durch die weit geöffneten Münder pfiff der Atem. Keiner sagte auch nur ein einziges Wort. Die Lebenskraft zeigte sich allein darin, zwei Schritte zu gehen, einen auszuruhen, wieder zwei Schritte weiter, wieder ein wenig stehen bleiben – wie benommen wiederholten sie diese Abfolge. Kalte Schweißtropfen fielen auf erstarrte Felsen, und der eisige Wind zerrte von hinten an ihren Haaren und Kleidern. Nur der Körper aus Fleisch und Blut wand sich hin und her, um nach oben zu gelangen.

Er ging Schulter an Schulter mit dem Pilger, der den Tee gekocht hatte. Das Mädchen, das auf seinem Rücken saß, sah ihn aus glasigen Augen an; dieser Blick versetzte ihn in Angst und Schrecken, dabei hätte er sich so sehr ein Lächeln von ihr gewünscht. Von ihnen allen war es das zerbrechlichste Geschöpf, und ihr Lachen hätte sich gewiss wie eine unsichtbare Kraft auf ihn übertragen. Doch sie sah ihn nur immer mit diesem Blick an. In den kurzen Pausen, die sie einlegten, um sich ein wenig auszuruhen, konnte er nur mit Mühe den Kopf wenden, um nach Qiongda Ausschau zu halten, der weit hinter ihnen zurückgeblieben war. Er wollte laut aufseufzen, doch als er seinen Mund öffnete, entwich ihm kein einziger Laut. Er wollte den Blick des Mädchens abschütteln, wollte seine ganze Kraft zusammenreißen, um sie zu überholen, um die Frau einzuholen, die nur drei oder fünf Schritte vor ihm ging, doch es gelang ihm nicht.

Gleichzeitig mit dem Mann neben ihm gelangte er zum Pass.

Direkt vor ihnen tauchte ein Gipfel auf, der sowohl Enttäuschung als auch neue Hoffnung barg. Auf einmal schien es, als hätte sich der Abstand zwischen Himmel und Erde vergrößert, das Gesichtsfeld sich erweitert, und plötzlich beschlich ihn ein Hauch von Unsicherheit. Schaute man über die sich wie Wellen auf- und abbewegenden Bergrücken, sah man einen Fluss, der, nur undeutlich erkennbar, sich dort unten am Fuß des Berges entlangschlängelte. Vereinzelte Dörfer lagen wie verstreute Flecken im engen Flusstal. Die großen Felder links und rechts des Flusses schimmerten grünlich, mit weißen Schlieren durchsetzt, im dämmrigen Licht.

Zwischen zwei Bergrücken leuchtete das goldene Dach eines Tempels auf.

Einer nach dem anderen stieß keuchend zu ihnen.

Die Pilger waren ganz außer Atem, und hintereinander warfen sie sich nun zu Boden und berührten mit ihrer Stirn die Erde. Dann suchten sie kleine Steine zusammen, hielten sie vor ihre Stirn, während sie Mantras murmelten, und warfen sie dann auf den Manihaufen.

Etwas in ihren Gesichtern flößte ihm wieder neue Kraft ein.

»Auch du solltest dich an den Berggott wenden und um Frieden bitten.« Qiongda war als Letzter heraufgekommen und vor ihn hingetreten.

»Und was ist mit dir?«

»Ich natürlich auch.« Qiongda bückte sich, hob einen Stein auf und warf ihn achtlos auf den Haufen.

»Aber du glaubst nicht dran. Siehst du von hier dein Haus?«

»Ich komme aus dem Dorf, das dort direkt neben dem Fluss liegt. Sechs Jahre ist es her …«

»Nun geh schon, auch sie brechen wieder auf.«

»Und was machst du?«

Er wandte sein Gesicht dem Schneegipfel zu, der von hier so rein wie Jade und so klar wie Eis aussah. Man erzählte sich zwar, dass der Schnee auf dem Berg schmilzt, doch keiner hatte je gesehen, dass er tatsächlich geschmolzen wäre. Inmitten der Einsamkeit und der Ewigkeit schien er unveränderlich und ewig.

»Ich habe verstanden.« Qiongda knüpfte seine Wasserflasche los und legte seinen ganzen Proviant vor ihn hin.

Der Pilger, der den Tee gekocht hatte, zog das Mädchen hinter sich her. Als der Pilger an ihm vorbeigegangen war, hatte er in seinen Augen für einen langen Augenblick die Funken sehen können, die entstehen, wenn zwei Herzen im gleichen Takt schlagen. Schon kurz danach waren die Schatten ihrer Körper nicht mehr vom Berg zu unterscheiden.

»Auf Wiedersehen, mein namenloser, unbekannter Freund.« Qiongda machte sich an den Abstieg. »Ich hoffe, auch du wirst eines Tages diese Stimme hören.« Qiongda schloss sich den Pilgern nicht an, sondern nahm einen anderen Weg.

Er aber warf noch einmal einen Blick auf den Schneegipfel.

Shankar Lamichhane

Das Licht der untergehenden Sonne in den halb geschlossenen Augen des Buddha

Du kannst die Freude einfach nicht nachvollziehen, die wir Menschen aus dem Westen empfinden, wenn wir erstmals unseren Fuß auf die Erde deines Landes setzen. Du bist zwar unser Reiseleiter, aber du wirst diese Freude nie begreifen können!

Die Dakota überquert das Tal von Kathmandu, unter uns liegt die grüne Landschaft mit ihren in Reih und Glied angelegten Feldern und den Häusern aus Lehmziegeln in Rot, Gelb und Weiß. Der Geruch von Erde und Bergen liegt in der Luft und ein uralter, beinah spürbarer Friede. Du wurdest da mitten hineingeboren, und vielleicht hast du deshalb das Gefühl, dass die Umarmung dieser blauen Berge dich einengt. Wir jedoch leben auf dem offenen Land oder am Meer. Zu Hause endet unser Blickfeld am weiten Horizont über der Ebene oder der See, deshalb sind wir uns des Einflusses, den die erhabene Kulisse dieser Berge auf deine Sinne ausübt, durchaus bewusst. Du musstest nie dieses Gefühl der Bedeutungslosigkeit vor einem unermesslichen Horizont ertragen. Vielleicht treiben wir ziellos in dieser Unermesslichkeit, mein Freund, und vielleicht ist dies der Grund, weshalb die Berge, deine Bergeinfriedung, uns so reizvoll erscheinen! Hast du jemals das Gefühl gehabt, dass die halb geschlossenen Augen des Buddha dich willkommen heißen, selbst am Flughafen? Es ist, als würde man zur Ruhe kommen, als würde man einmal mehr zu einem Ort der Stille zurückkehren.

Ihr habt immer nur gewusst, wie ihr dem Westen etwas geben könnt. Ihr habt uns eure Religion gegeben und die Puranas, Reliefs aus Messing und Ornamente aus Elfenbein, Manuskripte aus Palmblättern und Inschriften auf Kupferplatten. Ihr habt uns eure Kultur und eure Weisheit gegeben und uns Girlanden aus Jasminblüten umgehängt. Und ihr seid noch immer freigebig; ihr wisst nichts von dem, was andere als »nehmen« bezeichnen, und seid frei von allem Besitzdenken. Der Begriff »Gefälligkeit« ist euch fremd. Mein Freund, ich kenne eure Geschichte. Bevor ich hierher kam, verbrachte ich mehrere Jahre in unseren Bibliotheken mit dem Studium eurer unschätzbaren Bücher. Du wirst mich als Führer durch Straßen und Gassen der Gegenwart geleiten, ich aber könnte dir eure alten Pfade und Wege zeigen. Selbst heute sehe ich es klar und deutlich vor mir: Das Tal ist angefüllt mit Wasser, und eine Lotosblume blüht dort, wo sich jetzt der Swayambhunath-Stupa erhebt. Der Bodhisattva Mandschuschri schlägt mit seinem Schwert auf den Hügel Chobar. Ich sehe Mönche und Nonnen, die Almosen erhalten und das Gesetz Gottes bis in jeden Winkel des Kasthamandapa verbreiten. Betrachte einmal den Blick dieser kahl geschorenen Mönche – du kannst ihnen nicht in die Augen schauen! Das ist der Samyak-Blick. Weißt du, was das bedeutet? Es bedeutet Wahrnehmung, reine Wahrnehmung, die alles in seiner wahren Form erfasst. Ich genehmige mir nur noch einen Drink vor dem Abendessen …

Du wohnst in einem Haus, das einem Tempel gleicht, aber du bist dir seiner Schönheit, seines Zaubers nicht bewusst. In diesen Holzschnitzereien, in dieser mannigfaltigen Ornamentik, diesen vielen Stilen kannst du die fließende Melodie eines Beitels erkennen, der von der Hand eines wahren Künstlers geführt wurde. Merkst du es denn nicht? Oh, erzähle mir von diesen glücklichen, aufblühenden jungen Künstlern, die den ganzen Tag auf den Feldern arbeiteten und abends dann wunderschöne Abbilder ihrer persönlichen Gottheiten schufen, die heute vom Staub der Jahrhunderte bedeckt sind.

Einmal, als ein Künstler gerade letzte Hand an eine Holzschnitzerei legte, kam seine hübsche, zarte Ehefrau mit ihrem Säugling auf dem Rücken dazu und schenkte ihm aus einem Krug Rakshi ein. Er schäumte über, und der Schaum wurde fest. Ist es wahr, dass dieser Schaum den Künstler dazu inspirierte, ein Dach aus Ziegeln zu bauen? Oh, dein Land ist wirklich großartig, dieses Land, in dem so viele unterschiedliche Kulturen eine Heimat fanden! Arier, Nichtarier, Hindus und Buddhisten – sie alle kamen hierher und erlangten eine Wiedergeburt. Es muss die Erde deines Landes sein, die eine solche Ausstrahlung hat, mein Freund; es war die Erde, die es all diesen Völkern ermöglichte, sich hier zu entfalten und zusammen aufzublühen. Komm, ich trinke noch einen Kleinen, noch ist nicht Essenszeit …

Ich bin dir zu großem Dank verpflichtet, denn durch dich habe ich die Gerichte der Nepali und der Newari kennen gelernt. Und Momos, diese köstlichen tibetischen Fleischklöße! … Stell dir vor: Es ist Winter, und ein Mann sitzt im oberen Stockwerk seines Hauses, das nur vom Feuer erhellt wird. Vielleicht erfüllt der Rauch wie ein dichter Nebel den ganzen Raum. Vielleicht zählt er seinem Enkel jeden einzelnen Gegenstand aus Nepal auf, den Prinzessin Bhrikuti mitnahm, als König Songtsen Gampo sie zur Frau nahm und nach Tibet holte. Die alte Herrin des Hauses raucht Tabak mit einer Wasserpfeife aus Bambus, und weil sie sich umsichtig um den alten Mann kümmert, bereitet sie noch mehr frische Momos zu. Einige reicht ihm die Frau seines Sohns auf einem Messingteller, und seine Worte werden unverständlich, weil er mit vollem Mund spricht. Der Enkel lacht, und der alte Mann versucht, rasch alles hinunterzuschlucken, aber er verbrennt sich die Zunge, woraufhin er unverfroren eine ganze Reihe derber Flüche vernehmen lässt … Solche Szenen kann man in keinem alten Buch nachlesen und in keiner Bibliothek in Erfahrung bringen; deshalb musste ich hierher kommen nach Kathmandu, um in diese Atmosphäre eintauchen zu können, und dafür bin ich dir sehr dankbar … Und nun noch einmal prost, auf dein großartiges Land und auf das meine!

Oh, etwas anderes, was man ebenfalls in keinem Buch findet, ist das Lächeln auf den Gesichtern der Menschen hier. Sie heißen einen mit diesem Lächeln willkommen, als wäre dieses unser Zusammentreffen weder zufällig noch unser erstes. Es ist, als wäre ich der älteste Sohn des Bauern und kehrte nach einem langen Arbeitstag auf dem Feld nach Hause zurück; als hätte meine Arbeit Früchte getragen und ich wäre zufrieden und in Eintracht mit meinem Vater. Es ist, als hätte ich die schönste Frau der Welt zum Weib genommen und nach Hause gebracht, und meine Mutter lächelt mir von der Tür aus zu. Es ist, als sei der Mann meiner Schwester mein bester Freund, und wir beide, ihr Bruder und ihr Mann, kämen Arm in Arm daher und würden Trinklieder singen. Es ist, als ob – ich kann es nicht erklären; so sehr ich es auch versuche, mir fehlen die Worte. Dieses Lächeln ist voller Weisheit; es kommt aus der Seele, es ist ein Lächeln, das nur diesem Ort eigen ist … Noch ein Glas, auf dein nepalesisches Lächeln, dieses liebliche Lächeln!

Und dann sind da diese Augen. Die Augen auf den mit Schnitzereien verzierten Gitterfenstern, die Augen, die auf die Türfüllungen aufgemalt sind. Die Augen auf den Stupas, die Augen der Menschen. Und die Augen des Himalaya, die aus den Lücken zwischen den Bergen hervorlugen wie die des Nachbarjungen, wenn er hochspringt, um den Pfirsichbaum in deinem Garten zu sehen. Dies ist ein Land voller Augen, ein Land, das beschützt wird von den halb geschlossenen Augen des erhabenen Buddha.

Selbst wenn sämtliche Geschichtsbücher der Welt heute zerstört würden, eure Augen würden eine neue Kultur erschaffen; sie würden eine Zivilisation neu erstehen lassen. Mein Verlangen nach Augen ist noch immer nicht gestillt. Morgen werde ich an einen einsamen Ort gehen, wo es einen Stupa mit klaren Augen gibt. Dort will ich schauen, wie sich das heitere Licht der untergehenden Sonne in den Augen des Buddha widerspiegelt. Zeige mir schöne, große Augen, Augen, die unvergleichlich sind, Augen, die meine Reise unvergesslich machen, wenn ich an sie zurückdenke … Komm, lass uns zum Essen gehen.

Komm, mein Gast; heute werde ich dir Augen zeigen.

Dies ist der Hügel Chobar; von hier aus könnt ihr Fremden den Spalt sehen, der durch Mandschuschris Schwert und den Fluss Bagmati entstand. Heute nehme ich dich mit auf den Berg hinauf, auf den nur wenige unserer Gäste gehen und wohin kein Touristenauto gelangen kann. Dort hat – um deine Worte zu gebrauchen – der Staub der Jahrhunderte die Kultur der Vergangenheit noch nicht zugedeckt. Siehst du diesen abgegriffenen alten Felsen? Ein junger Künstler des Dorfes hat einige Vögel darauf gezeichnet. Hier in der Nähe hat er einen Tempel entworfen, ohne jedoch zu sagen, welcher Religion er gehören soll. Weiter den Berg hinauf, in der Mitte des Dorfes, steht der Tempel von Adinath. In seinem Hof befinden sich ein Schrein Shivas, einige Buddhastatuen und viele Gebetsmühlen mit der Inschrift »Om mani padme hum«. Du sagst, das sei ein lebendiges Beispiel der Toleranz und des Miteinander in Nepal. Hier spielen Kinder glücklich zusammen, unbeschwert von der Verschiedenartigkeit ihrer

Götter, Religionen und Weltanschauungen. Doch dahin, mein Gast, werde ich dich nicht führen.

Solche Dinge hast du schon oft gesehen, und du hast sie verstanden und sie sogar gepredigt. Heute werde ich dich zu einem Haus bringen, wo du – dessen bin ich mir sicher – den Herzschlag unserer heutigen Realität finden wirst. Es ist das Haus einer Bauernfamilie, die wahrscheinlich da und dort ein paar eigene Felder besitzt, auf denen sie im Schweiße ihres Angesichts arbeitet, um dann die Hälfte der Erträge an jemanden in der Stadt zu entrichten und ihre Schulden zu bezahlen. Ihr Zimmer im oberen Stockwerk ist nicht von Rauch erfüllt, auf ihrem Herd werden keine Momos gedämpft, und sie sprechen im Winter nicht über Bhrikutis Mitgift, und das älteste Kind in diesem Haus ist sicherlich keine göttliche Inkarnation. Denn es hat Kinderlähmung und wurde in eine arme Bauernfamilie hineingeboren, und damit wird es sicherlich niemals in der Lage sein, das Wort Gottes zu verbreiten oder auf dieser Welt einmal seinen Beitrag zu leisten. Es ist in der Tat in eine der eigenartigsten Formen der Schöpfung hineingeboren worden. Und überdies, mein Freund – oh, der Aufstieg hat dich ermüdet; möchtest du etwas gefiltertes Wasser aus der Thermosflasche? –, ist es nicht meine Absicht, dir dieses Kind als eine Art Symbol zu zeigen. Gestern hast du dich, inspiriert von deinem »Black and White«-Whisky, von deinen Emotionen hinreißen lassen, und du drängtest mich, dir Augen zu zeigen, die dir deinen Besuch in Nepal immer in Erinnerung rufen würden. Deshalb habe ich dich hierher geführt – um dir solche Augen zu zeigen.

Dieses Kind ist am ganzen Körper gelähmt; es kann weder sprechen noch die Hände bewegen, seine Nahrung kauen oder auch nur ausspucken. Das Einzige, was in diesem Körper wirklich lebendig ist, sind seine Augen; nur sie zeigen, dass dieses Kind tatsächlich lebt. Ich weiß nicht, ob diese Augen den

Samyak-Blick haben oder nicht. Ich verstehe dieses Wort nicht einmal, jedenfalls drückt das Gesicht des Kindes keinerlei Gefühle aus. Sein Blick ist desinteressiert, ohne Entschlusskraft oder Ausdruck; er ist passiv und teilnahmslos, unbewegt und ohne einen Hinweis auf Kontemplation. (Vielleicht habe ich nun unwillkürlich begonnen, mich in den Begriffen des achtfachen Pfades auszudrücken; das geht entweder auf deinen Einfluss zurück, oder aber es ist eine Tugend, die dieses Kind mir zuteil werden lässt.)

Mein Gast, dies sind die Augen, die du sehen wolltest. Jedes Geschöpf erwirbt im Laufe seines Lebens zahlreiche Fähigkeiten. Es ist glücklich, und es lächelt; es ist traurig, und es weint. Wenn es friert, sucht es Wärme, und wenn es Hunger hat, bereitet es sich etwas zu essen. Es versucht zu lernen, was es nicht schon weiß, und erlebt dabei Erfolg und Scheitern. Es macht viele Erfahrungen, manche bitter, manche beglückend, und teilt sie anderen mit, wenn sich dazu die Gelegenheit ergibt. Wie alltäglich alle diese Dinge doch sind! Gestern sagtest du, wir Völker des Ostens würden dem Westen immer etwas geben, nicht wahr? (Möchtest du etwas Wasser trinken? Bist du außer Atem?) Hier ist ein Kind, das nichts geben und nichts nehmen kann. Versetze dich nur für einen Augenblick in seine Lage. Du möchtest, dass dein Finger etwas tut, doch dein Finger verweigert sich. Du willst etwas sagen, doch das Sprechen will dir nicht gelingen. Keine Ader, kein Nerv, kein Knochen in dir ist im Stande, einem Befehl deines Gehirns zu gehorchen, und doch … du lebst. Ich weiß, diese Krankheit gibt es auch in deinem Land. Aber die Fähigkeit, sie zu ertragen mit einer Miene absoluten Gleichmuts, ja, vielleicht sogar mit dem Samyak-Blick – diese Fähigkeit, sprachlos, macht- und bewegungslos zu sein und dennoch ohne Klagen zu überleben … das findet man sicherlich nur bei einem Menschen aus dem Osten!

Komm, tritt näher. Ich habe seine Eltern angelogen; ich habe ihnen erzählt, du seist ein Arzt. Schau … du kannst an ihren Augen ablesen, wie sehr sie bereits an dich glauben. Ihr Blick ist voller Vertrauen, Freundlichkeit und Dankbarkeit, als sei dein Kommen vorherbestimmt gewesen. Das Lächeln, von dem du sprachst, findest du in ihren Gesichtern – als wärst du ihr ältester Sohn, der über die sieben Meere eine Leben spendende Arznei für seinen Bruder mitgebracht hat. Wie sie lächelt, die alte Bäuerin, siehst du es nicht? Es ist, als würde sie sich über die Geburt ihres Enkels von deiner Frau freuen, der schönsten Frau der fernen Welt. Ich weiß, dieses Lächeln wird auf ihren Gesichtern bleiben, solange du hier bist. Ich weiß, dass es ersterben wird, wenn du dich zum Gehen wendest. Und sobald du fort bist, werden sie wieder zurücksinken in ihr hoffnungsloses Dunkel.

Das Kind hat eine normale, gesunde kleine Schwester. Es beobachtet sie, wie sie herumkriecht, wie sie alles, was ihr in den Weg kommt, in die Hände nimmt und in den Mund steckt, das Bier verschüttet oder den Kochstein umstößt. Manchmal flackert der Ehrgeiz, es ihr nachzutun, einen kleinen Augenblick lang in seinen Augen auf, doch sogleich kehrt der alte Gleichmut wieder zurück. Einmal schimpfte seine Mutter die Schwester, und ein Funkeln trat in seine Augen. Ich könnte dir nicht sagen, ob dieser Blick in jenem Moment wirklich ins Jetzt gehörte, aber mir war klar, dass das Kind etwas sagen wollte. Nur mit einem Blick, ohne Worte, Gesten oder Laute wollte es fragen: »Mutter, weißt du eigentlich, wie toll es ist, einmal hinzufallen? Durch das grüne Hundszahngras zu krabbeln und sich die Knie aufzuscheuern, ein bisschen zu bluten, sich schmutzig zu machen und ein paar Schrammen abzubekommen? Schmerz zu spüren und zu weinen, nach Hilfe zu rufen? Solch einen Schmerz zu fühlen, wie schön muss das sein! Sie kann sich ihren Rotz oder ihre Spucke auf ihre Schrammen schmieren oder den Dorn herausziehen, der sie gestochen hat, und ihn wegwerfen. Oder sie könnte sich den Schorf abkratzen, der sich über einem Glassplitter in der Haut gebildet hat, oder einfach ein paar Tage unter ihrer Bettdecke liegen bleiben. Sie kann auf ein Vorratsgefäß klettern und versuchen, ein Bild von der Wand zu nehmen, und wenn sich der Nagel lockert und das Bild herunterfällt und das Glas mit einem wunderbaren Geräusch zerbricht, dann spürt sie eine Welle der Furcht, während sie sich ihrer Schuld bewusst wird. Und wenn sie größer geworden ist, hat sie durch Erfahrung gelernt, dass sie sich am Feuer verbrennen kann und dass Wasser nass ist, dass Brennnesseln Bläschen verursachen und Bier schwindlig macht. Dass sie sich verletzen oder sich etwas brechen kann, wenn sie hinfällt, und dass etwas anderes, wenn es fällt, wahrscheinlich auch zerbricht. Dass sie weinen kann, wenn jemand stirbt, und das Lachen eines anderen erwidern kann. Wenn jemand sie hänselt, kann sie ihn schlagen, und wenn ihr einer etwas stiehlt, kann sie dafür ihn bestehlen. Meine Schwester, die jedes neue Wort, das sie hört, lernt und im Gedächtnis behält, ist das Resultat des jahrtausendealten Gebrauchs der menschlichen Sprache. Sie verkörpert eine Geschichte, eine Tradition und eine Kultur, und allein durch ihr Sprachvermögen wird die Zukunft geboren – nicht durch einen wie mich, der nicht einmal seine Lippen bewegen kann. In meinem Körper, in seiner Kraft und seinen Gesten, ist ein bis dahin ungebrochener Kreis historischer und menschlicher Entwicklung zum Stillstand gekommen. Viel Mühsal und eine Kette von Ereignissen, ein andauerndes Bestreben und eine Unendlichkeit sind bei mir an ein Ende gelangt. Die Zukunft bricht abrupt ab und endet in mir.«

Und dies sind die Augen, mein Gast, die dich betrachten, aber nichts sehen; dies ist der Blick, der sich nicht mitteilen kann. Dies ist Schönheit, die vollkommen ist und keine andere Form des Ausdrucks kennt.

Dies sind Augen, die von Bergen umgeben sind; ihre Wimpern sind wie aneinander gereihte Felder, auf denen der Reis im Regen heranreift und im Winter der Weizen. Dies sind die Augen, die dich willkommen heißen, und dies sind Augen, die erbauen. Und in diesen Augen verbirgt sich das Ende des Lebens. Schau! Sie sind so schön wie das Licht der untergehenden Sonne in den Augen des Buddha!

Parash Moni Das

Die Jagd auf das Wildschaf

Lang ausgestreckt lag Jarbi Singh auf dem Grashügel oberhalb des kleinen Dorfes. Die Ziegen, zäh und trittsicher wie nur Bergziegen es sein können, kletterten weiter hinauf und erklommen unbekümmert selbst die schmalsten Felsvorsprünge. So verbrachte er all seine Tage, seit sein Vater vor ein paar Jahren von einem Bären getötet worden war. Seine Mutter war gestorben, als er erst zwei Jahre alt gewesen war; nun lebte er bei seinem Onkel, einem der Shikaris, der Jäger des Dorfes, und hütete dessen Ziegen.

Es war Oktober, das grüne Gras der Berghänge starb jetzt rasch ab; es schien, als würde die ganze Landschaft Rost ansetzen. Die Ziegenhirten hatten ihre Herden bereits auf die unteren Ausläufer des Berges getrieben, denn schon bald würde es zu schneien beginnen. Wie ein dicker, weißer Mantel legte sich dann der Schnee über die Erde; die Wege wurden unpassierbar, und das Dorf war monatelang von der Außenwelt abgeschnitten. Im Winter war der Garhwal Himalaya kein angenehmer Ort! Ein sechs Tage altes Zicklein rieb sich an Jarbis Seite, und er streichelte es liebevoll. Ja, Mensch und Tier freuten sich gleichermaßen auf den Sommer und die Monate, wenn der Schnee schmolz. Dann trieben die Hirten ihre Herden zu den höheren Weiden hinauf, wo sie sich an den köstlichen Gräsern satt und fett fressen konnten. Wenn der Frühling hervorbrach, waren die Wiesen fast über Nacht mit Blüten in allen Farben übersät. Jarbi liebte es, über die

Blumenteppiche mit rosa- und weinroten Primeln, blauen und violetten Iris und Enzianen und gelben Ringelblumen zu laufen. Manchmal brachte er vom Ziegenhüten ein paar weiße Lilien mit nach Hause.

Tara Devi war ein hübsches Mädchen von zwanzig Jahren; die Männer des Dorfes stimmten überein, dass sie eine der schönsten Frauen war, die sie je mit eigenen Augen gesehen hatten. Das Schicksal wollte es, dass sie Jarbi sehr zugetan war; er war der Mann ihrer Träume. Auch Jarbi hielt seine Zuneigung für Tara nicht zurück; er sehnte sich nach dem Tag, an dem sie als seine Braut zu ihm kommen würde. Wie glücklich würde er dann sein! Oft stellte er sie sich vor in ihrem lang wallenden, hellen Gewand, auf dem Kopf den gelben Thippu, die großen Armreife an den schlanken Handgelenken, goldene Fußringe an den Fesseln, Ringe durch Nase und Ohren, und das bezaubernde Lächeln, das um ihre Lippen spielte … aber das Glück wird einem eben nicht immer auf einem Silbertablett serviert.

Auf dem Rücken liegend und seinem Traum nachhängend, dachte Jarbi daran, was heute Morgen geschehen war, als er bei Taras Vater um ihre Hand angehalten hatte.

Taras Vater war ein alter Weber, der vom Verkauf seiner handgefertigten, rauen Wolldecken und Matten lebte. Wie es in den Bergen Brauch war, hatte er seine Tochter dem Mann versprochen, der am meisten Geld für sie bezahlen oder einen entsprechenden Gegenwert bieten konnte. Ein Mädchen von Taras Schönheit lockte viele Freier. Der Sohn des Dorfvorstehers hatte dem Weber vier seiner besten Kühe angeboten; andere wollten ihm Land geben, und neulich war ein reicher Grundbesitzer aus dem Dorf jenseits des Flusses gekommen und hatte ihm tausend Rupien Bargeld versprochen. Der alte Weber war begeistert gewesen. »Wir werden sehen, werden sehen«, hatte er vergnügt mit seinem zahnlosen Lachen erwidert, als man ihn fragte, welches dieser Angebote er annehmen würde.

Gestern war Jarbi mit seinen drei Ziegen zu dem Weber gegangen. Er wusste, dass sie nicht ausreichten, um die großzügigen Angebote der anderen Freier zu übertreffen, aber sie waren alles, was er besaß. Mehr konnte er nicht aufbieten, und er hatte den alten Mann angefleht, sie anzunehmen. Die wohlwollende Reaktion des Webers hatte ihn überrascht und gefreut. »Diese Ziegen reichen nicht«, hatte er gesagt. »Aber ich möchte dir noch eine Chance geben. Hoch oben in den Bergen, in der Nähe des Gletschers, lebt der Urial, ein kleines, zähes Wildschaf. Ich habe gehört, dass dieses Tier sehr selten ist, und mir immer gewünscht, seine Hörner zu besitzen. Wenn du sie mir innerhalb eines Monats bringen kannst, werden sie dein geringes Angebot für Tara wettmachen; dann gebe ich sie dir vielleicht zur Frau.«

Jarbi hatte dem Weber gedankt und war zu seinen Ziegen zurückgekehrt. Und als er nun die Gedanken ziehen ließ, wanderten sie wie von selbst zu dem Wildschaf. Sein Onkel hatte ihm viel von diesen erstaunlichen Tieren erzählt, die mit Leichtigkeit die steilsten Hänge hinaufjagten und behände über die abschüssigsten Felsen kletterten. Sie waren äußerst wachsam, und aus diesem Grunde hatte noch kaum jemand sie zu Gesicht bekommen. Aber wenn er Glück hatte, würde er auf einem Felsgrat in der Nähe des Gletschers ein einsames Pärchen aufstöbern. Es war ein riskantes und wagemutiges Unterfangen, aber er wollte es versuchen; er wollte einen Urial erlegen.

Am nächsten Tag stieg Jarbi mit der alten Flinte seines Onkels und einem Beutel mit selbst gefüllten Patronen in die Höhe. Außer der Waffe hatte er nur noch eine dicke Wolldecke und etwas zu essen bei sich, das er in ein großes Tuch eingewickelt hatte.

Hoch oben brach rauschend der Fluss mit Schmelzwasser aus dem Gletscher hervor. Spitze Ausläufer der Berge zogen sich zu beiden Seiten des Flusslaufs von den hohen Bergkämmen hinunter. In den unteren Bereichen dieser tief eingeschnittenen Schlucht stand dichtes Birkengehölz; dort jagten die Shikaris des Dorfes den Himalaya-Thar, eine Wildziege. Weiter flussaufwärts folgten mehrere enge, tiefe Schluchten, die das Vorwärtskommen auf dem Talboden fast unmöglich machten.

Jarbi hielt sich auf der linken Seite des Flusses und kämpfte sich talauf über den Birkenwald hinaus auf den grasbewachsenen Bergkamm zu. Gelegentlich flatterte ein Fasan laut schreiend aus den Rhododendronbüschen hervor, als wolle er das Kommen des jungen Mannes ankündigen.

Durch diese Art von Landschaft streifte Jarbi während der ersten Tage seiner Pirsch, und hätte die Zeit ihn nicht gedrängt, so wäre er hier gerne länger geblieben. Eines Abends war er auf eine Familie von Braunbären gestoßen. Mit angehaltenem Atem verbarg er sich hinter einem großen Felsblock und beobachtete, wie die Mutter und ihre beiden Jungen nahe an ihm vorbei am Wasser entlangtrotteten. Ein anderes Mal wäre er fast mit einem Rudel wilder Ziegen zusammengestoßen; lange Zeit sah er still den Tieren beim Grasen zu, bis sie weiterzogen.

Nachts schlief er im Schutz eines überhängenden Felsens. Trotz seiner dicken Wolldecke zitterte er oft wegen des scharfen, beißend kalten Windes. Bei Sonnenaufgang war er zumeist schon wach, und noch bevor sich der Morgennebel verzog, stand er auf in der Hoffnung, zu dieser frühen Stunde einen einsamen Urial zu entdecken.

Nach einer Woche hatte er die Gletscherzunge fast erreicht. Davor erstreckte sich ein zackiger Kamm aus hoch aufragenden Felsspitzen. Am Horizont erhoben sich zu beiden

Seiten des Tals schneebedeckte Gipfel in den Himmel, die den Menschen inmitten der großen, erhabenen Schönheit dieser Schöpfung unbedeutend erscheinen ließen. Dies war verbotenes Land; nur selten wagte sich jemand aus dem Dorf so weit in unbewohntes Gebiet hinauf. Außerdem, wer wollte schon die Strapazen und Plagen einer solch beschwerlichen Reise abseits aller Annehmlichkeiten der Zivilisation auf sich nehmen außer ein paar Verrückten, die sich »Bergsteiger« nannten?

Doch dieses Gebiet zwischen der Baum- und der Schneegrenze mit seinen steilen, felsigen Abhängen war das Reich des Urials. Jarbi lächelte. Jetzt kam es nur noch auf sein Glück an.

Die Sonne versank hinter dem Bergkamm im Westen, und der Himmel verfärbte sich orange und feuerrot. Jarbi ruhte auf einem Felsblock aus, und unwillkürlich wanderte sein Blick immer wieder über den gezackten Kamm. Doch plötzlich erstarrte er, und auf einmal schlug ihm das Herz bis zum Hals – vor dem Abendhimmel sah er die dunklen Silhouetten von drei ausgewachsenen Urials, einem Bock und zwei Mutterschafen. Das war seine Gelegenheit!

Er drückte sich flach auf den Boden und kroch auf allen vieren vorwärts, immer bedacht, nicht ins Blickfeld der Tiere zu geraten. Gegen den Wind pirschte er sich Zentimeter um Zentimeter voran, als wäre er ein Teil der Erde unter ihm. Als er bis auf etwa zehn Meter an die Tiere herangekommen war, nahm er die Flinte zur Hand und richtete sie auf den Hals des Widders. Die Tiere leckten gerade Salz an einer Steinplatte und waren sich der Gefahr hinter ihnen nicht bewusst. Im Vertrauen darauf, dass er auf diese geringe Entfernung nicht verfehlen konnte, zielte Jarbi sorgfältig, machte sich auf den kräftigen Rückschlag der Waffe gefasst und drückte ab.

Das laute, metallische Klicken des Schlagbolzens durchbrach die erwartungsvolle Stille, doch es folgte kein lauter

Knall – die Patrone hatte nicht gezündet. Die Sekunden verstrichen quälend langsam, aber nichts geschah. Jarbis Waffe hatte versagt.

Als die Urials das Klicken hörten, wandten sie erschreckt die Köpfe, erblickten Jarbi und entschieden, dass er nichts Gutes im Sinn hatte. Blitzschnell, noch ehe er reagieren konnte, stürmten sie schnaubend den steilen, grasbewachsenen Hang hinauf.

Es war jetzt schon fast dunkel, und der Nebel zog auf. Jarbi wusste, dass er seine Jagdbeute verloren hatte – zumindest für den Augenblick. Er verfluchte sein Pech und machte sich daran, einen Felsvorsprung zu finden, unter dem er die Nacht verbringen konnte.

Früh am nächsten Morgen, nach einem mühsamen Aufstieg, bekam er die drei Tiere kurz wieder zu Gesicht, als sie gerade über einen Felsvorsprung liefen. Sie bewegten sich von ihm weg und rannten auf die Seitenmoräne des Gletschers zu. Jarbi erkannte sofort, dass er den Felsvorsprung umgehen musste, um sie zu überraschen, wenn sie am Abhang auf der anderen Seite direkt auf ihn zukamen.

Geschickt kletterte er über eine Stelle mit Geröll abwärts und passte auf, dass er dabei keinen Stein lostrat. Dann überquerte er vorsichtig einige mit Schotter gefüllte Wasserläufe, und nach einer halben Stunde hatte er einen senkrecht etwa zehn Meter aufragenden Kamin erreicht. Wenn er rechtzeitig, bevor sie hier vorbeikamen, an die Urials herankommen wollte, musste er durch diesen Felsspalt hinaufsteigen.

Der Kamin erweiterte sich nach oben und war an seinem Ende etwa einen Meter breit. Aber er bot gute Möglichkeiten, sich festzuhalten, sodass Jarbi der Aufstieg nicht allzu schwierig anmutete.

Er hängte sich die alte Flinte um und begann, vorsichtig und langsam in den Kamin einzusteigen. Dabei waren seine nackten Füße und die vielen Haltegriffe, die der Fels bot, von großem Vorteil. Nach zwanzig Minuten hatte er schon fast das Ende der Spalte erreicht, als sein Jägerinstinkt ihn plötzlich innehalten ließ. Still hing er zwischen den beiden Wänden und versuchte angestrengt, ein Geräusch auszumachen … Ja, dieses Mal hörte er das Schnauben laut und vernehmlich, links über dem Kamin. Die Urials waren da!

Jarbi hatte nicht mehr die Zeit, seinen Aufstieg zu beenden. Stattdessen holte er mit der rechten Hand das geladene Gewehr hinter seinem Rücken hervor, legte den Kolben an die rechte Schulter an und richtete den Lauf in einem Winkel von siebzig Grad nach oben. Lautlos fluchte er vor sich hin, dass er nun in einer so schwierigen Position schießen musste, in der er nur eine Hand frei hatte; aber er versuchte dennoch, das Beste daraus zu machen, indem er sich mit der linken Hand und beiden Füßen so gut es ging abstemmte. Gleichzeitig betete er, dass das vorangehende Tier der Widder sein möge.

Nach einem bangen Warten, das dem Jäger quälend lange vorkam, erschien oben in der Öffnung des Kamins der Kopf des Urials: die starken, quer gefurchten, in großem Bogen nach hinten geschwungenen Hörner und die graue Halsmähne, die vom Kinn bis über die Kehle reichte. Die Ohren steil aufgerichtet, als würde er die Gefahr ahnen, blickte er den Felsspalt hinab.

Der Schuss hallte durch das ganze Tal. Jarbi wurde fast aus seinem schwierigen Stand gerissen; der Rückstoß der Waffe war so stark, dass er sie nicht festhalten konnte – sie sprang ihm aus der Hand und fiel mit lautem Geschepper zehn Meter tiefer auf den Fels. Nur Sekunden später sank der Kadaver des Urials vornüber, stürzte mit dem Kopf voran hinter der Waffe her die Felsspalte hinunter und schlug auf dem Felsboden auf; fast hätte er Jarbi mit in die Tiefe gerissen.

Verblüfft und betäubt zugleich, stieg der junge Jäger den Kamin hinab, rieb sich unten angekommen die schmerzende Schulter und fragte sich, ob er nicht am Ende träume. Über dem toten Tier angelangt, blieb er stehen und betrachtete es lange. Es war wunderschön, bereits im Winterfell, und der Größe und Stärke nach zu urteilen schien es ein Widder in den besten Jahren zu sein. Das graubraune Fell und die volle Halsmähne werden einen hübschen Teppich abgeben, dachte Jarbi. Die gefurchten Hörner waren fast kreisförmig nach hinten gebogen; er schätzte ihre Länge auf einen halben Meter. Jarbi lächelte zufrieden; er hatte sein Ziel erreicht und machte sich nun mit seinem Messer an die verbliebene Arbeit.

Für den Weg zurück ins Dorf brauchte der junge Shikari nicht viel Zeit. So schnell es ging, lief er die Abhänge und die Hügel hinab, schrie immer wieder vor Freude wie ein Verrückter und schwang die Hörner des Urials einer Siegestrophäe gleich über dem Kopf. Die Leute auf den Feldern hielten inne und blickten Jarbi verwundert und ungläubig nach, und einige schüttelten mitfühlend den Kopf … Sie wussten Bescheid.

Er ging geradewegs zu Taras Haus und blieb nicht stehen, um Atem zu schöpfen, bis er davor stand.

Der alte Weber saß auf seinem Charpai, das Mundstück einer Wasserpfeife in der Hand. Bei ihm waren der Sohn des Dorfvorstehers und zwei Männer mit Khakihemden, die Jarbi noch nie im Dorf gesehen hatte. Alle Blicke richteten sich auf ihn, als er den Raum betrat.

Er ging zu Tara hinüber, die beim Feuer saß, und legte ihr wortlos die Hörner des Urials in den Schoß. Sie sah ihn an – überrascht zuerst –, und er lächelte. Doch in ihren schönen Augen standen Tränen, und es war ihr anzusehen, dass sie geweint hatte. Jarbi wusste sofort, dass etwas schief gegangen war.

Als er sich dem Weber zuwandte, stand einer der Männer im Khakihemd auf. »Wir erkennen deine Tapferkeit an, Sahib«, begann er, »aber durch das Schießen dieses Tieres hast du einen schweren Verstoß gegen das Gesetz begangen. Wir haben alle nötigen Beweise und müssen dich in die Stadt mitnehmen. Ich rate dir in deinem eigenen Interesse, keine Gewalt anzuwenden und dich freiwillig in unseren Gewahrsam zu begeben.«

Jarbi hatte ein Tier getötet, das die Regierung Indiens unter Schutz gestellt hatte.

Tsewang Yishey Pemba

Die Höhle des Eremiten

Es war mitten im Winter. Von der Bergeshöhe aus gesehen, lag tief unten Lhasa unter seiner Schneedecke wie leblos da, und sogar der Potala schien in der Kälte zusammengeschrumpft. Der Kyichu-Fluss war zugefroren. Hier und dort trieben dunkle Tupfen über das endlose Weiß, fröstelnde Ameisen, ruckweise in Bewegung wie Insekten beim Fressen. Die Klöster Sera und Drepung wirkten wie seelenlose Steinhaufen am Fuß des Gebirges. Wozu die Stadt Lhasa, wozu jene Ameisenmenschen? Von solchen Höhen herab sind unten in der Tiefe Zweck und Ziel nicht mehr zu erkennen. Alles erdrückt vom Schnee, eine tote, eine sterbende Welt! Das ist eines Tages ihr Schicksal, wenn sie nichts mehr sein wird als ein erstorbener Planet: schmerzloser Schlaf im Schnee, und am Himmel erfriert die Sonne. Der Planet zieht seine Kreise durch Äonen fort und immer fort, wie er, ehe das Leben auf ihm keimte, durch die Abgründe des Raumes gezogen ist, Wanderer ohne Zweck und Ziel.

Ringsum Schnee und die Felswände mit marmorblankem Eis belegt. Nichts lebte ringsumher, nur eines, das Eine, das so viel bedeutet wie das Leben selbst. An einer Felswand, allen heulenden Winden preisgegeben, tat die Höhle des Eremiten sich auf. Darin saß Kunga und sann.

Tief unten kamen und gingen die Jahreszeiten, erfrorene Winterwelt, tauender, blühender Frühling, Sommer überall, im Überschwang junger Liebe, in der Frische neuen Werdens, im Pflügen und Säen auf dem Acker, und dann der Herbststurm. Jubelnd lassen die Kinder ihre Drachen steigen, an verdorrten Bäumen welken die Blätter, leer und bloß liegt das Flussbett da, und die Vögel sind auf dem Flug in wärmere Breiten, gen Süden, den Tropen zu. Wieder wird es Winter, wo der Sommer sein Spiel trieb, und die Gebetsfahnen, im Frühling gehisst, starren von Eis. Dies endlose Kommen und Gehen suchte Kunga in seiner Höhle zu ergründen, den ewigen Kreislauf von Leben und Tod mit seinem Glück wie seinem Weh, mit warmen Sommern, aber eisigen Wintern, Blühen und dann Vergehen, seidigen Blütenblättern, die unter dem Todesodem in ihrem Duft zusammenschauern, schäumenden Gießbächen, deren Brausen in lauter Eis verstummt. In dies Weltall war Kunga hineingeboren, und nun zum ersten Mal, kurz vor dem Ende seiner Meditationszeit, ging es vor seinem inneren Auge in Scherben.

Ein Wanderer im wilden Changthang hat zu dulden. So schlug Kunga sich durch die unbekannten Bereiche seines Innern, und die Gefahren, denen er ins Angesicht sah, jagten ihm Angst und Schrecken ein. Sein Körper musste ihn hindurchtragen, dafür bekam er von Zeit zu Zeit einen Schluck Wasser, einen Bissen Tsampa. Aber wochenlang aß und trank Kunga nichts. Er rührte kein Glied, wenn er saß und sann, kaum war sein Atem spürbar, leis und träge schlug sein Herz. Der Leib, eiskalt, glich einem Götterbilde, in der Einöde geborgen und eingeschneit. Einst hatte er geglaubt, das ihm bekannte All sei das einzig vorhandene. Jetzt erkannte er seinen Irrtum. Die Welt, in der er heimisch war, verblasste zum Traum, und was er mit Erschütterung erlebte, war eine andere Wirklichkeit, lebendiger als alles, was er bisher an sich erfahren hatte. Weiter brauchte er nicht zu suchen. Ein leichter Ruck, ein Hüsteln, Achselzucken, ein einziger tiefer Atemzug vermochte die dünne Faser zu zerreißen, die ihn noch an den Körper band, und sinnend, schwebend war er sich bewusst: Ein Jahr ist hier oben hingegangen, wie auf Erden im Traum, wo wir geschäftige Monate in Sekunden durchleben. Die Zeit hat nur bedingtes Dasein. Wie ein Vogel mit ausgebreiteten Schwingen in Erdennähe verweilt, so Kunga.

Der Mönch Namgyal, Kungas vertrautester Freund, stapfte durch die Schneeschmelze hinauf zur Höhle und sprach seine Gebete dazu. Unter Mühsalen dampfte sein Atem in die kalte Frühjahrsluft. Genau vor drei Erdenjahren war Kunga in den Berg eingezogen; seine Zeit war um. Die Auszeichnung, es ihm zu sagen, wurde Namgyal zuteil.

Er traute sich nicht hinein – einen Einsiedler aus der Entrückung aufschrecken? Dann fasste er sich ein Herz. »Kusho … Kusho Kunga, hört Ihr mich?«, rief er, dass es laut von den Felswänden widerhallte, rief noch einmal und bekam keine Antwort. Ihn packte die Angst: Kunga tot? Die Form des Meditierens, die der Freund sich erwählt hatte, war in der tibetischen Mystik die beschwerlichste. Nicht viele bestanden die Probe lebendig, mehr als ein Mönch hatte den Verstand darüber verloren. Die wenigen, die in die Welt zurückkehrten, waren als die »großen Wanderer« berühmt geworden. Namgyal rief und rief – keine Antwort. Also tot. Ihm traten Tränen in die Augen. Ach, Kunga war noch zu jung für ein solches Unterfangen! Mit aller Macht warf sich Namgyal gegen das Brett, das den Eingang versperrte – umsonst. Er sah sich nach schweren Steinen um und entdeckte einen, der war im Eis festgefroren, nicht loszubrechen. Was tun? Er lief bergab bis ins Dorf und holte Hilfe. Mit Äxten und Seilen kamen sie, um die Tür aufzubrechen und den Leichnam hinunterzuschaffen. Oben angelangt, riefen sie mit vereinten Kräften den Einsiedler beim Namen, und als niemand Antwort gab, brachen sie ein. Zum ersten Mal seit drei Jahren fiel Licht in die Höhle.

Eine dicke Staubschicht lagerte auf allem, wie in unbewohnten Gemäuern. Ein Packen Bücher und Handschriften lag säuberlich zusammengeschnallt im Winkel, daneben ein Holzbecher mit eingetrocknetem fettigem Bodensatz, ungespült. Daraus hatte Kunga einmal Buttertee getrunken. Und in der anderen Ecke saß er selbst tief gebückt, wie ein Gespenst anzusehen, nur noch Haut und Knochen, so leblos, als wäre er im Schnee erfroren. »Lama!«, entfuhr es dem, der ihn entdeckte. »Der ist tot«, raunte ein Zweiter. Geduckt traten sie alle heran und schauten. Aufrecht stehen konnte man nicht in der Höhle, sie war zu niedrig. Eingesunken die Wangen, leer die Augen in den Höhlen, dünn wie abgegriffenes Pergament straffte sich die Haut über Stirn und Backenknochen. Wüster Bartwuchs deckte das Gesicht, bis auf die spröden Lippen. Staub auf den gewölbten Schultern, Staub in den Ohren, Staub auf dem Kopf-Götterbild auf dem Altar, wo niemand mehr betet, verwahrlost und vergessen. Starrend vor Schmutz, lagen die Hände mit den langen, langen Nägeln fest gefaltet im Schoß.

Namgyal trat näher. Er fuhr zurück; hatte Kunga Atem geholt? Namgyal traute seinen Augen nicht. Dicht beisammen kauerten alle in der Ecke, den Blick auf den Erstarrten geheftet, der einmal ein gelehrter Mönch gewesen war. Sie gaben keinen Laut von sich und spähten sich schier die Augen aus: von Atemzügen keine Spur. Da! Sahen sie recht? Seine Lider klappten auf und zu, als suchte das innere Allerheiligste Schutz vor der grellen Außenwelt. Und jetzt wurden sie gewahr, wie der Atem ging. »Der Heilige lebt!« Sie wussten nicht, wie ihnen geschah, ein Bauer warf sich vor Kunga auf die Erde. »Lauft, macht draußen Feuer, schmelzt Butter, gebt dem Heiligen zu trinken!«, tönte es durcheinander, und einer rannte bergab, um im Dorf die Kunde zu verbreiten: Drei Jahre Einsiedelei, der Mönch hat die Zeit überstanden!

Der Freund war noch am Leben. Namgyal weinte vor Freude und streichelte ihm die Hände, sie waren kalt wie Eis. Er wollte sie zwischen den seinen warm reiben und fand sie unlöslich ineinander verklammert, so steif in allen Muskeln wie der ganze Mensch, der da vor ihm hockte wie im Starrkrampf. Sie wollten Kunga niederlegen – unmöglich, ihn aus der meditativen Haltung zu erlösen. Hin und wieder ein Hauch, ein flüchtiger Augenaufschlag zeigten an, dass die Statue sich anschickte zu leben, aber noch kein einziges Wort. Namgyal zog seinen warmen Schafwollmantel aus und wickelte den Freund darin ein, andere legten die ihren darüber. Draußen wurde unterdessen Butter geschmolzen. Der Sud wurde hereingebracht, und als man Anstalten machte, ihn einzuflößen, kam unreiner Geruch aus der trockenen Mundhöhle. Die Zunge war dick belegt. Doch zu ihrer großen Freude trank Kunga bedachtsam Schluck für Schluck. »Vorsicht, nicht so viel auf einmal!«, warnte einer von den Älteren. »Er wird monatelang nichts gegessen haben.« Allmählich wärmte der Körper sich ein wenig, blieb aber vorerst steif.

Am andern Morgen ging es schon besser. Noch immer hatte Kunga kein Wort von sich gegeben, und in ihr Entzücken über sein Erwachen zum Leben mischten sich Sorgen, ob er am Ende nicht stumm oder gelähmt bleiben werde. »Er muss auf der Stelle ins Dorf hinunter zu einem Ngagpa, der soll aus dem heiligen Leibe die Dämonen austreiben«, rief einer, und alle waren einverstanden.

Chamba, ein Hüne von Gestalt und Kraft, hob Kunga auf, wie man ein Kind auf den Arm nimmt, und trug ihn den Berg hinunter. Der Dorfälteste hatte sein bestes Zimmer für den »großen Wanderer« hergerichtet. Alle liefen herbei, um den heiligen Mann anzuschauen und den stummen, steifen Leib zu berühren, und dass zugleich am Himmel ein Regenbogen erschien, wurde als Zeichen gedeutet.

Am Abend kam der Ngagpa, ein alter Bönpo mit wallendem weißem Bart, das lange Haar auf dem Scheitel zum Knoten geschlungen. Bön, die tibetische Urreligion, war auch nach der Einführung des Buddhismus in einigen Teilen des Landes noch lebendig, und man erwartete von Schwarzkünstlern, Zauberern und Wahrsagern Wunder. Der Ngagpa trompetete auf einem Schenkelknochen, schüttelte ein Tamburin aus Menschenschädeln und goss wohlriechendes Wasser in einen gespaltenen Totenkopf. Zaubersprüche murmelnd, kniete er vor Kunga nieder und gab ihm rechts und links eine Ohrfeige. Dann nahm er eine Hand voll Tsampa-Teig, spie hinein, knetete die Masse durch und rieb seinem Patienten Kopf, Arme, Brust, Bauch, Scham und Beine damit ein. Aus dem Rest modellierte er von ihm ein Zerrbild, beklebte es mit Haaren, die er ihm abgeschnitten hatte, und besprenkelte sein Machwerk mit Kungas Harn. Zu guter Letzt ließ er sich nieder, um auf seiner Beintrompete zu blasen, zwischendurch gab er murmelnd Mantras von sich. Als um Mitternacht im Stockfinstern die Hunde heulten, nahm er in einer Holzschüssel die Fratze mit hinaus, rannte unter durchdringendem Geschrei in den bitterkalten Wind und schleuderte sie von sich, während die Dörfler mit Fackeln umherliefen und »Kyj … Kyj …« dazu sangen.

Kunga erholte sich von Tag zu Tag, und einmal, als ihm Namgyal zu trinken gab, blickte er den Getreuen an und nannte ihn beim Namen. Namgyal ließ vor lauter Aufregung den Becher fallen und lief davon, um den andern die Freudenbotschaft zu bringen. Schließlich fand der Einsiedler Wort für Wort die Sprache wieder und gab wundersame Kunde von dem, was nur er erlebt hatte. Von überall her kamen Leute zu ihm, damit er sie segne. Auch seine Gliedmaßen wurden nach und nach geschmeidig; es dauerte noch ein paar Wochen, da humpelte er umher. So war Kunga wie nur selten ein Auserwählter von Erfahrung zu Erfahrung den Weg reiner Askese gewandelt.

Dor Bahadur Bista

Sturm am Kali Gandaki

In manchen Bergregionen des Himalaya will es der Brauch, dass nur der älteste Sohn heiratet. Solange er dem Haushalt vorsteht, ist er der alleinige Erbe des Familienbesitzes. Und solange die Brüder gemeinsam unter einem Dach leben, haben sie ebenfalls Anspruch auf das elterliche Erbe, auf die Frau und die Kinder. Will einer der jüngeren Brüder indes eine andere Frau heiraten, muss er fortziehen. Wenn nun in einer Familie mehrere Brüder zusammenleben, werden die verschiedenen Aufgaben so verteilt, dass nie alle Brüder gleichzeitig zu Hause sind. Man wechselt sich ab, und es kommt für jeden einmal der Augenblick, an dem er mit der Frau zusammen sein kann.

Gyamzo hatte sehnsüchtig auf den heutigen Tag gewartet. Schon den ganzen Morgen war er freudig erregt, rannte übermütig umher, neckte seine Frau und spielte mit den Kindern. Besonders für Norpa, der vielleicht sein eigener Sohn war, hegte er heute eine innige Zuneigung. Und seine Frau hatte tagsüber immer wieder bedeutungsvoll gelächelt und ihn zärtlich angeschaut. Ganz stolz wurde er unter diesen Blicken, und er verspürte neues Selbstbewusstsein.

Seinen ältesten Bruder Tsewang hatte schon seit sieben Tagen der Handel von zu Hause fern gehalten. Doch da entweder sein zweitältester Bruder Ngawang Phinzu oder sein drittältester Bruder Tashi immer abwechselnd zu Hause waren, hatte Gyamzo bis heute keine Gelegenheit gehabt, mit der gemeinsamen Frau allein zu sein. Fast im ganzen Land herrschte jetzt Regenzeit, doch der obere Teil des Mustang-Distrikts, eine felsige Wüstengegend, war nicht davon betroffen. Hier treiben die Hirten ihre Yaks von einer hoch gelegenen Weide zur nächsten. Wenn das Gras den Yaks für eine Woche oder länger reicht, lassen sie die Tiere dort und kehren ins Dorf zurück, so auch sein Bruder Tashi. Und an den Tagen, an denen Tashi nicht da war, war jedes Mal der zweitälteste, Ngawang Phinzu, aus dem nahe gelegenen Kloster für die Nacht nach Hause gekommen. So flackerte also das leidenschaftliche Begehren des armen Gyamzo jeden Tag aufs Neue auf, um dann doch nicht gelöscht zu werden. Heute endlich, nach langem und geduldigem Warten, gehörten ihm nicht nur der ganze Tag, sondern auch die ganze Nacht.

Denn nur die Tage, an denen Tsewang geschäftlich unterwegs war, Tashi in den Bergen nach den Yakkühen sah und Ngawang Phinzu im Kloster schlief, gehörten, wenn er denn zufällig zu Hause war, ganz allein Gyamzo. Zwar hatte er am Morgen Ngawang Phinzu im Haus gesehen, doch mittags war er mit der Frau in Streit geraten und fluchend ins Kloster zurückgekehrt. Es war unwahrscheinlich, dass er am Abend nach Hause kommen würde.

Pemphuti hatte nach dem Streit mit Ngawang Phinzu eine Weile lang eine düstere Miene aufgesetzt, aber als er endlich Richtung Kloster davonzog, hatte sie Gyamzo aus den Augenwinkeln heraus schelmisch zugeblinzelt. Als ob sie ihm durch dieses Zeichen zu verstehen geben wollte: »Endlich kommt der Tag, an dem ich mich ganz der zärtlichen Umarmung meines jüngsten Mannes hingeben kann, und da soll ich mir durch den Ärger mit meinem zornigen zweitältesten Mann die Laune verderben lassen, nur weil der wegen irgendwelcher Kleinigkeiten grundlos Streit sucht?«

Auch das Lächeln, mit dem Gyamzo ihr antwortete, schien

etwas besagen zu wollen: »Du brauchst dich von den Drohungen meines Bruders nicht einschüchtern lassen. Solange ich bei dir bin, musst du vor ihm keine Angst haben.«

Die fröhliche und tüchtige Pemphuti mochte Gyamzo sehr. Die Pflicht verlangte zwar von ihr, all ihre Ehemänner gleichermaßen zu lieben. Doch sie versuchte vergeblich, sich daran zu halten. Den meisten Respekt hegte sie für Tsewang, denn nur er, der älteste der Brüder, hatte ihr bei der Hochzeitszeremonie den Butter-Tika auf die Stirn gedrückt. Aber so zärtlich wie für Gyamzo hatte sie ihr Herz für keinen anderen ihrer Ehemänner stimmen können.

Pemphuti hatte Gyamzo nicht nur die Liebe einer Frau geschenkt, sondern auch die Fürsorge einer Mutter. Als sie als Ehefrau in dieses Haus gekommen war, war Gyamzo erst sieben Jahre alt. Wenn die anderen Männer nicht da waren, nahm sie ihn zu sich und ließ ihn in ihren Armen schlafen. Und wenn sie ihn umfing und er sich an ihre weiche Brust schmiegen durfte, vergaß Gyamzo seine Mutter, die er schon früh verloren hatte. Als er alt genug war, brachte ihm Pemphuti bei, wie man miteinander das Spiel der Zärtlichkeiten spielt. Sie konnte an Gyamzo nie ohne Sehnsucht denken, denn sie hatte den damals vierzehnjährigen Jüngling zum Mann reifen lassen. Heute wollte sie sich in den Armen dieses jungen Mannes ganz hingeben. Ihr eigenes Glück machte sie ganz von der Zufriedenheit Gyamzos abhängig. Und obwohl sie ihre Liebe immer gerecht auf alle vier Brüder verteilen sollte, so war ihre Liebe zu Gyamzo stets besonders zärtlich und innig.

Gut gelaunt sagte sie: »Gyamzo, wenn du mir ein wenig Gokapa bringst, dann koche ich heute für uns ganz besondere Nudeln.«

»Ich kann dir so viel Gokapa bringen, wie du nur willst. Ich habe erst vorgestern beim Hüten der Dzos an einer Stelle viel grünen Gokapa gesehen.«

Breit lachend antwortete er ihr, und dabei blitzten seine schneeweißen Zähne hell auf. Pemphuti sah, wie die von Ruß und Staub steife Haut auf seinem Gesicht von diesem Lachen Risse bekam, wie er bei diesen Worten innerlich aufblühte und ihm schon das Wasser im Munde zusammenlief. Sie war zufrieden und zugleich stolz.

Pemphuti trocknete die Schalen und Töpfe ab und stellte sie in den Schrank, dann begann sie, das Haus zu fegen. Gyamzo, der seinem Sohn Norpa den grünen Rotz mit bloßen Fingern aus dem Gesicht gewischt hatte, rieb seine Hand an der Wand sauber und stand schließlich auf, um Wasser zu holen. Auf dem ganzen Weg trällerte er ein fröhliches Lied vor sich hin, und an der letzten Biegung, kurz bevor er am Fluss anlangte, umrundete er tanzend einen Baum. »Eins, zwei drei; vier, fünf, sechs; sieben, acht neun …« Er fühlte sich wie ein Kind, war aufgeregt und überglücklich vor Freude. Immer weiter sang er: »So…o…ho…yala…so«, und stampfte dabei rhythmisch mit dem Fuß auf den Boden. »Khose, khose, kh…se.« Vertieft in sein Stampfen und Singen, erreichte er schließlich den Fluss.

Dort, wo sich ein wenig abseits des Flusses eine Wasserschöpfstelle aus Holz befand, wusch er sein Gesicht und seine Hände. Seine langen Haare hatte er in einem Strang um den Kopf gewickelt und mit einem roten Band vorne über der Stirn festgesteckt.

Er musste heute ganz einfach seine Frau lieben, er wollte endlich seine lang gehegte Sehnsucht erfüllen. Er würde sie unendlich lieben. Es störte ihn nicht, dass Pemphuti älter war als er selbst, denn seine Liebe war noch jung und ungestüm. Zwar lebte hier im Dorf auch die sinnliche junge Sarkidoma, die ihre Reize ungeniert wie eine Schauspielerin zeigte. Doch sie kam ihm oberflächlich und nichts sagend vor angesichts der tiefen, großzügigen Liebe, die Pemphuti für ihn empfand.

Sarkidoma jedoch hatte nur Augen für Gyamzo, obwohl sich einige Jungen aus dem Dorf durchaus für sie interessierten. Sarkidoma wollte Gyamzo, und auch Gyamzo hatte ihr gelegentlich Hoffnungen gemacht. Auch hatten sie schon so manche Nacht gemeinsam verbracht. Denn immer dann, wenn seine Brüder zu Hause waren, erfüllte er seine unstillbare jugendliche Sehnsucht bei Sarkidoma. Und Sarkidoma hatte ihn noch nie enttäuscht, obwohl sie ihn jedes Mal schimpfend und fluchend empfing. Gyamzo hatte sich bald mit dieser Angewohnheit abgefunden und sie hingenommen.

Als Gyamzo mit dem frischen Wasser zurückkehrte, knetete Pemphuti gerade den Nudelteig. Zwei Hühnereier hatte sie zur Feier des Tages zum Teig gegeben, und nun formte sie Kugeln. Gyamzo legte ein großes Holzbrett, das an der Wand gelehnt hatte, auf den Boden und säuberte es mit dem Ärmel seines Kittels, dann ging er nach draußen, um Gokapa zu holen.

Pemphuti legte die Bällchen auf das Brett, rollte sie aus und schnitt den Teig in Streifen, die sie in das siedend heiße Wasser gab. Noch während die Nudeln kochten, kam Gyamzo mit einem Bündel grünem Gokapa zurück. Er hackte die Knoblauchzehen, holte getrocknetes Fleisch, das über dem Ofen hing, und zerkleinerte es. Pemphuti mahlte inzwischen Salz und Chili.

Draußen wurde es jetzt dunkel. Die Kinder kehrten vom Spiel zurück, doch eigentlich war es kein richtiges Spiel, denn sie hatten einen kleinen Korb mitgenommen und »Holz sammeln« gespielt. Tatsächlich brachten sie ein paar trockene Äste und Zweige mit.

Jedem hielt nun Pemphuti eine Schüssel mit Nudeln hin, über die sie ein paar kleine Streifen getrocknetes Fleisch, zerkleinerten Gokapa und schließlich Salz und Chili gegeben hatte. Aus dem Schrank holte sie Essstäbchen heraus und drückte jedem ein Paar in die Hand. Endlich konnte auch sie mit dem Essen beginnen. Alle freuten sich über dieses Festmahl, die Kinder strahlten, und Pemphuti gab sich diesem Moment voller Zufriedenheit hin. Immer wieder füllte sie Gyamzos Schale und suchte nach Zeichen in seinem Gesicht, ob es ihm denn auch schmecke.

Plötzlich drang von unten das knarrende Geräusch einer sich öffnenden Tür zu ihnen herauf. Gyamzo spitzte die Ohren, und Pemphuti starrte ihn an. Wenig später hörte man Schritte auf der Treppe. Tsewang, der Familienälteste, erschien, offensichtlich wollte er den Abend bei seiner Familie und die Nacht mit seiner Frau verbringen. Niemand hatte ihn erwartet, er war nicht willkommen, das spürte er, und es stimmte ihn traurig. Über Gyamzos Gesicht huschte leise Enttäuschung, Pemphuti war niedergeschlagen und Tsewang einfach nur erschöpft.

Pemphuti fragte als Erste: »Was ist passiert?«

»Ich habe die Dzos in Tukuche gelassen und bin hierher gekommen«, antwortete Tsewang, während er zu ihnen trat.

»Hast du Arbeit in der Salzkarawane bekommen?«, fragte ihn Gyamzo.

»Nein, die Salzträger aus den Tälern sind noch nicht eingetroffen. Und mir ging der Reis aus, ich habe Fieber bekommen und bin deshalb zurückgekehrt.«

»Du hast sicherlich noch nichts gegessen …?«, meinte Pemphuti halb fragend, halb ratend und stellte ihre Schüssel ab. Der kleine Norpa plumpste aus ihrem Schoß hinunter auf den Boden und richtete sich gleich wieder auf. Pemphuti holte noch eine Schüssel aus dem Schrank, füllte diese mit Nudeln und stellte sie für Tsewang auf den kleinen Tisch neben der Kochstelle. Als Tsewang aufgetaucht war, hatte Gyamzo den Stammplatz des Familienoberhaupts für seinen Bruder sogleich freigemacht und auch seine Schüssel vom Tisch genommen.

Tsewang nahm wortlos den Platz ein, der ihm zustand, und begann zu essen. Sein Gesicht glühte wie im Fieber, und er sah müde aus. In den Schweißtropfen auf seiner Stirn spiegelten sich die züngelnden Flammen des Herdfeuers wider. Alle schauten ihn an. Nachdem er ein paar Bissen gegessen hatte, erzählte er, dass er nun schon seit drei Tagen Fieber hatte.

»Ich hatte gehofft, dass es nachlässt, und einfach nur gewartet. Doch es ging nicht runter. In Tukuche bin ich im Hause von Ram Prasad Tulachan geblieben, aber die ganze Nacht hatte mich das Fieber geschüttelt und nicht schlafen lassen. Heute früh habe ich dann die Dzos auf den Berghang auf der anderen Seite des Flusses getrieben und bin hierher gekommen.«

»Werden dort die Dzos nicht gestohlen?«, hatte Pemphuti nachgefragt.

»Ich habe Ram Prasad gebeten, auf sie Acht zu geben.«

Pemphuti warf Gyamzo einen Blick zu, doch Gyamzo starrte ins Leere und aß weiter.

»Ich kann jedenfalls morgen unmöglich wieder los. Gyamzo, brich du im Morgengrauen auf, und geh die Dzos hüten.«

Gyamzo sagte kein Wort, und als er aufgegessen hatte, stand er auf und leckte seine Schüssel aus. Schließlich stellte er sie mitsamt den Essstäbchen auf den Schrank und holte aus einem anderen Schrank eine Taschenlampe mit Batterien heraus, die er auf dem Fest in Muktinath von jemandem aus Manang gekauft hatte. Er steckte sie sich vorn in den Hosenbund und wandte sich zum Gehen. Pemphuti fühlte sich auf einmal sehr einsam, sagte jedoch kein Wort. Tsewang fühlte sich unwohl, und sein Fieber stieg weiter. Gyamzo war wütend, aber wem konnte er denn schon von dieser Wut erzählen?

Als Gyamzo auf der Türschwelle stand, rief ihm Pemphuti laut nach: »Wir haben noch ein wenig Tsampa, nimm das mit für unterwegs!« Eigentlich aß Gyamzo gern Tsampa, aber er blickte nicht zurück und ging grußlos fort. Ein Sturm aus Zorn und Wut hatte sich in ihm entfesselt, er rannte geradezu den Weg entlang. Kurz vor dem Dorf Paragoan gelangte er an eine Weggabelung, wo der Fluss Kali Gandaki sich in ein weites Becken ergoss. Hier hatte es einmal einen fürchterlichen Sturm gegeben, und diejenigen, die damals Richtung Kagbeni unterwegs gewesen waren, konnten diesen Sturm am Kali Gandaki ihr Leben lang nicht vergessen. Wenn man vom Pass kommt, drückt der heftige Wind selbst die kräftigsten Menschen gegen die Felswand. Und hat einen der Sturm erst einmal erfasst, fällt das Aufstehen schwer. Sandkörner, so groß wie Sojabohnen, peitschen einem ins Gesicht.

Gyamzo jedoch war ganz mit dem Sturm in seinem Herzen beschäftigt, der durch nichts zu besänftigen war. Ihn kümmerte deshalb der Sturm am Kali Gandaki nicht, auch nicht der Weg vor ihm. Wütend hetzte er über die Felsstufen hinab, obwohl er in der Dunkelheit kaum sah, wohin er trat. Sandkörner prasselten auf seinen Mund, seine Nase, scheuerten an seinem Hals. Immer kälter wurde es, allmählich kühlte sich auch sein Zorn ab, und er fing an, wieder klare Gedanken zu fassen. Wie sollte er nur in einer solchen Nacht den Weg über die Berge finden? Es war töricht, einfach so loszurennen.

Pemphuti spottete immer: »Gyamzo ist so aufbrausend, dass er eines Tages in seinem blinden Zorn nicht auf den Weg achten und abstürzen wird.«

Gyamzo überlegte, dass sie wohl Recht hatte. Es nützte niemandem, wenn er mitten in der Nacht in den Kali Gandaki fiel. Besser, er kehrte um und machte sich am nächsten Morgen früh auf den Weg. Als er im Dorf an der Kreuzung anlangte, ging er geradewegs zu Sarkidoma.

Jamyang Norbu

Das Schweigen

Die letzten Strahlen der untergehenden Sonne fielen auf die schroffen, schneebedeckten Gipfel und prallten orangefarben und rot funkelnd wieder ab. Der höchste Berg, der die anderen wie ein flammendes Schwert überragte, durchbohrte den dunklen Himmel, als wolle er gegen die Nacht ankämpfen. Die Bewohner in den Tälern glaubten, dass auf diesem majestätischen, alles überragenden Gipfel der bedeutende Gott Tengri Lhachen wohnte: einer der ältesten Erdgötter Tibets und der wahre Sohn des Nyechen Thanglha, Herrscher über den Transhimalaya.

Auf einem niedrigen Gebirgskamm graste zufrieden eine Schafherde und knabberte an den spärlichen Grasbüscheln. Der Hirte, der sich an einen Felsen gelehnt hatte, war ganz in das Schauspiel der glühenden Gipfel versunken. Der Abend kündigte sich bereits mit einem ersten kalten Luftzug an, der ihn frösteln machte, und er zog sich seine Chubpa aus Schaffell über die Schultern. Er stand auf und pfiff nach seinem Hund, der hinter ein paar Felsen hervorgesprungen kam. Mit dem Stab gab der Hirte ihm ein paar Zeichen, der Hund gehorchte und fing an, die zerstreute Herde einzukreisen. Intelligent war er, der Hund, wie er es schaffte, dass die Schafe einen zerklüfteten Pfad hinunterrannten. Die ganze Zeit über bellte er und schnappte nach den Tieren in der Herde, die sich widerspenstig gaben. Der Hirte hob seine Tasche aus rauem Ziegenleder hoch, in der sein Proviant gewesen war, und hängte sie über seine Schulter. Mit dem Stab in der einen und seiner Piwang in der anderen Hand folgte er den Schafen auf dem steinigen Weg.

Nyima war ein stattlicher junger Mann von ungefähr fünfundzwanzig Jahren, hoch gewachsen und wohl proportioniert. Ununterbrochen blinzelten seine dunklen, tief liegenden Augen unter den schweren Augenbrauen. Sein langes Haar hing ihm in unordentlichen Strähnen über die breiten Schultern. Wild und verwegen sah er aus, und sein dunkles, wettergegerbtes Gesicht verriet einen Mann, der kein leichtes Leben führte.

Nach etwa einer Stunde wurde der Pfad zu einem staubigen Weg, und nun sah er im verschwindenden Licht der Abenddämmerung undeutlich das Dorf. Dort, wo die Butterlampen bereits angezündet worden waren, leuchteten die Fenster auf. Er drehte sich um und schaute noch einmal auf die Gipfel in weiter Ferne, die sich nun dunkel vom blassgrauen Himmel abhoben. Er neigte seinen Kopf und sprach ein stilles Gebet für die Schutzgottheit, hob einen Stein auf und legte ihn als Opfergabe auf einen Steinhaufen in der Nähe.

Mit Hacken und Rechen über den Schultern kehrten die Dorfbewohner von ihren Feldern zurück. Einige grüßten den Hirten, als er mit seiner Herde vorbeizog. Der hob seine Hand und lächelte. Es war schon dunkel, als er am ersten Haus des Dorfes vorüberkam und seine Herde von einem Zug Esel aufgehalten wurde, die mit Brennholz bepackt waren. Er machte Halt und ließ die geduldigen Tiere an ihm vorbeitrippeln. Die Glöckchen am Hals mischten sich mit ihrem fröhlichen Klingeln unter das Blöken der Schafe und das Geplauder der heimkehrenden Männer. Der Hund bellte, und seine Schafherde lief schließlich weiter. Durch eine offene Tür sah er in einem Ofen helle Flammen züngeln, die das müde und zufriedene Gesicht eines Mannes beschienen, der sich ausruhte und eine Tasse heißen Tees zu seinen ausgetrockneten Lippen führte.

Endlich war er an seiner Hütte angelangt. Nachdem er die Schafe sicher im Stall eingesperrt hatte, ging er hinein, und sein Hund trottete ihm hinterher. Er öffnete die Tür, trat hinüber zur Feuerstelle auf der anderen Seite des Raums, beugte sich vornüber und blies in die noch ein wenig glimmende Asche, bis eine Flamme hochzüngelte. Er gab dem Feuer mit ein paar trockenen Zweigen Nahrung, und schon bald loderten und zuckten Flammen empor, bewegten sich hin und her und warfen unvermutet sonderbare Schatten an die Wände. Aus einem irdenen Krug goss er sich Chang in eine Schale, saß neben dem Feuer und nippte bedächtig an seinem Bier.

Seine Eltern hatte er nie kennen gelernt. Er wusste nur, dass sie Dokpas waren, Nomaden auf der großen nördlichen Ebene, dem weiten Changthang, und dass sie von Räubern angegriffen worden waren, als sie sich auf einer Pilgerreise befanden. Er war damals noch ein Säugling, aber der einzige Überlebende. Leute aus einem nahe gelegenen Dorf hatten ihn gefunden und aufgezogen. Er war zu einem jungen, stämmigen Burschen herangewachsen, der es mit jedem Jungen im Dorf aufnehmen konnte. Sie nannten ihn Nyima, da sie ihn an einem Sonntag gefunden hatten. Jeder mochte ihn, auch die Jungen, obwohl er sie immer besiegte, wenn sie ihre Kraft zur Schau stellen wollten. Er war einfach ein fröhlicher Kerl, der immer lächelte und immer hilfsbereit war. Als er alt genug war, verdiente er sich seinen Lebensunterhalt damit, auf die Herden der ärmeren Dorfbewohner aufzupassen, die sich, anders als die reichen Familien, keinen eigenen Hirten leisten konnten.

Und als Hirte anderer Leute Schafe hatte er auf den Weiden die Piwang spielen gelernt und war im Laufe der Zeit ein sehr guter Geiger geworden. Er konnte alle Melodien der

Umgebung und hatte von durchziehenden Maultiertreibern und Händlern Stücke aus anderen Gegenden gelernt und sogar einige wilde Schlager, die man in den Gasthäusern in Lhasa spielte. Hochzeitslieder, Liebeslieder, Ernteweisen und alte Frage-und-Antwort-Lieder gingen ihm in einer Weise über Bogen und Saiten, wie man es in dieser Süße und Schwere nur selten vernommen hatte. Die Dörfler brüsteten sich mit seinem Talent und erklärten allen Durchreisenden, die es hören wollten, dass es im ganzen Land noch nie einen solchen Musiker gegeben hätte, und wenn sich die feinen Herrschaften aus Lhasa herablassen würden, Nyimas Melodien zu lauschen, wären wohl selbst sie freudig überrascht. Sie sprachen von ihm nie als dem Hirten, sondern nannten ihn immer nur Nyima den Geiger.

Doch da gab es noch etwas in seinem Leben, das alles andere war als so lieblich und süß wie seine Musik. Da war nämlich ein Schweigen, ein undurchdringliches – er konnte nicht sprechen. Einige nannten ihn darum den Stummen. Und einem stummen Mann haftet oft etwas Tierisches an: Sein unbeholfenes Grunzen, sein Winseln und Krächzen bringt er nur mit großer Anstrengung hervor. Nyima aber war anders. Er war einfach bloß still. Er konnte sich sehr gut verständlich machen, seine Augen, einige wenige sparsame Gesten, eine ganze Bandbreite von Lachen und Lächeln und manchmal, aber eher selten, ein Stirnrunzeln. Und wozu braucht ein Hirte schon die Gabe, sprechen zu können? Welchen Nutzen hat schon eine menschliche Stimme, wenn sie zu Schafen, Blumen, den Sternen und Bergen reden soll?

Seine Schale mit dem Chang hatte er inzwischen geleert, und während er sie beiseite stellte, warf er ein paar Fladen getrockneten Yakdung ins Feuer.

Da klopfte es plötzlich an der Tür, und jemand rief: »Nyima, mach auf, ich bins, Dorjie.«

Er stand auf und öffnete seinem Freund, der im selben Alter war wie er.

Dorjie trat herein und stampfte mit seinen kalten Füßen auf den Boden. »Komm schon, Nyima. Nimm deine Geige, und lass uns gehen.«

Nyima warf ihm einen fragenden Blick zu.

»Oh! Wusstest du das nicht? Großvater Chodar feiert heute Abend. Seine Frau hat wieder ein Kind bekommen. Nur Buddha kann wissen, wie er das in seinem Alter noch schafft.«

Nyima grinste belustigt.

»Komm, wir müssen uns beeilen. Pema geht auch hin, und ich nehme an, sie wäre nicht sonderlich glücklich, wenn du nicht kommen würdest.«

Sie würde da sein. Nyimas Herz schlug schneller. Das schönste Mädchen aus dem Dorf, ja sogar das schönste aller drei Welten, der Unterwelt, der Welt der Menschen und der Welt der Götter, sie würde da sein mit ihren dunklen klaren Augen, die zu ihm sprachen, wie es keine vor ihr jemals getan hatte. Daraus schloss er und auch aus so manch anderem, dass er für sie ein ganz besonderer Mann war und dass sie auf ihn wartete.

Sie eilten durch die engen Gassen in die Nacht hinaus, während sich über ihren Köpfen der Winter mit den ersten Schneeflocken ankündigte. In Chodars Haus hatte die Feier bereits begonnen, aber als Nyima eintrat, schrien alle erfreut auf. Ein paar unter den Jüngeren erhoben sich von ihren Sitzen und stampften mit den Füßen auf, weil sie ungeduldig darauf warteten, endlich zu tanzen.

»Ah! Nun kommt endlich die Musik.«

»Tanz, lasst uns tanzen.«

»Nun lasst ihn doch zuerst eine Schale Chang trinken, bevor er zu spielen beginnt«, war eine bedächtigere Stimme zu vernehmen.

Nyima lächelte sie alle an, aber seine Augen suchten nach ihr. Dort saß sie in der Ecke neben der alten Frau von Chodar. Sie erblickte ihn, und ihre Augen strahlten ihn an. »Ich bin froh, dass du gekommen bist«, schienen sie ihm zu bedeuten.

Ein Mädchen brachte Nyima einen Krug mit Chang. Nachdem er die drei zeremoniellen Schalen geleert hatte, trat der alte Chodar zu ihm hin, legte ihm eine Hand auf die Schulter und bat mit der anderen um Schweigen.

»Heute ist ein ganz besonders glücklicher Tag«, hob er an. »Meine lieben Freunde und Nachbarn, ich möchte euch heute mitteilen, dass ich alter und unnützer Mann erneut mit einem Sohn gesegnet wurde. Und stolz möchte ich hinzufügen: nun schon zum siebten Mal.«

Die Gäste lachten und schrien ihre Glückwünsche wild durcheinander.

Der alte Mann wartete, bis sich das Gelächter und die Rufe wieder gelegt hatten, und sprach weiter: »Nun möchte ich meinen jungen Freund, den besten Geiger unseres Landes und ein Juwel unter allen Musikern, bitten, eine ganz spezielle Weise zu Ehren meines Sohnes zu spielen. Ich meine die alte Melodie ›Der kleine Vogel wunderschön‹.« Alle stimmten ihm beifällig zu.

Der alte Mann erhob seine Hand einmal mehr. »Aber dazu wird jetzt noch nicht getanzt.«

Ein paar unter den Jüngeren stöhnten, doch der Alte beachtete sie nicht.

»Ich mag es nicht, wenn man zu diesem Lied mit den Füßen stampft, das passt einfach nicht zur Melodie. Aber ich lasse mich auf einen Kompromiss ein. Ihr könnt alle in das Lied mit einstimmen, und wenn der schnelle Part beginnt, dann dürft ihr tanzen. Nun, mein junger Geiger, fiedle, damit die liebliche Melodie meine alten Ohren tröstet.«

Nyima holte seine Geige aus den Falten seiner Chubpa hervor, setzte sich hin und stimmte sorgfältig sein Instrument. Dann spielte er. Den klangvollen Saiten seiner Piwang entwichen die ersten Töne, und die Gäste sangen leise:

Der kleine Vogel wunderschön,
der kleine Vogel wunderschön,
er singt nur, wenn er will.
Doch wenn Götter und Lamas,
doch wenn Götter und Lamas
zum Tempel gehen,
dann singt er die süßesten Melodien leise und still.

Der kleine Vogel wunderschön,
der kleine Vogel wunderschön,
er singt nur, wenn er will.
Doch wenn Sohn und Vater,
doch wenn Sohn und Vater
pilgern gehen,
dann singt er die süßesten Melodien leise und still.

Noch viele Lieder wurden in jener Nacht gesungen, und unermüdlich hupften Füße und stampften komplizierte Schrittfolgen. Nyima hatte seine Geige einem anderen überlassen und tanzte nun auch. Er war ein guter Tänzer, und die vielen Schalen Chang, die er in dieser Nacht schon geleert hatte, stimmten ihn leicht und sorglos. Doch noch bevor Mitternacht vorüber war, fühlte er das dringende Bedürfnis, frische Luft zu atmen, und er trat aus dem stickigen Raum hinaus auf den kleinen Hof. Der Schnee fiel bereits in dicken Flocken. Er streckte seine Hand unter dem Dach hervor und versuchte, einige Schneeflocken zu erhaschen.

»Nyima?« Eine Stimme … Ihre Stimme.

Er drehte sich um, sie kam ihm entgegen und hielt ihm ihre Hände hin.

»Es ist kalt.«

Er nickte und lächelte.

»Wunderschön hast du heute Abend gespielt. Du solltest nicht länger in diesem Dorf bleiben, solltest nach Lhasa gehen und dort für die feinen Herren und Damen spielen. Dein Talent vergeudest du hier nur.«

Er war nicht einverstanden mit dem, was sie sagte, und schüttelte den Kopf. Fest packte er ihre Hände und schaute ihr tief in die Augen.

»Und ich? Du fragst nach mir? Ich habe gehört, dass es in Lhasa viel schönere Mädchen gibt. Und dann …« Sie hielt inne.

Irgendwo in seinem Kopf blitzte es warnend auf. Er suchte in ihren Augen nach einem Zeichen, da wendete sie den Kopf ab.

»Der Winter ist gekommen, Nyima, und im nächsten Frühjahr … werde ich verlobt sein. Mein Vater hat mich ihm versprochen.«

Sein Atem stockte, Kälte griff nach seinem Herzen. Verwirrt sah er sie an.

»Ich kann es nicht ändern, Nyima. Ich muss … ich muss meinem Vater gehorchen.« Sie vergrub ihr Gesicht an seiner Brust und begann zu schluchzen.

Nach einer Weile zog er sie sanft beiseite und zeigte mit dem Finger nach Westen, dort, wo Lhasa lag.

»Ja, du liebst mich«, dachte er. »Aber wie sehr? Deine Liebe ist wie die Liebe eines Kindes für seine Puppe. Ich bin aber ein Mann, und dafür reicht sie nicht.«

»Es tut mir Leid, Nyima. Mein Vater mag dich, ehrlich. Es ist nur … wie kann ich einen stummen Mann heiraten?«

Die Grausamkeit ihrer Worte traf ihn mit einer schmerzlichen Klarheit, und ihm wurde das Endgültige dieser Aussage schlagartig bewusst. Er wandte sich von ihr ab und rannte auf einmal hinaus in die Finsternis.

Er lief durch die Gassen, hinaus auf den Hauptweg, der durch das Dorf führte, und unter den dicken Filzstiefeln knirschte der noch unberührte Schnee. Er rannte wie ein Besessener, seine Gedanken loderten dunkel, jeder Atemzug schmerzte, und sein Atem ging schwer und verwandelte sich augenblicklich in weißen Dunst, sobald er in die kalte Luft entwich. Ziellos rannte er, wie ein verwundetes Tier, das vergeblich versucht, der kalten Macht dieser fürchterlichen Traurigkeit, die ihn verfolgte, zu entkommen – bis er zuletzt völlig erschöpft stolperte und hinfiel. Nach einer Weile spürte er die stille Liebkosung der Schneeflocken auf seiner Wange und hob seinen Kopf.

In diesem Augenblick schien der Mond durch die aufgerissene Wolkendecke, und Nyima wurde auf einmal gewahr, dass er den Berg betrachtete. Der Gipfel leuchtete unheimlich in diesem kalten, überirdischen Licht, das sich im hellen Glanz des Schnees spiegelte und dadurch noch stärker strahlte.

»Ein Omen«, dachte er. »Die Botschaft der Schutzgottheit.« Wirre Gedanken gingen ihm durch den Kopf, er befand sich im Zustand höchster Erregung. »Ja, Tengri Lhachen, der Schutzgott, er besitzt die Macht … Er wird mich heilen … Mir eine Stimme verleihen. Und dann wird sie mir gehören, mir … Ja doch! Zu ihm muss ich hin.«

Er rappelte sich wieder hoch und schaute zum Gipfel, doch da schoben sich die launischen Wolken erneut übereinander, und der Berg versank im Dunkel. Aber Nyima wusste nun, was er zu tun hatte, und er ging in die Nacht hinaus. Obwohl er immer wieder ausrutschte und hinfiel, befahl ihm eine innere Stimme, wohin er gehen sollte. Viele Stunden stapfte er durch den Schnee und achtete nicht auf seine schmerzenden Beine. Schweißperlen tropften von seinem zerzausten

Haar und liefen ihm über die Wange. Jeder Atemzug kämpfte sich mühsam den Weg durch seine völlig ausgetrocknete Kehle. Und bei jedem Schritt schrien seine Gedanken nur ein Gebet: »O großer Gott, gib mir meine Stimme wieder ... Gib mir meine Stimme ... Gib mir meine Stimme.«

Er überquerte den Gebirgskamm, der das Dorf von den Bergen trennte, stolperte viele Male und fiel oft hin, als er auf der anderen Seite wieder abstieg. Schließlich stand er zu Tode erschöpft am Fuß des Berges. Seine Beine krampften sich schmerzhaft zusammen. Er hatte ein taubes, dumpfes Gefühl in seinen Zehen und wusste, dass sich so die Erfrierungen ankündigten. Doch er gönnte sich keine Rast, sondern machte sich an den Aufstieg. Er riss sich zusammen, um wieder auf die Beine zu kommen, rutschte, fiel hin, stand immer wieder auf, bis er plötzlich spürte, wie ihn ein schweres Gewicht zu Boden zog. »Gib mir meine Stimme ... Gib mir meine Stimme ... Gib mir meine Stimme.« Seine Knie gaben unter ihm nach, und er sackte schwer in den Schnee. Seine gemarterten Füße waren nunmehr wie tot ... nutzlos. Nun ergab er sich ganz seiner Pein und der Sehnsucht nach ihr. »Pema, Pema.« Mit seinen Armen und Fingern, die im Schnee verzweifelt nach einem Halt suchten, zog er sich ein paar Meter weiter. Dann froren seine Finger zu Stahlklauen, und seine Arme waren von Schmerz und Kälte ganz steif. Er gab auf. »Gib mir meine Stimme.« Seine Gedanken rasten weiter. Er knirschte vor lauter Qual mit den Zähnen und warf seinen Kopf in den Nacken – und da war er wieder, der Berg.

Plötzlich strömte eine Eiseskälte in sein Herz und drang in jede Windung seines Körpers. Ein dumpfer Donnerschlag dröhnte in seinem Kopf. Der Gipfel glitzerte wie ein geschliffener Diamant, und Farben blitzten verschwommen vor seinen Augen auf. Sehr viel später wich die Kälte widerwillig aus ihm, und das furchtbare Getöse nahm ein Ende. Seine Augen blickten noch einmal hinaus in die vertraute Finsternis, die ganz still war. Auf einmal spürte er es, zunächst nur ganz schwach, wie es sich langsam an den Innenwänden der Lunge entlangschob, wie es hinauskroch in die Luftröhre, immer höher und höher stieg. Sein Kehlkopf schwoll an. Und da wusste er es! Es kam durch die Kehle und balancierte auf seiner Zungenspitze. Und wie eine Stromschnelle sich zwischen Felsen einen Weg bahnt, so brach es aus ihm hervor: »Pema! Pema! Pema!«, und er war frei.

Nachdem im nächsten Frühling der Schnee geschmolzen war, fanden sie seinen Leichnam. Er war von einer riesigen Schneedecke begraben worden. Eine Lawine – die sich vielleicht durch irgendeinen lauten Knall losgelöst hatte.

Jamyang Norbu
Der Mond des Jägers

Um Mitternacht hatte er den Bergkamm erklommen. Der beinahe volle Mond hing niedrig am Himmel und sandte nur ein fahles verstohlenes Licht über das graue, öde Land. Er kauerte dicht am Boden und trat vorsichtig auf der gefrorenen Erde auf, um nur ja keinen Schatten zu werfen. Das Drehvisier an seinem Gewehr klapperte leise, als er losrannte. Dann lehnte er sich wieder an einen dunklen Felsen und schaute hinaus in die Nacht. Er wusste, dass dort irgendwo im Dunkeln die Patrouillen sein mussten, aber er sah sie nicht, sah nur schwankende Schatten im blassen Mondschein.

Er dachte an die wilden Augen dieser ungeduldigen jungen Soldaten, die in der Dunkelheit funkelten und nur auf eine Bewegung von ihm warteten. Er aber war alt und vollkommen erschöpft. Sein Brustkorb hob und senkte sich nach dem schnellen Lauf, das Atmen tat ihm weh, und warme Schweißtropfen perlten über sein Gesicht, auf dem sich die Niederlage bereits abzeichnete.

In weiter Ferne zogen Saruskraniche vor dem untergehenden Mond vorüber, und ihm fiel eine Geschichte ein, die er als Kind gehört hatte. »Wusstest du, mein Junge, dass der König der Murmeltiere immer die Kraniche aus den großen Sümpfen zu sich rief, wenn sie in ein neues Land aufbrechen mussten? Und dann kletterte jedes Murmeltier auf einen Kranich, gerade so, wie wir auf ein Pferd steigen, und flog davon, flog in weite Ferne.«

»Ich wünschte, du Vogel könntest mich nun von hier forttragen«, flüsterte er mit trockenen und aufgerissenen Lippen. »Doch nur der Tod ist heute Nacht hier bei mir.«

Er sog den Lufthauch ein, der zu ihm herüberwehte, und jene Nacht fiel ihm wieder ein, als sie geradewegs in den Hinterhalt marschiert waren. Bitter wurde er beim Gedanken daran. Ein wildes Durcheinander hatte es plötzlich gegeben, und der alte Mann konnte sich nicht mehr an viel erinnern. Nur vereinzelte, unzusammenhängende Bilder waren ihm noch geblieben: die Blitze aus Gewehrmündungen, die vor dem dunklen Berg wie flüchtige Sternbilder funkelten, das Knallen von Leuchtraketen und der schwarze Umriss eines sich aufbäumenden Hengstes vor dem Licht der Raketen.

Seine ganze Einheit, etwa hundertzwanzig tibetische Widerstandskämpfer, war auf einen Schlag ausgelöscht. Nur zehn hatten überlebt und konnten aus der Umklammerung ausbrechen.

Da waren sie gen Norden geflohen. Es hatte keinen anderen Fluchtweg gegeben. In den darauf folgenden Tagen wurden sie von Armee-Einheiten zu Fuß und zu Pferd verfolgt. Die jungen und grausamen Soldaten, trainiert und unermüdlich, genossen die Jagd auf die zehn erschöpften Männer, die irgendwohin ins Nichts gerannt waren. Die ersten, die gestorben waren, hatten einfach nicht mehr weitergekonnt, waren nur noch dagelegen mit Beinen, die zu nichts mehr zu gebrauchen waren, und ihre Lungen zerbarsten. Da hatten sie sich selbst eine Kugel in den Kopf geschossen.

Der Tod war ein weiteres Mal völlig unerwartet aus Gewehrmündungen gekommen, als die kleine versprengte Gruppe den Verfolgern auf einer weiten Ebene schutzlos ausgeliefert war. Nur der alte Mann und ein junger kräftiger Kerl aus Kanze hatten überlebt. Aber die Jäger waren unbarmherzig.

Der Junge war zwischen den Felsen gestorben, dort an jenem schroffen Berg.

»Er ist einen schlechten Tod gestorben«, sann der alte Mann. »Doch wer kann schon in Würde sterben, wenn eine Kugel einem die Eingeweide zerfetzt hat.«

Aus der Finsternis unterhalb des Bergkammes tönte durch die stille Nacht das leise Geräusch herunterrollender Steine. Der alte Mann lauschte. Jetzt war wieder alles ruhig, aber er wusste, sie waren dort. Er kauerte sich nieder und überlegte seinen nächsten Schritt. Mit dem ausgefransten Ärmel seiner schmutzigen Jacke strich er sich über sein schweißgebadetes Gesicht und nahm eine kleine Lederflasche aus seinem Rucksack. Er behielt den kalten Schluck Wasser lange im Mund, um ihn ein wenig aufzuwärmen, bevor er ihn hinunterschluckte.

»Ruh dich ein wenig aus«, sagte er zu sich selbst. »Du kannst jetzt sowieso nicht weiter. Diese schlauen Füchse haben sich an dir vorbeigeschlichen, und du hast sie nicht gehört und auch nicht gerochen. Du wirst alt.« Er schloss seine Augen, müde und entkräftet. Doch nach einer Weile erhob er sich wieder, entsicherte sein Gewehr und begann, geduckt den Bergkamm entlangzurennen. Wäre er auf einer der beiden Seiten abgestiegen, hätte dies den sicheren Tod oder Gefangenschaft bedeutet. Und er wusste, dass er nur dann eine winzig kleine Chance hatte, zu überleben – wenigstens für eine weitere Nacht –, wenn er hier auf der Höhe bis ans andere Ende dieses lang gestreckten Bergrückens rennen würde.

Es war schwierig, sich oberhalb des Abgrunds zu halten, und der alte Mann war sehr vorsichtig, um nur ja keinen Stein aus Versehen loszutreten, der ihn verraten hätte. Nach einer Stunde hielt er an, um sich auszuruhen. Die Blasen an seinen Füßen waren in den letzten Tagen zu blutigen Fetzen aufgerissen, worum er sich zunächst nicht weiter gekümmert hatte, und nun fühlte er lediglich einen dumpfen, anhaltenden Schmerz. Nie hatten sie ihm die Zeit gelassen, die Wunden zu reinigen, und seine Füße waren nur noch blutige, eitrige, mit den Stiefeln verklebte Fleischfetzen.

Da erinnerte sich der alte Mann wieder daran, wie er damals nach Indien gegangen war. Dort traf er zwar auf alte Bekannte und Verwandte, doch das Wiedersehen hatte keinem Freude bereitet. Alle hatten sie sich verändert. Einige waren ziemlich reich geworden und hatten ihm geraten, endlich die Berge und die Chinesen in Ruhe zu lassen und sich friedlich hier anzusiedeln. Wie war er damals über deren Worte in Wut geraten, aber auch über sich und seine Unfähigkeit, ihnen klar zu machen, warum er immer noch kämpfte. Ihm schien, dass das Exil ihnen ihre Würde genommen hatte. Die Freunde hatten sich in sonderbare, freudlose Pretas, in Hungergeister, verwandelt, die keinen Hass und auch keinen Stolz kannten, aber auch keine Liebe. Er hatte sich noch an das Leuchten in ihren Augen aus früheren Zeiten erinnert, das nun einer Leere gewichen war, was ihn verwirrte. Schon am folgenden Tag war er wieder aufgebrochen und zurück in die Berge gegangen.

»Warum nur müssen die Menschen, die einem am liebsten sind, von einem gehen? Warum werden aus Freunden Fremde?« Seine Gedanken rebellierten gegen seinen Entschluss, und seine Einsamkeit wurde übermächtig, wurde stärker als der Schmerz und die Erschöpfung. »Es ist, als hätten sie nie existiert, als ob sie nie wirklich gewesen wären.«

Der Mond verschwand hinter dem Horizont, und er erhob sich. »Aber ich bin wirklich, der Feind ist wirklich, und vielleicht ist auch die Dunkelheit, die mir Schutz verleiht, wirklich.«

Plötzlich schießt ein heller Lichtstrahl in den Nachthimmel, und Sternengefunkel durchbricht lautlos das Dunkel. Das raue Gelände liegt nun mehrere hundert Meter da in gleißendem Licht, das in der Luft hängt wie eine neue zornige Sonne und nach einer Weile langsam, ganz langsam sich vom Wind tragen lässt wie ein Fallschirm und sich genau auf den alten Mann zubewegt. Der unbarmherzige Strahl sucht jeden Fels ab, kriecht in jede Furche und Niederung und reißt jeden Schorf ab von diesem verwitterten, vereisten Boden.

Der alte Mann umarmte die Erde und verhielt sich so still und ruhig wie die Felsen um ihn herum. »Die sind mir hart auf den Fersen«, dachte er und lächelte ein wenig über den Wirbel, den sie um ihn machten. »Bin ja nur ein alter Mann und bereit zu sterben, selbst wenn sie mich nun in Ruhe ließen. Sie hätten mich schon lange kriegen können, aber ich denke, sie wollen ihren Spaß mit mir noch ein wenig auskosten, aber sehr lange kann es ja nun nicht mehr dauern.«

Sobald der Leuchtstrahl ausgebrannt war, sprang der alte Mann auf und rannte wieder los. Doch da durchzuckte eine weitere Leuchtrakete den Himmel, und er stand hoch aufgerichtet und ungeschützt da. Schon im nächsten Augenblick pfiffen Kugeln ihm um die Ohren, und eine traf ihn ins rechte Bein. Er fiel hin und konnte sich gerade noch rechtzeitig hinter einen riesigen Felsen rollen. Die Luft um ihn war erfüllt vom Aufheulen der Kugeln, wenn sie auf einen Stein trafen, und er hatte das Gefühl, auf seinen Rücken ging ein Sprühregen aus Steinsplittern nieder.

Der alte Mann lag ganz still, und nach einer Weile ließ das Schießen nach. Das Gewehr hielt er noch immer in Händen, und als er es vor sich hinlegte, durchfuhr ein stechender Schmerz sein rechtes Bein. Als er mit der Hand an seinem Bein herabglitt, spürte er, wie Blut aus der Wunde sickerte. Da wusste er, dass er nicht mehr würde laufen können.

»Doch wohin hättest du schon gehen können?« Er war wütend über sich selbst. »Mach keinen Narren aus dir. Deine letzte Nacht, dein letzter Augenblick ist gekommen. Nutz ihn gut.«

Er klemmte den abgenutzten Gewehrschaft zwischen seine Wange und seine Schulter und spürte einen Moment lang eine warme Zuversicht, die allein vom leichten Druck des Schaftes herrührte. Unter ihm sah er undeutlich ein paar Schatten, die hin und her huschten. Er versuchte, so gut es ging die kaum sichtbaren Anhaltspunkte ins Visier zu nehmen, und schoss.

Er war sich sicher, dass er einen von ihnen getroffen hatte, doch noch bevor er den Patronengurt zurückziehen konnte, traf ihn eine Kugel in die Schulter. Der Aufprall warf ihn zur Seite, und ein brennender Schmerz kroch seine gebrochenen Knochen hinauf und zerriss das Fleisch und die Muskeln, die sie umhüllten. Schwarz wurde es ihm, er wollte seine Augen schließen und sich dem Dunkel ganz hingeben, doch der Widerstand, der ihm zu einer Gewohnheit geworden war, zwang ihn, bei Bewusstsein zu bleiben. Der alte Mann zog sich mühsam auf die Knie, und als eine weitere Leuchtrakete über ihm einen Sternenregen niedergehen ließ, warf er seinen Kopf zurück und stieß seinen letzten Kampfschrei aus.

Als die Kugeln in ihn eindrangen, zerfetzten sie Haut und Fleisch, Arterien und Venen, zerschnitten Muskeln, zersplitterten seine Knochen. Und zuletzt rissen sie seinen Rücken auf, die Daunen aus seiner zerfetzten Jacke wirbelten hoch, sodass es aussah, als würde er mitten in einem kleinen Schneesturm aus weißen Federn stehen.

Er fiel zu Boden und rollte langsam den Abhang hinunter, wurde dabei immer schneller, bis er unten angekommen war und weit ausgestreckt auf dem Rücken lag, einfach ganz still nur noch dalag. Danach herrschte ein langes Schweigen, unterbrochen nur von dem dumpfen Rumpeln eines kleinen Erdrutsches, der ihm den Abhang hinunter gefolgt war. Doch nachdem auch der letzte Kieselstein an seinen Platz gerollt war, blieb es sehr ruhig.

Er hörte nicht, wie sich ihm knirschend Stiefel näherten, er meinte vielmehr, die Stimme seiner Frau zu hören, die ihn von seinem Feld nach Hause rief. Aber ihr Gesicht entglitt ihm, er konnte sich einfach nicht mehr daran erinnern. Er spürte den warmen metallischen Geschmack von Blut in seinem Mund, doch er schaffte es noch, ein letztes Mantra zu murmeln. »Om mani padme hum. O Juwel in der Lotosblüte.«

Der Horizont war bereits von einer zarten Morgenröte überzogen, vom Osten kam ein einzelner weißer Kranich weit oben am Himmel herangeflogen. Der alte Mann schaute auf und schloss seine Augen … Er wusste, der Kranich war gekommen, ihn zu holen.

Gyalpo Tsering
Der Fluch des toten Rinds

Der junge Mann ging langsam hinunter zur Lichtung, auf der neben einem kleinen Bach seine Hütte stand. Es war ein anstrengender Morgen gewesen mit all den Felsbrocken und dem ganzen Schlamm, zumal es diesen Winter noch kälter war. Auch die Erde war ihm viel unnachgiebiger und schwerer vorgekommen. Eigentlich wollte er sich waschen, doch der Gedanke an das kalte Wasser schreckte ihn ab.

Er betrat seine notdürftige Behausung aus Wellblech, Holz und alten Jutesäcken. Fiel draußen Regen, strömte er wie durch ein Sieb herein und weichte den Boden aus Erde auf. In einer Ecke waren drei Steine zu einer Art Dreifuß aufgestellt, das war seine Feuerstelle. Er ging hinüber, machte Feuer und setzte den schwarzen Wasserkessel auf, in dem noch der Teesatz von gestern Abend lag. Aus einer Ecke zog er einen Haufen Lumpen, durchsuchte ihn sorgfältig, packte ihn dann wieder zusammen, ließ aber eine Plastiktüte draußen liegen.

»Yungdung, bist du da drin?«, rief draußen eine Stimme.

»Ja, komm herein«, antwortete er.

Der alte Tsering trat ein. Seit dem letzten Sommer humpelte er, denn damals hatte ihn ein Erdrutsch erwischt, als er für die Armee im Einsatz war. Er hatte sich nie wirklich von dieser Verletzung erholt, dennoch bezahlte ihm die Armee den Lohn weiter, den er normalerweise verdient hätte. Nun hatte er nichts Besseres zu tun, als alle Zelte aufzusuchen, die Chang verkauften. Die anderen Arbeiter missgönnten ihm diesen Lebenswandel.

»Hast du das Neueste schon gehört?«

»Ist wahrscheinlich nur ein Gerücht, das du in einem Zelt aufgeschnappt hast, wo es Chang gibt.«

»Ist überhaupt kein Gerücht.«

»Trink erst mal Tee«, meinte Yungdung.

»Kann ich auch ein wenig Tsampa haben?«

»Da, nimm. Nun, um was geht es?«

»Nimas Sohn hat ein totes Rind gefunden.«

Der alte Mann schob einen Löffel voll trockenen Tsampa in seinen Mund und nippte sachte an diesem Gebräu, das sich tibetischer Tee nannte, um das Ganze hinunterzuspülen. »Es starb letzte Nacht, und einige meinen, man solle das Fleisch untereinander aufteilen.«

»Die sind doch verrückt, sie wissen doch, dass die Rinder hier heilig sind, sie dürfen das Fleisch nicht anrühren.« Yungdung ärgerte sich.

»Du verstehst das nicht!«, entgegnete der alte Tsering überrascht.

»Wenn sie sich keine Schwierigkeiten einhandeln wollen, sollten sie das Rind in Ruhe lassen.«

»Also wirklich, dass du das nicht kapierst. Das ganze Fleisch würde verderben, nur weil ein paar Leute sagen, dass es verboten ist. Und dann denk doch mal nach, elf Rupien für ein Kilo Lammfleisch zu bezahlen, das zur Hälfte ohnehin nur aus Knochen besteht.«

»Schau, Tsering, vergiss es. Damit kommen wir auch nicht weiter. Wenn sie das herausfinden, werden sie mit Sicherheit nicht sagen: ›Ja, die Armen, die haben es wirklich gebraucht.‹ Die werden geradewegs hierher kommen und uns alle umbringen. Für die gibt es keinen Unterschied zwischen einem lebenden und einem toten Flüchtling.«

Sie schwiegen, bis sie ihren Tee zu Ende getrunken und das Tsampa aufgegessen hatten.

»Wie viel Schnee liegt weiter oben am Pass?«, fragte der alte Mann. Es war schon eine ganze Weile her, seit er das letzte Mal dort gewesen war.

»Er schmilzt allmählich. In ungefähr einer Woche sollten wir fertig sein.«

»Ich liebe diese Berge, besonders die hohen. Sie erinnern mich an meine Heimat«, sagte der alte Tsering mit Tränen in den Augen.

»Ich muss wieder an die Arbeit. Lass uns später weiterreden. Und ich rate dir fürs Erste, dich nicht auf diese Geschichte mit dem toten Rind einzulassen.«

»Wer sagte, dass ich mich da einmische?«

»Nun, du hast dich angehört, als ob du richtig scharf auf das Fleisch wärst.«

»Ich werde es nicht anrühren.«

Sie erhoben sich und traten hinaus in das fahle Winterlicht. An dem Brett angelangt, das man provisorisch über den Fluss gelegt hatte, trennten sich ihre Wege. Der Alte humpelte weiter zu den Hütten, die dort zu hunderten beisammenstanden, und Yungdung überquerte den Fluss und ging zur Baustelle. Straßenbau war immer Schwerstarbeit und meistens auch noch gefährlich. Doch ihm gefiel es, wenn er Erde roch, er spürte die Kälte und die schweren Felsen gerne. Er hob eine Spitzhacke auf und hackte drauflos.

Die anderen Arbeiter kamen nach und nach, nahmen ihre Werkzeuge in die Hand, und schon bald hallte das ganze Tal wider von Metall, das auf Felsen hämmert. Ab und zu sang eine Frau ihre traurigen Lieder, und die anderen stimmten mit ein, wenn ihnen danach war.

Nach einer Weile setzten sie sich hin und ruhten sich aus.

»Wenn einer von euch gutes und billiges Fleisch haben

will, ich weiß, wo es welches gibt«, sagte auf einmal ein alter Mann.

»Wo?«, fragte eine Frau sogleich begierig.

»Du wirst nichts davon haben, alter Mann, wenn sie dich dabei erwischen, sondern genauso enden wie das Rind«, bemerkte Yungdung.

»Er hat Recht, Alter«, stimmte ihm jemand aus einer anderen Gruppe zu.

»Aber es wäre viel billiger und würde viel besser schmecken als dieses Lammfleisch, das wir hier bekommen«, sagte die Frau.

Yungdung hatte sich auf einem Felsen niedergelassen und seine zerdrückten Beedis herausgeholt. Er zündete sich eine an, inhalierte tief, stieß den Rauch wieder aus und beobachtete, wie er sich in der dünnen, kalten Luft verflüchtigte. »Wer sind wir schon, dass wir gegen die Gesetze dieses Landes irgendetwas ausrichten könnten. Uns Flüchtlingen bleibt keine andere Wahl, wir müssen uns den Geboten des Gastgebers beugen.« Wie aus weiter Ferne ertönte seine Stimme.

»Er hat Recht«, nickte einer aus der Gruppe.

»Ich kenne mich mit dem Gesetz nicht aus, doch ich hätte nichts gegen ein gutes Stück Fleisch«, meinte der alte Mann mit gepresster Stimme.

»Es wird uns nichts bringen«, sagte einer traurig.

Der Vorarbeiter kam auf sie zu. »Was ist hier los? Was tut ihr hier so aufgeregt und schwätzt unnütz rum?«

Der alte Mann streckte ihm seine Schnupftabaksdose hin, und während der Vorarbeiter sich mit dem Daumennagel eine Prise erstklassigen, selbst gemachten Tabak ins Nasenloch schob, sagte der Alte: »Wir wollten uns nur mal eben ein wenig ausruhen.«

Die anderen Arbeiter machten sich wieder schweigend an die Arbeit.

»Danke, Alter. Wie kommt ihr heute voran?«, fragte ihn der Vorarbeiter.

»Geht einigermaßen. Wir haben Glück, heute müssen wir nicht allzu viele Felsen wegräumen.«

»Gut.« Zufrieden ging der Vorarbeiter wieder davon.

»Pass das nächste Mal besser auf«, schimpfte Yungdung, als er seine Arbeit kurz unterbrach. »Wenn ihm was zu Ohren kommt, werden dir deine eigenen Leute Schwierigkeiten machen.«

»Oh, halt doch den Mund. Du tust immer so anständig«, fuhr ihm der alte Mann dazwischen.

Die plötzliche Spannung löste sich auf, und im Tal hallte abermals das metallene Geräusch als Echo wider, nur gelegentlich unterbrochen von den seltsamen, traurigen Melodien der Frau. Und als das letzte Pfeifsignal ertönte, ging jeder Arbeiter mit dem Werkzeug in der Hand zu seiner Hütte zurück.

Bei dem Brett, das als Brücke diente, überwand sich Yungdung, kletterte die Böschung hinab und wusch sich im Fluss. Das Wasser war gar nicht so kalt, wie er befürchtet hatte. Nachdem er mit seinen feuchten Händen seine Haare zurückgestrichen hatte, trocknete er sie an seinen Hosen ab. Er ging weiter den Pfad hinunter, setzte sich nach einer Weile auf einen Felsen und rauchte.

Er verspürte eine innere Unruhe, und ihm war sonderbar zu Mute. Irgendetwas stimmte nicht. Da lag dieser merkwürdige Geruch in der Luft, der überhaupt nicht hierher passte. Tief in Gedanken versunken, hatte er den alten Mann nicht kommen hören, der da plötzlich neben ihm stand.

»Was ist mit dir, Yungdung? Geht es dir nicht gut?«

»Doch, doch. Ich denke nur gerade über was nach.«

»Denkst du an Dhondrups Tochter?«

»Nein, nur an heute Abend«, log er.

»Auf, lass uns zu Achak Pasang gehen, sie hat diese Woche den besten Chang gebraut, hab ich gehört.«

»Ist besser, wenn ich heute nicht mitkomme«, antwortete Yungdung träge.

Aber der Alte war fest entschlossen. »Was! Hast wohl Angst davor, die Rechnung nicht bezahlen zu können? Brauchst dich heute nicht darum zu sorgen, wir trinken auf meine Kosten.«

»Darum geht es nicht. Mir ist heute einfach nicht danach, mich zu betrinken.«

»Nun komm schon, wirst schon auf den Geschmack kommen, wenn wir erst dort sind.« Der Alte humpelte bereits ganz aufgeregt voran.

»Aber denk dran, wir trinken heute nicht so viel wie das letzte Mal.«

Als sie bei Achak Pasang waren, bestellten sie ihren ersten Plastikkrug Chang. Köstlich schmeckte das tibetische Bier dieses Mal, deshalb bestellten sie gleich noch einen. Und bevor die Nacht halb um war, hatten sie schon die Übersicht verloren und wussten nicht mehr, wie viele Krüge sie geleert hatten.

»So gerne würde ich Fleisch dazu essen, so lange ist es her, seit ich ein wirklich gutes Stück Fleisch gegessen habe«, stöhnte der alte Mann.

»Stell dich nicht so an, du wirst nicht daran zu Grunde gehen.«

»Du magst Fleisch doch auch, warum versuchst du dann ständig, mich davon abzubringen? Welches Recht nimmst du dir eigentlich heraus, mir zu sagen, was ich tun und lassen soll?« Der alte Mann war schon ganz rot im Gesicht, und in seiner einen Gesichtshälfte zuckte es unwillkürlich.

»Komm, Tsering, lass uns nach Hause gehen. Jetzt ist kein guter Augenblick, um über solche Dinge zu streiten«, sagte

Yungdung beschwichtigend und versuchte gleichzeitig, dem alten Mann hochzuhelfen, fiel jedoch zusammen mit ihm wieder zurück auf die Sitzbank.

»Lass mich. Ich werde nicht mit dir gehen, bevor du mir nicht dein seltsames Gehabe erklärst.«

»Ich werds dir später erklären, nun komm schon. Lass uns zu unserer Hütte zurückgehen.«

Irgendjemand hat einmal gesagt, dass Chang nicht ein Getränk des Geistes, sondern eines des Herzens sei. Und der alte Mann hatte nun offensichtlich den Chang in sein Herz eingelassen und ließ ihm freien Lauf. »Nein, ich komme nicht mit. Ich will jetzt eine Erklärung haben, jetzt und hier!«

»Du willst also eine Erklärung von mir, ja? Gut, ich werd sie dir geben. Als wir noch in Tibet lebten, aßen wir den ganzen Tag nur Fleisch, weil wir nichts anderes hatten außer Tsampa. Nur die Wichtigtuer und Aristokraten und ihre stiefelleckenden Lakaien aßen richtiges Gemüse. Für uns Dörfler hätte es sich nicht gehört, ihre kulinarischen Vorlieben nachzuahmen.

Aber der eigentliche Grund, weshalb wir Fleisch anderen Nahrungsmitteln vorziehen, ist, dass wir im Grunde unseres Herzens immer noch Barbaren sind. Obwohl wir hohe Ansprüche vorgeben und den Buddhismus nachäffen, sind wir bereit, dem anderen beim kleinsten Streit die Kehle durchzuschneiden, selbst wenn es nur um eine Lammkeule geht.

Zurzeit leben wir im Exil, leben von dem Land, das unseren Wohltätern gehört. Schau, wie sie leben, essen und Wert auf gute Bildung legen. Dennoch haben sie so viel Zeit und Geld an uns verschwendet, an uns schamloses Volk, lauter Wichtigtuer und geizige Egoisten. Und unsere Kinder sind um keinen Deut besser. Wir haben ihnen nicht beigebracht, den anderen zu achten. Wir sprechen vom Wohl aller Lebewesen, meinen aber, selbst im Mittelpunkt der Welt zu stehen. Wir sind ohne Moral. Unsere zehn Gesetze für den ordinierten Mönch, die Lhacho gewa chu, und die sechzehn Regeln für die Laien, die Mi-cho tsangma chu-duk, haben ihre Bedeutung für uns verloren. Und wenn sich in diesem Jahrhundert alle anderen Völker weiterentwickeln, gehen wir wieder zurück in die Wildnis und führen ein Leben schlimmer als Tiere.

Heutzutage spricht jeder davon, dass wir schon bald unsere Freiheit wiedererlangen werden. Aber lass dir eines sagen: Wirkliche Freiheit werden wir nur erreichen, wenn wir begreifen, dass nicht nur wir in dieser Welt leben. An dem Tag, an dem wir feststellen, dass es auch noch andere Lebewesen gibt, und deren Freiheit ebenso respektieren, an dem Tag erst werden wir in der Lage sein, unsere eigene Freiheit zu genießen.

Warum also fangen wir nicht an, zu lernen, und zwar heute und jetzt? Wir sollten lernen, solange wir im Exil sind, all die kleinen Dinge, die eines Tages wirklich wichtig werden könnten. Lass uns lernen und unseren Kindern die wahre Bedeutung menschlicher Beziehungen beibringen. Lass uns die Kinder auf einen Weg führen, der sie aus unserer Engstirnigkeit herausführt.«

Nach diesen Worten sprang Yungdung auf und ging hinaus in die kalte Nacht.

Am nächsten Morgen kamen sie. Die aufgebrachte Menge war mit Stöcken, Ketten und Eisenstangen bewaffnet, einige trugen sogar Gewehre bei sich. Auch Polizisten hatten sich unter die Menge gemischt. Immer lauter wurde ihr Schreien und Lärmen. Die Leute in den Hütten hörten ängstlich, wie sich die Meute näherte, und viele unter ihnen kannten den Grund dieses Aufruhrs.

Inzwischen wurden die Hohn- und Spottrufe der zornigen Menschen deutlicher.

»Bettler, kehrt zurück!«

»Ihr Untreuen, verlasst unsere heilige Erde. Allein eure Gegenwart macht uns krank!«

»Ihr Bastarde und Hurensöhne, Diebe, Lügner, geht zurück!«

Angesichts dieses Ansturms blieb ihnen nichts anderes übrig, als in die Berge zu fliehen. Und so rannten sie Hals über Kopf los, zogen die Jungen, Alten und Kranken hinter sich her, versuchten, so viel Abstand wie nur möglich zwischen sich und die aufgebrachte Meute zu bringen. Alle hatten sie Tränen in den Augen, Tränen aus lauter Wut, aus Angst und gebrochenem Stolz. Einige verstanden nicht, wie es dazu gekommen war. Und die, die den Grund kannten, verfluchten diejenigen, die das Ganze ausgelöst hatten. Einige rannten, andere humpelten, wieder andere krochen, die Menschen waren am ganzen Hang verstreut und hatten sich in Grüppchen zusammengefunden.

Unter ihnen am Fuß des Berges hatte die wütende Menge unzählige Zelte und Hütten niedergerissen und sie in der Mitte der Siedlung aufgestapelt, da, wo sich die tibetischen Flüchtlinge sonst für ihre Gebetszeremonien versammelt hatten. Nichts wurde verschont, alles auf den Haufen geworfen: Kleider, Möbel, Betten wurden auf alten Jutesäcken und Holz übereinander getürmt.

Weit oben in den Bergen sah Yungdung den Rauch aufsteigen. Zuerst waren es nur kleine Rauchwölkchen, doch als das trockene Holz Feuer fing, loderten die Flammen hoch. Blauer Rauch wand sich spiralförmig empor, dann stieg eine schwarze Rauchsäule auf. Kein Wind wehte, und die dunklen Rauchwolken zogen weit in den Himmel hinauf. Sie nahmen ihren Lauf, den kein menschliches Wesen hätte rückgängig machen können.

Die schmerzvolle Einsicht, dass man als Flüchtling immer wieder von vorn beginnen musste, kam so plötzlich über ihn, dass Yungdung die Beherrschung verlor. Er setzte sich am Wegesrand nieder und weinte leise vor sich hin.

Kumar Sanyal Prabodh

Mondschein um den Trishul

Hohe Bergketten – im Winter schweigende, schneeverwehte Talmulden. Wenn der Sommer kommt, blühen tausend bunte Blumen am Rain, und in ungestümem Übermut stürzen sich die Bergbäche in erschreckende Tiefen.

Wunderschön ist das Landschaftsbild von Kumaon. Es wurde immer wieder mit einem Edelstein an der Stirn Mutter Indiens verglichen. Die Städter entfliehen der großen Hitze und suchen in den Luftkurorten von Kumaon Erholung. Händler schlagen hier ihre Waren um, und Wanderasketen, Yogis und Dialektiker, Mystiker und Zauberer – sie alle suchen seit Buddhas Zeiten und vordem Zuflucht in der Bergwelt von Kumaon.

Manche dieser Yogis und Asketen waren Persönlichkeiten von ausgeprägtem Charakter. Sie waren von revolutionärem Geist und von neuen, sozialen Gedanken erfüllt, für die sie in den Ebenen Indiens kein Verständnis finden konnten. Hier scharten sie Schüler und Gefolgsleute um sich und traten als Häupter kleiner Gemeinschaften und Führer von Sektengruppen auf. Die einen sonderten sich ganz von den Siedlungen anderer Menschen ab, um in der völligen Alleinsamkeit einen höheren Bewusstseinszustand zu erreichen. Ihr Geist verließ den Körper, um ihn fortan als ein Skelett zu betrachten. Andere schickten die Seelen in höchste Höhen hinauf oder versuchten durch Konzentration aller Kräfte jenes innere Feuer zu schaffen, das ihnen Macht über alle anderen Wesen gibt. Sie glauben durch die Luft schreiten zu können, mit ihren Fingerspitzen Sonne und Mond zu berühren und Steine in lauteres Gold zu verwandeln.

An den Ufern der Bergwässer von Kumaon gibt es hunderte, tausende bunter, schillernder, glitzernder Kieselsteine. Wo die Götter leben, liegen Schätze verborgen! Jahr für Jahr ziehen daher Glücksritter die Täler von Kumaon hinauf, die nach dem Wunderstein suchen, der die Kraft besitzen soll, alles, was mit ihm in Berührung kommt, in Gold zu verwandeln. In unserer Schöpfungsmythologie spielen die Wunderdinge eine große Rolle, die bei der Butterung des Milchmeeres an die Oberfläche gelangten. Der Glaube an sie hat sich bis auf den heutigen Tag erhalten. Ich erfuhr einiges darüber aus Gesprächen der Bergbäuerinnen, die an den Fluss kommen und sich zwischen den bunten Rollsteinen niederlassen, um dort zu plaudern, bevor sie ihre Krüge mit Wasser füllen und die Ziegen und die Schafe wieder heimwärts treiben.

Kumaon ist faszinierend. Wenn die Wolken wandern und sich zu Ketten verbinden, die sich von Berggipfel zu Berggipfel schlingen, erscheinen die Frauen vor den Hütten und Häusern. Mit lauten Stimmen rufen sie die Hütejungen von den Hängen zurück. Die Burschen kommen dann auf Ochsen angeritten. Sie schnalzen mit der Zunge, und Glocken klingen, Glocken, die den Ziegen um den Hals gebunden sind.

Zu Kumaon gehören die ächzenden Ochsenwagen, die manchmal einen ganzen Monat oder noch länger unterwegs sind, bevor sie wieder ins Dorf zurückkehren. Sie tauchen auf, wo geerntet wird. Viele Männer von Kumaon verdienen ihren Lebensunterhalt als Tagelöhner in der Ebene. Sie nehmen ihre Frauen und ihre Kinder in den Ochsenwagen mit über Land. Dort, wo es Arbeit gibt, bleibt der Wagen stehen. Am Tag schneiden die Männer das Korn und binden es zusammen, und die Frauen hocken im Schatten eines Baumes und bereiten das Essen, und die Kinder springen umher und spielen. Ist die Ernte eingebracht, ziehen die Männer von Kumaon weiter, um auf anderen Gehöften auszuhelfen.

Immer wieder, im Frühling und im Herbst, habe ich die Ochsenkarawanen beobachtet, wie sie sich langsam auf den Bergstraßen nach unten oder nach oben winden, wie die Tiere dahinstampfen. Ihr langsamer Trott schien mir den Lebensrhythmus zu symbolisieren, den Lebenskreis, der sich schließt und immer wieder von vorn beginnt. Die Ochsenwagen haben ihre Spuren tief in die Erde Kumaons gegraben. Aber auch in mir hinterließen sie ihre Spur.

Die Bergbauern im Himalaya führen ein hartes Leben. Ihre Terrassenfelder bringen nicht allzu viel ein. Wolle erhalten sie von den Schafen, Milch von den Ziegen. Durch Korbflechten und andere Gewerbe, vor allem aber als Tagelöhner versuchen sie, ihre Familien durchzubringen. Durch ihre Abgeschiedenheit und Armut entwickeln sie einen starken Familiensinn. Um die Felder nicht teilen zu müssen und weil das Geld für den Brautpreis knapp ist, teilen oft mehrere Brüder eine Frau. Der älteste Bruder heiratet ein Mädchen, und die anderen Brüder, die oft den größeren Teil des Jahres als Lohnarbeiter über Land ziehen, haben ihrerseits Anspruch auf die junge Frau.

Bei meinen Wanderungen durch Kumaon gelangte ich eines Tages nach Raniketh. Es herbstete schon. Die Sommerhitze war gebrochen, und die Tage begannen kürzer zu werden.

Es war übrigens nicht mein erster Besuch in diesem idyllischen Luftkurort. Als ich über die Bergketten schaute, als mein Auge die Schneegipfel einen nach dem anderen berührte, erfüllte sich mein Herz mit Freude und mit Dankbarkeit. Ich hatte das Gefühl, endlich wieder unter lieben alten Bekannten zu sein.

Shashanka, mein alter Freund, war bei mir. Auch er fühlte wie ich. Wir waren so glücklich, dass wir uns in Schweigen verloren und still die Berge begrüßten, die seit Beginn der Welt so viele Dinge zu beobachten vermochten, die stumme Zeugen unzähliger Begebenheiten und endloser Menschenleben sind.

Als wir durch die Straßen des lieblichen Raniketh gingen, befanden wir uns auf einmal wieder inmitten der modernen Zivilisation. Wir hatten lange Zeit hindurch nur die Landschaft und bäuerliches Leben gesehen.

Raniketh ist wahrscheinlich eine der hübschesten Siedlungen in der Bergwelt. Jeder scheint hier mehr oder weniger sein Auskommen zu haben. Die Häuser und die gefälligen Bungalows erinnern an die Epoche, als Raniketh noch ein florierender Erholungsort war. Die natürliche Schönheit und die gesunde Luft ließ die Engländer hier einen Luftkurort errichten. Eine Zeit lang beabsichtigten sie sogar, Raniketh anstelle von Simla zur Sommerhauptstadt Britisch-Indiens zu machen. Doch dieser Plan wurde niemals durchgeführt.

In Raniketh gibt es nirgendwo einen ebenen Flecken. Es geht überall herauf und herunter, immer wieder muss man steigen. Trotzdem ist die Anlage der Stadt nicht übermäßig kompliziert. Es gibt eine Hauptstraße, die beiderseits von Läden flankiert ist. Je höher man hinaufkommt, umso schöner die Häuser, umso reicher die Menschen, die sie erbauen ließen. Alles wurde hier für wohlhabende Regierungsbeamte angelegt, die einen angenehmen Sommer in der Kühle der Berge verbringen wollten.

Die Stadtanlage von Raniketh wirkt wie eine Veranda, von der man die Schneekuppen in Ruhe genießen kann, den Nilkanth und Badrinath, den Hathiparbat, Dauriparbat, den Trishul und den Gipfel von Nandagauri. Ein Berg scheint neben den anderen dahingesetzt, zur bloßen Freude der

Augen und zum Vergnügen des Herzens. Nie wird man in Raniketh müde, auf diese Eisriesen zu schauen, die im Verlaufe des Tages immer wieder ihr Aussehen, ihre Farbgebung und Stimmungen wechseln.

Zwei Tage lang waren Shashanka und ich so überwältigt von der Schönheit dieser Bergwelt, dass wir immer wieder stumm nebeneinander hergingen. Wir konnten uns einfach nicht von dem Anblick losreißen, den die Bergprofile inmitten der himmlischen Farbenpracht gewähren.

Wir verließen Raniketh auf der Straße, die nach Badrinath führt, wir kreuzten Badribazar und Shankarmath. Wir beobachteten den Wechsel in den Erscheinungsformen. Die Gesichter der Erwachsenen und der Kinder hatten sich geändert. Auch die Tiere sahen auf einmal anders aus. In Ramandanagar waren die Leute bereits ganz und gar mongolisch, mit ihren hohen Backenknochen, der gelbbraunen Haut, den schmalen Augen und dem glatten Haar.

In einem kleinen Ort besuchten wir einen alten Tempel. Es war ein Heiligtum des Mahadeva. Den Weiler schienen von allen Seiten Berge zu umschließen. Hinter dem Tempel dehnten sich schmale Feldstreifen aus.

Nach vier Meilen erreichten wir schließlich Shendogram. Auch hier fanden wir einen Tempel, der das Bildnis Lord Shivas enthielt. Er war erst kürzlich weiß getüncht worden, und Blumen und Gaben vor dem Götterbild bekundeten die Gläubigkeit der Bauern. An einem Gandhi-Ashram vorbei gelangten wir in den Wald, und während wir ausschritten, überraschte uns von Zeit zu Zeit ein Ausblick von überwältigender Schönheit auf den Trishul.

Schon hatten wir den heiligen Berg, der nach dem Dreizack Shivas seinen Namen trägt, zwischen den Nadelbäumen viele Male bewundert, als wir auf einmal aus dem Wald heraustraten und dem Berg unvermittelt gegenüberstanden. Wir vermochten unseren Augen zuerst nicht zu trauen. Der Ausblick schien uns eine Vision, eine Spiegelung unserer eigenen Fantasie, unseres Verlangens, den Trishul in allen Facetten zu erleben. Wir fanden keine Worte. Mein Herz klopfte ungestüm. Die Schönheit war so überwältigend, dass sie meine menschliche Natur kaum zu fassen vermochte.

Während wir uns in Betrachtung des Trishul verloren, musste ich an die Skelette denken, die dort gefunden wurden. Sie erregten nicht geringes Aufsehen in der Presse, und weite Kreise beschäftigten sich mit der Frage, wer die Menschen gewesen sein mochten, die hier elendiglich umkamen. Der Boden ist in dieser Gegend etwa zehn Monate lang schneebedeckt, und so lagen die Überreste der Verunglückten lange unter einer dicken Schneedecke verborgen. Waren es Soldaten gewesen, die von einem feindlichen Trupp erschlagen wurden? Oder waren es Pilger, die ausgezogen waren, um der Gauridevi Opfer zu bringen? Vielleicht kommt dies der Wahrheit am nächsten, denn es ist noch heute Brauch, dass sich Jahr für Jahr Pilgergruppen mit dem Bild Shivas und der Göttin aufmachen, um die Höhenlagen des Trishul zu erreichen. Diese Pilger nennt man hier Nandajat, Gottesleute. Ihr Hauptziel besteht darin, ein Bad in den Quellwassern zu nehmen, die unmittelbar vom Trishul herunterfließen. Manchmal erreichen die Frommen ihr Ziel. Häufig müssen sie jedoch zurückkehren, denn die Vorboten von Regengüssen und Schneestürmen zwingen die Pilger, ihr Vorhaben aufzugeben. Vor dreißig Jahren soll es einer Pilgergruppe geglückt sein, Rupkund am Trishul zu erreichen, wo sie die Skelette fanden. 1952 glückte abermals eine Trishul-Prozession.

Da die Skelettfunde ein so großes Aufsehen erregten, entsandte die indische Regierung eine Delegation des Anthropologischen Dienstes nach Rupkund und ließ die Skelette wissenschaftlich untersuchen. Nach dem Bericht der Kommission handelte es sich um Pilger, die vor etwa zweihundert Jahren ausgezogen waren und, von einem Schneesturm überrascht, den Kältetod fanden. Frauen und Kinder gab es unter den Pilgern. Auch einige Hirten und Tiere waren dabei und alle möglichen Ausrüstungsgegenstände, die darauf hinwiesen, dass die Frommen für eine weite Reise gerüstet waren.

Endlich gelangten wir nach Gaushani. Die Straße verläuft von Norden in südlicher Richtung. Es war so still um uns. Kein Laut erhob sich, und der schweigende Trishul verstärkte noch den Eindruck der Lautlosigkeit. Plötzlich erkannten wir einen Dak-Bungalow. Neben diesem befanden sich zwei kleine Läden. Der eine war ein Teeladen, und hier trafen wir einen Mann mit Brille, der sich uns als Führer anbot.

Gleich dahinter begann der steile Aufstieg. Shashanka ging voran. Wir stiegen unermüdlich, höher und höher. Als wir unser Ziel, das Rasthaus, erreicht hatten, erlebten wir ein Schauspiel, auf das wir nicht vorbereitet waren. Wenn man im Meer schwimmt, vergisst man oft beim Schwimmen, wie schön das Meer ist. Beim Bergsteigen ergeht es einem ähnlich.

Berge kann man erst aus einer bestimmten Nähe wirklich genießen. Hier oben, wo wir uns jetzt befanden, hatten wir das Gefühl, in Reichweite des Trishul zu stehen. Wir fühlten uns wie benommen, Shashanka und ich, verloren den Sinn für Zeit und Raum. Uns überkam das Gefühl, von der ganzen Welt losgelöst zu sein und außerhalb allen irdischen Bezuges zu stehen.

Unser Führer, dem die Betreuung des Rasthauses unterstand, schien auf seine Weise zu begreifen, was in uns vorging. Mit dem ihm eigenen Takt verschwand er und überließ uns unserem Staunen. Shashanka war so erschüttert, dass er seine Tränen ungehemmt fließen ließ.

Nach einer geraumen Zeit wandten wir uns dem Rasthaus zu. Vor dem Rasthaus zog sich eine Veranda hin, auf der ein bequemer Sitzplatz eingerichtet war. Ich hatte nur noch den einen Wunsch, hier ewig bleiben zu können. Wie reizvoll muss es sein, den Berg in allen Stimmungslagen kennen zu lernen, die Veränderungen während eines Tages, einer Woche, den Wandel der Jahreszeiten. Hier oben fühlt man sich der Welt entrückt. Man will von allem, was da unten vorgeht, nichts mehr wissen.

Ich begann zu vergessen, dass es unzivilisierte, ungeformte, rohe und heimtückische Menschen gibt. Hier vermochte man sich so etwas überhaupt nicht mehr vorzustellen. Im Angesicht der reinen Schönheit fühlte ich nur noch Frieden und Harmonie. Ich war Teil der Natur und ihrer lauteren Schönheit.

Der Mann mit der Brille brachte uns Tee und Essen. Wieder verschwand er wortlos. Auch Shashanka verharrte schweigend, wir verzehrten unser Mahl und hingen dabei unseren Gedanken nach. Während ich das Farbenspiel in mich aufnahm, das so vielfältig war, dass ich keine Worte dafür finden könnte, um es zu beschreiben, fiel mir ein, dass einer unserer größten Zeitgenossen sieben Tage in diesem Rasthaus verbracht hatte – Mahatma Gandhi.

Als unser Betreuer kam, um das Geschirr abzuräumen, betrachtete ich ihn näher. Er mochte zwischen fünfzig und sechzig sein. Seine Kleider schienen nicht besonders gepflegt, wenngleich sie sauber waren. Was mich an ihm überraschte, war die Harmonie, die er ausstrahlte. In seinem Gesicht konnte man nicht die geringsten Anzeichen von Sorgen entdecken. Er schien so friedvoll, so gelöst. Durch seine dicken Gläser schaute er uns gelassen an und blickte freundlich auf die Umgebung. Doch verriet die Formung seiner Stirn, dass er ein Denker war. Stammte er von hier? Oder hatte ihn irgendein ungewöhnliches Schicksal hierher verschlagen?

Wir fragten ihn nach Gandhi. Sein Gesicht schien plötzlich verklärt, doch beherrschte er sich und berichtete sachlich, dass Gandhi unter seiner Obhut stand, als er hier weilte. Er bereitete Gandhis Bett, richtete sein Bad und kümmerte sich um sein Mahl und die Ordnung seiner Papiere. Er legte seine Sachen zusammen und bewachte ihn während der Nacht, wenn Gandhi auf seinem Charpai ruhte.

»Mein Vater lebte damals noch, und ich zählte etwa zwanzig Jahre. Ich war die ganze Zeit um Gandhi. Er hat oft Wanderungen unternommen. Ich begleitete ihn immer, und er pflegte seine Hand auf meine Schulter zu stützen.«

Ich konnte nicht feststellen, ob er weinte. Seine Stimme hatte einen sonderbar verhaltenen Klang, als er uns die Einzelheiten seiner Begegnung mit Gandhi erzählte. Ich hatte die ganze Zeit, während ich ihm zuhörte, das Gefühl, dass er viel mehr war, als er zugab. In seiner bescheidenen Art offenbarte er einen solchen philosophischen Gleichmut, wie man ihn meist nur bei Menschen findet, die viel litten und dachten. Hatte er eine erfolgreiche Karriere da unten aufgegeben, um hier oben dem Andenken an Gandhi zu leben?

Wir erfuhren von dem Erzähler auch von einem Amrit Lal Seth, der unweit von unserem Rasthaus in Gangakutir lebte. Wir kannten den Namen dieses mächtigen Bombayer Großkaufmanns. Er hatte fünfunddreißig Jahre mit Gandhi und für Gandhi gewirkt. Da er an hohem Blutdruck litt, verordnete ihm Gandhi eine Höhenkur, und Amrit Lal Seth kam hierher, um sich zu erholen. Er erfuhr hier die niederschmetternde Nachricht von dem Märtyrertod seines Freundes und Meisters. Der Schlag traf ihn so sehr, dass er lange ans Bett gefesselt blieb. Als Amrit Lal Seth dann auch noch vom Tod Masruwalas erfuhr, des bekannten Exegeten der Philosophie Gandhis, beschloss er, sich fortan von allen geschäftlichen und irdischen Dingen zurückzuziehen und seinen Lebensabend in den Bergen zu verbringen.

Ich glaube, er traf keine schlechte Wahl. Wer würde auch schon freiwillig diese paradiesische Gegend verlassen, wenn er die Möglichkeit besitzt, hier oben zu bleiben?

Wir hatten Amrit Lal Seth besucht und über Gandhi, über Ramakrishna und Vivekananda gesprochen. Jetzt machten wir uns auf den Heimweg. Als wir uns verabschiedeten, bemerkte Amrit Lal Seth noch: »Habt keine Angst, die Wolken um den Trishul werden sich verziehen.«

Es war eine Vollmondnacht. Aus dem schwarzblauen Himmel blickten die glänzenden Sterne wie die Augen von Wesen, die beobachtend auf unsere Welt herniedersehen. Ein Wolkenfetzen wanderte in Richtung des paradiesischen Kalaisa. Der honigfarbene Mond ließ die Schneekuppen in einem unwirklichen Licht erglühen. Sie schienen einer anderen Daseinsform anzugehören.

Wir wanderten fröstelnd durch die traumhafte Landschaft in Richtung unseres Rasthauses. Shashanka zog die Schultern hoch. Die Kälte nahm immer mehr zu, ein schneidender Wind strich an den Berghängen entlang. Völlig durchgefroren kamen wir schließlich an und legten uns zur Ruhe. Ich streckte mich unter meinen Decken mit geschlossenen Augen aus und verlor mich in Gedanken. Plötzlich vernahm ich einen Schrei. Ich schreckte auf.

»Shashanka! Ist etwas passiert?«

Ich fand ihn draußen auf der Veranda, Shashanka, meinen Freund, in Verzauberung erstarrt. Als ich aufblickte, erkannte ich, was ihn zutiefst bewegte. Die Wolken um den Trishul hatten sich soeben verflüchtigt, und der ewige Berggipfel grüßte uns in mildes Mondlicht getaucht.

Schweigend verharrten wir nebeneinander, verbunden in einer unaussprechlichen Freude, durchzittert von einem Übermaß an ästhetischem Genuss.

Es gibt Orte von so unbeschreiblicher Schönheit und

Großartigkeit im Himalaya, dass man darüber sein ganzes bisheriges Leben vergessen kann. Plötzliche Ausblicke bewegen uns zutiefst in der Großartigkeit ihrer Formen und in den reinen Farben. Man fühlt sich auf einmal in einen anderen Raum, in eine andere Zeit versetzt, in der alles stillzustehen scheint, in der es nur noch Schauen und keine Sprache mehr gibt … Weit weg von menschlichem Hasten und den Spannungen zwischen irdischen Freuden und Leiden entsteht hier jene überirdische Freude, in der sich die Loslösung vom Selbst in kosmischem Entzücken vollzieht unter dem schweigenden Himmel, in der geheimnisvollen Transparenz zwischen den Weltenräumen.

In Rishikesh treffen sich die Gedanken vieler großer Geister. Unsere Dichter und Denker, Literaten und Philosophen, Millionen von Gläubigen, Eremiten und Wanderasketen – am Ganges entlang zogen sie nach dem heiligen Hardwar und von dort nach Rishikesh, dem Tummelplatz des heiteren Gottes. Rishikesh gewann durch seine Heiligkeit. Wer einmal diesen paradiesischen Ort in den luftigen Himalaya-Bergen kennen gelernt, wer einmal den Klang der Seele, die eins mit dem Unendlichen ist, gehört hat, der wird sein ganzes Leben lang die Sehnsucht nach der Heimat des Glücks und der Seligkeit nicht verlieren.

Man trifft auf Menschen aller Prägungen in Rishikesh. Am Fluss unter schattigen, dicht belaubten Bäumen baut der Swami seine Hütte. Wie der Herr des Weltalls lagert er unter dem azurblauen Himmel. Die Opferschale bedeckt seinen Leib. Aus seinem Haarknoten entspringt die Ganga, um die Füße ihres Herrn zu berühren. Arme und Alte, Kranke und Krüppel, die Mühseligen und die Beladenen, selbst die Bösen und die Hässlichen finden Zuflucht bei ihm, hier in Rishikesh, am Tummelplatz der Freude. Wenn du strauchelst, wird es einen Swami geben, der deine Hand fasst.

Fern von den Behausungen anderer Menschen, los und ledig von den vielfältigen Sorgen des Familienlebens, ohne Rücksicht auf die Bindungen, die menschliche Gesellschaftsordnung auferlegt – so suchten schon die Rishis, die arischen Seher, am Ufer des Ganges, in ausschließlicher Hingabe Weisheit und Erleuchtung. Die Ergebnisse ihrer Erkenntnis schenkten sie ihren Schülern, und diese trugen die Lehren, durch die sich der Mensch selbst verwirklichen und zu einer ganzen Persönlichkeit heranreifen kann, weiter. Und indem er seine letzte, einmalige Form begreift, erlebt er sein Reifen und die Erlösung in der Auflösung der eigenen Existenz.

Aber nicht alle erfahren ihre Selbstwerdung als im Glauben verwurzelt. Einmal erlebte ich die Begegnung mit einem Agnostiker in Rishikesh. Er war ein Mann in den besten Jahren, der einen Namen als Universitätsprofessor besaß, ein Mann von scharfer Logik und hoher Sensibilität, aber ohne irgendeine Spur von Glauben. Er machte auch keinerlei Hehl daraus und schien nicht die geringste Scheu selbst im Kreise der Frommen zu empfinden. An einem Sommermorgen lagerten wir unter einem Baum, der Professor, mein Freund Shashanka und noch ein paar andere junge Leute.

»Ich kann mir einfach nicht vorstellen, was man nicht beweisen kann. Ich lasse nur gelten, was man experimentell darstellen kann«, meinte er lächelnd, während seine Augen über eine Gruppe von Vaishnavaschülern glitten, die hingebungsvoll ihre Kirtans sangen.

Es war für unseren Agnostiker durchaus möglich, seine atheistischen Gedanken im Kreis von Swamis und Gläubigen offen auszusprechen, ohne dass ihn böse Blicke trafen, ohne dass man ihn ignorierte oder gar mit Steinen nach ihm warf.

Die heiligen Männer ließen ihn einfach als einen Philosophen gelten, der vom letzten Grund aller Dinge und von Gott nichts Sicheres zu erkennen vermag.

Shashanka teilte meine Liebe zur Bergwelt, die Wanderlust und den Drang, die Welt der Menschen, Berge und Götter zu verstehen. Immer wenn er sich von seinen beruflichen Pflichten frei machen konnte, entfloh er der Hitze und dem Lärm Kalkuttas und begab sich in die ewige Bergwelt hinauf.

Während eines Spazierganges erzählte er mir von den Gerüchten, die in Hardwar im Umlauf waren. Sie betrafen ein bengalisches Mädchen, das zwischen den Pilgerorten umherwanderte.

»Es soll ein schönes Mädchen sein, aber völlig verwahrlost. Einige meinen, das Mädchen sei aus gutem Hause. Es habe sogar die Universität besucht und spräche fließend Englisch. Die meisten glauben, das Mädchen habe einen großen Schock erlitten. Vielleicht war es Zeuge eines großen Unglücks. Oder es hat sonst irgendein Leid erfahren. Es könnte auch sein, dass es sich mit der Familie überwarf und daher das Elternhaus und die Heimatstadt verließ. Das Mädchen war vielleicht mit einem Heiratsarrangement nicht einverstanden. Es soll noch sehr jung und unverheiratet sein, versicherten mir die Leute.«

Meine Neugierde war geweckt. Ich versuchte Weiteres von Shashanka zu erfahren. Aber er wusste auch nicht mehr, und so bat ich ihn, nach dem Mädchen zu suchen.

»Es soll zurzeit irgendwo in der Nähe Lakshmanjhulas sein. Jeder wisse dort von dem Mädchen, aber niemand könne sagen, wo es sich eigentlich aufhalte und wo es wohne.«

Wir schlugen auf mein Drängen die Richtung zu jener kleinen Ortschaft ein, die ihren Namen nach dem Bruder des Helden Ram und der Brücke trägt, die sich wie eine Schaukel über den Fluss spannt. Ein paar Hütten, ein paar neugierige Menschen – das ist Lakshmanjhula.

»Sie ist eine Pilgerin, eine Heilige«, versicherten die Leute in naivem Aberglauben, als wir nach dem Mädchen fragten. »Sie kommt und geht.« Und die Frauen wiesen in die Richtung, in der die vermeintliche Heilige lebte.

Wir überquerten die Brücke und fanden sie nach einigem Suchen vor einer unansehnlichen, baufälligen Behausung. Sie war in Gesellschaft von zwei Bettelmönchen. Der eine schien bengalischer Herkunft zu sein, der andere war undefinierbarer Abstammung. Seine Sprache war primitiv und flach. Die glänzend-glasigen Augen verrieten, dass er unter dem Einfluss irgendwelcher Drogen stand.

Unser Blick fiel auf das Mädchen. Seine elfenbeinfarbene Haut und das Profil verrieten edle Herkunft. Die großen dunklen Augen blickten unter langen Wimpern ruhig und verhalten. Das Mädchen mochte etwa Mitte zwanzig sein.

Als uns das Mädchen sah, trat es auf uns zu und grüßte höflich und bescheiden. Wir erwiderten den Gruß, fühlten uns aber so betroffen und irritiert von ihrem schmutzigen Hüfttuch und dem verschmutzten und zerrissenen Hemd mit hochgekrempelten Ärmeln, dass wir eine ganze Weile schweigsam blieben. Schließlich überwand ich mich und fasste Mut.

»Was tun Sie eigentlich hier? Wollen Sie eine Asketin sein?«

Die schöne Bettlerin senkte die Lider und wollte zuerst keine Antwort geben. Zögernd meinte sie schließlich: »Die Welt ist frei. Ich kann schließlich hingehen, wohin es mich zieht und wohin es mich treibt.«

Ich deutete auf die Hütte. »Wohnen Sie hier?«

»Ich lebe etwa seit drei Wochen hier. Was kümmert es Sie. Später werde ich eben weiterziehen. Irgendwohin«, meinte sie und deutete auf den Wald.

Ein paar Bauern kamen über die Brücke, und als sie näher heran waren, wiesen sie auf das Mädchen. »Seht doch, das ist die Sannyasi.« Dann meinten sie zu uns gewandt: »Sie lebt ein heiliges Leben und jetzt will sie sogar einen Ashram gründen.«

Das Mädchen, das sein Haar wie ein Junge geschoren hatte, schwieg.

»Ich für meinen Teil finde es merkwürdig, dass Sie in solch einem Aufzug herumlaufen und ein solches Leben führen.« Ich sprach absichtlich nachdrücklich und bestimmt.

Das Mädchen brauste auf und wies mich zurecht. »Ich brauche keine Hilfe.«

»Sie brauchen wirklich keine Hilfe?«

Sie schrie mir auf Englisch entgegen: »I don't need your help!«

Shashanka schaute mich vielsagend an. Wir glaubten beide, eingreifen zu müssen. Schließlich war sie eine Bengalin und dazu offenbar noch aus guter Familie.

»Sie brauchen doch sicher etwas Geld. Sie sollten sich wenigstens etwas zum Anziehen kaufen.«

»Ich sagte Ihnen schon, ich benötige nichts. Nein, nein, nein, ich brauche nichts. Verschonen Sie mich mit Ihrer Hilfe.«

»Fühlen Sie sich nicht gedemütigt vor anderen, vor sich selbst? So herumzulaufen und ein solches Leben führen zu müssen?«

Das Mädchen blickte mich mit großen runden Augen an. Jetzt war es wieder ganz gefasst und ruhig. Sanft erklärte es: »Nein. Ich finde nichts dabei. Warum sollte ich denn irgendetwas dabei finden, hier zu leben. Ich tue doch nichts Böses. Ich lebe bei der Mutter des Tempelwächters. Natürlich ist sie arm. Aber was macht das schon? Bedeutet das irgendetwas für das Leben, arm zu sein und nicht mehr an irdischen Dingen zu hängen? Ob ich hier bin oder irgendwo anders, in Lakshmanjhula oder in Rishikesh oder Hardwar. Es ist alles gleich für mich. Genügt Ihnen das?«

Trotz meiner Fragen, trotz meines Versuchs, in sie zu dringen, wollte unsere schöne Bettlerin keine Auskunft über sich geben. All meine Taktiken schlugen wegen ihrer Verschlossenheit fehl. Nun versuchte ich sie zu reizen.

»Sie sollten ruhig Selbstmord begehen. Es ist besser, tot zu sein, als in einer so unwürdigen Weise zu leben.«

Wir taten, als ob wir uns zum Gehen anschickten.

Auf einmal brach das Mädchen in Tränen aus.

Wir ließen uns nicht anmerken, dass wir ihren Gefühlsausbruch bemerkt hatten. Schon hatten wir uns ein paar Schritte entfernt, als wir einen Ruf hörten. Wir wandten uns um. Das Mädchen bat uns inbrünstig, zu bleiben. Es bekannte, meine Stimme hätte sie an ihren Bruder erinnert. Ob ich nicht mit ihm sprechen wollte? Das Mädchen deutete auf die Hütte. Ich trat ein. Shashanka, mein Freund, blieb taktvoll draußen. Ich setzte mich auf die schmutzige Bettstelle. Der Raum war halbdunkel und von einem muffigen, üblen Geruch erfüllt.

»Ich muss es Ihnen einfach sagen«, brach ich los. »Wenn es Ihnen schon niemand anders sagt, sollen Sie es von mir hören. Sie leben hier in einer Art und Weise, die unserem indischen Sinn für Wohlanständigkeit und Sitte zuwiderläuft. Haben Sie sich das noch nie überlegt? Haben Sie das immer noch nicht begriffen?«

Sie hörte mich geduldig an, die bengalische Bettlerin von Lakshmanjhula. Ihr Gesicht, soweit ich es in dem Halbdunkel zu erkennen vermochte, verriet keinerlei Bewegung. Es glich einer bleichen Maske, einer schönen Maske im Clownskostüm.

»Ich habe nun einmal den Entschluss gefasst, hier oben zu leben. Sie dürfen es übrigens ruhig wissen, ich bin eine verheiratete Frau. Mein Mann weiß nicht, wo ich bin. Auch meine

Eltern wissen nicht, wo ich bin. Wenn sie die geringste Ahnung hätten, wo ich mich aufhalte, würden sie sofort kommen, um mich nach Hause zu holen.«

Die Bettlerin schwieg eine Weile. Auch ich sagte nichts. Plötzlich fuhr sie in dramatischer Steigerung fort: »Ja, ich bin einfach fortgerannt, von zu Hause fortgerannt. Niemandem habe ich etwas von meiner Absicht gesagt. Eines Tages war ich einfach verschwunden. Sie werden mich schon gesucht haben. Aber sie konnten mich eben nicht finden. Nein, hier oben vermuten sie mich nicht. Ich habe sogar eine Tochter. Sie muss jetzt neun Jahre alt sein. Aber Sie brauchen nicht zu denken, ich hätte mich mit meinen Leuten gezankt. Ich habe nichts Ungehöriges begangen.« Die junge Frau lachte hell auf. »Nein, ich habe nichts Unrechtes verbrochen. Ich habe auch nichts Böses getan, wie Sie vielleicht denken. Es war auch sonst nichts vorgefallen. Es gab keine Tragödie. Es ist auch in der Familie kein Unglück geschehen. Alles, was Sie denken mögen, ist falsch.«

Die Bettlerin beugte sich vor. Ihr Gesicht kam näher an mich heran. Ich spürte ihre großen Augen, die plötzlich brannten und doch sonderbar leer erschienen.

»Wissen Sie – aber das wissen Sie eigentlich schon. Ich konnte das Leben einfach nicht mehr ertragen. Ich konnte es nicht länger aushalten.« Um ihren Worten mehr Nachdruck zu verleihen, schrie sie auf Englisch: »I am constantly rotting within myself!«

Plötzlich riss sie ihr Hemd hoch. Ich sah ihre nackte Brust. Für indische Begriffe kann man sich nichts Unanständigeres vorstellen, als zu den bloßen Beinen nun auch noch den Oberkörper zu enthüllen.

»Da, sehen Sie nur hin. I am rotting«, schrie sie mich an. Aber man sah nichts. Die Haut war hell und glatt. Sie hatte keine Wunden, keine Eiterungen, zeigte keine Fäulnis …

Ich fühlte kalten Schweiß auf meiner Stirn. Ich fand keine Worte mehr. Die Frau hatte das Hemd wieder heruntergezogen und stand in ihrem kurzen Lendenschurz vor mir wie in Trance. Plötzlich schien sie wie aus einem tiefen Schlaf zu erwachen und meinte mit dünner Stimme: »Sie haben mir vorgeschlagen, mich umzubringen. Sagen Sie mir wenigstens auch, wie ich das machen soll.«

Um sie zu Verstand zu bringen, gab es nur noch eine Methode, nämlich sie zu verspotten. »Es gibt viele Arten, sich ins Jenseits zu befördern«, erklärte ich obenhin. »Sie könnten sich zum Beispiel einen Berghang hinaufbegeben. Von dort sollten Sie hinunterspringen, wenn Sie das noch nicht wissen sollten. Ein Selbstmörder kann aber auch, wenn er Lust hat, ins Wasser gehen. Ich würde in diesem Falle aber dringend raten, sich vorher mit dicken Steinen zu beschweren. Es könnte sonst jemand auf die kluge Idee kommen, den Selbstmörder im letzten Augenblick in dieses friedliche Leben zurückzuretten.«

»Es ist doch eine komplizierte Sache zu sterben«, meinte die junge Frau mit der Stimme eines kleinen verwirrten Mädchens.

Wie ein guter Onkel beugte ich mich vor, wie ein Onkel, der seiner Nichte bei den Schulaufgaben hilft.

»Es gibt da auch noch eine ganze Reihe anderer Selbstmordarten. Sehen Sie, so eine nette kleine Dosis Gift hilft schnell und sicher. Es schmeckt zwar scheußlich, und man muss überdies auch ein Rezept vom Doktor besitzen, um es in der Apotheke kaufen zu können. Aber – natürlich, ich vergaß ja, Sie haben doch auch kein Geld und Sie wollen auch kein Geld von uns nehmen, wie Sie sagten. Dann fällt also das Gift weg.«

Unsere Unterhaltung zog sich in dieser Weise hin. Es war ein bloßes Spielen mit zynischen Phrasen. Plötzlich fiel mir auf, dass sie die Ironie überhaupt nicht verstand. Sie schien in sich gespalten. Sie plapperte ihre Antworten und Fragen wie ein Kind und schien dabei an völlig andere Dinge zu denken. Unsere Gegenwart hatte wohl in ihr Erinnerungen geweckt, Gedanken aufgescheucht, die bis dahin verborgen lagen. Obwohl sie steif und fest behauptet hatte, noch wenige Minuten zuvor, dass sie niemals wieder zurückkehren würde, empfand das Mädchen plötzlich Zweifel an seinem Tun. Unsere Bettlerin wusste auf einmal nicht mehr, ob es heilig oder ob es böse sei, was sie da tat.

Im weiteren Verlauf der Unterhaltung begannen wir uns besser zu verstehen. Ich erfuhr, dass die junge Frau bei unserem guten Freund Bose Pädagogik und Philosophie studiert hatte und dass sie einstmals eine begeisterte Musikerin war.

»Mein Mädchenname war Bhattacharya«, enthüllte sie plötzlich ihre Identität, ohne zu ahnen, welche schicksalhafte Verknüpfung sich aus dieser Offenbarung ergeben sollte.

Ich konnte allmählich unsere Bettlerin immer besser einordnen. Aus ihrer Weise zu sprechen, ihrer Wortwahl, aus ihren Kenntnissen entnahm ich ihre Zugehörigkeit zu einer unserer oberen Mittelstandsfamilien.

»Aber Sie brauchen nicht etwa zu denken, ich wolle wieder zurück. Auch Sie werden mich nicht dazu bringen. Versuchen Sie nur Ihre Methoden. Sie werden mich nicht umstimmen können. Ich bin einfach mit allem fertig. Ich will nicht wieder nach Hause. Ich will nicht. Nein, ich will einfach nicht!« Wieder begann sie Englisch zu sprechen. »All your efforts will be fruitless.«

Trotz ihres hektischen Ausbruchs spürten wir ein Gefühl der Zusammengehörigkeit. Die junge Frau war innerlich bewegt. Ich hatte ihr viel Aufmerksamkeit geschenkt, sie in Sphären zurückgerufen, die sie lange gescheut hatte. Wir sprachen mit ihr in dem Bengalisch der gebildeten Klasse. Wir hatten so viel Besorgnis um sie gezeigt, dass sie in einen Tränenstrom ausbrach, als wir Abschied von ihr nahmen.

»Ich kann nicht mehr. Ich kann einfach nicht mehr!« Die junge Frau machte einen so verzweifelten Eindruck, dass ich mir jetzt fast schuldig vorkam, ihre Grundstimmung an die Oberfläche getrieben zu haben. Mit meinen gezielten Bemerkungen, mit meinem Zynismus hatte ich sie reizen wollen. Jetzt brach sie hier vor uns zusammen. »Ich bin nicht mehr in der Lage, meinem Schicksal zu entgehen. Es gibt keinen Weg zurück. Ich weiß, es gibt hier in der Gegend einige Sadhus. Sie vertreten die absolute Aufhebung alles Widersprüchlichen. Sie hassen mich. Vielleicht werden sie mich töten.« Der Mund der jungen Frau zog sich krampfhaft zusammen. Sie war jetzt nur noch ein Bündel aus Angst und Schrecken. Dann entspannte sie sich wieder. Bitterkeit zeichnete jetzt ihre Züge.

»Und wenn sie mich umbringen. Sollen sie mich ruhig töten. Was machts schon. Vielleicht steht es in den Sternen geschrieben, dass ich so enden soll. Ich bin vielleicht nur in diese Welt gekommen, um ermordet zu werden. Ich habe sowieso keine Hoffnung mehr. Ich will nicht mehr. Ich bin nichts wert, nichts, nichts, gar nichts …« Ihre Worte erstickten in Schluchzen.

Als ich wieder in Kalkutta war, musste ich immer noch an diese junge Frau mit dem Mädchennamen Bhattacharya denken, an ihre feinen Züge unter dem lächerlich abrasierten Haar, an ihre zarte, elfenbeinfarbene Haut, an die Bettlerin im schmutzigen Hemd und Dhoti, an die Barfüßige, wie sie damals mit dem Sadhu mit den glasigen Augen jenseits der Brücke von Lakshmanjhula zusammenstand. Sie hatte bei mir einen bleibenden Eindruck hinterlassen, die junge Frau, in ihrer Hilflosigkeit, ihrer Armut, ihrer Verwirrung.

Einmal besuchte ich meinen Freund Nag von der bekannten Tageszeitung *Ananda Bazar Patrika* in Kalkutta. Nag fragte nach meinen letzten Erlebnissen in Tehri und Kumaon, und ich begann ihm die Geschichte der geheimnisvollen Bettlerin zu erzählen. Als ich den Namen erwähnte, den sie mir damals angab, unterbrach mich Nag.

»Merkwürdig. Stell dir vor: Ich kenne einen Mann namens Bhattacharya. Er ist ein wohlangesehener Mann, ein Doktor. Ich weiß, dass seine verheiratete Tochter eines Tages verschwand und dass er trotz allen Suchens keine Spur von ihr finden konnte.«

»Es wäre ein seltsamer Zufall, das Mädchen von Lakshmanjhula – Tochter deines Doktor Bhattacharya.«

»Ruf ihn doch mal an. Ich kann dir gleich seine Nummer geben.«

Nag blätterte im Telefonbuch und wählte die Nummer.

Als sich Doktor Bhattacharya meldete, berichtete er ihm kurz von unserem Gespräch. Dann übergab er mir den Hörer. Doktor Bhattacharya bat mich umgehend um eine Unterredung. Ich teilte ihm meine Adresse mit und verabschiedete mich von Nag.

Als ich zu Hause ankam, fand ich bereits einen weißhaarigen Herrn vor meiner Tür. Wir begrüßten uns, und noch ehe wir meine Wohnung betraten, zog Doktor Bhattacharya ein Foto aus seiner Westentasche, das offensichtlich schon vor langer Zeit aufgenommen worden war. Es zeigte bereits die typisch braungelbliche Verfärbung.

Ich nahm das Bild entgegen. Ich schrak zurück. Kein Zweifel. Sie war es, die Bettlerin von Lakshmanjhula, obwohl sie auf dem Bild das Haar ordentlich gescheitelt und einen Sari trug.

»Sie ist es. Sie ist es bestimmt.«

Der alte Herr presste die Lippen zusammen, und ich spürte die Bewegung, die ihn gefangen nahm. »Ich habe es gleich gewusst, als ich mit Ihnen sprach. Sie haben mir meine Tochter wiedergegeben.«

Er nahm sich nicht allzu lange Zeit, sich zu sammeln. »Es ist am besten, wenn Sie sich mit der Polizei in Verbindung setzen. Man wird sie sicherlich bald auffinden können.«

Doktor Bhattacharya begab sich umgehend zum Kommissariat, und noch in der gleichen Stunde ging ein Telegramm mit der Beschreibung der Vermissten nach Hardwar ab. Der nächste Nordexpress beförderte überdies den jüngeren Sohn Bhattacharyas in Richtung Rishikesh. Es war der Bruder, an dessen Stimme sie sich bei der Unterhaltung mit mir erinnert hatte. Jetzt eilte er, um die Vermisste heimzuholen. Ob sie mit ihm gehen würde? Den ganzen Abend verbrachte ich bei dem Vater, der alles über seine Tochter wissen wollte. Er ließ sich die Begegnung in allen Einzelheiten beschreiben.

»Das arme Kind.« Er seufzte und wiederholte immer wieder: »Was sie nicht alles durchmachen muss.« Aber warum sie von zu Hause fortlief, was damals, als sie ihre Familie verließ, in ihr vorgegangen war, das wurde mit keiner Silbe erörtert. Ich hatte wohl den Vater gefunden und eine Lösung schien im Gange, aber ich kam ihrem Geheimnis immer noch nicht auf den Grund.

In den nächsten Tagen stand die Geschichte der Bettlerin von Lakshmanjhula auf der Titelseite der Tageszeitungen. Auf unsere Intervention hin hatte der örtliche Kommissar von Hardwar ein Suchkorps ausgesandt, das auch nach einiger Zeit auf die junge Frau mit dem Dhoti und dem zerrissenen Hemd gestoßen war. Sie befand sich gerade im Ort, umgeben von Bauersfrauen, die der Sannyasi die Bettelschale füllten. Als der Polizeioffizier an sie herantrat und nach Namen und Herkunft fragte, schrien die Bergbäuerinnen: »Lasst die Hände von ihr. Sie ist eine Heilige. Sie ist eine wirkliche Sannyasi.«

Plötzlich rannten von allen Seiten Leute herbei. Immer mehr kamen, um die vermeintliche Heilige dem Zugriff der Polizei zu entziehen. Doch gelang es der Polizei in taktvoller Weise, die Bettlerin schließlich in den Streifenwagen zu setzen und sie später in Hardwar dem Bruder zu übergeben.

Es ist eine Eigentümlichkeit unseres Landes, dass es immer Leute geben wird, die sich irgendeiner absonderlichen Persönlichkeit verschreiben in dem Glauben, dadurch seelische Erleuchtung und geistige Erweiterung zu erfahren. Auch um die Bettlerin von Lakshmanjhula hatten sich seit unserer ersten Begegnung alle möglichen Menschen geschart, und die Gefolgschaft der jungen Frau versuchte, sie gegen den staatlichen Zugriff mit solcher Vehemenz zu verteidigen, als handle es sich dabei um einen kostbaren Besitz.

Monate vergingen. Ich hatte lange nichts mehr von der Familie Bhattacharya gehört. Eines Tages erhielt ich dann den Anruf des Doktors, der mich bat, seine Tochter einmal aufzusuchen.

»Sie ist in Varanasi. Sie sträubte sich, nach Kalkutta zu kommen. Bitte schauen Sie doch einmal nach ihr, und berichten Sie mir, was Sie über sie denken.«

Der Vater gab mir den Namen, unter dem sie lebte, er schrieb mir Straße und Hausnummer auf, und als ich das nächste Mal nach Benares fuhr, begab ich mich zu der Frau von Lakshmanjhula, die ich seither nicht wieder gesehen hatte.

Eine Dienerin ließ mich ein, nachdem ich mich auf Doktor Bhattacharya bezogen hatte. Sie gestattete mir auch, einen Blick in ein verdunkeltes Zimmer zu werfen. Dort erkannte ich die Umrisse der jungen Frau in einem ungefärbten Sari im Lotossitz. Wie eine Statue saß sie vor dem Bildnis irgendeines indischen Gottes.

Die Dienerin bedeutete mir, ich möchte warten. Wir könnten ihre Herrin vorläufig nicht stören. Ich setzte mich daher in einen anderen Raum, nahm ein Buch und begann zu lesen. Es schien mir, als hätte ich mich eine endlose Zeit in die Lektüre vertieft, als ich auf einmal ein irritierendes Gefühl empfand. Ich schaute auf. Sie stand unweit des Türvorhangs und hielt eine brennende Zigarette hinter dem Rücken versteckt. Sie musste wohl gerade geraucht haben, als sie mich entdeckte, und wollte nun verhindern, dass ich merkte, dass sie Raucherin war.

Nachdem sie sich auf geschickte Art der Zigarette entledigt hatte, begrüßte sie mich mit großer Herzlichkeit.

»Schließlich sind Sie mein Retter. Ich hatte wirklich nicht die Absicht gehabt, in ein normales Leben zurückzukehren. Sie waren es, der mich aus den Bergen herausriss. Sie zwangen mich wieder in ein bürgerliches Leben hinein. Ich muss wirklich Ihren starken Willen bewundern.«

Wir unterhielten uns eine Weile, und im Gespräch gewann ich die Überzeugung, dass ihr Denken keiner Logik folgte. Sie sprang von einem zum anderen Gegenstand, oder sie klammerte sich hartnäckig an einen Punkt. Lag es an ihrem eigenen Wesen, dass sie die Familie verlassen hatte? Vielleicht hatte das häusliche Ordnungssystem gar nichts mit ihrem Ausbruch zu tun. Ich hatte doch ihre Familie kennen gelernt und einen außerordentlich guten Eindruck gewonnen.

Später, viel später, erfuhr ich einmal von Freunden in Kalkutta, dass mit ihr tatsächlich etwas nicht in Ordnung war. Nach ihrer Entbindung hatte man sie schon einmal in ein Sanatorium gebracht. Aber es war ihr gelungen, aus der Heilanstalt zu entkommen. Da die Familie viel auf ihr bürgerliches Prestige hielt, versuchten alle Familienmitglieder die Tatsache zu vertuschen, dass mit der jungen Frau etwas nicht stimmte. Das Vorurteil gegen eine gespaltene Persönlichkeit in einer Familie ist sehr groß. Die Heiratsaussichten der anderen Geschwister würden darunter leiden. Trotz der Dankbarkeit, die Doktor Bhattacharya mir gegenüber bekundete, hatte er daher auch mit keiner Silbe das Geheimnis seiner unglücklichen Tochter enthüllt.

Es gibt viele Geschichten wie diese. Irgendwo wird es immer Menschen bei uns geben, die einen Sohn oder eine Tochter, einen Mann oder eine Frau zu finden suchen. Eines Tages verlässt irgendein Familienmitglied das Haus, ohne irgendetwas mitzunehmen, ohne ein Wort zu hinterlassen. Und die Bergwelt des Himalaya zieht alle diese Unglücklichen, Sonderlinge, Orientierungslosen, diese Mühseligen, diese Beladenen, diese Gezeichneten und Eskapisten an. In den Höhenorten fragt niemand nach Herkunft und Stand. Mit ein paar Steinen und ein paar Zweigen kann man eine Hütte erbauen, und es wird immer Gläubige geben, die die Bettelschale füllen.

Der Himalaya bildete seit ältesten Zeiten für uns eine Art Sozialventil. Wer sich in unser starres Gesellschaftssystem nicht einordnen kann, findet hier einen Ausweg. Im Namen der Religion lässt man ihn hier im Himalaya allein, denn wer würde schon wagen, einen Heiligen zu behelligen, einen Heiligen, der sein Leben der Gottheit zum Opfer bringt?

Aber man sollte nicht vergessen, dass die Religion oft nur Schein ist. Unsere Sozialordnung lässt seit den ältesten Zeiten keine anderen Lebensweisen zu. Wer sich in der Ehe nicht anpassen konnte oder gegen die Kastenordnung fehlte, wurde ausgestoßen, und ein Ausgestoßener konnte nur als Paria oder als Heiliger leben. Wie die Klöster im mittelalterlichen Europa erfüllten die Eremitenklausen im Himalaya eine notwendige soziale Funktion. Zu Unrecht hat man oft im Ausland unseren Hang zur Religiosität überzeichnet. Viele unserer Sadhus und Asketen leben nur als heilige Männer, weil das für sie die einzige Möglichkeit ist, ihr Leben zu fristen oder eigenständig zu verbringen.

Nur wenn du das weißt, kannst du die Menschen im Himalaya verstehen, die Menschen, ihre Götter und die Berge. Nur hier im Himalaya triffst du Individuen an, Menschen, die sich der Masse entzogen, um sich fern von sozialer Regelung in eigener Art zu entfalten.

Seit hundert, seit tausend Jahren gibt es diesen menschlichen Exodus von der Ebene in die Bergwelt. Immer wieder gab es Flüchtige, Häretiker, Unsoziale, Asoziale, Devianten und wie du sie alle nennen willst. Anfänglich verloren sie sich in der gesichtslosen Masse in der Ebene. Bis sie es eben eines Tages nicht mehr aushielten, bis sie, von einer so starken inneren Kraft getrieben, die beschwerliche Reise gangesaufwärts auf sich nahmen. So stark war dieser Drang, so stark ist auch heute noch dieser innere Impuls, dass ihre bloßen Füße die Steine nicht spüren, über die sie mit nackten Sohlen eilen. Sie vergessen ihren Hunger, und die Bergwässer stillen fortan ihren Durst.

Und dann umfängt sie das große Erlebnis Himalaya, die ewige Bergwelt mit ihrer majestätischen Ruhe. Und die Faszination der reinen Schönheit lässt niemanden wieder los, auch dich nicht. Die Schneeberge, die Himmelsfärbungen, die Blumentäler lassen dich deine Sorgen und Beschwernisse, dein Heim und deine Familie vergessen. Ein bis dahin ungekannter Friede erfüllt deine Seele und dein Herz.

Kehrst du aber in die Ebene zurück, spürst du, dass sich deine Beziehungen zur Welt grundlegend verändert haben. Die Werte sind nicht mehr die gleichen. Die Dinge treten jetzt hinter den Forderungen deines eigenen Wesens zurück. Langsam gehst du einer neuen Wirklichkeit entgegen, die den Charakter der Reifung trägt. Du ahnst jetzt die lebendige Ganzheit in der Zeit. Du fühlst den Zustand, in dem das Selbst im umfassenden Unbewusstsein wirklich wird. Es ist, als ob das Erleben der Allmacht in den Bergen zum Mittelpunkt des eigenen Wesens wird.

Himalaya, Welt der Erlebnisse mit Bergen, Menschen, Göttern. In erhabener Alleinsamkeit sitzt der göttliche Yogi auf dem Kailash, gleichgültig gegen die Plagen und Mühen der Welt. In reiner Meditation ist er in die kristallene Leere eingegangen. Doch Bhagiratha zwingt den Mahadeva in die Wirklichkeit zurück. Und der Gott hebt sein Haupt dem herabstürzenden Himmelsfluss entgegen. Mit seinem Haupthaar empfängt er die herabfallende Kaskade des himmlischen Sturzbaches, der die Erde spalten und zerschmettern würde, verzögerte sich nicht sein mäanderhafter Lauf in dem göttlichen Haarlabyrinth.

Majestätisch fließen nun die Wasser von Shivas Haarknoten herab: Sie strömen und strömen der Erde zu, um den Menschen der Ebene ihren Leben spendenden Segen zu schenken.

Tenzing Norgay

Ein glücklicher Mensch

Ich bin ein glücklicher Mensch. Ich hatte einen Traum, und der ist wahr geworden, was nicht viele Menschen von sich sagen können. Den Everest – mein Volk nennt ihn Chomolungma – zu besteigen, das hatte ich mehr als alles andere in der Welt erreichen wollen. Sieben Mal habe ich es versucht, ich bin immer wiedergekommen und habe es von neuem versucht; nicht mit Hochmut oder Gewalt, nicht als Soldat einem Feind gegenüber, sondern mit Liebe, so, wie ein Kind auf den Schoß seiner Mutter klettert. Nun endlich wurde mir Erfolg zuteil, und ich sage Dank. »Tu dsche tsche« – das bedeutet »Ich bin dankbar« in unserer Sprache der Sherpa. Deshalb habe ich meine Geschichte Chomolungma gewidmet, denn sie hat mir alles gegeben. Wem sonst hätte ich sie widmen sollen?

Es mag seltsam erscheinen, aber etwas, wovon ich viel besitze, sind Bücher. Als kleiner Junge sah ich nie eines, außer vielleicht als seltenes Ding in einem Kloster; aber seit ich ein Mann geworden und unterwegs auf Expeditionen gewesen war, habe ich viel über sie gehört und gelernt. Viele der Männer, mit denen ich herumgezogen und auf die Berge gestiegen bin, haben Bücher geschrieben. Sie haben sie mir geschickt, und obwohl ich sie selbst nicht lesen kann, verstehe ich, was sie sagen, und sie bedeuten mir viel. Und nun bedeutet es mir viel, meine eigene Geschichte zu haben. Hier bin ich.

Ich habe viele Reisen unternommen. Immer unterwegs zu sein, mich zu bewegen, zu gehen, zu sehen und zu lernen, das lag mir im Blut. Als kleiner Junge lief ich einmal von unserm Haus in Solo Khumbu fort nach Kathmandu. Später verließ ich meine Heimat erneut und ging nach Darjeeling. Und von Darjeeling aus ging ich mehr als zwanzig Jahre lang auf Expeditionen in alle Regionen des Himalaya. Viele Male ins benachbarte Sikkim und zurück nach Nepal; oft in den Garhwal, Punjab oder nach Kaschmir; manchmal noch weiter, an die Grenzen von Afghanistan und Russland, über die Berge nach Tibet, weiter nach Lhasa und darüber hinaus. Dann, seit der Besteigung des Everest, war ich noch viel weiter fort. Ich habe fast ganz Indien gesehen, den Süden wie den Norden, ich war in England, zweimal in der Schweiz und zu einem kurzen Besuch in Rom. Zu reisen, neue Erfahrungen zu machen und zu lernen: Das heißt leben. Die Welt ist groß, und man kann nicht alles von ihr sehen – nicht einmal vom Gipfel des Everest aus.

Ich habe gesagt, dass ich ein glücklicher Mensch bin. Besonderes Glück habe ich in Bezug auf Krankheiten und Unfälle gehabt, und das ist bei meinem Volk nicht immer so, denn viele Sherpas sind in den Bergen gestorben. Natürlich war ich manchmal krank, aber nie besonders schlimm. Nie bin ich an einem Berg gestürzt oder habe Erfrierungen erlitten. Die, die viel schwitzen, neigen leicht zu Erfrierungen, aber ich schwitze nie, wenn ich bergsteige; auch beschäftige ich mich ständig, selbst in den Lagern, wenn wir uns eigentlich ausruhen, sodass ich mich warm halten kann. Wenn man sitzt und nichts tut, holt man sich Erfrierungen. Dreimal bin ich in Lawinen geraten, aber es waren keine schlimmen. Einmal verlor ich meine Schneebrille und hatte große Schwierigkeiten mit meinen Augen wegen der blendenden Sonne, seither nehme ich immer zwei Brillen mit. Ein andermal brach ich mir vier Rippen und verstauchte meine Knie; aber das war auf einer Skitour, nicht beim Bergsteigen. Das einzige Mal, dass ich wirklich beim Bergsteigen verletzt wurde, war beim Versuch, einen stürzenden Gefährten zu halten. Dabei brach ich mir einen Finger.

Mitunter wurde vermutet, dass ich »drei Lungen« haben müsse, weil ich in großen Höhen so wenig Schwierigkeiten habe. Darüber kann ich nur mit meinen beiden Mündern lachen. Aber ich glaube, dass es vielleicht wahr ist, dass ich besser an große Höhen angepasst bin als die meisten Menschen; dass ich nicht nur inmitten der Berge, sondern für sie geboren bin. Ich steige mit Rhythmus, und das ist etwas Natürliches für mich. Meine Hände sind selbst bei warmem Wetter gewöhnlich kalt, und Ärzte haben mir gesagt, dass mein Herzschlag ganz langsam ist. Die Höhe ist meine Heimat. Dort gehöre ich hin. Während einer kürzlich unternommenen Reise nach Indien – mit all der Hitze und den Menschenmassen – wurde ich kränker, als ich es je auf einem Berg gewesen bin.

So viel wird über Politik und Nationalität geredet. Nicht aber auf einem Berg: Dort ist das Leben zu wahrhaftig und der Tod zu nahe für solche Dinge. Aber später geht es los – Politik und noch mehr Politik, Streit und ungutes Gefühl –, kaum war ich vom Everest herabgestiegen, da begann es. Während der ersten achtunddreißig Jahre meines Lebens kümmerte sich niemand darum, welcher Nationalität ich angehörte. Inder, Nepalese oder gar Tibeter: Was machte es für einen Unterschied? Ich war ein Sherpa, ein einfacher Bergbewohner, ein Mensch der Berge, des großen Himalaya – aber jetzt wurde von allen Seiten an mir gezerrt und gestoßen. Ich war nicht länger ein Mensch, sondern eine Art Marionette. Es war ein langer Weg. Ja. Vom Fuß des Everest bis zum Gipfel. Von den Yakweiden des Solo Khumbu zum Haus von Pandit Nehru und zu einer Einladung in den Buckingham-Palast. Von einem Träger im Gebirge, einem Kuli, zum Träger einer

Jacke mit Reihen von Medaillen, der in Flugzeugen herumgeflogen wird und sich Gedanken über Einkommenssteuer macht. Manchmal, wie alle Wege, war er mühsam und bitter, aber meist war er gut. Denn es war ein hoher Weg, ein Gebirgsweg. Wo immer ich hinging, ich kam zu den Bergen zurück. Weil ich dorthin gehöre. Und dies wusste ich, fühlte ich in meinem Blut an jenem strahlend blauen Maimorgen im Jahre 1953, als ich mit Hillary den Gipfel der Welt bestieg. Wie das buddhistische Lebensrad hatte mein eigenes Leben seine große Wende vollzogen. Ich war zurück am Everest – bei Chomolungma –, von wo ich aufgebrochen war mit den Träumen eines Jungen, der von den Yakherden aufsah. Erst jetzt hatte sich der Traum bewahrheitet …

… 28. Mai … Kurz vor neun Uhr gingen Lowe, Gregory und Ang Nyima los, jeder von ihnen trug mehr als vierzig Pfund und Sauerstoff, und etwa eine Stunde später folgten Hillary und ich mit je fünfzig Pfund. Wie vorgesehen erleichterten uns die Stufen, die von den anderen geschlagen worden waren, das Gehen, und bis Mittag hatten wir zu ihnen aufgeschlossen. Etwa fünfzig Meter oberhalb des alten Schweizer Zeltes stießen wir auf den höchsten Punkt, den Oberst Hunt und Da Namgyal erreicht hatten, und dort waren die Zelte, Lebensmittel und Sauerstoffflaschen. Diese mussten wir zusätzlich zu unserem Gepäck mitnehmen, und von nun an trugen wir Lasten von bis zu sechzig Pfund.

Gegen zwei Uhr nachmittags wurden wir alle müde, und wir kamen überein, dass wir bald einen Lagerplatz finden mussten. Ich erinnerte mich an eine Stelle, die Lambert und ich ein Jahr zuvor bemerkt hatten. Also gingen wir weiter, wobei ich jetzt die Führung übernommen hatte. Und ich fuhr fort zu sagen: »Noch fünf Minuten – nur noch fünf Minuten.«

»Ja, aber wie viele ›fünf Minuten‹ sind das eigentlich noch?«, fragte Ang Nyima ärgerlich.

Endlich kamen wir dort an. Mit einem schnellen »Auf Wiedersehen – alles Gute« stiegen Lowe, Gregory und Ang Nyima schon wieder in Richtung Sattel ab, und Hillary und ich blieben allein zurück. Es war mitten am Nachmittag, und wir waren etwa 8500 Meter hoch. Wir machten uns daran, das höchste jemals errichtete Lager aufzustellen. Alles dauerte fünfmal so lange als an einem Ort, wo es genug Luft zum Atmen gibt. Schließlich war es uns gelungen, das Zelt aufzustellen. Im Innern war es nicht so kalt, dass wir die Handschuhe nicht hätten ausziehen können. Hillary überprüfte die Sauerstoffgeräte, während ich mich um unseren kleinen Kocher kümmerte und heißen Kaffee und Zitronensaft machte. Unser Durst war schrecklich, und wir tranken wie zwei Kamele. Später aßen wir etwas Suppe, Sardinen, Kekse und Obstkonserven, aber das Obst war so hart gefroren, dass wir es erst über dem Kocher auftauen mussten.

Während wir im Dunkeln lagen, besprachen wir unser Vorgehen für den nächsten Tag. Selbst in unseren Daunenschlafsäcken behielten wir all unsere Kleidung an, und ich zog auch meine Schweizer Rentierfellstiefel nicht aus. Hillary dagegen zog seine aus und legte sie neben seinen Schlafsack.

29. Mai … Hillarys Stiefel, die die ganze Nacht außerhalb seines Schlafsackes gelegen hatten, waren steif gefroren. Eine geschlagene Stunde lang mussten wir sie über den Kocher halten und sie dehnen und weich kneten. Hillary war darüber sehr aufgeregt, zum einen wegen des Zeitverlustes, zum andern wegen der Gefahr für seine Füße. »Ich habe Angst, dass ich Erfrierungen wie Lambert davontragen könnte«, sagte er. Endlich waren die Stiefel weich genug, sodass er in sie hineinschlüpfen konnte. Für diesen letzten Tag der Besteigung hatte ich mir alles Mögliche an Kleidung angezogen: Meine Stiefel stammten aus der Schweiz, mein Anorak und andere Gegenstände hatten mir die Briten gegeben. Aber die

Socken, die ich trug, hatte mir Ang Lhamu, meine Frau, gestrickt. Mein Pullover war ein Geschenk von Frau Henderson. Meine Wollmütze war mir von Earl Denman überlassen worden. Und, am allerwichtigsten, der rote Schal um meinen Hals gehörte Raymond Lambert.

Um 6.30 Uhr war das Wetter strahlend schön und windstill. Wir hatten drei Paar Handschuhe über unsere Hände gezogen: aus Seide, Wolle und gegen den Wind; und nun befestigten wir die Steigeisen an unseren Stiefeln und schwangen die vierzig Pfund Sauerstoffflaschen auf unseren Rücken, eine Last, die wir den ganzen Weg zum Gipfel würden tragen müssen.

Und dann gingen wir los. Hillarys Stiefel waren immer noch steif und seine Füße kalt, daher bat er mich, die Führung zu übernehmen. Nach einiger Zeit fühlten sich die Füße besser an, und wir wechselten uns in der Führung wieder ab. Das taten wir von nun an ständig, um die Arbeit des Spurens und Stufenschlagens zu teilen. In der Nähe des Südgipfels stießen wir auf zwei Flaschen Sauerstoff, die von Bourdillon und Evans für uns zurückgelassen worden waren. Wir kratzten das Eis von der Einstellskala ab und stellten glücklich fest, dass sie noch voll waren. Das bedeutete nämlich, dass wir sie später beim Abstieg zum Sattel würden benützen können und bis dahin mit dem, was wir bei uns hatten, etwas großzügiger umgehen konnten.

Wir ließen die zwei Flaschen an Ort und Stelle zurück und gingen weiter. Direkt unterhalb des Südgipfels verbreiterte sich der Grat zu einer Art Schneewand. Diese fast senkrechte weiße Wand mussten wir überklettern. Das Schlimmste war, dass der Schnee nicht fest war, sondern ständig wegrutschte – und wir mit ihm. Ich dachte: »Wenn der Schnee beim nächsten Mal wieder nicht hält, werden wir bis zum Fuß des Berges stürzen.« Es war eine der gefährlichsten Stellen, die ich je im

Gebirge erlebt hatte. Selbst heute, wenn ich daran zurückdenke, fühle ich genauso, wie ich es damals tat, und die Haare auf meinem Handrücken stehen mir fast zu Berge.

Schließlich schafften wir die Stelle doch noch, und um neun Uhr standen wir auf dem Südgipfel. Sehr viel weiter mussten wir nicht mehr gehen – nur noch etwa hundert Meter auf dem Grat, aber dieser war jetzt schmaler und steiler als weiter unten. Zur Linken fiel die Wand zweieinhalbtausend Meter tief ins Western Cwm ab, und zur Rechten hingen die Wechten über einem dreitausend Meter hohen Abbruch zum Kangshung-Gletscher. Wollten wir den höchsten Gipfel erreichen, mussten wir auf dieser schmalen, gewundenen Linie zwischen der Steilwand und den Wechten bleiben: nie zu weit links, nie zu weit rechts – beides wäre das Ende für uns.

Fast zur gleichen Zeit war die erste unserer Sauerstoffflaschen bei uns beiden zu Ende, und wir konnten sie hier abwerfen, was die Last, die wir zu tragen hatten, von vierzig auf zwanzig Pfund verringerte.

Vom Südgipfel mussten wir zunächst ein Stück absteigen. Dann hinauf, hinauf, hinauf. Wir gingen immer abwechselnd, wobei wir uns in der Führung ständig ablösten, während der Zweite das Seil um den Eispickel laufen ließ und den Pickel zur Sicherung im Schnee verankert hatte. Endlich kamen wir zu der Stelle, die das letzte größere Hindernis unter dem Gipfel zu sein schien. Es war ein Felszacken, der aus dem Grat herausstand und den Weiterweg versperrte. Wir konnten nur einen Weg entdecken, wie wir ihn umgehen konnten. Das war ein steiler, schmaler Spalt zwischen einer Seite des Felsens und der Innenseite einer daranstoßenden Wechte. Hillary, der als Erster ging, arbeitete sich langsam und sorgfältig höher, zu einer Art Plattform weiter oben. Während er kletterte, musste er sich rückwärts mit den Füßen gegen die Wechte stemmen; ich sicherte ihn von unten, so sicher ich konnte, denn es bestand die Gefahr, dass das Eis nachgeben würde. Hillary gelangte unbehelligt auf die Spitze des Felsens und holte mich dann am straffen Seil nach.

Oberhalb der Felsstufe rasteten wir wieder. Jetzt stand uns nichts mehr im Wege. Nur noch ein paar Schneebuckel waren vor uns. Immer noch hatten wir Angst vor den Wechten, deshalb hielten wir uns nicht direkt auf dem Grat, sondern etwas links, wo ein langer Schneehang über dem Abgrund aufsaß. Etwa dreißig Meter unterhalb des Gipfels stießen wir auf den letzten aperen Felsen. Hier war genügend ebener Platz für zwei Zelte, und ich fragte mich, ob jemals hier Menschen, so nahe dem Gipfel der Erde, übernachten würden. Ich hob kleine Steine auf und steckte sie in meine Tasche. Schließlich erreichten wir eine Stelle, von der wir über die Buckel sehen konnten. Vor uns war jetzt nur noch ein Aufschwung – der letzte.

Ein wenig unterhalb des Gipfels blieben Hillary und ich stehen. Das Seil, das uns verband, war zehn Meter lang, aber ich hielt den größten Teil davon als Schlingen in meiner Hand, sodass nur knapp zwei Meter zwischen uns waren. Ich dachte nicht an »erster« und »zweiter«. Wir gingen langsam, gleichmäßig weiter. Und dann waren wir da. Hillary betrat den Gipfel zuerst. Und ich betrat ihn nach ihm.

Was wir als Erstes taten, war das, was alle Bergsteiger tun, wenn sie den Gipfel ihrer Berge erreichen. Wir schüttelten einander die Hände. Aber auf dem Everest war das nicht genug. Ich warf meine Arme in die Luft und umarmte Hillary, und wir klopften uns auf den Rücken, bis wir – trotz des Sauerstoffs – beinahe außer Atem waren. Es war 11.30 Uhr vormittags, die Sonne schien, und der Himmel war vom tiefsten Blau, das ich jemals gesehen hatte.

Um uns herum, zu allen Seiten, war der große Himalaya, der sich nach Nepal und Tibet ausstreckte. Zu den benachbarten Gipfeln, Giganten wie Lhotse, Nuptse und Makalu, mussten wir deutlich hinabblicken, um ihre Gipfel zu sehen. Und nach hinten zu erschienen die Gipfel dieses gewaltigsten Gebirgsbogens der Erde – Kangchendzönga eingeschlossen – nur noch wie kleine Buckel unter dem sich darüber wölbenden Himmel. Nie zuvor hatte ich einen solchen Anblick gesehen: wild, wundervoll und schrecklich. Aber diesen Schrecken fühlte ich nicht. Dazu liebte ich den Everest zu sehr. In diesem großen Augenblick, auf den ich mein ganzes Leben gewartet hatte, war mein Berg für mich nicht ein lebloses Gebilde aus Fels und Eis, sondern warm, freundlich und lebendig. Wie eine Henne, und die anderen Berge waren Küken unter ihren Flügeln. Auch ich, fühlte ich, brauchte nur meine eigenen Flügel auszubreiten, um die Brut, die ich liebte, zu bedecken und zu beschützen.

Wir stellten die Sauerstoffzufuhr ab. Selbst hier auf dem höchsten Punkt der Welt war es möglich, ohne ihn zu leben, solange wir uns nicht anstrengten. Wir stellten die Geräte erst wieder an, als wir uns daranmachten, den Gipfel zu verlassen. Hillary holte seine Kamera hervor, und ich wickelte die vier Flaggen von meinem Pickelstiel. Jetzt hielt ich den Pickel in die Luft, und Hillary machte ein Foto von mir. Die Reihenfolge der Flaggen von oben nach unten war: Vereinte Nationen, Großbritannien, Nepal, Indien. Ich war froh, dass die der Vereinten Nationen an der Spitze war. Denn ich mochte glauben, dass unser Sieg nicht nur für uns – nicht nur für unsere eigenen Nationen –, sondern für alle Menschen überall war. Aus meiner Tasche zog ich die Schachtel Süßigkeiten, die ich mitgebracht hatte. Auch nahm ich den kleinen rot-blauen Bleistift, den mir meine Tochter Nima mitgegeben hatte. Diese beiden Dinge legte ich in ein Loch, das ich in den Schnee gekratzt hatte. Als Hillary sah, was ich tat, übergab er mir ein kleines Stoffkätzchen, schwarz mit weißen Augen, das Hunt ihm als Maskottchen mitgegeben hatte, und ich legte es daneben. In seiner Geschichte unserer Besteigung schreibt Hillary, dass es ein Kruzifix war, das Hunt ihm gegeben und das er auf dem Gipfel zurückgelassen hatte; aber wenn es so war, ich habe es nicht gesehen. Mir gab er nur das Stoffkätzchen. »Zu Hause«, dachte ich, »opfern wir Süßigkeiten denen, die uns nah und gut sind. Everest war gut zu mir gewesen, und nun ist er mir auch nahe.« Als ich die Opfergaben bedeckte, sprach ich ein stilles Gebet. Und ich bedankte mich. »Tu dsche tsche, Chomolungma. Ich bin dir dankbar ...«

Wir waren fast fünfzehn Minuten auf dem Gipfel geblieben. Da ich meinen Pickel für den Abstieg brauchte, konnte ich ihn hier nicht mit den Flaggen zurücklassen; deshalb band ich die Schnur, an der sie befestigt waren, los, legte die Flaggen flach über den Gipfel und vergrub die Enden, so tief ich konnte, im Schnee.

Hatten Mallory und Irvine auf dem Gipfel gestanden, bevor sie starben? Immer noch waren sie in meinen Gedanken, und ich bin sicher, auch in Hillarys. Und all die andern, die vor uns gegangen waren, tauchten in meinen Gedanken auf – Sahibs und Sherpas, Engländer und Schweizer –, all die großen Bergsteiger, die tapferen Männer, die seit dreiunddreißig Jahren an diesem Berg geträumt, gewagt, gekämpft und erfolglos geblieben waren und deren Anstrengungen, Wissen und Erfahrungen unseren Sieg ermöglicht hatten. Unsere Kameraden weiter unten waren in meinen Gedanken, denn ohne sie – ohne ihre Hilfe und ihr Opfer – hätten wir niemals dort sein können, wo wir an jenem Tag waren.

»War Buddha auf dem Gipfel?«, wurde ich später gefragt. Oder: »Hast du Shiva gesehen?« Ich kann nur die Wahrheit sagen, und die ist folgende: Nein, auf dem Gipfel des Everest habe ich nichts Übernatürliches gesehen oder gefühlt. Was ich fühlte, war eine große Nähe zu Gott, und das war mir genug. Aus meinem tiefsten Herzen dankte ich Gott. Und als wir uns umwandten, um den Gipfel zu verlassen, bat ich Ihn um etwas sehr Naheliegendes und Praktisches: dass Er, der uns den Sieg geschenkt hatte, uns auch lebend vom Gipfel heruntergeleiten möge.

Am Südgipfel rasteten wir ein wenig. Dann kam die steile Schneewand, gleich unterhalb. Mehr noch als beim Aufstieg war sie jetzt gefährlich und Furcht erregend. Aber irgendwie gelangten wir heil hinunter. Gegen zwei Uhr kamen wir zu dem Zelt, wo wir anhielten, uns ausruhten und etwas süßen Zitronensaft auf dem Kocher heiß machten. Das war seit Stunden unser erstes Getränk und ließ neues Leben in unseren Körpern erwachen.

Gleich oberhalb des Sattels kam uns George Lowe entgegen. Er umarmte uns und gab uns heißen Kaffee zu trinken. Dann brachte Noyce uns Tee. Es wurde dunkel und kalt, und wir krochen in unsere Schlafsäcke. Hillary in einem Zelt mit Lowe und Noyce und ich in einem anderen mit Pasang. Ich fühlte mich ah chah – okay, aber müde. Es fiel mir schwer, etwas zu denken oder zu fühlen.

»Das wahre Glück«, dachte ich, »wird später kommen.«

Sirish Rao

Ist es das wert?

»Nicht in hundert Zeitaltern der Götter könnte ich dir von der Pracht und Herrlichkeit des Himachal berichten. So wie durch die Morgensonne der Tau verdunstet, lässt allein der Anblick von Himachal die Sünden des Menschen vergehen.«

Ein entrücktes Gemurmel draußen vor dem Zelt weckte mich auf. Ich streckte den Kopf hinaus und sah Sen mit untergeschlagenen Beinen dasitzen, vor sich einen Becher Tee.

»Hallo, Vikram! Ich hoffe, ich habe deinen werten Schlaf nicht gestört. Aber schau dir diesen herrlichen Tag an! Ich zitiere gerade das *Skanda Purana,* um mir die Schönheit dieses Tages vor Augen zu halten.«

»Ja, hab ich gehört.«

»Und ist es nicht so? Das ist doch in der Tat ein wahrhaft läuternder Anblick.«

Ich blickte zum Himmel hinauf. Er war blassblau, und ein paar unglaublich runzlige, zerzauste Wolken zogen weit oben dahin. Ab und zu warf der Jong-li, den wir uns für diese Expedition vorgenommen hatten, einen blitzend weißen Strahl auf die Nachmittagssonne zurück. Sein Gipfel war von wirbelndem Nebel verdeckt, und zum ersten Mal sah das Wetter gar nicht so gut aus.

Ich fragte mich, ob bei Harry und Pasang alles okay war. Sie hatten sich schon am frühen Morgen auf den Weg gemacht, um über die vorspringende Felswand zu klettern.

»Mann. Ich hab ja ewig geschlafen. Wie spät ist es eigentlich?«

»Fast drei. Möchtest du was essen?«

»Ja. Ich komme.«

Ich schälte mich aus der Wärme meines Schlafsacks heraus, setzte meine Gletscherbrille auf und zog die Stiefel an. Schleppte mich dann zu dem kleinen Iglu hinüber, das Dorje als Toilette gebaut hatte. Ich war froh, dass es eine Wand gab, die den Wind abhielt, damit ich mir nicht den Hintern abfror.

Durch den schmalen Eingang konnte ich den Jong-li sehen, der nun noch heller strahlte, weil sich die Wolken langsam verzogen. Der Nebel um den Gipfel riss kurz auf, sodass die Bergspitze aufblitzte.

»Hallo, hallo! Jemand ist in Haus?«

Ich fuhr zusammen, hatte niemanden heraufkommen hören.

»Hey Dorje. Ich bin hier drin.«

»Okay, okay. Tut sehr Leid. Bitte nehme Zeit. Nicht beeilen, sonst geht schief.«

»Kein Problem. Bin gleich fertig.«

Fünf Minuten später stapfte ich schon wieder durch den Schnee und blieb kurz stehen, um Ausschau nach Harry und Pasang zu halten. Nichts, aber auch gar nichts war zu sehen. Ich beschloss, einen Bissen zu essen und dann mit dem Fernglas noch einmal nach ihnen zu schauen.

Ich lief rückwärts, suchte noch immer mit den Augen die vorspringende Felswand ab und fiel dabei beinahe über Shiv. Er kauerte am Boden, die Beine inmitten eines Gewirrs aus Drähten, Platten, Aluminiumfolien und Isolierband.

»Hey Shiv. Was machst du denn da?«

»Unter anderem versuche ich, zwei mit Sonnenenergie betriebene Geräte aufzubauen; das eine soll eine Kochstelle für

Dorje Nawang werden, das andere eine mit Solarstrom betriebene Lampe zum allgemeinen Gebrauch im Camp.«

»Wirklich Klasse, so was. Viel Glück!«

Im Küchenzelt hatte Dorje Harrys Walkman auf und hörte gerade Nachrichten. »Hallo, hallo! Bitte hinsetzen. Tee? Omelett?«

Ich entschied mich für beides. Dorje war stolz auf seinen Tee und seinen Schatz an mitgebrachten Eiern.

Es war irgendwie komisch, hier oben Nachrichten zu hören. Irgendwo im Süden waren dreißig Leute an Hitzschlag gestorben, meldeten sie. Ich hatte den Rest der Welt hier in den Bergen vollkommen vergessen. Saß einfach nur zusammengekauert da, die Hände in den Taschen vergraben und drei Schichten Klamotten am Körper. Hitzschlag? Geradezu abartig!

Ich dachte an zu Hause, fragte mich, was mein Bruder wohl gerade machte und ob meine Hündin schon ihre Jungen hatte.

Bis jetzt jedenfalls hatte ich mich mit nichts anderem beschäftigt, als mich warm zu halten oder ins Lager zu kommen oder eine Route auszutüfteln. Das war mir früher schon einmal aufgefallen – in den Bergen hatte ich praktisch immer nur das im Kopf, was als Nächstes anstand, für andere Dinge blieb einfach keine Zeit.

So richtig war mir das vorher nicht bewusst geworden, aber die Berge lassen nicht zu, dass man irgendwo anders lebt als in der Gegenwart.

Heute hatte ich zum ersten Mal einen ganzen Tag nur zum Rumhängen. Ich beschloss, mir mein Notizbuch vorzunehmen.

Nach einer Weile fielen mir Harry und Pasang wieder ein. Wieso brauchten diese Typen so lange?

Ich holte mein Fernglas hervor und ging hinaus, um den vorspringenden Felsen nochmals abzusuchen. Für den Bruchteil einer Sekunde sah man den Jong-li. Dann verschwamm alles zu einem Meer aus Rosarot und Violett. Was zum Teufel ...?

Ich blickte auf und sah Sen, der vor meinem Glas seinen lavendelfarbenen Schlafsack ausschüttelte.

»Oh ... Entschuldigung. Ich habe dir wohl die Sicht versperrt.«

»Kein Problem, gar keins. Wollte nur mal nach den beiden dort oben schauen.«

Gleich nach dem Frühstück hatte ich gesehen, wie Harry und Pasang einen langen Schacht links von der Felswand hinaufgestiegen waren. Oberhalb der Rinne war ein großes Eisfeld, das zu den darüber liegenden Hängen führte. Das war die Route, die wir uns vorgenommen hatten. Also mussten sie dort doch irgendwo sein.

»Dorje! Von den beiden ist absolut nichts zu sehen. Wo hast du sie denn zuletzt gesichtet?«

Dorje kam aus dem Küchenzelt. »Da, bei großem Felsen, Nachmittag.«

»Aber da waren sie doch schon am Morgen.«

»Ja. Sehr langsam, langsam gehen.«

»Aber ich sehe jetzt überhaupt nichts. Wo sind die denn, verdammt nochmal?!«

»Gib mir.«

Dorje nahm das Fernglas. Zuerst suchte er die Rinne und das Eisfeld ab. Dann mit einer ausladenden Bewegung den ganzen Berg.

»Da. Rote Jacke. Andere Seite von Felsen. Ich glaube Harry. Sehr schwierig.«

Ich riss ihm das Fernglas fast aus der Hand. Er hatte Recht. Ganz auf der anderen Seite der von uns eigentlich geplanten

Route kämpfte sich Harry wild entschlossen eine senkrechte Eiswand hinauf. Pasang war eine Seillänge unter ihm.

Was machten sie dort? Hatten sie den Plan total umgeschmissen? Harry drosch wie besessen auf das Eis ein; es sah aus, als wollte er sich bis nach oben hin durchhacken.

»O verdammt, Mann! Jetzt ist es passiert!«

Einer von Harrys Eispickeln musste sich aus der Wand gelöst haben, er versuchte verzweifelt, sich im Gleichgewicht zu halten.

»Verdammt. Scheiße!«

Dorje schnappte sich das Fernglas und fixierte die beiden. »Ja, ja. Harry am Seil hängen. Sehr schlecht. Sehr, sehr schlecht. Nein, jetzt wieder klettern. Okay, wieder gut.«

Was zum Teufel war da los? Mir schlug das Herz bis zum Hals.

»Klettern. Ja, gut klettern. Schnell. Rennen fast. Okay. Oben! Oben! Sehr gut.«

Da hatte er auch schon das Interesse verloren und reichte mir das Fernglas wieder. Bis zum oberen Rand des Eises hatte Harry es geschafft, jetzt hing er gesichert in der Felswand, und Pasang kletterte los.

Ich beobachtete die beiden fast eine halbe Stunde lang. Sie fixierten das Seil, kletterten daran herunter. Gingen dann an einem anderen befestigten Seil seitwärts und durchquerten die ganze Felswand. Ich kapierte nicht ganz, was sie da eigentlich machten. Ich sah nur zu, bis sie den oberen Rand erreicht hatten. Von da an waren sie sicher.

Dorje tauchte wieder auf. »Sehr gefährlich. Harry viel Glück. Gute Sterne.«

»Ja, muss wohl so sein. Ich bin ja fast ausgeflippt, als ich sah, wie er beinah ausgerutscht wäre.«

»Warum macht ihr Leute solche Arbeit? Ist nicht gut für Leben.«

»Das ist keine Arbeit für uns, Dorje. Ich mach das gerne. Ich will hier in den Bergen sein.«

»Ihr könnt doch viele Dinge machen. Warum ihr kommt hierher und macht euch so schwere Leben? Ich verstehen Leute wie du nicht.«

»Warum gehst du denn mit, Dorje?«

»Für mich okay hier. Ich hier geboren. Aber du nicht.«

Er ging ins Küchenzelt und zündete eine Kerze an. Einen Augenblick später erglühte das Zelt in einem warmen Gelb.

Ich saß draußen, wartete auf Harry und Pasang und dachte darüber nach, was Dorje gesagt hatte. War ich verrückt, weil ich hier kletterte?

Anscheinend dachte er, dass ich mein gutes und angenehmes Leben in der Stadt aufs Spiel setzen würde. Ich überlegte, was ich getan hätte, wenn ich nicht mit zum Jong-li gekommen wäre. Wahrscheinlich für ein Examen gebüffelt. Oder mir einen Computerkurs reingezogen oder sonst was.

Nach einer Viertelstunde wurde es mir zu kalt zum Nachdenken, und ich kroch ins Zelt. Shiv empfing mich mit einem freundlichen Lächeln.

»Hallo hallo was gibt es Neues von Pasang und Harish die Dämmerung ist schon hereingebrochen sind sie schon von ihrem anstrengenden Tag nach Hause gekommen oder noch nicht?«

Draußen war ein metallisches Klirren zu hören, und dann kam Harry herein mit einer halben Tonne Kletterausrüstung am Leib.

»Das war die absolute Härte, Mann. Echt totale Scheiße. Ich bin erledigt, Mann. Tot! Ich möchte nur noch was zu trinken, okay. Hab jede Menge zu erzählen.«

Hinter ihm kam Pasang ins Zelt gekrochen, auch er fix und fertig.

»Haha! Viele Leben, viele Leben. Wir gerade von euch sprechen. Bitte hinsetzen. Heiße Schokolade trinken.«

»Dorje, o danke, Mann. So ein Irrsinnstag!«

Harry zog die eisverkrusteten Handschuhe aus und wärmte sich die Finger an seinem heißen Becher.

»Wir hatten ziemlich Probleme«, begann Pasang. »Die Rinne auf der linken Seite war echt die Hölle.«

»Das kannst du laut sagen, Mann. Ein schwarzes Loch war das. Den ganzen Vormittag haben wir da dran rumgemacht. Ein gottverdammter Lawinentrichter ist das, Mann, das kann ich euch sagen. Zwei kleine nasse Schneelawinen und ungefähr sechs Millionen Eiszapfen.«

»Was ist euch denn passiert? Bin mal kurz ganz schön nervös geworden. Ihr seid also ganz auf die andere Seite hinüber?«

»Ja, erst am Nachmittag sind wir dort oben angekommen. Unheimlich mühsam, das Ganze. Zwischen der Rinne und dem Eisfeld ist nämlich eine riesige Spalte. Riiieeesig!! So an die acht, zehn Meter breit und Gott weiß wie tief. Da drüberzukommen war einfach unmöglich. Und das Klettern am unteren Felsen ist einfach nur Scheiße, Mann. Voll daneben! Da reißt du dir nur die ganzen Hände auf, bis du blutest wie ein Schwein. Deshalb hat Pasang den ganzen Fuß des Felsens entlang eine Traverse gemacht. Volle hundert Meter Seil! Ich hab versucht, auf der anderen Seite durch das Eis hochzukommen. Wir haben heute nicht mehr als hundert Meter Höhe geschafft.«

»Ja, hab gesehen, wie du im Eis den Halt verloren hast. Verdammt, ich dachte schon, dich hat es erwischt.«

»Das Eis ist einfach abgebrochen! Dabei war es so dick, Mann. Aber darunter war Fels. Es hat regelrecht Funken geschlagen, als ich ihn traf. Echt, richtige Funken! Ich musste mich beeilen. Wie im Flug. Wie eine Maschine. Aber Mann, ich hab zwar den Halt verloren, aber ich hab mich gerade noch eingekriegt. Jetzt gehts, jede Wette. Jetzt sind die Felskletterer dran. Es sind noch hundertfünfzig Meter – vielleicht zweihundert? –, dann haben wir diese verdammte Felswand geschafft.«

Sen fasste zusammen. »Das ist ja wunderbar. Ihr Leute erstaunt mich mit euren Leistungen. Menschliche Bestrebungen sind doch einfach etwas sehr Aufregendes. Ich versichere euch, ich bin zutiefst bewegt.«

Shiv zog eine Flasche Chang heraus und bot sie uns an. Das hätte ich ihm nicht zugetraut, hielt ihn gar nicht für so einen Typ. Wahrscheinlich hatte er die Flasche einem der Träger abgekauft.

Harry brachte einen Toast aus.

»Auf die letzten drei Seillängen, Jungs!«

Um zwei Uhr morgens wachte ich auf, weil ich pinkeln musste. Das Zelt knatterte und bauschte sich über Pasang und mir. Musste ein höllischer Sturm sein da draußen. Ich versuchte mir einzureden, dass ich bis zum Morgen warten konnte, aber das funktionierte nicht. Also krabbelte ich schließlich aus meinem Schlafsack, packte meine Taschenlampe, setzte eine Mütze auf, zog die Jacke an und schlüpfte in meine Stiefel.

Als ich den Reißverschluss des Zelts öffnete, traf mich eine Ladung Schnee mitten ins Gesicht. Ich sah nichts als Wellen kleiner Schneeflocken, die auf die Zelte niedergingen. Kein Himmel, kein weiß schimmernder Jong-li. Die Zeltstangen bogen sich, so stark blies der Wind vom Gletscher herauf.

Mist. Ich hoffte nur, es würde bald wieder aufklaren.

Aber um sieben Uhr morgens war es noch viel schlimmer. Die ganze Nacht hindurch war Schnee gefallen und hatte alles unter sich begraben. Der Wind heulte wie verrückt in der

Senke. Wir konnten nicht einmal mehr das Küchenzelt sehen, von dem vorspringenden Felsen ganz zu schweigen.

Pasang und Dorje begannen, die Zelte vom Schnee zu befreien, damit sie nicht unter der schweren Last zusammenbrachen.

Sen wurde zunehmend unruhiger. »Pasang, Dorje, ihr müsst euch besser vor dem Sturm schützen! Dorje, du hast ja nur einen Pullover an. Du wirst dich erkälten.«

»Keine Angst, Mister. Keine Sorge. Als ich sechs Jahre alt, meine Mama Papa schicken mich drei Kilometer in solche Wetter Wasser holen. Ich mich fühlen wie Kind jetzt!«

»Mann, ich glaube, wir müssen das hier vergessen. Gehen wir zurück zum Basislager. Wir haben uns ein bisschen Ruhe verdient und vielleicht sogar ein richtig gutes Essen.«

Harry hatte Recht. Hier im vorgeschobenen Basislager konnten wir absolut nichts machen. Im Basislager hingegen konnten wir seelenruhig abwarten, bis sich der Sturm legte und das Wetter wieder besser wurde, und dabei gut essen und uns richtig ausruhen.

Pasang war einverstanden.

»Nicht nötig, dass wir Energie verschwenden. Dieser Sturm hört heute nicht mehr auf. Also, gehen wir zurück.«

Wir packten unser Zeug zusammen und machten uns in dichtem Schneetreiben auf den Weg.

Man konnte die Hand vor Augen nicht sehen. Wir stolperten im Schnee herum und kamen nur schwer voran; manchmal sanken wir bis über die Hüften ein. Der Wind peitschte mir so stark ins Gesicht, dass meine Nase und die Lippen innerhalb von Minuten hart und kalt wurden.

Stunden später rutschten wir die letzte Eisrampe hinunter und kamen vor der Gletscherzunge zum Stehen. Die untere Moräne war nicht mehr braun. Eine dünne Schneedecke überzog die Felsen und erinnerte mich an Schwarzwälder Kirschtorte. Jetzt erst merkte ich, wie hungrig ich eigentlich war.

Beim Basislager lagen an die dreißig Zentimeter frischer Schnee, doch das Schneetreiben hatte nachgelassen. Tosh, Singh und Lal überwinterten in der Hütte.

»Hey Dornröschen. Beweg mal deinen Allerwertesten hier raus!«

Harry und Tosh freuten sich offensichtlich, wieder zusammen zu sein.

Dorje nahm eine fleckige Unterhose vom Ofen und begann, sauber zu machen. Am Abend fühlten wir uns schon wieder richtig wohl.

Drei Tage später stiegen wir mit neuen Vorräten bepackt wieder zum vorgeschobenen Basislager auf. Sen, Shiv und Dorje blieben zurück, um sich um das Basislager zu kümmern.

Wir mussten uns durch den tiefen Schnee vorankämpfen, den das Unwetter hier hingeklatscht hatte, und brauchten dafür fünf Stunden statt normalerweise drei. Alles sah so aus, als sei hier niemals eine Menschenseele gewesen. Unsere Stiefel zogen eine gewellte Linie durch den unberührten Schnee.

Der Berg erschien jetzt viel weißer als zuvor. Alle dunklen Stellen, die Steine zwischen dem Eis, waren mit Schnee wie zugeschmiert. Nur auf den steilsten Felsen war der Schnee nicht liegen geblieben. Mitten in der Wand des Jong-li zeichnete sich schwarz unsere Route ab.

Den Rest des Tages verbrachten wir damit, das vorgeschobene Basislager wieder herzurichten, zu kochen und unsere Ausrüstung für den nächsten Tag vorzubereiten. Am Abend zogen über den Gletscher niedrige Wolken hinweg, die fast unentwegt ihre feine und eiskalte Last abwarfen.

Beim Essen schmiedeten wir einen Plan. Wir beschlossen, an der Schräge über der vorspringenden Felswand ein einfaches Hochlager einzurichten. Das wäre genial. Man könnte von dort rasch alpinmäßig zum Gipfel aufsteigen, und falls erneut ein Sturm aufkam, konnten wir ihn dort einfach aussitzen.

Aber zuerst mussten wir den schwierigsten Teil hinter uns bringen.

»Ihr Felskletterer seid als Nächste dran. Ich hab meinen Part erledigt.«

Reines Eis, Harrys Spezialität, gab es tatsächlich keines mehr zu überwinden. Er hatte getan, was er konnte, und sich durch das schwierige Eis bis zur Felswand vorgearbeitet. Nun, da die Route nicht über das Eisfeld, sondern diese Wand führte, blieb für ihn nicht mehr viel zu tun.

Tosh war jetzt der gefragte Mann.

Singh und Lal waren beide trotz ihrer Größe und ihres Gewichts auch im Fels gut. Alle drei hatten sich ihre Zeit im Basislager mit Kletterübungen an den großen Felsblöcken dort vertrieben. Jetzt waren sie fit für den großen Einsatz.

Tosh nahm die Sache in die Hand. Er war schon seit zwei Tagen richtig scharf darauf, endlich loszulegen.

»Okay, Jungs, ihr sagt also, das sind so hundertfünfzig, zweihundert Meter? Gut, Singh und Lal, ihr beide macht morgen den ersten Versuch am unteren Teil und bringt ein paar Seile an. Ich mache dann am Tag darauf den steileren Abschnitt mit dem, der am besten ausgeruht ist. Wie siehts mit dir aus, Viks? Meinst du, dass du das schaffst? Okay? Cool.«

In der Nacht hörten wir, wie der Schnee die Rinnen hinunterzischte.

Am nächsten Tag machten sich Lal und Singh an den Berg.

Wir anderen hingen den Tag über in unseren Zelten herum. Ich hatte mir im Basislager von Sen *Historische Bergbesteigungen* ausgeliehen, blätterte darin herum und machte Eintragungen in mein Notizbuch. Inzwischen machte es mir wirklich Spaß, Berichte von früheren Himalaya-Expeditionen zu lesen.

Mittags versuchte Harry, mit Shivs Solarkocher einen Kuchen zu backen. Nur leider ließ sich die Sonne an diesem Tag gar nicht sehen. Der Kuchen war also nicht mehr als eine klebrige Masse, aber die schmeckte gut, und wir aßen alles auf.

Am Nachmittag hielten Pasang und ich Ausschau nach Lal und Singh. Wir entdeckten sie an der unteren Hälfte der Felswand. Sie kamen nur sehr langsam voran.

»Hey Pasang. Sieht aus, als säßen die beiden fest. Lal führt jetzt, aber er weiß anscheinend nicht recht, was er tun soll. Ich hoffe nur, dass der Fels hält.«

»Lass mal sehen.«

Pasang verzog das Gesicht, als er die beiden entdeckte.

»Alles, woran man sich festhalten kann, ist voller Schnee.«

»Okay, wir werden sie weiter beobachten. Sie sind jetzt schon seit vier Uhr morgens da oben. Müssen total erschöpft sein.«

Gegen Abend, im Dämmerlicht, verloren wir sie aus den Augen. Als sie um sieben noch immer nicht zurück waren, wurde ich ziemlich nervös.

»Hört mal, Jungs, wenn die beiden in einer halben Stunde nicht hier sind, sehen wir nach, was passiert ist.«

»Okay, Mann. Geben wir ihnen noch ein bisschen und dann aber nichts wie los.«

Schließlich trafen Singh und Lal doch noch ein, fast sechzehn Stunden nachdem sie aufgebrochen waren. Sahen völlig fertig aus. Singhs eine Hand war aufgerissen und blutverschmiert, Lals Helm war arg mitgenommen und saß schief auf seinem Kopf.

»Was zum Teufel hat euch denn aufgehalten? Mannomannomann. Was ist passiert?«

Harry nahm Singhs Hand.

»Aaauuuaaah! Wow. Nichts, gar nichts. Uns geht es ganz gut.«

»Einfach zu viel Schnee. Und die fixierten Seile lagen alle

darunter. Wir schaufelten den ganzen Tag, graben, graben und nochmals graben!«

Lal keuchte, spuckte ein paar Worte aus und setzte sich.

Wir holten ihnen etwas zu trinken und kümmerten uns um Singhs verletzte Hand. Sie fühlte sich an wie ein Eis am Stiel, die Fingerspitzen hatten sich schon leicht purpurrot verfärbt. Erfrierungen.

»So verdammt kalt dort. Kälter als am Siachen-Gletscher! Handschuhe, Stiefel, alles voll Schnee!«

Es stellte sich heraus, dass Singh und Lal durch einen vollen Meter Schnee gegraben hatten, nur um an die fixierten Seile zu gelangen.

Einen Meter!

Den ganzen Tag hatten sie sich mit den Pickeln abgeplagt, um die Seile freizulegen, und waren dabei gleichzeitig geklettert. Am späten Nachmittag hatten sie endlich die Felswand erreicht und den ersten Abschnitt durchstiegen. Dabei waren immer wieder riesige Ladungen von nassem Schnee auf sie niedergegangen, und so ganz nebenbei hatten sie noch zweimal fünfzig Meter Seil fixiert. Totaler Wahnsinn!

»Der Fels ist schärfer als der Verstand des gewitztesten Händlers, Bruder. Hat mir sogar die eine Hand zerschnitten. Könnt ihr euch das vorstellen! Und nichts zum Festhalten. Jede Spalte bis oben hin voll mit Schnee. Ich habe zu unserem Lal gesagt: ›Lal, das ist nicht Felsklettern. Das ist purer Schnee. Sogar Singh friert hier.‹ Stimmts, Lal? Nein?«

»Sehr, sehr schwer, aber gut. Gut klettern.«

Pasang war zwar beunruhigt, aber es freute ihn auch.

»Hey Jungs. Ihr habt volle Arbeit geleistet, Mann. Alle Achtung, Hut ab. Morgen gehen wir ran und machen da weiter, wo ihr aufgehört habt. Ist die Sache doch wert, oder?«

Lal steckte die Hände zwischen seine Schenkel. Der Glanz war aus seinen Augen gewichen.

»Lals Gesicht hättet ihr sehen sollen. Er hatte wahnsinnig Schiss.«

»He, he. Genug, genug. Wer schrie denn ›Aaaah, ooooh‹ und so? Erzähl das mal!«

Die Stimmung löste sich auf in eine zwar etwas alberne, aber immerhin erleichternde Aufschneiderei.

Doch der Zustand, in dem die beiden zurückgekommen waren, ließ keinen Zweifel: Die beiden hatten wirklich ihr Letztes gegeben, waren bis zum Äußersten gegangen. Für uns alle hatten sie den Weg freigemacht. Ich hätte nicht gedacht, dass es so hart käme und sie das alles auf sich nehmen würden.

Ich schaute noch einmal auf Singhs zerschundene Hände. Der Typ musste wirklich die Hölle durchgemacht haben.

Vielleicht hatte das etwas mit seinem Dienst in der Armee zu tun.

Ich erinnerte mich, wie damals in Major Pereiras Bergsteigerkurs in Manali die Typen von der Armee immer genau das getan hatten, was ihnen befohlen wurde. Keine Fragen. Wenn er sagte, sie sollten einen Felsen hinaufstürmen, dann taten sie es. Und kamen erst wieder herunter, wenn er es ihnen befahl. Genau so gingen diese Typen auf die Berge los.

Aber was immer auch der Grund war, die beiden hatten wirklich geschuftet, damit wir es auf den Jong-li hinauf schafften.

Und plötzlich fragte ich mich, ob die ganze Sache das wert war. Wenn einer von ihnen umgekommen wäre oder seine Finger verloren hätte, hätte ich auch dann noch weiterklettern können? Das Erschreckendste aber bei diesen Überlegungen war, ja, ich hätte es vielleicht wirklich gekonnt. Scheiße nochmal.

Deepak Thapa

Viel versprechende Zukunft für nepalesische Bergsteiger?

Vor einigen Jahren fand in Kathmandu eine Pressekonferenz für ein Team aus Nord-Ossetien (Russland) statt, das gerade den Everest bestiegen hatte. Der Stolz der Osseten über ihre Leistung war nur zu verständlich. Begreiflich war aber auch die nüchterne Sachlichkeit, mit der die eingeladenen nepalesischen Journalisten auf dieses Ereignis reagierten. Denn schließlich liegt der Everest in Nepal, und erfolgreiche Besteigungen sind dort fast etwas Alltägliches.

Auffällig ist bei den zahlreichen Presseveranstaltungen, dass bemerkenswerte Leistungen nepalesischer Bergsteiger – von Sherpas also – von Ausländern, und mithin von den ausländischen Medien, nicht weiter beachtet werden. Als zum Beispiel die britische Alpinistin Allison Hargreaves 1995 am K2 umkam, ging dieses Ereignis weltweit durch die Presse. Der Tod von Pasang Lhamu Sherpa während ihres Abstiegs vom Gipfel des Everest im Jahr 1993 hingegen blieb weitgehend unbeachtet. Das hat natürlich auch damit zu tun, dass Hargreaves in Bergsteigerkreisen recht bekannt war, während Pasang Lhamu sich noch kaum als Bergsteigerin hervorgetan hatte. Dennoch kann man davon ausgehen, dass die alpinen Laufbahnen der beiden Frauen nicht der einzige Grund waren, warum man über das tragische Schicksal der beiden Frauen so unterschiedlich Bericht erstattete.

Die Sherpas kommen in den Medien seit je schlecht weg. In Expeditionsberichten ausländischer Zeitungen und Zeitschriften ist für gewöhnlich von zwei, drei oder vier Sherpas die Rede – je nachdem, wie viele eben dabei waren –, doch sie sind zu exotischer Anonymität verbannt, bleiben ungenannt. Deshalb wissen zwar die meisten am Bergsteigen interessierten Menschen auf der Welt, dass der Neuseeländer Rob Hall viermal auf dem Mount Everest gewesen war [Anm. d. Hg.: verunglückt 1996], nicht aber, wer die zehn oder zwölf Sherpas sind, die den höchsten Gipfel fünfmal oder noch öfter bezwungen haben.

Für die Gleichgültigkeit der ausländischen Medien den Sherpas gegenüber gibt es zahlreiche Gründe. Zum einen fällt es westlichen Berichterstattern offenbar unsagbar schwer, die Namen der Sherpas auseinander zu halten. Heißt ein Sherpa nicht Dorje Lhakpa, dann eben Lhakpa Dorje. Zudem führt der Brauch der Sherpas, Kindern die Namen von Wochentagen zu geben, zu zahllosen Pasang Sherpas, Pemba Sherpas und Phurba Sherpas.

Zum anderen werden Bergsteiger in ihren Heimatländern natürlich wegen des Stolzes, den ihre Landsleute für sie beziehungsweise wegen ihrer Leistungen empfinden, zu Helden und Heldinnen. Was aber, wenn da auch einige Sherpas mit ihnen klettern? Sind die nicht sowieso immer in diesen Bergen? Soll doch ihr Land stolz auf sie sein – wir feiern unsere Helden. Das jedenfalls denken die meisten, auch wenn sie es nicht so direkt ausdrücken. Bewunderung, die über nationale Grenzen hinausgeht, erfährt bestenfalls ein Reinhold Messner. Selbst Jerzy Kukuckzka, der sich mit Messner ein Wettrennen lieferte, wer als Erster alle vierzehn Achttausender bezwingen würde, ist außerhalb der Welt der Bergsteiger praktisch unbekannt. Und der Franzose Marc Batard mag es mit seinem 22,5-Stunden-Aufstieg auf den Everest zwar ins Guinnessbuch der

Rekorde geschafft haben – aber welcher durchschnittliche Deutsche kennt ihn schon?

Weshalb die Welt den Sherpas so wenig Beachtung schenkt, wird auch begreiflich, wenn man einmal die Geschichte des Bergsteigens näher betrachtet. Sicher haben es die nepalesischen Bergführer (genauer gesagt: jene vom Volk der Sherpa) weit gebracht, seit der britische Alpinist Alexander Kellas die Sherpas im ersten Jahrzehnt des 20. Jahrhunderts als Bergsteiger »entdeckte«. Seither sind Sherpas wichtige Teilnehmer jeder Expedition. Für die Sherpas war das Bergsteigen – und ist es meist auch noch heute – eine Einnahmequelle. Das Erreichen des Gipfels war für sie nicht von Bedeutung. Einige, wie etwa Tenzing Norgay, wurden zwar voll anerkannte Expeditionsmitglieder (auch er allerdings erst während der letzten drei seiner zahlreichen Versuche am Everest), doch um diese Position zu erlangen, ist viel harte Arbeit und Erfahrung nötig. Die frühen britischen Expeditionen griffen auf Sherpas zurück, die von Nepal nach Darjeeling gegangen waren, darunter eben auch Tenzing Norgay.

Ein weiterer wichtiger Faktor dafür, dass die Sherpas leicht übersehen werden, ist ihr Status innerhalb einer Expedition. Bis Ende der Sechzigerjahre und sogar noch darüber hinaus hatte jeder Bergsteiger in einer Expedition »seinen persönlichen« Sherpa. Sherpa und Sahib hatten eine Beziehung ähnlich der eines Offiziers und seines Adjutanten in der britischen und indischen Armee. Die Aufgabe des »persönlichen« Sherpas war im Wesentlichen, das Leben für seinen Sahib angenehm zu gestalten – vielfach bis hinauf zum Gipfel. Wenn es dann aber um den Ruhm ging, war nur allzu klar, wer diesen einheimste. Sherpas wurden in ihrer Rolle als Lastenträger und Helfer, die Lager einrichteten, so unverzichtbare Stützen beim Bergsteigen im Himalaya, dass der Begriff

»Sherpa« in der englischen Sprache die Bedeutung einer Person annahm, die für eine Konferenz oder Sitzung die Voraussetzungen schafft.

Mit der Zeit änderte sich die Rolle des Sherpas in den Expeditionen. Früher waren Sherpas, obwohl sie von der nepalesischen Regierung als »Bergführer« bezeichnet wurden, kaum je in dieser Funktion anzutreffen; sie versahen in erster Linie Trägerdienste in großer Höhe. Neuerdings haben sich jedoch viele Sherpas, deren bergsteigerische Fähigkeiten von Gruppen aus Ländern in Anspruch genommen werden, die selbst nicht über erfahrene Alpinisten verfügen, auf den immer noch größten Anziehungspunkt – den Mount Everest – spezialisiert.

Die junge Generation von Sherpa-Bergsteigern gibt sich nicht mehr damit zufrieden, dem Sahib auf den Gipfel zu helfen und ihm allein den Ruhm zu überlassen. Sie hat vielmehr begonnen, aus ihren eigenen Leistungen Kapital zu schlagen. Die Vorteile liegen auf der Hand, und finanzieller Gewinn ist dabei nur ein Beweggrund. Wichtiger noch scheint der Wunsch zu sein, durch Leistungen, die man einfach als »außergewöhnlich« bezeichnen muss, selbst Rekorde zu erzielen. So stellte sich Lobsang Jangbu auf dem Gipfel im Karateanzug zur Schau, Kazi bezwang ihn in der nepalesischen Nationaltracht samt Topi, Babu Chhiri [Anm. d. Hg.: verunglückt 2001] stellte alle medizinischen Theorien auf den Kopf, indem er einundzwanzig Stunden auf dem Gipfel verbrachte und Ähnliches mehr.

Die Bergsteiger-Frühjahrssaison im Jahr 2000 am Mount Everest beispielsweise war für die Nepalesen durchaus erfolgreich. Aber neben den üblichen Dutzenden, die als Hochgebirgsführer und Träger auf den Gipfel gelangten, kam es auch zu einigen Leistungen, die besondere Beachtung verdienen.

Appa Sherpa bestieg den »Gipfel der Gipfel« mittlerweile zum zwölften Mal; Babu Chhiri Sherpa [Anm. d. Hg.: verunglückt 2001. Inzwischen wurde der Rekord von Lakpa Gelu Sherpa mit zehn Stunden und sechsundfünfzig Minuten im Mai 2003 gebrochen.] schaffte den Aufstieg nach Zeit vom Camp (5400 Meter) bis zum 8848 Meter hohen Gipfel in sechzehn Stunden und sechsundfünfzig Minuten; Lhakpa Sherpa stand als zweite nepalesische Frau auf dem Gipfel (und kam als erste lebend zurück), und Pemba Dolma Sherpa war die dritte Nepalesin, die den Everest bezwang, und die erste, die ihn von der nördlichen, tibetischen Seite erstieg. Ram Krishna Shrestha wurde der zweite Everest-Bezwinger vom Volk der Newar (ja, es gibt auch einige Nepalesen, die keine Sherpas sind und sich dennoch für das Bergsteigen begeistern). Und der erst fünfzehnjährige Temba Chhiri Sherpa verfehlte den Gipfel um nur zweiundzwanzig Meter (und schaffte damit einen Höhenrekord für sein Alter).

Diese individuellen Leistungen waren – wie inzwischen üblich geworden – der Anlass für zahlreiche Feierlichkeiten in Nepal, wo den Medien endlich klar wird, dass die Berge nicht mehr nur für westliche Touristen interessant sind. Die nepalesischen Bergsteiger wurden von allen gefeiert – von politischen Parteien, Jugendgruppen und kulturellen Organisationen.

Die Nepalesen scheinen ihre Berge also endlich für sich entdeckt zu haben. Aber noch sind sie weit entfernt von dem alpinen Sportsgeist, dem die Engländer einst den Weg ebneten. Besteigungen, die in Nepal weithin Beachtung finden, sind auf den Mount Everest begrenzt – als gäbe es keinen anderen Gipfel. Selbst Aufstiege, die höhere Anforderungen stellen, bleiben unbeachtet. Der Grund hierfür ist leicht nachvollziehbar. Ein britischer Soziologe, der bei den Sherpas forschte, sagt, die Besteigung des Everest sei für sie gleichbedeutend mit dem Fund einer Goldmine. Wahr ist aber auch, dass die Nepalesen, wenngleich sie ihre Heimat stolz das »Land des Himalaya« nennen, so gut wie nichts über den »Sitz der Götter« wissen. Kaum einer von ihnen wäre im Stande, auch nur die Namen der verschiedenen Himals (Gebirgsketten) zu nennen, die ihr Leben von Anfang bis Ende begleiten, von einzelnen Gipfeln ganz zu schweigen. Andererseits ist der Everest (oder Sagarmatha, wie er in Nepal offiziell heißt – der Sherpa- beziehungsweise tibetische Name ist Chomolungma) für die Nepalesen eine Quelle des Stolzes. Kein Wunder also, dass Nepals »Berghelden« alle mit dem Everest in Zusammenhang stehen.

Das Bergsteigen wird sich bei den Nepalesen erst dann voll und ganz etablieren können, wenn sie erkennen, dass es dabei um mehr geht als nur darum, am Everest Rekorde aufzustellen und ins Guinnessbuch der Rekorde eingetragen zu werden. Schließlich jubeln derzeit vor allem jene nepalesischen Bevölkerungsschichten, die vom Bergsport größtenteils keine Ahnung haben, den heimischen Alpinisten zu. Den Bergsteigern selbst dürfte allerdings bewusst sein, dass sie trotz der Euphorie, die sie zu Hause auslösen, von internationalen Kreisen nicht allzu sehr geachtet werden. Denn in dieser Szene werden die meisten Sherpas, die sich nicht mehr mit ihrer Rolle als Träger zufrieden geben, immer noch eher als »Arbeitstiere« denn als Experten im technischen Bergsteigen gesehen.

Ändern wird sich erst dann etwas, wenn die nepalesischen Bergsteiger beginnen, noch nicht erstiegene Gipfel und Wände anzugehen, von denen es in ihrem Land nach wie vor hunderte gibt, oder neue Routen auf bereits bekannte Gipfel zu erschließen. Und selbst wenn es denn der Everest sein muss, könnten sie die »Yakroute« über den Südostgrat meiden und stattdessen schwierigeren Aufstiegen wie der Südwestwand oder dem Westkamm den Vorzug geben. Es ist endlich an der Zeit, dass auch die Nepalesen den sportlichen Ehrgeiz beim Bergsteigen entdecken.

Die unvermeidliche Frage lautet jedoch, ob die Nepalesen jemals in der Lage sein werden, die hohen Kosten für solche sportlichen Expeditionen aufzubringen. Wird sich ein Sponsoring durch heimische Unternehmen entwickeln, wie es für Everest-Expeditionen von Nepalesen inzwischen der Fall ist? Denn um Förderer zu finden, muss zuerst einmal die breite Öffentlichkeit die eigenen Berge und den einheimischen Alpinismus wirklich wahrnehmen. Das wird Jahre dauern, doch irgendwann muss der Anfang gemacht werden.

Es gibt jedoch noch einen anderen Weg, das Bergsteigen in Nepal als echten Nationalsport zu etablieren. Da die Nepalesen ohnehin auch in Zukunft klettern werden, könnten sie ebenso gut hervorragende Alpinisten werden und ihr Können künftig für weit mehr verkaufen als den Hungerlohn, den sie bislang erhalten haben. Anstatt untätig abzuwarten und ausländische Führer auf Nepals Bergen das große Geld scheffeln zu lassen, könnten Sherpas und andere Nepalesen die Rolle des Lasten tragenden »Arbeitstiers« ablegen und versuchen, wirklich gute Kletterer und Bergführer zu werden. Dazu müssen sie sich jedoch zu hoch spezialisierten, technisch versierten Alpinisten ausbilden. Es mag überraschen, dass es in fast einem Jahrhundert des Alpinismus im Himalaya keinen einzigen Nepalesen gegeben hat, der in die UIAGM (Union Internationale des Associations de Guides de Montagne) aufgenommen wurde, den Weltverband der Bergführer, der jeden gleich behandelt, sei er nun Schweizer, Kanadier, Chilene oder Japaner.

Zugegeben, eine Aufnahme in die UIAGM ist nicht einfach. Sie kann bis zu drei Jahren in Anspruch nehmen und ist mit beträchtlichen Kosten verbunden. Beim derzeitigen Stand der Dinge ist die Chance, dass die bereits als Bergführer tätigen Nepalesen aufgenommen werden, sehr gering – nicht zuletzt auch deshalb, weil die Beherrschung einer verbreiteten Fremdsprache für einen nach internationalem Standard arbeitenden Bergführer von größter Bedeutung ist. Aus diesem Grunde können die derzeitigen nepalesischen Bergsteiger, so gut sie auch sein mögen, ihr fachliches Potenzial nicht voll ausschöpfen.

Zum Glück steigt jedoch das Bildungsniveau der neuen Generation von Alpinisten in Nepal, was hoffen lässt, dass es schon bald viele hervorragende nepalesische Bergführer geben wird, die dann anderen den Weg weisen werden. Angesichts der mannigfaltigen Gelegenheiten, die Nepals Berge bieten, sollte die Arbeit nicht knapp werden. Doch bis es so weit ist, schreiten ausländische Bergführer voran (und verdienen das meiste Geld), und die Nepalesen schleppen weiterhin ihre Lasten hinterher.

Deepak Thapa

Ang Rita, ein sozialer Aufsteiger

Das Frühjahr 1996 wird als die »Killersaison« in die Geschichte des Mount Everest eingehen. Elf Bergsteiger kamen bei heftigen Stürmen und durch Sauerstoffmangel am höchsten Gipfel der Erde zu Tode. Die Katastrophe ging durch sämtliche Medien der westlichen Welt und schaffte es sogar auf die Titelseiten der Zeitschriften *Time, Newsweek* und *Life.*

Doch während die Weltpresse über jeden der Verunglückten, der auch nur in die Nähe des Everest-Gipfels gekommen war, biografische Details zum Besten gab, verpasste sie eine wirklich sensationelle bergsteigerische Leistung: Am 23. Mai bestieg Ang Rita Sherpa zum zehnten Mal den Mount Everest – mit derselben Routine, die er bei allen vorhergehenden Expeditionen an den Tag gelegt hatte.

Nicht, dass Ang Rita unbedingt berühmt werden möchte. Als sich die Nachricht von diesem Rekord allmählich verbreitete, machte er seinem Namen »Schneeleopard« alle Ehre. Denn die Hand voll Journalisten, die nach Kathmandu gekommen war, um ihn zu interviewen, konnte ihn einfach nicht ausfindig machen. Da er viel zwischen Kathmandu und seinem Heimatdorf Thame im Sherpa-Land Khumbu hin- und herpendelt, bedarf es beträchtlicher Geduld, Ang Rita aufzuspüren. Und selbst dann ist es immer noch schwierig, ihn zu einem Gespräch zu bewegen.

Ein österreichischer Rundfunkjournalist, der versuchte, Ang Rita in Thame für die Zeitschrift *Himal South Asian* zu interviewen, schickte wutentbrannt ein Fax: »Er sagte immer zu, tauchte aber bisher zu keinem einzigen vereinbarten Termin auf. Seit Tagen hat ihn niemand mehr gesehen.« Wie sich herausstellte, war der erfahrene Bergsteiger bei seinen Yaks, die auf den höchsten Weiden grasten.

Typisch Ang Rita. Er verbringt den Großteil seiner Zeit in Thame und kümmert sich um seine Felder, bringt Futter und Feuerholz nach Hause und versorgt seine Yaks – ein ganz normaler Sherpa-Familienvater. Aber jede Saison verlässt der »Schneeleopard« erneut sein Zuhause in Khumbu, um wieder einen Gipfel zu erobern, und meistens ist es der Everest.

Neben seinen zehn Besteigungen dieses Berges hat Ang Rita aber auch schon dreimal den Cho Oyu (8201 Meter), dreimal den Dhaulagiri (8167 Meter) und einmal den Kangchendzönga (8594 Meter) bezwungen. Und dies sind »nur« die Achttausender; aber natürlich hat er als Hochgebirgsführer für Expeditionen auch schon zahlreiche »kleinere« Gipfel hinter sich gebracht. Bei all diesen Höchstleistungen benutzte er übrigens nie eine Sauerstoffflasche.

Es war ein langer Weg für den inzwischen neunundvierzigjährigen Ang Rita, der im Alter von siebzehn Jahren als Träger für ein Treckingunternehmen in Kathmandu begann. Fünfzehn Jahre dauerte es, bis er Führer geworden war, und erst von da an nahm er das Bergsteigen wirklich ernst. Bis 1983, als er zum ersten Mal auf dem Gipfel des Everest stand, hatte er sich nie wirklich als Bergsteiger gesehen. »Die anderen Gipfel sind nicht so entscheidend; erst wenn du auf dem Everest warst, fragen die Leute nach dir«, sagt er, wobei sich ein Anflug von Stolz in seine raue Stimme schleicht.

Im Laufe der Jahre hat eine nicht mehr enden wollende Schlange von Bergsteigerteams um seine Dienste nachgesucht. Doch für Ang Rita sind Everest-Besteigungen einfach nur ein

Job. »Ich habe nicht mit dem Bergsteigen angefangen, um einen Rekord aufzustellen. Es hat sich einfach so ergeben.«

Da Ang Rita das Bergsteigen »on the rock« erlernte, tun ihn einige Kritiker als »Arbeitstier« ab und sehen nicht den technisch versierten Könner in ihm. Das mag zum Teil stimmen, doch nur wenn man im Schnee in großer Höhe vorankommt, kann man das Bergsteigen im Himalaya überhaupt durchhalten. Einer, der diese Fähigkeit nicht mitbringt, wird es kaum auf den Everest schaffen.

Ang Rita selbst behauptet auch gar nicht, ein besonders guter Bergsteiger zu sein. Er gibt sich damit zufrieden, seine Erfolge der tiefen Verehrung zuzuschreiben, die er für die Berge empfindet. Sein nicht eben perfektes Nepali gleicht er mit wilden Gesten aus. »Die Ausländer verachten den Berg, den sie besteigen wollen. Für sie ist er nichts als Fels und Schnee. Deshalb kommen so viele von ihnen auch um. Ich beginne den Aufstieg vom Basislager nie ohne ein Gebet an die Götter, und ich warte immer auf einen Glück verheißenden Augenblick. Vorher rühre ich mich nicht von der Stelle, auch wenn der Expeditionsführer es verlangt.«

Nur wenige wissen, dass Ang Rita vor knapp drei Jahren mit einer schweren Gallenkrankheit in einem Krankenhaus in Kathmandu lag. Die Ärzte hatten ihn schon aufgegeben, doch er überlebte und war seither schon wieder dreimal auf einem Gipfel, zweimal davon auf dem Everest.

Die, die ihn in jenen verzweifelten Augenblicken in der Klinik sahen, wundern sich, dass er noch lebt, aber dass er wieder an Expeditionen würde teilnehmen können, hätte niemand zu glauben gewagt. So berühmt Ang Rita für seine bergsteigerischen Leistungen ist, so bekannt ist er bei Familie und Freunden dafür, dass er auch mal gerne ein Gläschen trinkt. In seinem hoch in den Bergen gelegenen Heimatdorf ist es nichts Ungewöhnliches, den Tag mit einer Schale Chang zu beginnen. In der urbanen Atmosphäre Kathmandus wird seine Vorliebe für einen morgendlichen »Becher« jedoch mit Missbilligung betrachtet.

Doch Ang Rita sieht keinen Sinn darin, sich zu rechtfertigen. »Die Ausländer haben damit kein Problem«, sagt er. »Sie wissen, wenn es Zeit ist, zu arbeiten, dann arbeite ich. Glauben Sie, ich könnte bergsteigen, wenn ich dabei trinken würde? Es sind nur die Nepalesen, die die Nase rümpfen und sagen: ›Warum trinkst du die ganze Zeit?‹«

Eine gesunde Logik, allerdings eine, die ihn womöglich mehr gekostet hat, als er selbst zugibt. Nach dem siebten Aufstieg auf den Everest schlug ein Händler aus Kathmandu Ang Rita ein Geschäft vor. Er hatte nämlich die Chance erkannt, mit dem Namen Ang Rita Geld zu verdienen. Firmen wie Rolex, der Whiskybrenner Dewar's und bekannte Ausrüstungsfirmen signalisierten ebenfalls ihr Interesse. Der amerikanische TV-Talkmaster David Letterman wollte Ang Rita in seine Show einladen, und aus England kam das Angebot, ein Buch zu veröffentlichen. Doch alle diese Bemühungen scheiterten, weil Ang Rita – den Worten des weltverbesserischen Unternehmers zufolge – nicht auf seinen Chang verzichten wollte.

Ang Ritas einzige erfolgreiche Zusammenarbeit mit einem Unternehmen scheint die mit einer privaten nepalesischen Fluggesellschaft zu sein, die für sich mit dem Slogan »Ang's Choice« wirbt (was angesichts der Tatsache, dass das Sherpa-Wort »Ang« nichts anderes bedeutet als »Herr«, gelinde gesagt etwas seltsam erscheint). Die Airline gewährt Ang Rita lebenslang Freiflüge auf allen ihren Routen. Er kann den zwischen Kathmandu und Khumbu verkehrenden Helikopter also beliebig oft benutzen – mit ein Grund, weshalb man nie weiß, wo er gerade steckt.

Ang Rita beklagt, dass er trotz des Namens, den er sich erworben hat, nicht zu Geld gekommen ist. Er fordert von den Expeditionen, an denen er teilnimmt, keine besonderen Vorteile finanzieller oder anderer Art. »Es gefiele den anderen Sherpas nicht, wenn ich eine Sonderbehandlung verlangen würde. Außerdem arbeiten wir am Berg alle wie ein Team zusammen«, erklärt er. Für die drei Monate Schwerarbeit mit einer Expedition während der Saison bekommt er etwa 60 000 nepalesische Rupien. Das ist ein Bruchteil von dem, was die Organisatoren der Expedition durch Ang Rita verdienen, indem sie seine Teilnahme als Attraktion »verkaufen«.

Zur Absicherung seiner Zukunft gründete Ang Rita 1995 mit vier Partnern ein eigenes Treckingunternehmen. Auf dem Firmenschild steht »Ang Rita Trek & Expedition (P) Ltd.« mit dem Werbezusatz »Leitung: Ang Rita Sherpa, 9 Everest-Gipfelbesteigungen«. Die »9« wurde noch nicht zu »10« geändert, was einen Journalisten aus Neu-Delhi zu einer kleinen Stichelei veranlasste: »Besser wäre es, wenn sie die Zahl mit Kreide schreiben würden. Das wäre dann gleich ein Hinweis auf seine noch bevorstehenden Gipfelerstürmungen!«

Doch das Geschäft geht schleppend – hauptsächlich deshalb, weil Ang Rita Analphabet ist und seine Kontakte zur internationalen Bergsteigerszene nicht genügend zu nutzen weiß. Das Firmenschild lockt zwar Leute an, die darauf aus sind, den Respekt einflößenden Bergführer kennen zu lernen, aber er ist kaum je in seinem Büro anzutreffen. Lieber bummelt er unerkannt durch Kathmandus Touristenviertel Thamel.

Dennoch dürften sich die finanziellen Sorgen des »Schneeleoparden« nun verringern, und sei es nur deshalb, weil zwei seiner Söhne inzwischen ebenfalls Bergführer sind. Der eine stand kürzlich auf dem Gipfel des Everest und des Cho Oyu, der andere auf dem Shisha Pangma (8013 Meter) in Tibet.

Auch Ang Rita denkt noch lange nicht ans Aufhören. Für ihn stellt sich die Frage, ob er den Everest noch öfter besteigen will, nicht; es kommt nur darauf an, ob er gebraucht wird. »Wenn ich Arbeit bekomme, gehe ich hinauf, wenn nicht, dann nicht«, lautet seine lapidare Antwort. Ebenso wenig kümmert ihn sein Rekord. Für ihn geht es lediglich um eine Arbeit, die man erlernt und gut machen sollte.

Nalni Jayal

Der Himalaya – unser empfindliches Erbe

Geologisch betrachtet ist der Himalaya ein junges und noch immer wachsendes Gebirge. Vor sechzig Millionen Jahren schob sich ein Teil der Erdkruste, der heutige indische Subkontinent, fünftausend Kilometer weit vom Südpol her nach Norden, kollidierte mit Eurasien und faltete den Himalaya auf. Die tektonischen Kräfte, die dieses Gebirge entstehen ließen, schufen gleichzeitig eine außerordentlich vielfältige Umwelt, die für den gesamten Subkontinent eine wesentliche Rolle spielt. Der Himalaya ist einer der wichtigsten Klimafaktoren in Indien, da er zum einen für die Leben spendenden Monsunregen verantwortlich ist und zum anderen im Winter die kalten sibirischen Winde abhält. Die in der kalten Jahreszeit fallenden Schneemassen sind die Wasserspeicher für Indiens nördliche Flüsse, die dadurch ganzjährig Wasser führen. Diese klimatische und geologische Vielfalt hat in den Himalaya-Regionen zur Entstehung so unterschiedlicher Ökosysteme wie der polaren Zonen in höheren Lagen, der kalten Wüste Ladakhs oder der tropischen Regenwälder an den östlichen Ausläufern beigetragen, und sie umfasst einen enormen Reichtum natürlicher lebender und toter Ressourcen. Auch der Regenschatten-Effekt ist stark ausgeprägt; sogar nördliche und südliche Hanglagen üben einen entscheidenden Einfluss auf die Vegetation aus. Die indigenen Kulturen des Himalaya sind ebenso vielfältig und haben sich ihrer oft lebensfeindlichen Umwelt mit bemerkenswerter Vitalität und Flexibilität angepasst. Der immense Ressourcenreichtum ist gleichzeitig der größte Vorteil und der wunde Punkt des Himalaya, denn dieses junge Gebirge ist äußerst empfindlich und anfällig für unüberlegte Eingriffe in das natürliche Gleichgewicht seiner sensiblen Ökosysteme.

Die zunehmende Mobilität und die Urbanisierung ermöglichen den Zustrom großer Menschenmengen selbst in die entlegensten Gebiete des Himalaya und gefährden so dessen sensible Ökosysteme. Und da die kleinen Völker an die Welt »draußen« nicht angepasst sind, verlieren diese Gemeinschaften und Kulturen innerhalb solcher Ökosysteme oft ihre Identität und Eigenart oder verschwinden ganz. Die Erschließung der Berge ermöglicht die Ausbeutung von Ressourcen wie Wasserkraft, Mineralien, Holz und anderen pflanzlichen und tierischen Produkten in einem Ausmaß, dass nicht nur die Habgier der Bewohner der Berge, sondern auch der großen angrenzenden Tiefländer geweckt wird. In dieser misslichen Lage befindet sich der Himalaya heute, und damit sind auch die Grundlagen der menschlichen Gemeinschaften im gesamten Ganges- und Brahmaputra-Tal in Gefahr.

Jahrhundertelang nutzten Gebirgsdörfer die natürlichen Ressourcen des Himalaya auf nachhaltiger Basis und befriedigten die Grundbedürfnisse ihrer Bewohner nach Nahrung, Brennmaterial, Tierfutter, Dünger, Kleidung, Unterkunft und Wasser, ohne das Gleichgewicht der Natur zu stören. Die Lebensweise solcher Gemeinschaften entwickelte sich im Einklang mit ihrer Umwelt, obwohl Gebirge durchaus keine optimalen Lebensräume für den Menschen bieten. Doch im Zuge der »Entwicklung« drangen Menschen mit einer marktwirtschaftlich orientierten Lebensanschauung in die Berge ein, die das empfindliche Gleichgewicht ins Wanken brachte. Wälder wurden vormals dörflichem Gemeinschaftsbesitz entrissen und als Bauholz einer kommerziellen Verwertung im Flachland zugeführt; Straßen wurden gebaut und die Berge verkehrstechnisch erschlossen, um pflanzliche und mineralische Ressourcen auszubeuten; gigantische Wasserkraftanlagen entstanden, um anderswo angesiedelte Industrieanlagen mit Energie zu versorgen. Gleichzeitig wuchs in den Gebirgsdörfern die Zahl der Menschen und ihrer Nutztiere, wodurch die Belastung der ohnehin begrenzten natürlichen Ressourcen noch weiter zunahm. Mit dem Schwund der Vegetation wurden auch die Vorräte an Wasser und Brennmaterial knapper, und die Fruchtbarkeit der Böden nahm rapide ab. Dies führte nicht nur zu einer ökonomisch bedingten Abwanderung ins Tiefland, sondern es erschwerte zudem das Überleben der Zurückgebliebenen, die auf ihrer mühseligen Suche nach Brennmaterial und Wasser immer größere Strecken zurücklegen müssen. Und dieser Umstand war letztlich der Anlass für die Gründung der berühmten Chipko-Bewegung in den verbliebenen Gebirgsdörfern. Die hauptsächlich aus Frauen bestehende Bewohnerschaft hatte erkannt, dass ihr Überleben vom Schutz der lebensnotwendigen Ressourcen an Wasser und Boden abhing, die von den Wäldern gespeist wurden.

Die kommerzielle Ausbeutung der besten Waldgebiete im Himalaya durch unsere fremden Herrscher seit dem 19. Jahrhundert führte zu einer großflächigen Abholzung der Wälder. Als Reaktion auf die Verschlechterung des empfindlichen Ökosystems und die Verarmung der Bewohner entstand Anfang der Siebzigerjahre im Zentral-Himalaya eine bedeutende, von der breiten Bevölkerung getragene Umweltschutzbewegung, die sich insbesondere um die Erhaltung der Wälder verdient machte: die Chipko-Bewegung. Die Wurzeln dieser Bewegung reichen bis tief in die einst in Indiens Wäldern blühende Aranya-Kultur zurück. Die Weisen, die mit ihren Schülern in Ashrams in den Wäldern lebten, entwickelten eine Philosophie der Harmonie mit allen Lebewesen; sie glaubten, dass alles Erschaffene – Tiere, Menschen, Flüsse, Berge – beseelt ist, dass alles Leben heilig und der Anbetung würdig ist und dass Askese und Weisheit Respekt verdienen. Bereits Anfang des 20. Jahrhunderts wehrten sich die Bewohner von Uttarakhand gegen die kommerzielle Ausbeutung der Himalaya-Wälder; mit Patchwork-Siedlungen wurden so genannte Panchayatwälder oder Gemeinschaftswälder angelegt. Nach der Unabhängigkeit bemühten sich die Gebirgsbewohner, das durch die Kommerzialisierung gestörte Gleichgewicht zwischen den Wäldern und ihren Bewohnern wiederherzustellen, und setzten sich für eine Beendigung der Ausbeutung, die Gründung von Waldarbeiter-Kooperativen, die Verfügbarkeit von Rohmaterialien für lokale forstwirtschaftliche Kleinbetriebe und die Wiederbesiedlung der Wälder ein. Die Nadelholz-Monokulturen an Stelle natürlicher Mischwälder hatten im Laufe der Jahre die Bodenerosion sowie einen raschen Bevölkerungsanstieg beschleunigt und zwangen nun die Mehrheit der arbeitsfähigen Männer, in den Städten im Tiefland Arbeit zu suchen. Dadurch fielen die Hauptlast der Fürsorge für die Familie sowie die Versorgung der Tiere und die Arbeit in der Landwirtschaft den Frauen zu. Durch die Verminderung der Waldflächen wurde der lebensnotwendige Grundbedarf an Wasser, Brennmaterialien und Tierfutter knapp. Damit standen die Frauen zwangsläufig in der vordersten Linie einer Bewegung für den Kampf um das Überleben, die sich rasch in den Dörfern ausbreitete, um das Recht der Bevölkerung des Himalaya auf die eigenen Wälder zu behaupten. Bis 1974 hatten bereits an vier verschiedenen Orten Aktionen stattgefunden, um den Holzeinschlag durch das Umarmen von Bäumen zu beenden; 1977 wurden Demonstrationen gegen das Versteigern von Wäldern organisiert. Die Frauen des Dorfes Advani in Tehri

Garhwal banden heilige Fäden um Bäume, die gefällt werden sollten. Damit verliehen sie ihrem festen Entschluss Ausdruck, den Wald selbst unter Einsatz ihres Lebens zu retten. Die Regierung musste schließlich das Fällen von Bäumen in Hochlagen über tausend Meter und mit einer Hangneigung von mehr als dreißig Grad verbieten. Die Chipko-Bewegung erarbeitete einen alternativen Entwicklungsplan, in dem festgehalten wurde, dass die hauptsächlichen Produkte der Wälder Boden, Wasser und Sauerstoff sind und damit für alles menschliche Leben von grundlegender Bedeutung. Deshalb war es dringend notwendig, bei der Nutzung von Produkten, die das Fällen von Bäumen erfordern, Zurückhaltung zu üben und stattdessen zum Einsatz von Biogas und Solarenergie zum Kochen sowie zu Papierrecycling überzugehen. Die Hoffnungen richteten sich auf eine Wiederaufforstung durch die Dorfbewohner selbst anstatt durch staatliche Projekte, denn die Anwohner waren eher motiviert, Bäume zu schützen und zu pflanzen, die ihre täglichen Grundbedürfnisse befriedigen. Die Chipko-Bewegung erkannte ferner, dass sie, wollte sie gegen den Strom schwimmen, auf die Unterstützung durch gleich gesinnte Menschen, Wissenschaftler, Aktivisten und Gelehrte angewiesen war. In der Tat ist die Suche der Bewegung nach einer Überlebensstrategie auch von globalem Interesse. Was die Chipko-Bewegung zu erhalten suchte, waren nicht nur lokale Waldressourcen, sondern das gesamte lebenserhaltende System und mit ihm die Möglichkeit des Überlebens der Menschen.

Neben den bereits erwähnten Belastungen des Himalaya durch die Erschließung entstand eine weitere, nämlich der rapide ansteigende und an Popularität gewinnende Tourismus vor allem während der kurzen Sommermonate. Ausländer durften zahlreiche vordem nicht zugängliche Gebiete besuchen, und die vielen Expeditionen auf beliebte Gipfel führten gerade während der wichtigen sommerlichen Wachstumsperiode zu Schäden an den Ressourcen des begrenzten biologischen Reichtums. Das alljährliche Eindringen zahlreicher Expeditionen in den Nanda-Devi-Nationalpark ist ein klassisches Beispiel für den Raubbau an einer einzigartigen Gebirgslandschaft, in der sich im Schutze unberührter Natur über Jahrtausende zahlreiche endemische Arten entwickelt haben. Das langsame Wachstum der Pflanzen lässt sich daran ablesen, dass ein Birkenstamm in großer Höhe in sechs Jahren einen Durchmesser von zwei Zentimetern erreicht und ein Wacholderbusch für dasselbe Wachstum gut zwanzig Jahre benötigt. Um derart wertvolle ursprüngliche Gebiete vor der Zerstörung zu bewahren, wurde es unumgänglich, sie unter Schutz zu stellen und damit den langsamen Prozess der Wiederherstellung der biologischen und natürlichen Anlagen zu unterstützen. Daher wurden Gebiete wie das Nanda-Devi-Sanctuary und das Valley of Flowers unter absoluten Schutz vor jeglicher Form menschlichen Eingreifens gestellt, abgesehen von wissenschaftlicher Arbeit, wie sie in Nationalparks und geschützten Biosphären-Reservaten geleistet wird.

Wir brauchen die Berge als Rückzugsgebiet für Kontemplation und Erholung, und für viele Gesellschaften hängt das blanke Überleben direkt von ihnen ab. Bevor nicht wieder gutzumachender Schaden verursacht wird, bedarf es sorgfältiger Abwägung, wie weit dieses Ökosystem verwertet und belastet werden kann. Selbst ein nicht direkt zerstörender Tourismus oder Alpinismus kann Schäden verursachen, wenn er nicht hinsichtlich des fragilen Ökosystems genau durchdacht und geplant wird. Zudem ist der Himalaya ein sensibles internationales Grenzgebiet und erfordert deshalb ein Netz strategisch angelegter Straßen, deren Bau häufig unüberlegt und mit zerstörerischer Wirkung vorangetrieben wird. Auch die ökologischen Risiken im Zusammenhang mit der Errichtung großer Dämme und ihrer Folgen für die Umwelt wurden noch nicht genügend erkannt.

Jedes Programm zur Erschließung und Nutzung unserer Gebirgsregionen sollte nicht zuletzt auch das empfindliche kulturelle Gleichgewicht in Betracht ziehen, das die Bewohner dieser Gebiete in Jahrhunderten des Überlebens in einer oft rauen Umwelt entwickelt haben. Die moderne Kultur und die Werte aus dem Tiefland können dieses Gleichgewicht nur allzu leicht zerstören. Die Abholzung des Zentral-Himalaya führt schon jetzt zu Besorgnis erregenden soziologischen Problemen, die Emigration und in angrenzenden Gebieten ökologische Katastrophen zur Folge haben. Für die Gebirgsvölker müssen sorgfältig ausgearbeitete, direkt auf ihre Bedürfnisse zugeschnittene Pläne umgesetzt werden, um sie vor kulturellen Erschütterungen zu schützen und ihr sich ohnehin am Existenzminimum bewegendes Leben zu erleichtern. Die Erschließung unserer empfindlichen Berge und die Hilfe für ihre weltabgeschiedenen Bewohner muss Großprojekte mit hoher ökologischer Destruktivität unbedingt ausschließen.

H. P. S. Ahluwalia

Höher als der Everest

In der Geschichte der menschlichen Höchstleistungen gibt es zahlreiche Fälle, in denen ein vermeintliches Scheitern schließlich doch noch von Erfolg gekrönt wurde. Wenn ich auf die letzten Tage unserer Besteigung des Mount Everest zurückblicke, kann ich nur staunen über das Wunder, das einen anscheinend unmittelbar bevorstehenden Misserfolg zu einem Triumph werden ließ. War es Schicksal, die Hand Gottes oder einfach nur unser Durchhaltevermögen, dass wir unser Ziel erreichten?

Der Morgen des 25. Mai war strahlend schön, aber eisig. Die Kälte lähmte unsere Lebensgeister, bis Dorji uns Tee ins Zelt brachte und meinte: »Sahib, über Camp III ist eine große Lawine niedergegangen!« Mohan und ich ließen den Tee stehen und eilten sofort ins Freie, wo uns ein erschütternder Anblick erwartete. Das Lager mit seinen bunten Zelten – es war zum Glück niemand dort gewesen – war wie ausradiert; wo es sich befunden hatte, dehnte sich nun eine weiße Fläche aus. Und wenn wir auch kein Menschenleben zu beklagen hatten, so schien doch etwas beinahe ebenso Kostbares verloren: Die Flaschen mit dem lebenswichtigen Sauerstoff, die wir sorgfältig in diesem Lager verwahrt hatten, waren nun unter der Lawine begraben und mit ihnen die Hoffnungen unserer Gipfelgruppe, ihr Ziel zu erreichen. Dem Bergführer blieb nichts anderes übrig, als den Anstieg zum Gipfel, der ohne Sauerstoff von vornherein zum Scheitern verurteilt war, abzusagen. Wir fragten ihn, ob wir die Sauerstoffflaschen nicht suchen könnten. Ein solches Unterfangen erschien jedoch so unsinnig wie hoffnungslos – wer hatte schon je davon gehört, dass man unter einer so riesigen Schneemasse Flaschen wieder gefunden hätte? Aber wenn uns so viel daran gelegen sei, könnten wir es ja trotzdem versuchen, meinte er. Er teilte uns vier Sherpas als Helfer zu, und auch unser nepalesischer Verbindungsoffizier Rana begleitete uns.

Vom Lager war keine Spur zu sehen, als wir nach einem zweistündigen Marsch den Ort erreichten – nichts in dieser Schneewüste wies darauf hin, dass hier einmal Zelte gestanden hatten. Wie eine weiße Flut hatte sich die Lawine über das Camp ergossen und alles unter sich begraben; nur die tiefschwarze Felswand des Lhotse überragte den dicken, weißen Mantel. Der eisige Wind, der vom Südsattel herabwehte, heulte und peitschte uns unablässig ins Gesicht. Die Lawine war enorm gewesen; wir hatten Glück gehabt, dass wir nicht im Lager waren, als sie niederging. Ohne viel Zeit zu verlieren, begannen wir zu graben in der Hoffnung, wenigstens einige der Sauerstoffflaschen und vielleicht sogar einen größeren Teil unserer Ausrüstung wieder zu finden. Meine Gedanken schwankten beständig zwischen Zweifel und Entschlossenheit.

Wir gruben und gruben, doch weder die Sauerstoffflaschen noch sonst irgendein Gegenstand unserer Ausrüstung wollten zum Vorschein kommen. Die Arbeit ging nur mit großer Mühe von der Hand; Körper und Geist kämpften verzweifelt gegen Müdigkeit und die bittere Kälte an, um den Wettlauf gegen die Zeit zu gewinnen. Am späten Nachmittag, nachdem wir sechs Stunden gegraben hatten, fühlte ich mich ausgelaugt und deprimiert. Ich warf einen Blick auf die Sherpas; auch sie schienen niedergeschlagen zu sein. Wortlos schauten wir einander an und arbeiteten dann weiter.

Die Minuten kamen uns vor wie Stunden, und schließlich drängte auch die Zeit, dieser unerbittliche Feind. So konnten wir nicht mehr lange weitermachen. In diesem kritischen Augenblick sah ich zufällig noch einmal zu den Sherpas hinüber. Sie beteten. Und plötzlich schien mir Gott sehr nahe, und so wandte auch ich mich an ihn. »Wenn Du uns nicht hilfst, o Gott, wer dann?«, fragte ich mich insgeheim und grub wieder weiter.

Plötzlich traf mein Eispickel auf eine Sauerstoffflasche.

Mein Gebet war erhört worden, und dieses Wunder verlieh mir neue Kraft. Wir gruben weiter und fanden eine zweite und dann eine dritte Flasche. Was für ein Augenblick höchsten Glücks! Voller Freude lachten wir uns gegenseitig zu und setzten unsere Arbeit geradezu fieberhaft und von neuer Hoffnung bestärkt fort, bis wir sämtliche Sauerstoffflaschen aus dem meterdicken Schnee befreit hatten. Die meisten Everest-Experten würden so etwas wohl als einen unglaublichen Glücksfall bezeichnen; wir aber glaubten damals wie heute, dass es ein Wunder war – die Antwort auf unser einfaches, ernstes Gebet. Wir waren in diesem Augenblick am Ende unserer Kräfte gewesen und hatten alles in Gottes Hand gelegt. Und genau in diesem Moment spürte ich, wie meine feste Entschlossenheit wieder zurückkehrte – nichts würde uns nun mehr vom Erreichen des Gipfels abhalten können.

Mohan konnte es kaum glauben, als wir wieder im Lager eintrafen und ihm stolz die Flaschen präsentierten. Er hatte in der Zwischenzeit den Abbau des Lagers geleitet, änderte aber nun rasch seinen Plan. »Die Gipfelgruppe geht weiter wie vorgesehen«, gab er bekannt. Phu Dorji wurde als fünftes Mitglied unserem Team zugewiesen, das damit aus B. P., Bogie, Rawat, Dorji und mir bestand.

Phu Dorji, der zweite Anführer der Sherpas, war ein freundlicher, liebenswürdiger Mensch, der sich für uns bereits als unschätzbare Hilfe erwiesen hatte, aber er war noch abergläubischer als die anderen Angehörigen seines Volkes. Phu Dorji war im Basislager, als der Expeditionsleiter entschied, dass als Anerkennung der guten Arbeit der Sherpas einer von ihnen mit auf den Gipfel gehen sollte. Jeder hatte damit gerechnet, dass sich Dorji über diese Auszeichnung freuen würde, denn sie bedeutete eine große Ehre. Doch seltsamerweise zeigte er sich alles andere als begeistert. Er verschwand in einem Zelt, und als er nach einigen Minuten des Alleinseins wieder herauskam, verkündete er, dass er nicht mit der Gipfelgruppe gehen werde. Verblüfft und etwas konsterniert baten ihn alle, seine Entscheidung noch einmal zu überdenken, woraufhin er erneut im Zelt verschwand, um nach ein paar Minuten wieder aufzutauchen und noch einmal zu verkünden, dass er nicht auf den Gipfel gehen wolle. Etwas später klärte sich Dorjis mysteriöses Verhalten auf, als seine Gefährten herausfanden, dass er im Zelt ein merkwürdiges kleines Ritual vollzogen hatte. Auf ein Stückchen Papier oder einen Stein hatte er in seiner Sprache »Ja« und »Nein« geschrieben und sozusagen das Los entscheiden lassen. Die Antwort war jedes Mal »Nein« gewesen, und daraus hatte er geschlossen, dass die Götter sich gegen seine Teilnahme an der Gipfelgruppe aussprachen. Aber ich vermute, letztlich war die Aussicht, auf den Gipfel des Everest zu gelangen, selbst für Dorjis abergläubisches Wesen zu verlockend gewesen, und wenngleich ihn nach wie vor Zweifel plagten, ließ er sich doch überreden mitzugehen. Seine Unschlüssigkeit machte er wett, indem er besonders schnell marschierte und uns mit seinen Leuten am Südsattel einholte.

Am Morgen des 26. Mai verließen wir das vorgeschobene Basislager. Der Himmel war wolkenlos, und das Wetter schien auf unserer Seite zu sein. Danu, der Chefkoch des Lagers, verabschiedete uns mit den Worten: »Geht mit Gott. Ich warte hier auf euch.« Er umarmte uns und stimmte ein buddhistisches Gebet an. Nach dieser ergreifenden Geste begannen wir den Aufstieg. Doch schon bald heftete sich das Unglück an unsere Fersen. B. P. und ich gingen an einem Seil, Rawat und Bogie an einem zweiten, und zwölf Sherpas folgten uns. Wir hatten etwa ein Drittel der Wand des Lhotse durchstiegen und die Stelle, an der am Tag zuvor die Lawine niedergegangen war, hinter uns gelassen, als B. P. über einen Schmerz in der Brust klagte. Wir legten eine Pause ein und gaben ihm heißen Kaffee, doch sein Zustand verbesserte sich nicht. Er fühlte sich sehr unwohl und bestand darauf, dass wir ohne ihn weitergehen sollten. Wir wollten ihn jedoch nicht allein zurücklassen. »Ihr müsst weiter«, beharrte er. Während wir noch berieten, was wir tun sollten, trafen wir zum Glück Vohra und seine Mannschaft, die gerade vom Gipfel zurückkehrten und im Camp IV übernachtet hatten. Er war erschöpft, begrüßte mich jedoch herzlich. »Vom Südgipfel aufwärts ist es nicht mehr schwierig«, meinte er. Diese erfreuliche Neuigkeit ließ meine nachlassende Begeisterung wieder aufleben.

Als wir das in 7925 Meter Höhe gelegene Camp IV erreichten, war es noch immer sonnig und warm. Nach einem Essen aus gebratenem Reis und Yakfleisch krochen wir in unsere Schlafsäcke. Von jetzt ab mussten wir Sauerstoff verwenden; den Verbrauch für die Nacht stellten wir auf einen halben Liter pro Minute ein. Ich weiß noch, dass ich kaum schlafen konnte, weil mich immer wieder der Gedanke quälte, das ganze Zelt würde den Lhotse hinabstürzen, wenn ich mich zufällig umdrehte. Es war kaum Platz, um die Zelte aufzustellen; sie standen alle vier in einer Linie. Das meinige, das eigentlich zwei Personen Raum bieten sollte, konnte ich kaum aufschlagen; fast die Hälfte davon war nicht am Boden gesichert. Nachdem ich eine Weile vor mich hin gedöst hatte, bemerkte ich plötzlich, dass sich wegen eines leichten Schneefalls das Zeltdach bis auf mein Gesicht gesenkt hatte. Ich versuchte, es hochzudrücken, doch das fiel mir äußerst schwer, und meine Hilferufe blieben wegen des starken, heulenden Windes ungehört, der sämtliche Zeltwände wild knattern ließ. Ich wäre beinahe erfroren; am nächsten Morgen musste ich im wahrsten Sinn des Wortes aus dem Zelt herausgezogen werden.

Es war bitterkalt. Wir stellten den Sauerstoff auf einen Liter pro Minute und begannen um 10.15 Uhr unseren Aufstieg zum Südsattel, den wir am frühen Nachmittag erreichten. Als Vorbereitung für unsere Übernachtung hier suchten wir die Lager früherer Expeditionen nach zurückgelassenen Dingen ab, die uns eventuell nützlich werden konnten. Die der Schweizer, Engländer und Amerikaner waren leicht zu erkennen. Der Südsattel wurde schon einmal als der »höchste Müllhaufen der Welt« bezeichnet, und tatsächlich stießen wir hier auf vieles, dessen unsere Vorgänger sich entledigt hatten, darunter eine Sauerstoffflasche der amerikanischen Expedition – ein höchst willkommener Fund.

Bald hatten uns auch Phu Dorji und seine Leute eingeholt. Trotz des langen und anstrengenden Marsches waren sie in bester Laune. Wir überprüften noch einmal unseren Vorrat an Sauerstoff und ließen uns nicht von dem Umstand beunruhigen, dass wir, wenn wir es bis zum Gipfel schafften, keinen mehr für den Abstieg haben würden. Nach einem köstlichen Essen mit heißer Tomatensuppe, Hühnchen und gebratenem Reis waren wir guter Dinge und freuten uns auf das letzte Lager. Und obwohl draußen der Wind tobte und unsere Zelte aufblies wie Ballons, fühlten wir uns in unseren Schlafsäcken behaglich.

Am nächsten Morgen brachen wir nach einigen Tassen heißen Tees um 7.30 Uhr auf. Der Wind war unverändert stark. Als wir – in der Reihenfolge Phu Dorji, ich, Rawat, Bogie und sieben Sherpas – am Südostgrat entlangstiegen, sahen wir auf der einen Seite den Makalu, auf der anderen in der Ferne die in Wolken gehüllten Berge von Tibet. Wir stellten den Sauerstoff auf zwei Liter pro Minute ein. Dann mussten wir Stufen ins Eis schlagen, was unser Fortkommen sehr verlangsamte, bis wir wieder Fels erreichten.

Auch auf diesem Abschnitt der Route hatten Vorgänger so manches liegen gelassen. Um 9.15 Uhr vormittags passierten wir ein Lager der indischen Expedition von 1962, eine halbe Stunde später, auf 8366 Meter Höhe, eines der Amerikaner. Bei den Indern fanden wir Zeltheringe, bei den Amerikanern zwei volle Flaschen Sauerstoff und bei beiden Lebensmittel, die wir gebrauchen konnten. Aus den bunten Zelten schnitt ich einige Streifen als Souvenirs heraus. Um 11.30 Uhr erreichten wir unseren Lagerplatz auf der Höhe von 8513 Metern, direkt unterhalb von Razor's Edge, einem schroffen Grat, der sich knapp fünfhundert Meter hinzieht und sehr schwierig und gefährlich ist. An dieser Stelle verabschiedeten sich die Sherpas und marschierten zurück, sodass nur wir vier übrig blieben – vier Männer, die ihre Kraft und ihre Ausdauer gegen den höchsten und gewaltigsten Gipfel der Erde aufbieten wollten.

Wir ebneten den Platz ein, um für zwei Zelte Raum zu schaffen. Die Windgeschwindigkeit hatte sich auf etwa hundert Kilometer pro Stunde erhöht; deshalb stellten wir die Zelte unmittelbar nebeneinander. Phu Dorji und ich teilten uns das eine, Rawat und Bogie das andere. In dieser großen Höhe sind Luftfeuchtigkeit und Luftdruck extrem niedrig, deshalb mussten wir sehr viel trinken. Dem half Phu Dorji mit dem größten Vergnügen nach; immer wieder verteilte er Fruchtsaft, Tee oder Kaffee, sodass wir die Tasse Wasser, die man angeblich in dieser Höhe stündlich durch das Ausatmen verliert, wohl mehr als wettmachten. Rawat kam in unser Zelt und fragte, ob wir Öl und Gewürze hätten, da er ein Hühnchen braten wolle. Wir hatten jedoch nichts dergleichen, sodass er sich damit zufrieden geben musste, es in Schmelzwasser zu kochen. Früher am Nachmittag, als das Wetter noch besser gewesen war, hatte ich mit meiner Filmkamera einige Aufnahmen gemacht; dazu hatte ich meinen Pickel fest ins Eis geschlagen und sie darauf befestigt. Meine Hände zitterten in der beißenden Kälte, und jegliche Arbeit erwies sich als sehr schwierig. Aber das Panorama der Berge, die sich majestätisch vor dem tiefblauen Himmel erhoben, war einfach zu überwältigend, um es nicht zu fotografieren. Ich nahm jene auf, die ich mit der Kamera festhalten konnte – den Makalu, den Lhotse, den Südgipfel und den Ama Dablam. Bei den anderen musste ich mich mit sehnsüchtigen Blicken begnügen.

Als ich erschöpft, aber glücklich zum Zelt zurückkehrte, hatte Phu Dorji bereits das Abendessen vorbereitet. Das gekochte Hühnchen war allerdings schwer zu kauen. In der Kälte arbeiteten unsere Kiefer sehr langsam; ich brauchte eine volle Stunde, um nur ein paar Bissen hinunterzukriegen. Dann zog ich mir noch neue Socken und Strümpfe an und schlüpfte in meinen Schlafsack. Der Wetterbericht über das Funkgerät war nicht gerade beruhigend; die Witterung werde sich am nächsten Nachmittag verschlechtern, hieß es. Wir planten deshalb, früh aufzubrechen und nach Möglichkeit den Rückweg anzutreten, bevor uns die Schlechtwetterfront erreichte. Meine Rentierstiefel, die Gamaschen, Kamera und Weitwinkelobjektiv steckte ich mit in den Schlafsack, damit sie am Morgen warm und gleich einsatzbereit sein würden – zusammen mit dem Sauerstoffgerät waren das ziemlich unangenehme Bettgenossen.

Obwohl eigentlich nur Platz für ein Zelt war, mussten wir noch ein zweites aufstellen, da unsere Gipfelgruppe aus zwei

Seilschaften bestand. Wie schon im Camp IV hing unser Zelt auch hier mit einem Ende in der Luft. Wir versuchten es, so gut es ging, zu verankern, doch der starke Wind hob es an einer Seite immer wieder hoch. Da der Wind ständig an unserer Behausung riss und die Zeltleinwand laut knatterte, schlief ich ziemlich schlecht. Phu Dorji hingegen schnarchte selig. Anscheinend empfand er das sich immer wieder hebende Zelt wie andere einen Schaukelstuhl. Ich wachte schon abends um neun Uhr zum ersten Mal auf, und frühmorgens um drei beschloss ich dann, dass ich genug geschlafen hatte. Phu Dorji, voll angezogen und quasi marschbereit, schnarchte noch immer kräftig; ich brauchte fast eine halbe Stunde, um ihn zu wecken. Aber kaum auf den Beinen, war er tatkräftig und voller Energie wie eh und je. Zu meiner Überraschung fühlte auch ich mich trotz meines unruhigen Schlafes bestens ausgeruht. Ich warf einen Blick aus dem Zelt, um die Umgebung zu erkunden. Der Himmel war tiefblau und wolkenlos; die Sonne zeigte sich zwar noch nicht, doch die Gipfel um uns herum erschienen in einer ersten feinen, goldenen Tönung. Ich holte die Kamera hervor und machte einige Aufnahmen. Inzwischen waren auch Rawat und Bogie aufgestanden. Zusammen tranken wir etwas heißen Kaffee und überprüften unsere Ausrüstung, und um fünf Uhr morgens waren wir bereit für den Gipfel.

Doch dann tauchte ein unerwartetes Problem auf. Gerade als wir aufbrechen wollten, hörte ich ein Zischen und stellte fest, dass der Regler meiner Sauerstoffflasche undicht und der Druck in der Flasche beträchtlich gesunken war. Das konnte unter Umständen eine Katastrophe bedeuten, denn auch zwei andere Regler hatten mich bereits im Stich gelassen. Aber zum Glück hatte Bogie einen Ersatzregler, mit dem er mir aushelfen konnte. Somit konnten wir um 5.30 Uhr mit dem Aufstieg zum Razor's Edge beginnen. Phu Dorji und ich gingen voran, Rawat und Bogie folgten uns mit einigen Minuten Abstand.

Der Wind blies stärker denn je, und es war äußerst mühsam, am Razor's Edge sicher Fuß zu fassen und das Gleichgewicht zu halten. Wir gruben die Eispickel tief in den harten Schnee und strafften die Seile, doch der Wind zerrte erbarmungslos an uns, und die Kälte drang durch Mark und Bein. Wir kamen nur schwer voran, und für Momente spielte ich mit dem Gedanken, den Kampf aufzugeben. Schließlich hatten wir den scharfen Grat geschafft, doch vor uns lag ein weiterer sehr gefährlicher Abschnitt. Als wir uns nach rechts wandten, befand sich zu unserer Linken eine riesige, schräge Wand aus Schieferplatten. An die losen, schwarzen Steine gedrückt, klammerten wir uns an allem fest, was Halt bot, und überquerten sie; im Vergleich zu der majestätischen Größe rings um uns herum kamen wir uns vor wie winzige Fliegen. Unterhalb unserer Route fiel das Gelände mehrere tausend Meter tief ab nach Tibet.

Als wir die schreckliche schwarze Wand endlich hinter uns gebracht hatten, erreichten wir einen Abschnitt, wo wir verhältnismäßig leicht vorankamen. Doch nun tauchte ein anderes Problem auf. Ich entdeckte, dass der lange Schlauch an meiner Sauerstoffflasche beschädigt war. Offenbar hatte ich mit einem Steigeisen ein kleines Loch hineingerissen. Ich versuchte vergebens, es mit einem Taschentuch abzudichten. Doch dann hatte ich eine Idee: Wir rissen von einer Filmverpackung ein Stück Klebestreifen ab, und damit konnten wir die undichte Stelle verschließen. Von da an passte ich besser auf den Schlauch auf, damit er nicht noch einmal in die Nähe der Steigeisen geriet.

Erleichtert wollten wir den Aufstieg fortsetzen, als Phu Dorji eine Gestalt entdeckte, die auf dem felsigen Abschnitt, den wir gerade hinter uns gebracht hatten, auf uns zuwankte.

Ich dachte zunächst an den Yeti, den Schneemenschen; Dorji jedoch war realistischer. Als die Gestalt näher kam, erkannten wir Rawat. Winkend und keuchend erreichte er uns da, wo wir uns hingesetzt hatten, um den Schlauch abzudichten.

Rawat berichtete, dass Bogie sich nicht gut gefühlt habe und deshalb umgekehrt sei, ihn aber gebeten habe, allein weiterzugehen und sich Phu Dorji und mir anzuschließen. Wir nahmen ihn also in unsere Mitte und setzten den Weg zu dritt an einem Seil fort, obwohl das jeglicher Bergsteigerregel widersprach.

Der Wind heulte und beutelte uns gnadenlos. Wir kamen nur mithilfe unserer Eispickel vorwärts und schlugen fast unablässig Stufen, aber je höher wir kamen, desto stärker wurde auch der Sturm. Ich verspürte einen quälenden Durst, doch meine beiden Seilkameraden kämpften sich verbissen und mit gesenkten Köpfen immer weiter und ließen mir keine Möglichkeit, eine kurze Pause vorzuschlagen. Also stapfte ich stur mit ihnen voran, während eine innere Stimme mich ständig drängte: »Du kannst nicht aufhören, du musst weitergehen, du musst es schaffen!«

Langsam und vorsichtig passierten wir die gigantischen Felsblöcke unter dem Südgipfel. Wir gingen nicht über den Gipfel, sondern querten ihn etwa fünfundzwanzig Meter unterhalb nach links, bis wir eine schmale Rinne im Schnee erreichten, die wir India's Den nannten. Diese Rinne befindet sich auf der Haupttraverse vom Südgipfel zur Hillary-Stufe. Wir waren sehr erleichtert, als wir sie fanden, denn dies war der einzige Ort, der vor dem Sturm einigermaßen Schutz bot und wo wir stehen bleiben und etwas Saft trinken konnten. Von hier ab wollten wir so wenig Last wie möglich mit uns führen. Wir ließen die Büchse mit dem Saft zurück und auch die Sauerstoffflasche, die wir für den Rückweg von India's Den zum letzten Lager benutzen wollten. Um neun Uhr setzten wir unseren Weg fort, jeder mit einer Flasche Sauerstoff, die von hier bis zum Gipfel und wieder zurück reichen musste. Den Verbrauch stellten wir auf zwei Liter pro Minute ein.

Am meisten beschäftigte mich nun die Frage, ob wir es schaffen würden, die Hillary-Stufe zu durchsteigen und danach sicher hierher zurückzukommen, oder ob sich dieser Abschnitt als ein unüberwindbares Hindernis erweisen und uns des bereits in greifbare Nähe gerückten Erfolges berauben würde. Nach einem vertikalen Abstieg von gut zehn Metern erreichten wir einige Felsen und einen schmalen Pfad, der zu dem fast senkrechten Hindernis zwischen Fels und Schneewechten führte, vor dem ich mich schon fürchtete, seit ich für diese Expedition ausgewählt worden war. Phu Dorji ging voran und versuchte, hinaufzusteigen, doch er rutschte immer wieder aus. Jedes Mal, wenn er eine Stufe ins Eis schlug und dann vorsichtig einen Fuß aufsetzte, glitt er wieder ab. Seine erfolglosen Versuche nahmen mir allen Mut, doch schließlich schaffte er es, den Eispickel über sich so tief in die Wand zu schlagen, dass er sich daran festhalten konnte, und damit gelang es ihm, sich an dieser Wand aus Fels und Eis hochzukämpfen. Rawat empfahl er, einen anderen Weg, über die felsige Seite, nach oben zu nehmen. Aber auch er rutschte ständig aus, sodass ich ihn von unten anschieben musste, während ich als Letzter von meinen beiden Kameraden praktisch hochgezogen wurde.

Tatsächlich war das Durchsteigen der Hillary-Stufe sehr gefährlich gewesen. Da ich am Ende des Seils und ziemlich weit von Phu Dorji entfernt war, als er hinaufkletterte, konnte ich nicht genau sehen, welche Griffstellen er wählte. Rawat hatte nicht an der gleichen Stelle begonnen, sondern war langsam nach links über einen großen Felsblock geklettert und hatte auf diesem Weg das obere Ende erreicht. Von meinem Standort aus konnte ich kaum sehen, wie er vorankam, versuchte aber, seiner Route zu folgen. Ich hatte jedoch nicht bemerkt, dass ich zu weit nach links gegangen war, als der Felsblock sich plötzlich bewegte, nachdem ich darüber stieg. Ich wusste, wenn ich noch etwas mehr Druck auf ihn ausübte, würde er sich lockern und mich mitreißen, und dann würden meine beiden Kameraden womöglich mit mir in die Tiefe stürzen – ein Fall von etwa zweieinhalb Kilometern, den nichts und niemand mehr hätte aufhalten können. Wohl mindestens eine Viertelstunde kostete mich der Versuch, mich von hier weiter nach oben zu kämpfen. Von diesem Punkt aus konnte ich Phu Dorji und Rawat nicht sehen und mich auch durch Rufen nicht bemerkbar machen. Mir blieb nur, zweimal am Seil zu ziehen, um ihnen dadurch mitzuteilen, dass ich Probleme hatte und sie sich verankern und Vorbereitungen treffen sollten, mich hochzuziehen. Als ich das tat, wäre ich beinahe mit dem Rücken mitsamt der Sauerstoffflasche an den Fels geschlagen. In diesem Fall wäre der Sauerstoff ausgetreten, und das hätte wohl mein Ende bedeutet.

Nun befanden wir uns auf einem Eisschild. Von hier ab verringerte sich die Steigung allmählich, und wir hatten linker Hand Fels und rechts Schnee. Wir wählten den Weg dazwischen. Es ging nun nicht mehr steil bergan; zwischen Felsbuckeln und Schneehaufen hindurch arbeiteten wir uns vorwärts. Doch das Atmen, das in einer solchen Höhe ohnehin schwer fällt, wurde mit jedem Meter noch schwieriger. Jeder Versuch, tief einzuatmen, endete mit einem Schluckauf und einem Japsen und Keuchen. Wollte denn dieser Aufstieg nie enden? Jeder Schritt war Schwerstarbeit. War unser Vorhaben eine derart übermenschliche Anstrengung überhaupt wert? Doch jedes Mal siegte der Geist über den Körper – ich tat einen weiteren Schritt und schlug eine Stufe ins Eis, wenn es vonnöten war, oder trat in die Fußstapfen meiner Seilpartner.

Die Schnee- und Felsbuckel wollten nicht aufhören. Andauernd fragte ich mich, wie lange wir uns noch quälen mussten, wie weit es noch war bis zum Ziel. Oder hatten wir uns am Ende verlaufen? Vielleicht war der Gipfel ja deshalb noch so weit entfernt, so weit, dass wir es nicht mehr schaffen konnten und erfolglos umkehren mussten. Von derartigen Zweifeln und Befürchtungen wird man bei jedem Aufstieg geplagt, und man verweilt dann in Gedanken lediglich bei dem glückseligen Gefühl, wieder bergab gehen zu können. So erging es auch mir, aber ein anderer Teil meines Selbst drängte dennoch vorwärts. Es konnten doch jetzt nur mehr ein paar Meter sein – zwanzig, dreißig, vielleicht sogar noch weniger. Aber der Weg zog sich scheinbar ohne Ende hin. Gütiger Himmel, hört das denn nie auf?, fragte ich mich erneut. Und dann, plötzlich, gab es doch ein Ende – keine Felsbuckel mehr, nur eine kleine, weiße Kuppe, die sich vor uns aufwölbte. Unglaublich! Das war der Gipfel des Everest.

Ja, wir hatten es geschafft. Die Arme untergefasst, stiegen wir die letzten paar Meter zusammen hinauf. Die von der ersten indischen Expedition aufgepflanzte Trikolore flatterte zerfetzt, aber munter im Wind. Auch andere Flaggen standen daneben, und einige Mitbringsel und Opfergaben von Gruppen, die vor uns hier verweilt hatten, lagen davor.

Von diesem Punkt ging es auf allen Seiten nur in die Tiefe, und so blickte ich hinaus ins Leere. Es war eisig kalt, vielleicht dreißig Grad unter null, aber plötzlich hörte der Wind auf, und ich dachte: Dies ist ein besonderes Geschenk der Göttlichen Mutter der Erde. Von diesem höchsten Punkt der Welt aus ließen wir die Blicke rundum schweifen: Am Horizont waren der Makalu und der Lhotse, der Nuptse und der Kangchendzönga und zahllose andere Gipfel zu sehen, alle weit unter uns – in einem Labyrinth aus Fels und vereisten Wasserfällen, die auf Gletscher niedergingen, Gletscher, die sich in

Täler hinabschoben. Wir schauten nach Norden in das tibetische Hochland und nach Süden in die Ebenen Indiens. In der Ferne schimmerte das Dach des Klosters Thyangboche, ein himmelwärts gerichteter Spiegel, der auf dem opalblauen Morgennebel zu treiben schien. Dieser Anblick war unvergesslich. Aber ich glaube, von all den Gefühlen, die mich durchbrandeten, während ich auf dem Gipfel stand und dieses schier unendliche, überwältigende Panorama in mich aufnahm, war Demut das einprägsamste. Mein Körper schien mir sagen zu wollen: »Gott sei Dank, du hast es geschafft.« Ich dachte aber auch an all die Bergsteiger, die vor uns auf dem Everest gewesen waren, und an jene, die nach uns kommen würden. Und ich dachte an die wenigen, die es versucht hatten und erfolgreich gewesen waren und an die vielen, die an ihm gescheitert waren.

Dann kniete ich nieder und begrub im Schnee ein Foto von meinem spirituellen Lehrer Nanak und einen Rosenkranz, den mir meine Mutter einmal geschenkt hatte. Phu Dorji folgte meinem Beispiel mit einem Medaillon aus Silber, das ein Foto des Dalai-Lama enthielt; Rawat verbrannte ein paar Räucherstäbchen und hinterlegte ein Bild der Göttin Durga. Und dann wollte ich auch noch ein persönliches Opfer darbringen. Ich nahm meine Armbanduhr ab und hängte sie an den Pfosten der Flagge, die 1963 die amerikanische Everest-Expedition aufgepflanzt hatte.

Wir wollten so viel wie möglich von der Weite und Grandiosität um uns festhalten und machten einige Fotos, doch der Film war schneller voll, als ich gedacht hatte. Deshalb stieg ich ein paar Meter ab, zog meine Daunenhandschuhe aus und wollte einen neuen in die Kamera einlegen, doch es funktionierte nicht; als ich ihn spulen wollte, riss er. Die Filmkamera hatte uns unglücklicherweise auch schon im Stich gelassen. Nur mit den Seidenhandschuhen wurden meine Hände eiskalt, doch nach einigen erfolglosen Versuchen kam ich auf einen Gedanken, der sich als praktikabel erwies. Ich spulte etwa ein Drittel des Films vor, dann schloss ich die Kamera und straffte ihn. Jetzt konnte ich weiterspulen, ohne dass der Film erneut riss.

Zurück am Gipfel, hielt Phu Dorji – Gott segne ihn – eine Tasse heißen Kaffee für uns bereit. Er hatte sich erboten, die Thermosflasche zu tragen, die wir jetzt so sehr brauchten. Ich empfand eine tiefe Freundschaft für diesen einfachen und selbstlosen Gefährten.

Inzwischen hatten wir bereits eine halbe Stunde auf dem Gipfel verbracht, und unser Sauerstoff wurde allmählich knapp. Es war an der Zeit, aufzubrechen und sich von der Göttlichen Mutter der Erde zu verabschieden. Sie war von ferne ein großartiger Berg gewesen, und sie war ein wunderbarer Berg jetzt, da sie ihren Schleier gelüftet und uns ihr prächtiges Antlitz gezeigt hatte.

Gerade als wir uns an den Abstieg machten, fiel mir ein, welch schöner Zufall es war, dass unsere Gipfelbesteigung auf den 29. Mai gefallen war. Genau an diesem Tag vor zwölf Jahren hatten auch Edmund Hillary und Tenzing Norgay den Everest-Gipfel erreicht. Langsam stiegen wir den Gipfelkamm hinab und durchkletterten die Hillary-Stufe. Dann kam wieder der zehn Meter lange Anstieg; dazu stellten wir den Sauerstoffverbrauch auf drei Liter pro Minute und reduzierten später für die Querung des Südgipfels wieder auf zwei Liter. Bei India's Den angelangt, tauschten wir die Flaschen gegen jene aus, die wir beim Aufstieg dort zurückgelassen hatten. Der Druck in meiner Flasche war auf vierzig Pfund zurückgegangen, was später womöglich Probleme bereiten konnte – aber wir steigen ja schon ab, dachte ich, und das war zumindest für den Augenblick ein tröstender Gedanke. Wir hatten den Gipfel gegen 10.30 Uhr verlassen, und nun, um

Viertel nach eins, passierten wir graue Kalkfelsen; unsere Steigeisen gruben sich in lockeres Gestein. Vor dem tiefblauen Himmel ragte schwarz der Lhotse auf und linker Hand der weiße, schneebedeckte Makalu. Das wäre auch ein schöner Berg für eine Tour, dachte ich, aber ich empfand dabei eine seltsame Traurigkeit. Vielleicht weil ich den höchsten Gipfel, den man erklimmen kann, jetzt hinter mir hatte und von nun an alle Wege nur noch abwärts führen konnten?

Phu Dorji hatte einen Sauerstoffbehälter gefunden, der noch nicht leer war. Ein glücklicher Zufall, denn meine Flasche ging zur Neige. Es war ein harter Tag gewesen, meine Bewegungen wurden langsamer, und ich musste nach Luft schnappen; deshalb tauschte ich die Flaschen aus. Der Wind hatte nun wieder aufgefrischt und Sturmstärke erreicht. Kurz vor Razor's Edge ging mir der Sauerstoff erneut aus, und ich begann, krampfartig zu keuchen. Meine Schutzbrille war mit Schnee überzogen; meine Beine wollten sich nicht mehr bewegen und fühlten sich leblos an.

Bei jedem Schritt, den ich tat, hatte ich das Gefühl, eine Meile gelaufen zu sein. Wir kamen nur sehr langsam voran und blieben immer wieder nach Atem ringend stehen. Der Wind tobte und heulte von den unermesslichen Abgründen beiderseits des Kamms herauf und über diesen hinweg. Hände und Füße wurden eisig und gefühllos; wir machten eine schreckliche, stellenweise Furcht einflößende Erfahrung durch, strengten uns an, quälten uns und japsten nach Luft – ich dachte, meine Lunge würde platzen. Über Razor's Edge krochen wir zum Teil auf allen vieren, der Sturm drückte uns nieder, und einige Male fiel ich tatsächlich der Länge nach hin.

Phu Dorji erging es nicht anders als mir; er konnte mir nicht helfen. Doch dann erblickten wir die Zelte unseres letzten Lagers; sie waren nicht weiter als hundert Meter entfernt.

Wir versuchten, zu schreien und dadurch Bogie auf uns aufmerksam zu machen, doch unsere Rufe nach Sauerstoff blieben ungehört – Bogie war bereits zu einem der tiefer gelegenen Lager abgestiegen. Über die langen Hänge hinab musste Rawat Phu Dorji und mich immer wieder stützen, denn wir torkelten und stolperten mehr, als wir gingen. Vor jedem Schritt mussten wir erst einmal tief Luft holen. So schafften wir es mit größter Anstrengung bis zum letzten Camp. Ich werde nie vergessen, wie sehr mir meine Gefährten in diesen schweren Augenblicken zur Seite standen. In solch extremen Situationen ist Kameradschaft im wahrsten Sinn des Wortes lebensnotwendig. Einen Menschen, mit dem man einmal an einem Seil gegangen ist, vergisst man nie mehr.

Es war halb vier Uhr nachmittags, als wir das Lager erreichten. Bogie hatte zwei Flaschen Sauerstoff für uns vor dem Zelt deponiert – eine außerordentlich selbstlose Geste, denn damit hatte er seinen Anteil des kostbaren Sauerstoffs uns überlassen. Rawat half Phu Dorji und mir, sie zu öffnen, und wir versuchten, durch einen kurzzeitigen Verbrauch von vier Litern pro Minute wieder zu Kräften zu kommen. Dann tranken wir noch etwas Saft, den Phu Dorji aufwärmte, und schließlich fühlten wir uns wieder um einiges besser.

Weil das Wetter schlecht und der Sauerstoff knapp war, entschieden wir, uns in diesem Lager nicht länger aufzuhalten, sondern weiter bis zum Südsattel abzusteigen. Und da es Brauch ist, beim Räumen des letzten Lagers vor dem Gipfel dort genügend Vorräte zu verwahren, ließen wir Lebensmittel für vier Personen und drei Tage sowie Schlafsäcke und Luftmatratzen zurück.

Als wir gegen fünf Uhr zum Ostgrat aufbrechen wollten, begann der Regler an meiner Flasche wieder zu zischen – erneut trat Sauerstoff aus. Ich versuchte, schneller abzusteigen, um mit der verbliebenen Menge zurechtzukommen.

Aber der Behälter war schon nach fünfzehn Minuten leer. Obwohl der Abstieg nicht sonderlich schwierig war, ging ich von da an so langsam, dass ich glaubte, ich würde das Eisplateau nie mehr erreichen. Es war kurz vor Sonnenuntergang; in der Ferne sahen wir bereits die Schnee- und Eiskristalle im warmen, roten Abendlicht glitzern.

Dies war einer der Augenblicke, in denen meine Energie einen absoluten Tiefpunkt erreichte. Ich hatte alle Kraft verloren, und meine Beine wollten sich einfach nicht mehr bewegen. Ich versuchte zu gehen, stolperte aber andauernd über meine eigenen Füße. Und Phu Dorji und Rawat, die mich untergefasst hatten, erging es kaum besser. Irgendwann fielen wir alle drei einfach um und hatten nicht mehr die Kraft, uns wieder aufzurappeln. Der Sturm nahm noch an Stärke zu, und nun wurde es auch bedrohlich rasch dunkel. Wir überlegten, ob wir ein Loch ins Eis graben sollten, um darin zu übernachten. Aber durch den eisigen Wind waren unsere Hände und Füße völlig taub geworden. Und wir hatten keinen Sauerstoff. Alle unsere Versuche, auf die Beine zu kommen, blieben erfolglos. Ich erinnere mich, wie Rawat zählte: »Eins, zwei, drei, auf!« Er versuchte, laut zu rufen, aber wir hörten ihn kaum. Es musste gegen halb sieben sein. Wir waren an die zwölf oder dreizehn Stunden fast ununterbrochen marschiert und hatten nur eine halbe Stunde Pause am Gipfel eingelegt, als wir heißen Kaffee und etwas Saft getrunken hatten. Wasser hatten wir überhaupt keines mehr, und nun war uns auch noch der Sauerstoff ausgegangen. Wir wussten nicht mehr, was wir tun sollten. Ich setzte mich auf den Boden und versuchte, eine Mulde ins Eis zu graben, aber ich brachte nicht mehr zu Stande als ein leichtes Schaben oder Kratzen mit dem Pickel. Keiner von uns hatte auch nur mehr einen Funken Energie; wir befanden uns am Rande eines völligen Zusammenbruchs.

Genau in diesem Augenblick sahen wir den Sherpa Pema Sunder mit einer Fackel auf uns zukommen. Sobald er uns erreicht hatte, gab er uns erst einmal frischen, heißen Fruchtsaft, der uns zu neuem Leben erweckte. Danach standen wir, wenn auch mit Schwierigkeiten, wieder auf und schafften die Strecke bis zum Südsattel, an dem wir um halb acht Uhr eintrafen. Wir waren so erschöpft, dass wir nicht einmal mehr per Funk im Basislager Bescheid sagen konnten. Pema Sunder wärmte noch einmal Saft für uns auf, worüber wir uns ungeheuer freuten, denn wir hatten nun genug zu trinken. Um acht Uhr schliefen wir in unserem komfortablen Zelt ein, doch der Sauerstoffmangel machte mir immer noch schwer zu schaffen.

Gegen zehn Uhr hatte ich die ersten Halluzinationen. Ich bildete mir ein, Rawat versuche, das Zelt vollständig abzudichten, um mich zu ersticken. (Rawat schlief fest und hatte sich keinen Millimeter von der Stelle bewegt.) Voller Wut riss ich den Zelteingang auf und versuchte sogar, die Wände niederzureißen. Dann stolperte ich hinaus und trug sämtliche Sauerstoffflaschen zusammen, die ich finden konnte. Es kümmerte mich nicht, ob sie voll oder leer waren; ich sammelte nur wie ein Geisteskranker alles ein, was nach Sauerstoffbehalter aussah, und ließ mich davon nicht mehr abbringen, bis ich um Mitternacht alle verfügbaren Flaschen aufeinander gestapelt hatte. Dann setzte ich mich für den Rest der Nacht in Buddha-Pose auf mein Bett. Am nächsten Morgen, als mir Pema Sunder eine große Tasse heißen Tee brachte, fühlte ich mich krank und schwach. Er staunte über den Haufen von Sauerstoffflaschen am Eingang des Zeltes. Später erzählte mir Rawat, wie grob ich in jener Nacht zu ihm gewesen war und wie ich ihn beschuldigt hatte, seine Taschenlampe vor mir zu verbergen, obwohl ich sie in Wirklichkeit selbst dazu benutzt hatte, die halbe Nacht lang die Regler der Sauerstoffflaschen auf- und zuzudrehen.

Am Morgen um 7.30 Uhr brachen wir vom Südsattel zum vorgeschobenen Basislager auf. Um 9.45 Uhr erreichten wir Camp IV, wo wir ein Frühstück aus Apfelsaft, Kaffee und Trockenobst zu uns nahmen, bevor wir weiter abstiegen. Etwa hundert Meter unterhalb von Camp III, das wir gegen 13.30 Uhr erreicht hatten, entdeckte ich plötzlich riesige Fußspuren im Schnee und hielt abrupt an. Die Sherpas meinten ganz aufgeregt, der Yeti müsse in der Nähe sein und sie würden einen Fluch auf sich ziehen, wenn sie einen Blick auf diese Spuren werfen würden. Sollte sich nun tatsächlich eine Gelegenheit bieten, den fabelhaften Schneemenschen zu Gesicht zu bekommen? Fünfzehn spannende Minuten lang wartete ich mit der Kamera in der Hand darauf, dass er auftauchte. Aber nichts dergleichen geschah; ich musste mich mit ein paar Nahaufnahmen der Abdrücke im weichen Schnee begnügen. Doch als ich mich gerade mit der Kamera beschäftigte, traf mich etwas von hinten und warf mich aus dem Gleichgewicht. Der Gedanke durchzuckte mich, dass sich der Yeti jetzt zwar zeigte, aber ausgerechnet im ungünstigsten Moment. Doch dann besann ich mich, schaute mich um und stellte fest, dass ich von einem Klumpen zusammengebackenem Schnee mit ein paar Steinen darin getroffen worden war. Er rollte und sprang den Hang hinunter und machte dabei die Abdrücke, die ich für Spuren des Yetis gehalten hatte! Eine enttäuschend simple Erfahrung, dachte ich, aber andererseits war dies vielleicht eine vernünftige Erklärung für die zahllosen Geschichten über den Schneemenschen.

Gegen halb vier näherten wir uns dem vorgeschobenen Basislager. Danu, der Koch, und seine Helfer kamen uns zur Begrüßung entgegen. Er bestand darauf, meinen Rucksack bis zum Camp zu tragen. »Phu Dorji und Rawat sind schon im Lager und ruhen sich aus«, teilte er mir mit. Dort angekommen, bereiteten mir auch noch Mohan und Lala einen freundlichen Empfang und zogen mir die Steigeisen und die Rentierstiefel aus. Das Verpflegungszelt machte einen geradezu luxuriösen Eindruck. Mohan bot mir einen Brandy an. Ich warf einen zweifelnden Blick auf Lala, der daraufhin nur meinte: »Oh, der tut dir bestimmt nichts, Ahlu!«

Am nächsten Morgen erwachte ich erfrischt und mit neuer Kraft. Das Lager wurde abgebrochen; wir machten uns nach dem Frühstück auf den Weg und erreichten am Nachmittag das Basislager, wo man uns bereits voller Freude erwartete.

Der nächste Tag war der 1. Juni. Die Zeit war gekommen, dem Everest Adieu zu sagen. Am Morgen traten die Mitglieder der Expedition hinaus, um im Licht der frühen Sonne noch einmal einen Blick auf ihn und den Lhotse, den Nuptse und all die anderen Gipfel zu werfen. Nun lagen diese gigantischen, ewigen und so unwägbaren Berge schon weit hinter uns, aber mit dem Everest verband uns dennoch eine besondere Nähe – war er uns doch für einige Tage unseres Lebens zu einem engen Vertrauten geworden. Jetzt ließen wir die Göttliche Mutter der Erde in der unermesslichen Schneewüste zurück und waren von Dank erfüllt dafür, dass sie uns ihr Wohlwollen gewährt und uns geholfen hatte, unser Ziel zu erreichen. Wir dachten an die vielen Bergsteiger, die versucht hatten, den Gipfel zu erklimmen, und dabei gescheitert waren. Und wir freuten uns über unseren Erfolg, wenngleich der Gedanke, dass wir wohl nie mehr zum Everest zurückkommen würden, ernüchternd war. Als wir mit Lebensmitteln, Ausrüstung und Medikamenten beladen aufbrachen, warfen wir einen letzten Blick zurück auf ihn, der sich jetzt in Nebel und Wolken gehüllt hatte.

Unser Gepäck war nun wesentlich leichter, sodass wir nur zweihundert Träger brauchten. Das meiste waren Ausrüstung und Verpflegung für die Rückfahrt. Alle waren in bester Stimmung, und auf dem ganzen Rückweg wurde gesungen.

Wir marschierten durch die Phantom Alley. Jetzt im Hochsommer waren die meisten Gletscher bereits geschmolzen, und zahllose kleine Wasserläufe hatten sich gebildet, die hervorragende Filmmotive abgaben. Den »Berg der Berge« ließen wir mit jedem Schritt weiter hinter uns zurück. Schon jetzt war die Besteigung des Everest ein Ereignis von gestern, und je mehr Zeit verging, desto weiter rückte es in die Ferne – was würde letztendlich davon bleiben? Würden auch meine Erinnerungen irgendwann verblassen? Derlei Gedanken führten mich zu der unumgänglichen Frage: Weshalb steigt der Mensch auf Berge? Und warum hatte ich den Everest bestiegen? Diese Frage ist nicht leicht zu beantworten. Für mich sind Berge der vollkommenste Ausdruck der Natur, und ihre Schönheit und Majestät stellen für mich eine ständige Herausforderung dar. Viele Bergsteiger sehen in ihnen auch eine Verbindung zu Gott oder dem Schöpfer.

Aber weshalb der Everest? Weil er der größte, der mächtigste ist. Er verlangt einem alles an Energie ab; er fordert heraus zu einem brutalen Kampf mit Fels und Eis, der, einmal begonnen, nicht mehr aufgegeben werden kann, denn es ist ein Kampf um das nackte Überleben. Ist der Gipfel erreicht, wird man überwältigt von Jubel, Triumph und Freude, einem Gefühl, alles geleistet und eine Schlacht gewonnen zu haben – es ist ein Gefühl des Sieges und des Glücks, das eigentlich kaum beschreibbar ist. Jedes Mal wenn ich in der Ferne einen Gipfel vor mir sah und auch als ich den Everest zum ersten Mal erblickte, fühlte ich mich in eine andere Welt versetzt und erfuhr eine Veränderung in mir, die ich nur als mystisch bezeichnen kann. Die Schönheit, die Beherrschtheit, die Macht und die Kraft des Gipfels, seine Wildheit und Einsamkeit ziehen mich an und fordern mich unwiderstehlich heraus. Er vermittelt ein Gefühl der Verbundenheit mit einer Macht, die alles menschliche Maß übersteigt. Dieses eigenartige Gefühl der Nähe zum Erhabenen oder Unendlichen war es, was uns letztlich die Kraft verlieh, den Everest zu besteigen. Inmitten des Schnees und der Stürme dieser eisigen, unbarmherzigen und feindseligen Höhe gab uns dieses Gefühl Mut und Selbstvertrauen. Es verwandelte den Körper zu einem bloßen Vehikel dieser Entschlusskraft, die uns mit dem Willen erfüllte, neue, nie bewältigte Höhen zu erreichen.

Auf die Frage: »Weshalb einen Berg besteigen?«, soll der berühmte Bergsteiger Mallory erwidert haben: »Weil es ihn gibt.« Eine gute Antwort, aber ich frage mich dennoch, ob sie wirklich zufrieden stellt.

Ich denke, das physische Bezwingen eines Gipfels macht nur einen Teil der Erfahrung aus. Darüber hinaus gibt es aber auch noch die Befriedigung dieses starken Drangs, der jedem Menschen innewohnt, sich nämlich über seine Umgebung erheben zu wollen. Sie gehört zu der ewigen Suche nach Abenteuer und der Leidenschaft, das Gefährliche und Unbekannte zu erforschen. Es geht also nicht nur um eine rein körperliche Erfahrung, sondern auch um eine intensiv emotionale und sogar spirituelle.

Amerikanische Alpinisten haben das Bergsteigen als »neun Zehntel Hölle, ein Zehntel Schönheit« beschrieben. Ich kann dieser bildhaften Beschreibung voll und ganz beipflichten. Man muss sich nur eine typische Situation am Berg vorstellen, vor allem in großer Höhe und Gipfelnähe. Du teilst dir ein Seil mit einem Kameraden, baust dir einen festen Stand, und er schlägt Stufen ins Eis. Dann sichert er dich, und du arbeitest dich Zentimeter um Zentimeter nach oben. Jeder Schritt erfordert deine ganze Kraft. Das Atmen fällt schwer, und während du um Luft ringst, fluchst du innerlich und fragst dich, warum du diesen Aufstieg überhaupt begonnen hast. Doch irgendetwas in dir lässt dich den Kampf nicht so einfach aufgeben, und unbeirrt gehst du weiter. Doch die Steigung will und will nicht enden. »Hört das denn nie auf?«, fragst du dich mit dem Blick auf deinen Partner, und er schaut zu dir zurück, und einer scheint dem anderen Mut zu machen. Noch ist nicht alles verloren, und du kämpfst dich weiter voran. Und dann taucht plötzlich vor dir der Gipfel auf! War das nicht die ganze Mühe und Quälerei des Aufstiegs wert?

Oben angelangt, blickst du erst einmal rundum. Weitere silberne Gipfel tauchen aus den Wolken auf. Wenn du Glück hast, scheint die Sonne auf sie und verwandelt sie in glitzerndes Geschmeide, das »deinen« Berg umgibt. Unter dir dehnen sich weite Täler aus, deren Abhänge sich in die Ferne hinziehen, so weit das Auge reicht. Es ist ein bewegendes, ein erhebendes Erlebnis. Verzückt von der Pracht und Schönheit des Panoramas, das dich umgibt, beugst du dich nieder und verneigst dich vor deinem Gott.

Ich hinterließ auf dem Everest ein Bild von meinem Guru Nanak, Rawat eines der Göttin Durga, und Phu Dorji opferte dem Berg ein Zeugnis des Buddha. Edmund Hillary hatte einige Jahre zuvor unter einem Steinhaufen ein Kreuz im Schnee vergraben. Solche Gaben sind nicht Symbole der Eroberung, sondern von Vertrauen und Anbetung. Den Gipfel eines Berges zu besteigen bedeutet, ihn zu lieben und sich ständig zu fragen, ob man ihm noch näher kommen darf. Und wenn man ihn nach langer Mühe endlich erreicht hat, überwältigt einen ein tiefes Gefühl der Freude und Dankbarkeit – eine Freude, die ein Leben lang anhält.

Diese Erfahrung verändert einen von Grund auf. Wer sie durchlebt, ist nie mehr derselbe wie zuvor. Die Berge geben unendlich viel. Man wird sich seiner Winzigkeit und seiner Einsamkeit im unermesslichen Universum bewusst. Deshalb kann ich am Ende der Geschichte meines Aufstiegs zum Everest nicht umhin, auch jenen anderen Gipfel zu erwähnen –

den inneren Gipfel, der nicht weniger gewaltig und nicht weniger leicht zu besteigen ist. Jeder Einzelne von uns trägt in sich seinen eigenen Berg, den er bezwingen muss, um ein tieferes Wissen seiner selbst zu erreichen. Denn auch der Geist hat seine Berge und Felsen, und auch hier lauern Gefahren, ja er kann Furcht erregend, jäh und unergründlich sein. Der physische Akt des Bergsteigens ist dem Aufstieg auf diesen inneren, geistigen Berg verwandt, den jeder Mensch irgendwann in seinem Leben bewältigen muss. Und am deutlichsten zeigt sich diese Verwandtschaft in ihren Auswirkungen. Ob es sich um einen physischen oder einen spirituellen Berg handelt – ihn zu bezwingen wird einen in jedem Fall verändern und vieles über einen selbst und die Welt lehren. Was mich anbelangt, so folgte meiner physischen Besteigung des Everest bald die Notwendigkeit, mit meiner schweren Kriegsverletzung fertig zu werden. Es bedurfte einer außergewöhnlichen Anstrengung, um mit den neuen, durch meine Invalidität entstandenen Lebensbedingungen zurechtzukommen. Ich bin dankbar, dass auch diese Mühe im Großen und Ganzen von Erfolg gekrönt ist, und soweit meine körperliche Verfassung es zulässt, bin ich aktiv und engagiert.

Ich würde sogar sagen, dass das Erlebnis der Besteigung des Everest mir vieles gegeben hat, um meinem heutigen Leben und seinen Herausforderungen beherzt und mit Zuversicht begegnen zu können. Und wenn das Bezwingen dieses Berges eine lohnende Leistung war, wäre es dann übertrieben, die Eroberung des »inneren« Gipfels als etwas zu beschreiben, was noch höher ist als der Everest?

Swami Pranavananda
Kailash und der See Manasarovar

1300 Kilometer von der tibetischen Hauptstadt Lhasa entfernt erhebt sich der Kailash, der mit dem See Manasarovar zu seinen Füßen eine der großartigsten Naturschönheiten des Himalaya darstellt. Der in ewigen Schnee gehüllte Gipfel des heiligen Kailash (in der tibetischen Sprache heißt er Kang Rinpoche) mit all seiner Würde und seinem Ruhm ist ein makelloses, kunstvolles Konstrukt der Natur von überwältigender Schönheit; ein Berg, von dem eine Schwingung höchster spiritueller Ordnung ausgeht. Er scheint dazustehen wie eine Konkretisierung der unmittelbaren Offenbarung des Allmächtigen, vor der die Menschen auf die Knie fallen und in Anbetung das Haupt senken. Der prächtig silberglänzende Gipfel mit seiner spirituellen Aura erhebt sich 6714 Meter über dem Meeresspiegel in den Himmel. Am Weg der Umrundung liegen fünf Klöster, die tibetisch Gompas genannt werden. Hier wird jahrein, jahraus der Ruhm Buddhas, des Erleuchteten, und seiner fünfhundert Bodhisattvas sowie seiner Schutzgottheit Demchhog und dessen Gemahlin Dorje-Phangmo besungen, die auf dem Gipfel des heiligen Kailash thronen sollen. In der Sanskritliteratur wird der Kailash als der Sitz des allglückseligen Gottes Shiva und seiner Gemahlin Parbati verehrt, die die beiden etwa dreißig Kilometer südlich gelegenen, mit Schwänen geschmückten Seen Manasarovar und Lagang überblicken.

Der Manasarovar ist der heiligste, inspirierendste und berühmteste See der Welt und der älteste, den die menschliche Zivilisation kennt. Vergleichbar einem riesigen, bläulich grünen Smaragd oder einem reinen Türkis, liegt er majestätisch still und würdevoll zwischen den beiden mächtigen und nicht weniger eindrucksvollen silbernen Gipfeln des Kailash im Norden und des Gurla Mandhata im Süden. Seine Wogen, die die goldglänzenden Strahlen der untergehenden Sonne und die unzähligen, wohltuenden Farbtöne des Abendhimmels reflektieren, oder seine glatte Oberfläche, welche den bernsteinfarbenen, silberglitzernden Schimmer der Morgensonne oder des aufgehenden Mondes widerspiegelt, verleihen dem ohnehin geheimnisvollen, bezaubernden See einen zusätzlichen, nur ihm eigenen, mystischen Zauber. Selbst den ruhelosesten Geist kann er beschwichtigen, in erhebende, heitere Gelassenheit versetzen und zu unwillkürlichen Ekstasen verleiten. Seine heiligen Ufer säumen acht Klöster, in denen buddhistische Mönche unermüdlich nach der Erhabenheit der ewigen Ruhe des Nirwana streben.

Um die Großartigkeit des heiligen Sees in seiner ganzen Vollkommenheit erkennen und erfassen zu können, muss man eigentlich ein ganzes Jahr an seinem Gestade verbringen. Für den, der ihm nicht einmal einen kurzen Besuch abstatten kann, ist es schwer, wenn nicht gar unmöglich, sich die stets wandelnde Schönheit vorzustellen. Das prachtvollste und faszinierendste Schauspiel bietet sich im Winter, wenn der See dick zufriert, und im Frühjahr, wenn das Eis aufbricht und zu kristallklarem, blauem Wasser zerschmilzt. Nur der inspirierte Dichter oder der talentierte Künstler kann mit dem Zauber seiner Farben die Schönheit und Erhabenheit des Sonnenaufgangs oder des Sonnenuntergangs auf dem See angemessen beschreiben.

Der Gebirgszug, über dem sich der Kailash erhebt, erstreckt sich von Kaschmir bis nach Bhutan; der von den Flüssen Lhachu und Zhongchu umschlossene Teil heißt Kailash Parvat, und an dessen nördlichem Rand befindet sich der eigentliche Berg Kailash. Der Gipfel ist von tetraedrischer Gestalt und kann nicht für sich allein umrundet werden; deshalb gehen die Pilger um den ganzen Berg herum und legen dabei fünfundfünfzig Kilometer zurück. Strenggläubige Tibeter umrunden den Kailash drei oder dreizehn Mal; manch frommer Pilger umrundet den Manasarovar mit Niederwerfungen in etwa achtundzwanzig Tagen und den Kailash in fünfzehn Tagen. Viele Tibeter gehen an einem einzigen Tag um den Kailash herum; diese Übung wird »Ningkor« genannt. Manche Reiche oder Kranke, die den Kailash oder den Manasarovar nicht selbst umrunden können, bezahlen Bettler oder Kulis dafür, um es an ihrer Stelle zu tun. Wohlhabende Tibeter lassen die Umrundung auch für das Heil und den Seelenfrieden ihrer verstorbenen Verwandten durchführen; sie bezahlen für jede Umrundung ein Schaf oder drei bis sechs Rupien. Man glaubt, eine Umrundung des Kailash würde die Sünden eines Lebens abwaschen, zehn Umrundungen genügen für die Reinwaschung des kosmischen Zeitalters, und wer 108 Koras leistet, hat sich in diesem Leben das Nirwana gesichert.

An der Ostseite des Kailash liegt der Tukje Tso, ein wunderschöner ovaler See von gut einem Kilometer Länge und etwa achthundert Meter Breite, der fast das ganze Jahr über von Eis bedeckt ist. Vom Südhang des Berges stürzen häufig Lawinen in den See. Gewöhnlich baden die Pilger in ihm; oft müssen sie dazu zuerst das Eis aufbrechen, das aber manchmal so dick ist, dass sie verzweifelt Steine darauf werfen und dennoch nicht an das Wasser gelangen. Kein Tibeter hat jemals gesehen oder gehört, dass der See völlig eisfrei gewesen wäre. Doch in den Jahren 1946, 1947 und 1948 schmolz das Eis tatsächlich ganz, sodass ich am 28. August 1946 die einmalige Gelegenheit hatte, mein Schlauchboot »Janma-Bhoomi« hier ins Wasser zu setzen. Als erster Mensch ließ ich ein Senkblei auf den Grund und stellte nach einundfünfzig Versuchen fest, dass die maximale Tiefe des Sees etwa fünfundzwanzig Meter beträgt. Mit etwa 5612 Metern über dem Meeresspiegel ist dies der höchstgelegene See, der je von einem Forscher oder Landvermesser vermessen wurde.

Serdung-Chuksum ist eine Reihe von Chörten, die von Osten nach Westen in drei Gruppen aufgeteilt sind und an einem Gürtel liegen, der aus den waagrechten Geröllschichten unterhalb der senkrechten Südwand des Kailash herausgegraben wurde. Die Aussicht vom Gipfelsockel des Kailash ist schlichtweg überwältigend und erhaben. Auf der Südseite des Gipfels zieht sich bis auf einige hundert Meter oberhalb des Gipfelsockels hinab eine Reihe nackter, waagrechter Felsvorsprünge. Durch den leiterähnlichen Schacht kommen riesige Mengen lockeren Schnees von oben herab und bilden am Fuß des Kailash, an der Seite des Serdung-Chuksum, zusammen mit Schutt und Geröll eine gewaltige Halde. Am Nachmittag lösen sich jeweils lange Eiszapfen von den herausragenden Felsnasen und stürzen mit einem schwirrenden Geräusch und unglaublicher Geschwindigkeit neben den Chörten hinab. »Ser« bedeutet »golden« oder »gelb«; »dung« heißt »Muschel« oder »Chörten« und »chuksum« »dreizehn«. Vielleicht erhielten diese Chörten den Namen Serdung-Chuksum deswegen, weil es einmal dreizehn waren. Diese Chörten sind die Reliquienschreine der Äbte des 160 Kilometer nordwestlich von Lhasa gelegenen Klosters Dekung. Die Mönche des Klosters Gengta kümmern sich um sie, bessern sie regelmäßig aus und tünchen sie gelb oder ockerfarben. Aus der Ferne sieht die Linie dieser in die senkrechte Wand des Kailash eingesetzten Chörten sehr schön aus – als hätten sich Spatzen an einer Felsspalte aufgereiht. Vom Serdung-Chuksum aus bietet das Amphitheater der Barkha-Ebene mit der ganzen Szenerie der

Gipfel bis hin zur indischen Grenze einen wunderbaren Anblick. Darchen ist zwar lediglich zehn Kilometer entfernt, doch die ganze Strecke dorthin ist ein fast kontinuierlicher steiler Anstieg auf scharfkantigen Steinen und über Moränen.

Eigentlich hat jede Seite des Kailash eine ihr ganz eigene Anmut, einen speziellen Zauber, ihren besonderen Reiz und ihre Schönheit. Eine Umgehung des Kailash ist etwas unbeschreiblich Faszinierendes; mit jeder Stunde präsentiert sich ein neues Bild, und jede Kehre offenbart neue Anblicke von Schönheit und Erhabenheit der Bergwelt.

Die tatsächliche Umrundung des Manasarovar beträgt maximal etwa 90 Kilometer und nicht 130 oder gar 320 Kilometer, wie uns der japanische Mönch Ekai Kawaguchi (der Tibet drei Jahre lang bereiste) und einige andere zufällige Besucher, die selbst nie um den See herumgegangen sind, glauben machen wollen. Von den fünfundzwanzig Umrundungen des heiligen Sees, die ich selbst unternommen habe, brauchte ich für einige vier Tage, für einige drei und für eine nur zwei Tage. Der See hat die Form eines Schädels und ist im Norden wesentlich breiter als im Süden.

Die Tibeter unternehmen den Kora des heiligen Sees im Winter, wenn die ganze Wasserfläche und alle Zuläufe gefroren sind, damit sie die gesamte Strecke am Ufer entlanggehen können; oder zu Anfang des Winters oder des Frühlings, wenn die meisten der kleineren Bäche ausgetrocknet sind und die größeren weniger Wasser führen und leichter durchwatet werden können. Im Sommer und bei Regen kann man nicht immer am Ufer entlanggehen; an der Nordseite muss man sich vom Wasser entfernen und höher hinaufsteigen. Außerdem führen im Sommer wegen der Schneeschmelze alle Zuflüsse des Sees große Wassermengen und sind so reißend, dass sie nach Mittag häufig nicht mehr passierbar sind. Man muss dann den nächsten Morgen abwarten. Zudem sind zu der Zeit, in der indische Pilger den Kailash und den Manasarovar aufsuchen, dort auch häufig räuberische Nomadenstämme unterwegs. Wer also im Sommer oder zur Regenzeit um den heiligen See gehen will, sollte dies in einer von Bewaffneten begleiteten Gruppe tun und für die Überquerung der reißenden Flüsse gute Pferde oder Yaks mitnehmen.

Immer wieder einmal werden im Osten wie im Westen freizügig Artikel über die Mahatmas und Siddhas Tibets veröffentlicht. Die meisten dieser Geschichten sind nichts weiter als Übertreibungen oder ungenaue bis falsche Darstellungen und oft mehr journalistischer Sensationsgier entsprungen, als dass sie irgendwelchen Tatsachen entsprächen. Ich darf hier erwähnen, dass ich, obwohl ich etwa fünfzig Klöster besuchte und nicht weniger als tausendfünfhundert Mönche kennen lernte, im ganzen westlichen Tibet nicht einen großen Yogi angetroffen habe. Zweifelsohne gibt es jedoch Lamas, die hinsichtlich der religiösen Schriften sehr belesen sind und sich gut mit Tantrikriten und komplizierten, tagelangen Beschwörungen auskennen. Im Allgemeinen sind die Menschen sehr religiös, fromm und abergläubisch und neigen zum Mystizismus. Ich habe auch keinen wirklich spirituell vervollkommneten Lama angetroffen und auch keinen neunzig- oder hundertjährigen Mönch, obwohl es Menschen gibt, die behaupten, jahrtausendealte Weise und andere Mönche und christliche Heilige leibhaftig gesehen zu haben. Ich persönlich würde derartige Aussagen weder leichtgläubig akzeptieren noch jemanden zwingen, sie nicht zu glauben, sondern ihre Beurteilung jedem Einzelnen überlassen.

Damit will ich jedoch nicht behaupten, dass es keine wirklich großen Mahatmas oder Yogis gibt. Auch möchte ich nicht dahin gehend missverstanden werden, dass ich die Existenz solch fortgeschrittener Seelen anzweifle; ich halte vielmehr sogar meinen verehrten Lehrer Doktor Swami Jnanananda für einen solchen Meister. Doch es ist nun einmal eine simple Tatsache, dass wirklich spirituell fortgeschrittene Lamas hier ebenso selten sind wie anderswo.

Allerdings erzählte mir der Gouverneur von Purang-Taklakot über Mönche in Zentraltibet, die sich einige Jahre oder in manchen Fällen sogar lebenslang einmauern ließen. Diese Praxis ist jedoch Teil des Abtötens der Leidenschaften und eher ein Wunder als ein Zeichen hoher Spiritualität. Bei einem meiner Besuche in Tibet wurde mir 1936 das Glück zuteil, einen etwa fünfzigjährigen Lama aus Lhasa kennen zu lernen und das seltene Privileg zu genießen, einigen tantrischen Ritualen beiwohnen zu dürfen (was Nichttibetern normalerweise verboten ist), die er im Kloster Simbiling in Taklakot drei Tage lang leitete. Ferner traf ich 1928 im Kloster Böhri Gompa einen sechzehnjährigen Tulku, den ich für eine erhabene Seele hielt. Im Kloster Simbiling lebt ein Tulku, der als Nav-Kushok bekannt ist. Er ist etwa achtundvierzig Jahre alt und ein sehr gebildeter Mönch, ein guter Maler und ein großartiger Sadhaka. Ich bin seit 1936 eng mit ihm befreundet. Die Pilger täten gut daran, ihn aufzusuchen. Dies sind die einzigen wirklich bemerkenswerten Persönlichkeiten, die ich in Tibet kennen gelernt habe. In der Tat ist es bedauernswert, dass manche Leute seltsame und absolut falsche Geschichten erfinden und damit die Leichtgläubigkeit unschuldiger, religiöser Menschen ausnutzen. Es besteht jedoch kein Zweifel darüber, dass in der Gegend des Kailash und des Manasarovar Schwingungen der höchsten Ordnung vorherrschen, die eindeutig belebend und erhöhend wirken.

Harka Gurung

Der Schneemensch – Fakten und Fiktionen

Existiert der Schneemensch – sei er nun abscheulich oder liebenswürdig – wirklich? Bergsteiger dankten Mallory für seine Aussage, er ersteige Berge, »weil es sie gibt«. Leider hat keiner, der an den Schneemenschen, den Yeti, glaubt, seine Überzeugung je mit derartiger Bestimmtheit gerechtfertigt, und ebenso wenig haben die, die nicht an ihn glauben, je kategorisch behauptet, »dass es ihn nicht gibt«. Gleich vorweg jedoch: Was zur Debatte steht, ist nicht etwa die Existenz des Yetis, sondern die Vorstellungen, die über ihn im Umlauf sind. Die Echtheit der Hautteile, Felle, Haare und Exkremente, die man ihm zugeschrieben hat, wurde samt und sonders in Zweifel gezogen. Und die wenigen verfügbaren Beweise aus erster Hand verlieren sich in einem Gewirr von Mythen, Magie, Fantasie und Aberglauben.

Doch man sollte die Bewohner des Himalaya nicht für ihren Glauben verachten, der auf den geografischen Gegebenheiten wie auch auf ihrer Tradition beruht. Es gibt in dieser sich über etwa 2400 Kilometer hinziehenden Region immer noch weite Gebiete, die entlegen und unzugänglich sind. Für deren Bewohner sind diese Landstriche nicht die leeren Wüsten, für die sie anderswo gehalten werden. Die Hügel des schottischen Hochlands sehen kahl und uralt aus, und allein der Gedanke, dass sich hier irgendetwas Neuartiges und Unbekanntes verbergen könnte, ist abwegig. Selbst das Ungeheuer vom Loch Ness ist prähistorisch, so sagt man jedenfalls! Doch im strahlend jungen Himalaya kann man sich jedes erdenkliche Geschehen ausmalen. Zwischen unzähligen, bedrohlich wirkenden Gipfeln liegen tiefe Täler, ein jedes mit seinem eigenen Geheimnis. Gäbe es die Berge nicht – die Menschen würden sie erschaffen wie die Pyramiden in der leeren Sahara.

Der verinnerlichte Verhaltenskodex eines Gebirgsjungen besagt, er habe den Berg hinunterzulaufen, wenn ihn der Yeti verfolgt. Denn wenn es ein Er ist, fällt ihm das Scheitelhaar bis über die Augen, während bei einer Sie die langen Hängebrüste (die sie angeblich über den Schultern trägt) das Fortkommen behindern. Und da der Schneemensch deshalb tollpatschig durch die Gegend trampelt, schafft es unser junger Sherpa oder Gurkha, ins rettende Tal hinab zu entkommen. Tatsache ist aber, dass kein Mensch bislang je einen Yeti zu Gesicht bekommen hat. Wenn man den Geschichten der Sherpas wirklich nachgeht, wenn man den Geschichtenerzähler ins Kreuzverhör nimmt, dann lautet seine Antwort immer: »Nein, ich selbst habe den Yeti nicht gesehen; es war der Cousin meines Vaters, und er lebt auf der anderen Seite des Berges, und er ist vor zwei Jahren gestorben!« Was aber nicht unbedingt bedeutet, dass alle Geschichten vom Yeti Erfindungen der Gebirgsbewohner sind, wie George Orwell es verallgemeinern würde: »Das ist im Osten unweigerlich so; eine Geschichte klingt immer relativ vernünftig, wenn sie weit weg ist. Aber je näher man der Sache kommt, desto vager wird sie.« Ganz folgerichtig könnte allerdings ein simpler Bewohner des Himalaya zu Recht dann fragen: Wenn es wilde Ziegen (ghoral), wilde Schafe (naur), wilde Hunde (bwanso), wilde Pferde (kyang) geben kann, warum dann nicht auch den wilden Menschen (Yeti)? Nicht weniger naiv ist die Annahme des westlichen Wissenschaftlers, diese Menschen könnten einen Affen nicht als solchen erkennen. Tatsächlich ist den Bewohnern des Himalaya die Verwandtschaft zwi-

schen dem Menschen und dem Affen bekannt, und sie haben Affen schon als ihre »Onkel« bezeichnet, als Darwin noch gar nicht in dieser Welt war.
Entweder stellt ein berühmter Forscher sein Thema vor, oder aber ein Forscher wird durch ein ungewöhnliches Thema berühmt. Der Yeti als Forschungsobjekt verspricht geradezu sensationelle Ergebnisse. Wir bedauern deshalb den amerikanischen Forscher, der die neun Millionen Rhesusaffen in Uttar Pradesh (das entspricht der Einwohnerzahl von ganz Nepal!) statistisch erfasst. Doch wenn der Yeti erst einmal wissenschaftlich exakt der Zoologie oder Anthropologie zugeordnet ist, wird aller journalistischer Eifer um ihn dahinschwinden. Solange aber die Wissenschaft in der Öffentlichkeit Aufmerksamkeit erregen will, müssen wir uns eben mit diesem Trubel abfinden.

Was die Nachforschungen über den Yeti bislang so verwirrend gestaltete, ist sein nebulöser Charakter. Er hat viele Namen, mit denen er die Zahl seiner Anhänger rechtfertigen kann: Metoh-Kangmi, Mi-tre, Migoi, Mirka, Shupka, Thloh-Mung – sie alle meinen dieselbe, so schwer fassbare Gestalt. Aber auch über seinen Aufenthaltsort und darüber, wo man eigentlich suchen soll, besteht weitgehend Unklarheit: Ursprünglich war der Yeti ein Bewohner des östlichen Himalaya, doch Berichten zufolge soll es ihn auch im Karakorum, in Garhwal, in Birma und in Borneo geben.

Das Diktum, dass ein in Zweifel gezogenes Dogma der größte Triumph intellektueller Disziplin sei, wird vollkommen ignoriert, wenn es um die Erklärung mysteriöser Fußstapfen im Schnee geht. Die Spekulationen von Experten über den Urheber solcher Fußabdrücke waren derart produktiv und mannigfaltig, dass jeder verstandesbegabte Yeti dazu neigen muss, noch behutsamer auf den Fußsohlen zu gehen, um seine Verfolger noch mehr zu verwirren – und wenn er keinen

Humor hätte, würde er nicht mit uns Versteck spielen. Extreme Skeptiker schreiben die Abdrücke rollenden Felsen oder Schneeschuhen zu oder halten sie schlichtweg für undeutliche »Kleckse«. Manche sprechen von Menschenaffen, Gorillas oder Languren; andere denken an Schneeleoparden, Wölfe, Riesenpandas, tibetische Banditen, hinduistische Asketen oder Bären, und zwar gleich an drei Arten. Der Verfechter des Yetis mit seiner Meinung: »Wenn Fingerabdrücke einen Menschen an den Galgen bringen können, sehe ich keinen Grund, weshalb Fußabdrücke nicht die Existenz einer besonderen Art von Mensch belegen könnten« – er muss die unnachahmlichen Paläontologen einfach beneiden.

Und der Mythos wuchert immer weiter. Der eine fragt nach der Zuordnung des Yetis: »Anthropologie oder Zoologie?«; der andere will wissen: »Ist der Yeti ein Zwei- oder ein Vierbeiner?« Während die meisten Wissenschaftler die Annahme einer unbekannten zoologischen Spezies, die sich ihrer Klassifikation zu entziehen wagt, ablehnen, sehen die hoffnungsvolleren den Yeti gern als einen Missing Link, ein fehlendes Glied in der Kette der Evolution. So lamentierte ein Anhänger dieser Theorie: »Es ist schwer, nicht zu verzweifeln, wenn alle Beweise davonlaufen, sobald die Experten erscheinen!« Ein anderer Wissenschaftler vertraut auf die embryologische Beweisführung und glaubt an eine Art Riesenprimaten, der womöglich dem Gigantopithecus des Pleistozäns ähnelt.

Das Klettern oder Forschen im Himalaya kann man mit dem Buchen eines Platzes im Theater vergleichen, doch der Platz an der Spitze ist jedermanns eigene Sache. In einem einzigen Jahr gab es elf Anträge für die Besteigung des Dhaulagiri. Jeder Gipfel gehört einer bestimmten Kategorie an, die jede ihren eigenen Preis hat, doch die Gebühr für eine Yeti-Expedition übertrifft sie alle. Und solange der Yeti sich rar macht, können sich die unterentwickelten Nationen des Himalaya dieser Gebühren, die einer Unterstützung aus dem Ausland ohne jegliche Bedingungen gleichkommen, sicher sein. Die Suche nach dem Yeti hat außerdem sehr zur geografischen Forschung in Regionen beigetragen, in denen Forscher zwar eigener Aussage zufolge die ersten Fußabdrücke hinterließen, gleichzeitig aber die indische Landvermessungsbehörde wegen ungenauer Landkarten kritisierten!

Für Himalaya-Reisende schließlich wird der Yeti häufig zur Achillessehne, zum schwachen Punkt, an dem es im Lager und am Berg zu Unstimmigkeiten kommt. Ein Bergsteiger muss nicht *Der Hund von Baskerville* gelesen haben, um an das gespenstische Pfeifen des Yetis draußen im Sturm zu glauben, wenn er allein in seinem im Wind knatternden Zelt sitzt. Mit Ausnahme der Hochgebirgssherpas sind die Einheimischen der Überzeugung, dass auch die Sahibs vor dem Yeti Angst haben; weshalb sollten sie wohl sonst so tödliche Waffen wie Eispickel und Steigeisen mitführen? Auch ein Landvermesser, der auf einem entlegenen Gebirgskamm mit seinem Vermessungsgerät hantiert, ist nicht wirklich gewappnet. Er braucht sich lediglich während seiner Standortbestimmung vorzustellen, wie der schauerliche Yeti von hinten über ihn herfällt, und schon müssen wir argwöhnen, dass die zwischen 8839 und 8882 sowie zwischen 8863 und 8848 Metern schwankende Höhe des Chomolungma nichts mit dem sich hebenden Himalaya zu tun hat, sondern eher mit der mehr oder weniger gebückten Haltung des vor Angst zitternden Vermessers!

Die meisten Nachforschungen über den Yeti leiden unter ihren Verallgemeinerungen. Falls diese Kreatur gefunden werden soll, muss man sie auf einen Ort festlegen, anstatt über ihre Allgegenwart von Alaska bis Borneo zu diskutieren. Der Versuch, das Schicksal des Yetis mit erfolglosen Expeditionen zu besiegeln, ist unrealistisch. Ihn nicht zu finden heißt nicht notwendigerweise, dass es ihn nicht gibt. Ebenso wenig entkräften Smythes Garhwali-Bär oder die falsche Khumjung-Kopfhaut sämtliche anderweitigen »Fakten« über den Yeti.

Zu glauben, dass der Yeti Wesentliches zur Zoologie, Zoo-Psychologie, Anthropologie oder Evolutionstheorie beitragen wird, wäre vermessen. Umso herzzerreißender wird dies sein, wenn sich am Ende des Weges ein Winterschlaf haltender *ursus arctos isabellinus* oder ein schnarchender *semnopithecus entellus Dufresne* präsentiert.

Was dieses Thema anbetrifft, empfiehlt es sich also, geistig wach zu bleiben. Denn es ist für den Engstirnigen viel schwieriger, zuzugeben, dass er Unrecht hatte, als für einen klugen Kopf. Schließlich könnten Dinge, die hartnäckig bestehen bleiben, am Ende ja doch existieren.

K. C. Bhanja

Die spirituelle Bedeutung des Himalaya

Himalaya! Der klangvolle Name allein scheint bereits mit mystischer Bedeutung belegt zu sein. Für den, der dieses heilige Gebirge wirklich liebt, birgt schon das Aussprechen seiner Silben eine unerklärliche Faszination – ein Entzücken, das nicht nur den Verstand, sondern auch tiefe Schichten des Bewusstseins berührt.

Aber ist es nur die verblendete Liebe zu den erhabenen Bergen, die das Menschenherz beim bloßen Aussprechen des Wortes »Himalaya« gefangen nimmt? Ich glaube nicht. Haben denn das leise Rascheln der Palmwedel, die Stimme des singenden Windes, das Flüstern der lauen Lüfte und das lautlose Summen von Myriaden nie ermüdender Insekten, der Bewohner der blauen Vorgebirge des Himalaya, nicht ihre eigene Melodie und Bedeutung? Und deshalb sehe ich keinen Grund, weshalb dieses Wort, das seinen Ursprung in der Mutter aller indoeuropäischen Sprachen der Erde hat, nicht auch einen tieferen Sinn haben sollte.

Von der etymologischen Bedeutung, die nichts weiter besagt als »Ort des Schnees«, möchte ich hier lieber absehen. Drei Konsonanten – H, M und L – spielen bei seinem Klang eine gewichtige Rolle. H und L verbinden sich zur Wurzel *hlad,* von der wir *hladini* ableiten, was so viel wie »die Kraft, aus der die Ekstase entsteht« bedeutet. Der Buchstabe in der Mitte stellt den Kern der ewiggültigen Silbe »om« dar, den einfachsten und bezauberndsten Klang, den der Mensch aussprechen kann, den heiligen Klang, der für die Hindupropheten der alten Zeit das Absolute repräsentierte und der für die Menschen des Westens gleichbedeutend mit der Musik der Sphären ist – doch auf Grund der unfassbaren Intensität seiner Schwingungen kann er nicht wirklich gehört werden. Die unermessliche Zärtlichkeit dieses zentralen Buchstabens findet ein Echo im ersten Lautversuch des unbefangenen Kleinkindes, wenn es sich an die liebende Mutter wendet.

So gliedert sich der Begriff »Himalaya« also auf in zwei Bestandteile, in Freude und die göttliche spirituelle Kraft. Doch was ich meinen Lesern nahe bringen möchte, ist etwas, was den allgemeingültigen Vorstellungen, die auch von den meisten Hindus geteilt werden, genau entgegengesetzt ist.

Die Verzückung durch solche Phänomene und Manifestationen der Natur liegt nicht in der Erkenntnis ihrer Schönheit und auch nicht darin, dass man den Frieden und die innere Ruhe in sich aufnimmt, die offenbar von ihnen ausgehen. Wer sich bemüht, sich in diesen Frieden und die ekstatische Verzückung zu versenken, die der Himalaya geben kann, der wird zweifellos für den Augenblick Erfolg haben, doch letztlich werden alle Mühen vergeblich sein. Und sobald der Zauber vergeht, wird auch die spirituelle Meditation folgenlos bleiben. Wer den Frieden auf diese scheinbar direkte Art und Weise sucht, wird ihn nicht finden. Die Schönheit der Natur nimmt das Herz für sich ein wie ein Trugbild, doch sie zieht sich zurück, sobald man ihr zu nahe kommt. Sie will uns nur locken, und am Ende findet man sich genau an dem Punkt wieder, an dem man begonnen hat.

Solche Begeisterung kann bestenfalls »spirituelle Erfrischung« bedeuten, nicht aber Hingabe – Hingabe, alles zu geben, was man besitzt – nicht um die eigenen Sinne zu entzücken, sondern den Sinnen des Erhabenen Gottes Freude zu spenden. Hingabe lässt sich mithilfe instinktiven Wissens erlangen, das jedoch nicht jedem eigen ist, der auf Erden wandelt. Tatsächlich äußert sich diese spontane Sehnsucht, obwohl sie in jedem Menschen verborgen ist, in ihrem wahren Charakter nur in wenigen.

Diese Art von Hingabe lässt sich nicht von der Pracht der Natur verzaubern. Hingabe will keine Erregung. Und letztlich kann man das Verschmelzen mit dem Höchsten Wesen oder der Über-Seele nicht als Hingabe bezeichnen, es ist vielmehr eine falsche Hingabe, an deren Quelle kein Mensch, kein Engel, kein Einsiedler je die ewige Glückseligkeit erlangen wird.

Ich möchte versuchen, diesen Punkt anhand der Schriften des großen Autors Rabindranath Tagore deutlich zu machen.

In seinem berühmten Gedichtband *Gitanjali* schreibt er: »Erscheine vor mir durch Wohlgeruch, durch Farbenspiel, durch Melodie, und lass mein Herz freudig erbeben durch deine göttliche Berührung.« Dies ist lediglich Ausdruck einer Haltung, die man als Zügellosigkeit bezeichnen könnte. Es ist die eigene Freude, um die es hier geht, und als solche kann diese Art von Emotionalität nicht als Hingabe oder Liebe verstanden werden. Der Grund hierfür liegt nahe. Oft ist unser Kelch voll bis zum Rand; der prickelnde Champagner, der uns fröhlich, aber auch betrunken macht, verliert für den Augenblick seinen Zauber und seine Stärke, und deshalb merkt das Leben manchmal einen anderen Bereich für uns vor – ein frisches Kontingent an Ekstase aus neuer Quelle, die gleichsam unbekannt und unerkennbar ist. Aber letztlich entspringt dies einem Egoismus, wenngleich er auch etwas Erhöhendes an sich haben mag.

Deshalb ist es zwecklos, nach dem wahren Frieden zu suchen, denn selbst die inspirierende Präsenz der Natur ist nichts als Selbsttäuschung. Aber womit lässt sich dann rechtfertigen, sich in die bezaubernden Schauspiele des Himalaya zu versenken? Doch bevor ich auf diese Frage eingehe, möchte ich noch wenigstens zwei weitere Punkte klarstellen. Obzwar in der Meditation ein Element der Liebe enthalten sein mag, kann Meditation, die doch nur ein egoistisches Streben nach Teilhabe an der Göttlichkeit ist, nicht reine Hingabe sein. Denn deren charakteristisches Merkmal ist nicht, in Entzücken zu verfallen, sondern vielmehr, das angebetete Objekt der Liebe mit Freude zu erfüllen; und dieses Charakteristikum der Hingabe ist einfach eine spontane Neigung oder, in anderen Worten, ein Ausdruck selbstloser Liebe. Der Weg der Meditation führt im Grunde zur Erlangung verschiedener geistiger Kräfte, wie wir sie bei vielen indischen Asketen der Vergangenheit und der Gegenwart sehen. In ihrem höchsten Ausmaß verleiht die Meditation die Erkenntnis von der Aura des Höchsten Wesens, was bestenfalls göttliche Ekstase erzeugt; diese stellt aber keinesfalls die höchste Wahrheit des Lebens dar und kann wegen ihres vergänglichen Charakters nicht als Wahrer Friede bezeichnet werden.

Wahrer Friede ist Ewige Glückseligkeit und entsteht beinahe zufällig durch die Hingabe, in anderen Worten: Wer auf dem Pfad der reinen Hingabe wandelt, erreicht Wahren Frieden, ohne sich eigens darum zu bemühen.

Deshalb steht das Wort »Himalaya« für Freude – jedoch nicht in dem Sinne, an etwas Freude zu finden, sondern in der Bedeutung, dem Höchsten Freude zukommen zu lassen; es meint nicht Freude als eigene Bereicherung, sondern im Sinne von Freude spenden. Damit ist das Bestreben gemeint, nichts aus dem Himalaya zu gewinnen, sondern alles, was er zu geben hat, dem Höchsten angedeihen zu lassen. Dementsprechend steht der Himalaya für Loslösung, Loslassen und Freiheit, nicht für Bindung oder Zuneigung.

Dies alles mag ungewöhnlich und rätselhaft klingen, aber es sind dennoch unumstößliche Wahrheiten; und Wahrheiten sind nun einmal häufig seltsamer als Fiktionen.

Shangri-La liegt in Amerika

Nachwort der Herausgeberin

»Shangri-La liegt in Amerika«, sagte jüngst ein Sherpa aus Nepal, als er für eine Studie nach seinen Hoffnungen und Wünschen befragt wurde. Nichts könnte eindrücklicher das Missverhältnis zwischen westlichem imaginärem Himalaya-Konstrukt und den Gegebenheiten vor Ort charakterisieren als diese stupende Aussage. Die Verklärung des Himalaya in Berichten westlicher Autoren ließ uns bislang die Stimmen der Himalaya-Bewohner selbst überhören. Wenn man sich indes auf die vorliegende literarische Gesamtschau einlässt, dann erschließen auf einmal überraschende Einsichten in saftig grüne Täler und Ausblicke von Schwindel erregenden, eiskalten Höhen einen über die Mystifikation hinausgehenden, ungeahnten Horizont. Die geografische und mythologische Bedeutung des Himalaya und sein Einfluss auf die Erlebniswelt seiner Bewohner ist in den Überlieferungen spürbar, in denen Götter und Schneemenschen zum Alltag gehören. Der Glaube an Götter, die auf Gipfeln wohnen, ist so fest und tief wie die Täler des Himalaya. Und für den Bewohner des Himalaya ist sein Tal die Welt. Es sei denn, diese Welt gerät aus den Fugen. Tibeter mussten vor chinesischen Truppen fliehen, und auf einmal stellen sich die Bergriesen ihnen entgegen. Der Himalaya wird zu einem schier unüberwindbaren Hindernis auf dem Weg in die ersehnte Freiheit. Bezeichnend für die Situation in diesem Himalaya-Land ist, dass keiner der tibetischen Autoren mehr in Tibet lebt. Sherpas verlassen ihre Täler, da sich woanders leichter eine gesellschaftliche und/oder ökonomische Perspektive erschließen lässt. Oder sie versuchen gar, eigene Rekorde aufzustellen, um sich von den westlichen Bergsteigern zu emanzipieren, wie Deepak Thapa es in seinen Reportagen beschreibt. Auch die ökologischen Verhältnisse in dieser Bergwelt sind nicht so stabil, als dass sich die Bewohner darauf verlassen könnten. Nur Eigeninitiative und soziales Engagement helfen, so Nalni Jayal in »Der Himalaya – unser empfindliches Erbe«, eine schlimmere Entwicklung zu verhindern.

Doch zurück zum Berg in der Literatur der Himalaya-Länder, zu denen Tibet, Nepal, Bhutan, Sikkim, Indien und Pakistan gehören. Die Entwicklung der Literatur ist in den einzelnen Ländern in den letzten Jahrzehnten sehr unterschiedlich verlaufen. In Tibet spielte die weltliche Literatur vor 1950 nur eine marginale Rolle. Erst mit der chinesischen Besatzung kamen neue Literaturgattungen wie Kurzgeschichten und Romane ins Land, zunächst aus rein propagandistischem Zweck. In den Achtzigerjahren entwickelte sich eine tibetisch- und chinesischsprachige Literatur in Tibet, die sich beispielsweise von südamerikanischen Autoren inspirieren ließ. Während man sich im kleineren Königreich Bhutan ganz auf die Erhaltung der mündlichen Erzähltradition konzentriert, die Bergliteratur Pakistans – abgesehen von Mythen und Legenden – nur schwer zugänglich ist, kann man in Nepal auf eine reichhaltige Literatur zurückgreifen. Kurzgeschichten als Gattung gibt es in Nepal seit den Dreißigerjahren des letzten Jahrhunderts, wobei westliche und indische Vorbilder gleichermaßen einflussreich waren. Soziale Ungerechtigkeit, städtische Armut, Kritik am Kastensystem, das dörfliche Leben einerseits und die Entfremdung der Jugendlichen in den Städten andererseits sind die vorherrschenden Themen. Nicht aber der Berg, wieso auch. Denn der Berg ist unausweichlich da, keiner will sich an ihm bestätigen, ihn gar bezwingen oder erobern. Überhaupt werden selbst in der indischen Bergsteigerliteratur solcherart Vokabeln sehr viel behutsamer eingesetzt als in westlichen Expeditionsberichten von Bergsteigern. Tenzing Norgay ist ganz von Ehrfurcht und Glück erfüllt, als die Göttin Chomolungma seinen sehnlichsten Wunsch erhört und ihn auf den Gipfel lässt. Denn alles hängt letztendlich vom Wohlwollen der Götter ab.

In der westlichen Literatur über den Himalaya ist oftmals nur vom Kailash und vom Everest die Rede. Wohl haben diese beiden Berge Völker und Mythologien über alle Landesgrenzen hinweg maßgeblich beeinflusst, was auch der »Weltberg« der Naxi belegt, in dem vom Kailash die Rede ist. Und jede Religionsgemeinschaft bevölkert den Gipfel mit ihren eigenen Heiligen. Die Hindus beispielsweise gehen davon aus, dass ihr Gott Shiva mit seiner Gemahlin Parbati auf dem Gipfel des Kailash thront; in der Glaubenswelt der Tibeter wurde hier durch Milarepa der Grundstein für den endgültigen Sieg des Buddhismus über die tibetische Bön-Religion gelegt, nachzulesen in »Der Wettstreit am Berg Kang Tise zwischen Milarepa und Naro Bönchung«. Seit Jahrtausenden pilgern indische und tibetische Gläubige über gefährliche Gebirgspässe und durch karge, menschenleere Steppen zum Kailash, um durch den Anblick des heiligen Berges geläutert zu werden. Die Wallfahrer, die selbst aus Südindien und dem östlichen Tibet kommen, brauchen oft ihre ganzen Ersparnisse für die Reise, manche zahlen gar mit ihrem Leben. Für den indischen Gelehrten Swami Pranavananda in seinem Bericht »Kailash und der See Manasarovar« hingegen ist die westliche Himalaya-Verklärung irritierendes Blendwerk; er wartet stattdessen mit Fakten und einer authentischen Ehrfurcht auf.

Im ganzen Himalaya gibt es neben dem Kailash eine unüberschaubare Anzahl von heiligen Bergen mit unterschiedlicher Bedeutung. Dass der Nyechen Thanglha, etwa hundert Kilometer nordwestlich von Lhasa gelegen, nicht nur von den Einheimischen in höchstem Maße verehrt wird, wie man in Jamyang Norbus Erzählung »Das Schweigen« nachlesen kann, sondern sich dieser Berg auch ins aktuelle Zeitgeschehen einzumischen versucht, zeigt eine moderne Überlieferung. Nyechen Thanglha hatte alle Berggottheiten zu einer Konferenz eingeladen. Einerseits befürwortete er die tolerantere Religionspolitik der Chinesen, die den Tibetern wieder erlauben würde, Pilgerreisen zu unternehmen und den Bergen und Seen ihre Aufwartung zu machen. Andererseits führe die Reform der Wirtschaftspolitik zu Raubbau. Den Bergen würde man Pilze, Knollen und Mineralien entnehmen, die jedoch zu ihren Innereien gehören, wodurch sie wesentlich beeinträchtigt werden. Die Diskussion wurde heftig geführt, und die Verhandlungen sollen bis heute andauern. Eine weitere Anekdote bezeugt, dass Berge nicht nur in mythischen Vorzeiten agierten und der Glaube an Berggottheiten auch heute noch lebendig ist. Der Amnye Machen, der heilige Berg im Nordosten Tibets, in der tibetischen Provinz Amdo (chinesische Provinz Qinghai) und streng genommen nicht im Himalaya gelegen, war beispielsweise so erzürnt über den Einmarsch der chinesischen Truppen, dass er wegfliegen wollte. Nur mit Gebetsfahnen und zahlreichen Pilgerstätten konnte man seinen Zorn besänftigen und ihn zum Bleiben bewegen.

Heilige Berge gibt es nicht nur im Himalaya, in vielen Weltregionen gehen Menschen in die Berge, errichten dort Pilgerstätten, Einsiedeleien, Kapellen und stellen Kreuze oder Gebetsfahnen auf. Zahlreichen Völkern gelten Berge als *axis mundi,* als Energiekanäle, auf denen man wie auf Leitern von der Unterwelt auf die Erde und in den Himmel gelangen kann. Etwas Geheimnisvolles umwölkt die Berge, und vor allem westliche Bergsteiger wollen den Gipfeln ihren Schleier vom Antlitz reißen. In der Himalaya-Region jedoch ist die Pilgerreise weit verbreitet, der Berg ist das Ziel, nicht notwendigerweise der Gipfel: Auf dem Berg residiert entweder der Gott, oder die Bergspitze ist die Verkörperung der Berggottheit – Wissenschaftler legen großen Wert auf diese Unterscheidung.

Die Himalaya-Bewohner pilgern auch deshalb zu Bergen und opfern den Göttern, um die soziale und ethische Ordnung aufrechtzuerhalten. Denn wer gegen irgendeine Regel verstößt, an dem rächen sich die Götter. Und wenn sie in ihrer Ruhe gestört werden, wie beispielsweise beim Bergsteigen, kann Fürchterliches geschehen. Deshalb also sind so viele Bergvölker im Himalaya gegen das Besteigen heiliger Berge, weil diese empfindliche Ruhestörung geahndet wird. Deshalb auch will der Sherpa Phu Dorji in »Höher als der Everest« von H.P.S. Ahluwalia nicht auf den Gipfel, selbst als er ausgewählt wird. Als die ersten britischen Expeditionen in den Zwanzigerjahren des letzten Jahrhunderts versuchten, von Norden, also Tibet her, den Everest zu besteigen, zogen sie am tibetischen Kloster Rongbuk vorüber. Die Mönche hießen die Briten nicht willkommen, weil sie befürchteten, dass die Bergsteiger die Meditation der Einsiedler in den Höhlen stören würden. Und der Vorsteher des Klosters redete eindringlich auf die Briten ein, nur ja nicht auf Jagd zu gehen. Wohl oder übel mussten sie dieser Bitte nachkommen. Als bei der misslungenen Besteigung zahlreiche Bergsteiger umkamen, schrieb der tibetische Abt in sein Tagebuch: »Ich fühlte mit ihnen, die an einer solch unnötigen Aufgabe zugrunde gingen.«

Die Diskussion um heilige Berge und deren touristische Erschließung entbrannte erst unlängst wieder, als die chinesische Regierung einer spanischen Expedition die Besteigung des Kailash erlaubte. Nur die weltweite Entrüstung über ein solches Ansinnen führte dazu, dass die spanischen Bergsteiger schließlich ihr Vorhaben aufgaben. Es gibt aber auch andere Fälle, in denen Tricks Expeditionen ein reines Gewissen bescherten. Der Kangchendzönga wird vor allem in Sikkim verehrt, und nur unwillig wurden Expeditionen zugelassen. Diese machten denn auch fünf Meter vor dem Gipfel Halt, um ihn nicht zu verunreinigen. In Nepal deckte Harka Gurung vor kurzem einen Skandal um einen heiligen Berg auf. Der Machapuchre, nördlich von Pokhara gelegen, sollte für Expeditionen freigegeben werden. Die Bewohner der Stadt Pokhara wehrten sich dagegen mit der Begründung, dass der Machapuchre heilig sei. Tatsache aber ist, dass der Berg bis 1965 für Expeditionen zugänglich war und erst später geschlossen wurde. Dahinter steckte offenbar der britische Colonel John Roberts, der 1956 und 1957 zwei Gipfelbesteigungen erfolglos abbrechen musste, daraufhin seinen Einfluss geltend machte und den Berg kurzerhand für heilig erklären ließ.

Der Mythos von Shangri-La, dem Paradies auf Erden, das Weisheit, ewiges Leben und Friede verheißt, zieht immer wieder westliche Aussteiger an, die im Himalaya auf der Suche sind nach einer inneren Stille. Dieses Bedürfnis, durch die Begegnung mit fremden Kulturen die eigenen inneren Räume zu erschließen, muss uralt sein. Ihm gehen auch heute noch Reisende im Himalaya nach, auf der Suche nach Orten ihrer Fantasie. Interessanterweise dient der Himalaya auch zivilisationsüberdrüssigen Indern, wie in der Erzählung »Mondschein um den Trishul« deutlich wird, als Refugium. Ungeachtet der Träume und Sehnsüchte hingegen lebt der überwiegende Teil der bereisten Bergbevölkerung mit den typischen Problemen der Entwicklungsländer, mit Unterentwicklung, Armut und Umweltzerstörung. Dass aber die Modernisierung dieser Region zur deutlichen Verbesserung der Lebensbedingungen geführt hat, wird hier zu Lande oft mit Bedauern über den Verlust der Tradition zur Kenntnis genommen. Denn gerade die hilfsbedürftigen Sherpas und Tibeter sind Mythenträger und Projektionsfläche schlechthin, und ihr Buddhismus und Schamanismus war den nach spiritueller Erfüllung Suchenden gerade willkommen. Dass dem Mitgefühl und der Sympathie mit den Sherpas irritierend enge Grenzen gesetzt werden, bezeugen schockierende Berichte nepalesischer Tageszeitungen, wonach bei den verunglückten Expeditionen westliche Touristen und die nepalesischen Bergführer zwar gerettet werden, nicht aber die Träger, die man oftmals einfach ihrem Schicksal überlässt.

Zahlreiche Erzählungen gehen auf die unterschiedlichen Sichtweisen ein, die hier im Himalaya aufeinander prallen. Am beispielhaftesten stellt Shankar Lamichhane in »Das Licht der untergehenden Sonne in den halb geschlossenen Augen des Buddha« die Himalaya-Verklärung des Westens den Realitäten in Nepal gegenüber, aber auch in der Erzählung »Die ewigen Berge« treten verschiedene Einstellungen gegeneinander an. Der Konflikt ist nicht mehr nur mit dem herkömmlichen Schema West-Ost zu erklären, sondern Risse durchziehen alle Gesellschaftsschichten.

Bruchstückhaft mag diese Anthologie erscheinen, schillernd wie ein Mosaik, das sich seiner Unvollkommenheit durchaus bewusst ist. Der Schwerpunkt dieser Sammlung liegt auf zeitgenössischer Literatur, da sie von der eigentlichen Befindlichkeit der Menschen erzählt, die im Himalaya leben. Das Autorenverzeichnis liest sich wie ein »Who's who« des kulturellen

Lebens in Nepal, Tibet und Bhutan, selbst wenn im Westen nur wenige die Autoren kennen.

Himalaya ist da, wo der Himmel die Erde berührt. Vielleicht gelingt mit dieser unaufdringlichen Zusammenstellung von Geschichten aus dem Himalaya eine Annäherung an die Wirklichkeit zwischen den Welten.

Alice Grünfelder
Berlin, 2. Januar 2002

Worterklärungen

Achtfacher Pfad Der Weg, die Leiden zu überwinden, besteht im »edlen, achtfachen Pfad«: rechte Anschauung und Gesinnung, rechtes Reden, Handeln und Leben, rechtes Streben, Denken und Sichversenken.

Adinath Manifestation des Bodhisattva Avalokiteshvara, die in einem ganz bestimmten Tempel im Dorf Chobar bei Kathmandu verehrt wird

Amarawati himmlischer Wohnsitz von Indra, dem Gott aller Götter im hinduistischen Götterpantheon

Amla tropisches Gewächs; Busch, der runde, kleine Früchte trägt

Aranya Wald...

Ashram religiöse Lebensgemeinschaft um einen spirituellen Lehrer

Avalokiteshvara Bodhisattva der Barmherzigkeit

Bagmati von Nepalesen verehrter heiliger Fluss, der hinter dem Pashupatinath-Tempel vorüberfließt

Beedis aus Tabakblättern gedrehte indische Zigaretten

Bhrikuti wurde im 7. Jahrhundert mit dem tibetischen König Songtsen Gampo verheiratet und wird noch heute als Grüne Tara in Tibet verehrt

Bodhisattva erleuchtetes Wesen, das auf den Eintritt ins Nirwana verzichtet, um der Menschheit beizustehen und sie zur Erleuchtung zu führen

Bön Bön-Religion, die ursprüngliche, vorbuddhistische Religion Tibets. Bönpo: Anhänger dieser Religion.

Chang alkoholisches Getränk aus vergorenem Getreide, meist Gerste. Schmeckt leicht säuerlich, vergleichbar mit leichtem Bier, wird deshalb auch als Gerstenbier bezeichnet.

Changthang (tibetisch: »nördliche Ebene«) unwirtliche raue Gegend, die nur spärlich von Nomaden besiedelt ist

Charpai Damit kann im Himalaya ein Bett, Bettgestell oder eine kleine flache Schlafgelegenheit gemeint sein.

Chobar Name eines Dorfs, südlich von Kathmandu und oberhalb der Chobar-Schlucht gelegen. Der Bodhisattva Mandschuschri soll hier mit einem Schwert in den Felsen gehauen haben, um Wasser aus dem Kathmandu-Tal abzuleiten.

Chörten (Sanskrit: »Stupa«) tibetische Bezeichnung für Reliquienschrein

Chubpa tibetisches Kleidungsstück; ein Mantel aus Pulu, dickem Filz, oder Leder, der in der Hüfte mit einem breiten Gürtel zusammengehalten und auf der rechten Seite zugeknöpft wird. Dadurch ergibt sich vor dem Brustkorb eine geräumige Tasche, in die Tibeter alle erdenklichen Gegenstände packen.

Chura (tibetisch) getrockneter Käse

Damaru Handtrommel aus zwei Schädelhälften, Holz oder Elfenbein; tantrisches Instrument

Devi weibliche Gottheiten, die sich sowohl in friedlichen als auch zornvollen Formen manifestieren können

Dharma die Lehre des Buddha

Dhoti traditionelles indisches Beinkleid für Männer aus einem langen, weißen Tuch, das um die Hüfte gebunden und zwischen den Beinen durchgezogen wird

Dokpa tibetischer Nomade

Dzo Kreuzung zwischen Yak und Rind

Ganga Flussgöttin, Göttin des Ganges. Wird oft abgebildet mit Sitz im Haarknoten Shivas, der ihre Fluten dämmte und in das Flussbett des Ganges leitete.

Gauridevi Göttin, in weißen Gewändern abgebildet; zerstört die Feinde der Götter

Gethuck Nudel

Gokapa wilder Knoblauch

Halb geschlossene Augen des Buddha Damit ist das Augenpaar gemeint, das auf vielen Stupas in Nepal aufgemalt ist. Das größte Augenpaar schmückt den Swayambhunath-Stupa in Kathmandu.

Jetsün (tibetisch) Gelehrter, Heiliger

Kang Tise der Berg Kailash

Karneol Mineral, auch gelblich bis rot gefärbter Schmuckstein

Kasthamandapa ein großer Tempel in der Stadtmitte Kathmandus, der möglicherweise der Stadt ihren Namen verliehen hat. Man erzählt sich, dass er der älteste Tempel in Kathmandu und aus einem einzigen Baumstamm geschnitzt sei.

Kirati Volk, das vor allem im Osten Nepals lebt und für seine Tapferkeit bekannt ist

Kiserma Wildrose

Kusho tibetische Anrede für Herr

Lama tibetischer Geistlicher

Lhacho gewa chu und *Mi-cho tsangma chu-duk* die zehn Gesetze für ordinierte Mönche und die sechzehn Regeln für die Laien. Vergleichbar mit den christlichen Zehn Geboten.

Lhaende Geistererscheinung, umherwandernder Geist

Lhopa Volk, das ethnisch ebenso wie die Naxi den tibeto-birmanischen Völkern angehört und in den tibetischen Bergwäldern an der Grenze zum Nordosten des indischen Bundesstaates Assam lebt

Mahatma Ehrentitel für geistige Lehrer

Manisteine mit Mantras beschriebene Steine, die Pilger und Einwohner oftmals an ausgesuchten Plätzen wie Gebirgspässen aufeinander häufen

Mantra eine kraft- und energiegeladene Silbe oder Folge von Silben. Der Rezitation von Mantras wird heiligende Wirkung nachgesagt. Im volksreligiösen Buddhismus werden sie auch als magische Mittel gegen Krankheiten eingesetzt sowie für die Besänftigung negativer Einflüsse und die Erfüllung von Wünschen. Das bekannteste Mantra ist der sechssilbige Spruch »Om mani padme hum«.

Migoi Name des Yetis in Bhutan

Momos tibetische gedämpfte Klößchen, die oft mit Fleisch, manchmal auch nur mit Kartoffeln gefüllt sind

Mön oder Mönpas Bezeichnung für verschiedene ethnische Gruppen im Himalaya-Gebiet

Muntjak die zweitkleinsten Geweihträger von etwa einem halben Meter Körperhöhe, in Asien beheimatet

Nanda Devi Gebirgskette im Garhwal Himalaya (indischer Bundesstaat Uttar Pradesh). Die höchste Erhebung namens Nanda Devi West ist mit ihren 7817 Metern zweithöchster Berg Indiens.

Ngagpa umherwandernder Tantriker

Nirwana Endziel des Lebens als Zustand vollkommener Ruhe

Nyechen Thanglha heiliger Berg Tibets, 7088 Meter hoch

Om mani padme hum bekanntestes Mantra, Anrufung des Bodhisattva Avalokiteshvara

Phowa-Ritual ein Ritual, das während des Sterbens ausgeführt wird, damit das Bewusstsein des Sterbenden sich vom Leichnam lösen, vom Körper befreien und möglicherweise gar eine andere Bewusstseinsform erreichen kann

Piwang tibetisches Saiteninstrument mit zwei Saiten

Preta Hungergeister; an ewigem Hunger und Durst leidende Geister, die als geizige und habsüchtige Menschen wiedergeboren werden. Weil ihr Mund so klein wie ein Stecknadelkopf und ihre Kehle so schmal wie ein Haar ist, vermögen sie die Speisen und Getränke nicht zu sich zu nehmen, die in reichlicher Fülle vor ihnen aufgetischt werden. Und falls der eine oder andere Geist dennoch einen Happen zu sich nehmen kann, verwandelt er sich in seinem Mund sogleich in Feuer und messerscharfe Klingen.

Purana heilige Schrift auf Sanskrit, historische und traditionelle Sagen und Märchen

Raksa Unruhe stiftende göttergleiche Lebewesen

Rakshi alkoholisches destilliertes Getränk, beispielsweise aus Gerste, Reis oder Hafer, ähnelt Schnaps

Sadhaka Aspirant, Schüler

Samyak philosophischer Terminus, der »vollkommen« oder »total« bedeutet

Sannyasi religiöser Asket, der die Verbindung zum weltlichen Dasein abgebrochen hat

Saruskranich ebenso wie das tibetische Volk vom Aussterben bedrohte Art, so der Autor Jamyang Norbu. Tibetisches Symbol, das für Freiheit steht

Schneelotos botanischer Name *Saussurea involucrata.* Pflanze, die dem Lotos gleicht und in der Bergwelt des Himalaya vorkommt. Bestandteil tibetischer Medizin

Sela-Berge Der Sela-Pass mit seinen 4600 Metern führt nach Tawang, das im Grenzgebiet von Tibet, Bhutan und Indien liegt.

Semnopithecus entellus Dufresne grauer Langur (Schlankaffe)

Siachen-Gletscher höchster Gletscher der Welt, 72 Kilometer lang und im östlichen Karakorum gelegen. Von Indien und Pakistan gleichermaßen heftig umkämpft.

Siddha ein in magische Riten zur Unterwerfung dämonischer Kräfte Eingeweihter

Songtsen Gampo der 33. tibetische König, der von 629 bis 649 Tibet regierte, die chinesische Prinzessin Wen Cheng und die nepalesische Prinzessin Bhrikuti heiratete und den Buddhismus in Tibet einführte

Swami hinduistischer Mönch, Lehrer

Swasthani Name einer Göttin, die vor allem von Nepalesinnen angefleht wird, die Kinder empfangen möchten. Auch Name einer Schrift, die von den Göttern, die die Welt erschaffen haben, erzählt und in Nepal sehr populär ist

Tantrismus Lehrsystem, das dem Vajrayana (Diamantfahrzeug neben den beiden anderen Richtungen Mahayana und Hinayana) zu Grunde liegt. Weitgehende Ablehnung dogmatischer Anschauungen. Welt entfaltet sich aus weiblich-männlicher Dualität, im Kern liegt eine Geheimlehre verborgen, die nur vom Lehrer, vom Guru, an einen eingeweihten Schüler weitergegeben wird.

Tarakasur mächtiger Dämon im hinduistischen Pantheon

Thippu Kopfputz, Kopfschmuck

Tika Am bekanntesten ist der Tika als Bestandteil einer hinduistischen Zeremonie: Meistens drückt derjenige, der den Segen erteilt, dem Segensempfänger einen Fleck roter Farbe auf die Stirn. Dieser Fleck heißt Tika.

Topi So werden alle Arten von Kopfbedeckung in Nepal genannt.

Trimola Singdrossel

Tsampa Mehl aus gerösteter Gerste, Hauptnahrungsmittel der Tibeter

Tulku Bezeichnung eines Menschen, der als Manifestation eines Buddhas oder Bodhisattvaswiedergeboren wurde

Urial Wildschaf, das nur noch im Himalaya vorkommt und von der indischen Regierung unter Artenschutz gestellt wurde

Ursus arctos isabellinus Bär, zur Spezies der Braunbären gehörend, der vor allem im Himalaya- und im Tianshan-Gebirge vorkommt und vom Aussterben bedroht ist

Valley of Flowers liegt im Garhwal Himalaya (indischer Bundesstaat Uttar Pradesh), fantastische Vegetation und beliebtes Treckingziel

Yogi ein in der Askese lebender Wandermönch, der der Welt und all ihren materiellen Gütern entsagt hat

Autoren-, Übersetzer- und Quellennachweis

Anonym

»Weltberg« in: Michael Oppitz: *Naxi: Dinge, Mythen, Piktogramme.* Zürich: Völkerkundemuseum der Universität Zürich, 1997. Deutsch von Michael Oppitz.

»Der Wettstreit am Berg Kang Tise zwischen Milarepa und Naro Bönchung« in: Andreas Gruschke: *Die heiligen Stätten der Tibeter. Mythen und Legenden von Kailash bis Shambala.* München: Diederichs, 1997.

»Tochter der Berge« in: Pallav Ranjan: *Swasthani.* Kathmandu: Spiny Babbler, 1999. Aus dem Englischen von Heinz Tophinke.

H. P. S. Ahluwalia

Sikh aus dem Punjab, Expeditionsleiter der indischen Mount-Everest-Expedition im Jahre 1964. Ahluwalia wuchs in Nordindien auf, trat jung in die Armee ein und wurde während des indisch-pakistanischen Kriegs 1965 so schwer verletzt, dass er an den Rollstuhl gefesselt blieb und seine Ambitionen als Bergsteiger aufgeben musste.

»Höher als der Everest« ist ein Auszug aus: H. P. S. Ahluwalia: *Higher Than Everest. Memoirs of a Mountaineer.* Delhi: Vikras Publishing House, 1973. Aus dem Englischen von Heinz Tophinke.

K. C. Bhanja

Leider können zu diesem Autor keine biografischen Angaben gemacht werden.

»Die spirituelle Bedeutung des Himalaya«, Auszug aus: K. C. Bhanja: *Mystic Tibet and the Himalaya.* Delhi: Gian Publishing House, 1987. Aus dem Englischen von Heinz Tophinke.

Dor Bahadur Bista

Geboren 1928; Anthropologe und Autor zahlreicher Bücher, unter anderem *People of Nepal* über die zahlreichen Ethnien in Nepal. Um die gesellschaftlichen Bedingungen in der Region Chandabisha (Distrikt

Jumla) zu verbessern, engagierte Bista sich in dortigen Schulprojekten und gründete das Karnali-Institut. Dabei geriet er in Konflikt mit den regionalen Meinungsführern. Frustriert verließ er offenbar diesen Ort mit unbekanntem Ziel und gilt seit 1996 als verschollen.

»Sturm am Kali Gandaki«, erschienen in der Zeitschrift: *Madhuparik*, Jg. 2, Nr. 5, September–Oktober 1970. Aus dem Nepalesischen von Ram Pratap Thapa.

Kunzang Choden

Geboren 1952; studierte Psychologie und Soziologie. Nachdem ihr der zunehmende Einfluss der modernen Medien in Bhutan bewusst wurde, die das bhutanische Kulturgut – insbesondere die mündliche Erzähltradition – verdrängen, begann sie, die Märchen und Legenden in dieser Himalaya-Region zu sammeln und niederzuschreiben.

»Yaks, Yakhirten und der Yeti« (»Mimi Khandola's Story«), »Auf den Spuren des Migoi« (»In the Tracks of the Migoi«) und »Nicht einmal ein Leichnam zum Einäschern« (»Not Even a Corpse to Cremate«) in: Kunzang Choden: *Bhutanese Tales of the Yeti.* Bangkok: White Lotos, 1997. Aus dem Englischen von Heinz Tophinke.

Parash Moni Das

Indischer Bergsteiger, stammt aus Assam und war im Polizeidienst tätig.

»Die Jagd auf das Wildschaf« (»The Hunt of a Urial«) in: *Himalayan Journal.* Bombay/Oxford, Volume XXXII, 1972–73. Aus dem Englischen von Heinz Tophinke.

Kanak Mani Dixit

Geboren 1956; nepalesischer Journalist, arbeitete acht Jahre lang in der UN-Presseabteilung in New York. Chefredakteur der Zeitschrift *Himal South Asian*, eines in Kathmandu herausgegebenen politischen Magazins, das er 1987 gründete. Die Froschgeschichte hatte Kanak M. Dixit seinen Kindern erzählt und später niedergeschrieben.

»Welchen Himalaya hätten Sie gern?« in: *Geo.* Hamburg, Nr. 3, Juni 1996.

»Als Pilgerfrosch in Muktinath«, Auszug aus Kanak Dixit: *Bhaktes Nepalreise. Die Abenteuer eines Frosches im Himalaya.* Lalitpur: Rato Bangala Kitab, 1998. Aus dem Englischen von Philipp Pratap Thapa.

Harka Gurung

Geboren 1939 in Lamjung, Zentralnepal. In Umweltfragen engagierter Diplomat, Journalist und Autor. War zeitweilig auch Tourismusminister Nepals. Heute ist er als Berater tätig und verfasst kritische Essays über die Mythologisierung und Instrumentalisierung der nepalesischen Bergwelt.

»Der Schneemensch – Fakten und Fiktionen« (»Aspects of the Snowman«) in: *Himalayan Journal.* Kalkutta/Oxford, Volume CCIII, 1961. Aus dem Englischen von Heinz Tophinke.

Nalni Jayal

Setzt sich als Regierungsangestellter seit den Sechzigerjahren für die Umwelt und die Belange der Bevölkerung im Himalaya ein. Schon in den Achtziger- und Neunzigerjahren konnte er auf einige erfolgreiche Aufforstungskampagnen im Himalaya verweisen; ihm ist es auch zu verdanken, dass das Nanda-Devi-Sanctuary zum Nationalpark und später zum Weltkulturerbe erklärt wurde. Als Pilot und Mitglied der indischen Luftwaffe flog er oft über die Gipfel des westlichen Himalaya, und er ist ein begeisterter Bergsteiger. Als solcher engagierte er sich sowohl im Himalayan Club als auch in der Indian Mountaineering Foundation.

»Himalaya – unser empfindliches Erbe« (»Himalaya – Our Fragile Heritage«), Auszug aus der gleichnamigen Publikation. New Delhi: Indian National Trust for Art and Cultural Heritage, 1991. Aus dem Englischen von Heinz Tophinke.

Jin Zhiguo

Geboren 1957; Han-Chinese, der von klein auf in Tibet lebt, angeblich Tibetisch schreibt und spricht, was sehr selten ist. Bezieht sich in zahlreichen seiner Erzählungen auf die unterschiedliche Wahrnehmung von Natur, die Han-Chinesen und Tibeter voneinander unterscheidet. Ist derzeit Chefredakteur der Zeitschrift *Tibetan Literature (Xizang Wenxue).*

»Ewige Berge« (»Yongheng de Shan«) in: Jin Zhiguo: *Yongheng de Shan.* Lhasa: Xizang Renmin Chubanshe, 1992. Aus dem Chinesischen von Alice Grünfelder.

Shankar Lamichhane

1928–1975; arbeitete als Angestellter bei der nepalesischen Regierung und diversen kulturellen Einrichtungen, bevor er einen Kunsthandwerkshandel leitete. War ein begeisterter Anhänger der modernen amerikanischen Kurzgeschichte und reflektiert in zahlreichen seiner Werke den Einfluss des westlichen Tourismus auf Nepal. Die vorliegende Erzählung gilt als Klassiker der modernen nepalesischen Literatur.

»Das Licht der untergehenden Sonne in den halb geschlossenen Augen des Buddha« (»The Half Closed Eyes of the Buddha and the Slowly Setting Sun«) in: Michael Hutt: *Himalayan Voices. An Introduction to Modern Nepali Literature.* Berkeley: University of California Press, 1991. Aus dem Englischen von Heinz Tophinke.

Ma Yuan

Geboren 1953; chinesischer Autor, der in den Achtzigerjahren in Tibet lebte und sich in seinen damals entstandenen Erzählungen hauptsächlich damit auseinander setzt, dass ein Han-Chinese niemals die tibetische Kultur verstehen wird und auch niemals Bestandteil von ihr werden kann, so sehr er es sich auch wünscht. Inspirierte Schriftsteller in Lhasa Mitte der Achtzigerjahre, die wiederum einen wesentlichen Impuls gaben für die Erneuerung der zeitgenössischen tibetischen chinesischsprachigen Literatur.

»Himalaya-Ballade« (»Ximalaya Guge«) in: Ma Yuan: *Xihai Wufanchuan.* Lhasa: Xizang Renmin Chubanshe, 1987. Aus dem Chinesischen von Alice Grünfelder.

Jamyang Norbu

Geboren 1949; gehört zu den bekanntesten tibetischen Autoren und war bis vor kurzem Direktor des Amnye-Machen-Instituts in Dharamsala, Nordindien, das sich vor allem um die Aufarbeitung der nichtbuddhistischen Aspekte der tibetischen Kultur bemüht. Norbu vertritt in zahlreichen seiner Essays eine unkonventionelle Haltung, da er viele tibetische Werte und Verhaltensweisen kritisch hinterfragt. Er war außerdem Mitglied der tibetischen Guerilla, die vom nepalesischen Mustang aus gegen die chinesischen Besatzer in Tibet kämpfte. Neben zahlreichen Essays über tibetische Politik und Kultur verfasste er die

Biografie eines Khampas und den Roman *The Mandala of Sherlock Holmes.* Heute lebt er in den USA.

»Das Schweigen« (»The Silence«) in: *Tibet Journal.* Dharamsala, Spring 1977.

»Der Mond des Jägers« (»Hunter's Moon«) in: *Tibet Journal.* Dharamsala, Autumn 1984. Aus dem Englischen von Alice Grünfelder.

Tenzing Norgay

1914–1986; Sherpa aus Namche Bazar, begleitete seit 1935 britische und Schweizer Everest-Expeditionen. Bestieg zusammen mit Edmund Hillary 1953 als Erster den Mount Everest. War später als Berater des Bergsteigerinstituts in Darjeeling tätig, das heute seinen Namen trägt.

»Ein glücklicher Mensch«, Auszug aus: »Es war ein langer Weg«, in: Martin Lutterjohann: *Die besten Bergsteigergeschichten.* Rüschlikon: Müller-Verlag, 1983. Aus dem Englischen von Martin Lutterjohann.

Tsewang Yishey Pemba

Geboren 1932; erster Tibeter, der in England Medizin studierte. Schloss das Studium 1955 ab und arbeitete später als Chirurg in tibetischen Flüchtlingslagern, unter anderem war er auch für die Vereinten Nationen tätig.

»Die Höhle des Eremiten«, Auszug aus dem Roman *Tibet im Jahr des Drachen.* Freiburg: Herder-Verlag, 1968. Aus dem Englischen von Theresia Mutzenbecher.

Kumar Sanyal Prabodh

Geboren 1905; bekannter bengalischer Autor, Dramaturg und Journalist. Bedeutender Vertreter der ostbengalischen literarischen Bewegung Kallol, die sich in den Dreißigerjahren des 20. Jahrhunderts die Freiheit vom Kolonialismus und soziale Gerechtigkeit zum Ziel gesetzt hat.

»Mondschein um den Trishul«, Auszug aus: Kumar Sanyal Prabodh: *Himalaja.* Herrenalb: Erdmann-Verlag, 1963. Aus dem Bengalischen von Girija K. Mookerjee.

Swami Pranavananda

Geboren 1896; suchte nach der Wahrheit nicht nur in den vedischen Schriften, sondern auch in der Wissenschaft. Sein Bericht über die Pilgerreise um den Kailash in den Vierzigerjahren des 20. Jahrhunderts war daher nicht nur in religionswissenschaftlicher, sondern auch in naturwissenschaftlicher Hinsicht von großer Bedeutung, sodass sich noch heute Pilger, Bergsteiger und Wissenschaftler auf seine Schriften beziehen.

»Kailash und der See Manasarovar«, Auszug aus: Swami Pranavananda: *Exploration in Tibet.* Kalkutta: University of Calcutta Press, 1950. Aus dem Englischen von Heinz Tophinke.

Sirish Rao

Geboren 1976; arbeitete als Schwimmlehrer und Bergführer, bevor er sich ganz der Literatur verschrieb. Sein erster Roman entstand nach einer Bergtour im westlichen Himalaya, die ihn mit vielen Fragen – über sich selbst, die anderen und das Verhältnis der Bergsteiger zu den Bergen – zurückließ.

»Ist es das wert?«, Auszug aus dem Roman *Real Men Don't Pick Peonies.* Chennai: Tara Publishing, 1998. Aus dem Englischen von Heinz Tophinke.

Deepak Thapa

Geboren 1964; lebt und arbeitet als freier Journalist – unter anderem für *Himal South Asian* – und Herausgeber in Kathmandu und setzt sich in seinen Essays mit der Problematik der Vermarktung der Berge und der Benachteiligung der nepalesischen Bergsteiger auseinander.

»Viel versprechende Zukunft für nepalesische Bergsteiger?« (»The Climber Is Nepali«) in: *Himal South Asian.* Kathmandu, August 2000.

»Ang Rita, ein sozialer Aufsteiger« (»Upwardly Mobile Ang Rita«) in: *Himal South Asian.* Kathmandu, September 1996. Aus dem Englischen von Heinz Tophinke.

Gyalpo Tsering

Geboren 1954; besuchte in Indien eine Missionarsschule und arbeitet heute in Kanada als Computerspezialist. Die hier veröffentlichte Erzählung, die angeblich auf Tatsachen beruht, erschien zunächst unter Pseudonym, da er die Reaktion vor allem exiltibetischer Kreise fürchtete. Verfasste zahlreiche Gedichte in der exiltibetischen Zeitschrift *Tibet Journal.*

»Der Fluch des toten Rinds« (»The Wrath of the Dead Cow«) in: *Lotos Fields*. Dharamsala, 3/1980. Aus dem Englischen von Alice Grünfelder.

Karma Ura

Geboren 1961; studierte in Oxford und Edinburgh Wirtschaftswissenschaften und steht seit 1989 im Dienst der bhutanischen königlichen Regierung.

»Der Himmel und die Mühlsteine« (»The Sky and the Millstones«), bislang unveröffentlicht. Aus dem Englischen von Heinz Tophinke.

Asien im Unionsverlag

Alai **Roter Mohn**
In das entlegene Hochland im äußersten Osten Tibets dringt die Moderne lediglich als fernes Echo. Als Einziger erkennt der zweite Sohn des Fürsten Maichi, den alle für einen Idioten halten, die Zeichen der Zeit. »Ein solches Werk hat es in der chinesischen Literatur noch nicht gegeben. Ein wahres Meisterwerk.« *Mo Yan*

Alice Grünfelder (Hg.) **An den Lederriemen geknotete Seele. Erzähler aus Tibet**
Die Neuentdeckung einer uralten Zivilisation und einer jungen Literatur. »Die Autoren setzen auf Ironie, Magie, provozierende Verfremdung und durchbrechen Zeit- und Erzählebenen.« *Dresdner Nachrichten*

Galsan Tschinag **Tau und Gras**
Tschinag erzählt hier die Geschichten, die der Stoff seiner Kindheit sind und die sich in seine Erinnerung eingegraben haben. Geträumte Wirklichkeit und als Realität erlebte Märchen verbinden sich und münden in einen Gesang an den Altai.

Lu Xun **Applaus**
Mit Lu Xun begann die moderne chinesische Literatur, und bis heute ist er ihre prägende Leitfigur geblieben: ein Erzähler und Denker von stupender Aktualität, in dessen Werk Melancholie und Militanz, Ironie und Trauer verschmelzen.

Pramoedya Ananta Toer **Spur der Schritte**
»Seit Jahren werbe ich für diesen indonesischen Autor. Seine Bücher eröffnen uns das nach wie vor verschlossene Inselreich.« *Günter Grass*

Mochtar Lubis **Dämmerung in Jakarta**
Mochtar Lubis entwirft in kräftigen Bildern das Panorama einer Großstadt – die Welt der Kaufleute, Beamten, Politiker, Schurken, der debattierenden Intellektuellen und der ewig zu kurz Kommenden.

Duong Thu Huong **Roman ohne Namen**
Der Krieg in Vietnam geht seinem Ende zu, doch statt der Hoffnung wachsen Zweifel und Bitterkeit. »Ein Klassiker der Literatur gegen den Krieg.« *The Times Literary Supplement*

Der hohe Norden im Unionsverlag

Wladimir Arsenjew **Der Taigajäger Dersu Usala**
Arsenjews Erzählung von der ungewöhnlichen Freundschaft zwischen dem sibirischen Jäger und dem russischen Forscher ist zu einem Klassiker gworden, der in viele Sprachen übersetzt und 1975 von Akira Kurosawa verfilmt wurde.

Joan Clark **Der Triumph der Geraldine Gull**
Am Rande der Hudson Bay, zwischen der Baumgrenze und den Eisbergen, liegt vergessen das Indianerdorf Niska. Ein Fluch scheint über ihm zu liegen, bis die rätselhafte, unbezähmbare Geraldine Gull mit ihrer Vision den Bann bricht.

Allen Roy Evans **Attu. Die Aleuten-Saga**
Die Aleuteninseln sind der letzte Pfeiler einer versunkenen Brücke, die einst Asien mit Amerika verband. Die Begegnung ihrer Bewohner mit dem Industriezeitalter wird zur Tragödie. »Grandioses Leseerlebnis!« *Nils Jensen, Buchkultur, Wien*

Stan Jones **Gefrorene Sonne**
Alaska State Trooper Nathan Active ist auf der Suche nach einer spurlos verschwundenen jungen Frau. Eine Odyssee durch ganz Alaska – von der Siedlung Chukchi am Polarkreis über die Schlupfwinkel der Obdachlosen in Anchorage bis zu den windgepeitschten Aleuten-Inseln.

Farley Mowat **Der Schneewanderer**
Farley Mowat, der berühmte Chronist der arktischen Welt, erzählt vom Überleben der Inuit. »Wer von diesem Buch nicht gerührt wird, den kann überhaupt nichts mehr rühren.« *Tages-Anzeiger*

Jørn Riel **Das Haus meiner Väter**
Die Geschichte des Inuit-Jungen Agorajaq, seiner zwei weißen Väter, seiner drei Onkel und ihrem Haus am Fuß des Berges, der Miss Molly genannt wird.

Juri Rytchëu **Traum im Polarnebel**
Durch einen Unfall muss der Kanadier John MacLennan in einer Siedlung der Tschuktschen an der eisigen Nordküste Sibiriens überwintern. Aus einem Winter wird ein ganzes Leben.
